HEYNE

Das Buch

Wie würde ich mich selbst beschreiben? Also, ich bin Muse Harper. Ich bin in meinen Zwanzigern, Künstlerin, habe eine Schwäche für Rotwein, schräge Filme und Männer mit Abgründen. Aber das war, bevor ich Jasper King getroffen habe. Er wurde mein fürchterlicher Fehler. Vor acht Monaten musste ich eine Entscheidung treffen – alles zurücklassen, was ich je gekannt habe, um meine Familie zu beschützen, oder zu bleiben und zu riskieren, dass jemand verletzt wird. Ich entschied mich für Ersteres. Mein Plan hatte super funktioniert, bis ich herausfand, dass mein Vater verschwunden war. Jasper sollte mir helfen, meinen Vater zu finden. Was ich nicht wusste, war, dass unser Treffen kein Zufall war. Menschen zu jagen ist nicht Jaspers einzige Beschäftigung. Und mir zu helfen war nur ein Teil seines Plans. Ich wünschte, ich hätte es früher herausgefunden, bevor mein Herz begann sich einzumischen. Aber selbst dann weiß ich nicht, ob ich irgendetwas anders gemacht hätte …

Die Autorin

Michelle Leighton wurde in Ohio geboren und lebt heute im Süden der USA, wo sie den Sommer über am Meer verbringt und im Winter regelmäßig den Schnee vermisst. Leighton verfügt bereits seit ihrer frühen Kindheit über eine lebendige Fantasie und fand erst im Schreiben einen adäquaten Weg, ihren lebhaften Ideen Ausdruck zu verleihen. Sie hat unzählige Romane geschrieben. Derzeit arbeitet sie an weiteren Folgebänden, wobei ihr ständig neue Ideen, aufregende Inhalte und einmalige Figuren für neue Buchprojekte in den Sinn kommen.

Lieferbare Titel

Addicted to You – Atemlos
Addicted to You – Schwerelos
Addicted to You – Bedingungslos
The Wild Ones – Verführung
The Wild Ones – Verlangen
The Wild Ones – Verheißung
All the Pretty Lies – Erkenne mich
All the Pretty Lies – Befreie mich
All the Pretty Lies – Liebe mich

M. LEIGHTON

Tall, Dark & Dangerous

Stark genug

Roman

Aus dem Amerikanischen
von Sabine Schilasky

WILHELM HEYNE VERLAG
MÜNCHEN

Die Originalausgabe erschien 2015 unter dem Titel
Strong Enough bei Berkley.

Sollte diese Publikation Links auf Webseiten Dritter enthalten, so übernehmen wir für deren Inhalte keine Haftung, da wir uns diese nicht zu eigen machen, sondern lediglich auf deren Stand zum Zeitpunkt der Erstveröffentlichung verweisen.

MIX
Papier aus verantwortungsvollen Quellen
FSC® C014496

Verlagsgruppe Random House FSC®-N001967.

Taschenbucherstausgabe 12/2017

Neumarkter Str. 28, 81673 München
Printed in Germany
Redaktion: Uta Dahnke
Umschlaggestaltung: Nele Schütz Design
unter Verwendung von shutterstock/Artem Furman
Satz: KompetenzCenter, Mönchengladbach
Druck und Bindung: GGP Media GmbH, Pößneck

ISBN 978-3-453-58057-2
www.heyne.de

Prolog
JASPER

Siebzehn Jahre zuvor

»Was macht er jetzt, Mom?«, frage ich und versuche mich ihr zu entwinden, doch sie hält mich fest. Ich fühle, dass gleich etwas Schlimmes passieren wird, aber ich weiß nicht, warum. »Vielleicht kann ich dafür sorgen, dass er nicht böse wird. Lass mich los!«

»Schhh, Baby. Alles wird gut. Du musst hier bei mir bleiben, sonst holt er dich auch.«

Mein Herz schlägt so heftig, dass es wehtut, so wie das eine Mal, als Mikey Jennings mir gegen die Brust geboxt hat. Nicht mal die Umarmung meiner Mutter macht den Schmerz besser, und dabei wird sonst immer alles besser, wenn sie mich umarmt.

Mir brennen die Augen, während ich aus dem Fenster starre. Ich darf nicht blinzeln. Wage es nicht. Ich will nicht sehen, was Dad mit meinem großen Bruder Jeremy macht, aber wegschauen kann ich auch nicht.

Je länger ich hinsehe, desto weniger kann ich mich rühren. Als wären meine Füße am Boden festgeklebt und meine Arme an meinem Körper. Ich habe das Gefühl, nicht atmen zu können. Ich kann nur zu dem kalten, grauen Wasser und den beiden Umrissen hinüberschauen, die sich ihm nähern.

Ich sehe, wie Jeremys Finger sich in die Hand meines Dads krallen, während der ihn an den Haaren mitschleift. Doch es nützt ihm nichts. Dad lässt nicht los. Jeremy stolpert in seinen schmutzigen Turnschuhen durch den Matsch und das Gras, aber mein Vater wird nicht langsamer. Daran, wie er seine andere Faust ballt, erkenne ich, dass er wütend ist. Vielleicht sogar wütender als sonst.

Jeremy hatte heute wieder Ärger in der Schule. Sie haben Dad bei der Arbeit angerufen, nicht Mom; deshalb wusste sie von nichts, bis Dad mit Jeremy nach Hause gekommen ist. Doch da war es schon zu spät.

»Keines meiner Kinder benimmt sich wie ein Monster. Mit dir stimmt was nicht, Junge«, hatte Dad gesagt, als sie zur Tür reinkamen. Jeremy ging vor ihm her, und Dad stieß ihn so fest von hinten, dass mein Bruder hinfiel und über den Küchenboden schlitterte.

Es stimmt *wirklich* etwas nicht mit Jeremy. Der Arzt hat das gesagt. Er hat gesagt, dass Jeremy Medizin braucht, aber Dad will das nicht hören. Ihn macht es nur wütend, noch wütender auf Jeremy.

Ich stand neben Mom, als Dad vor ihr stehen blieb. Er zeigte mit dem Finger auf sie, wobei er fast ihre Nasenspitze berührte. Seine Augen waren an den Rändern ganz rot, wie sie es immer waren, wenn er sich bereit machte, Jeremy zu verprügeln. »Bete lieber, dass dieses kleine Stück Scheiße hier nicht noch genauso wird!«, sagte er und verpasste mir mit der flachen Hand eine Ohrfeige. Mein Gesicht brannte wie von einem Bienenstich, aber ich habe nicht mal »Aua« gesagt. Ich habe *gar nichts* gesagt. So dumm war ich nicht, dass ich den Mund aufgemacht hätte.

»Einer reicht.«

Dann hat Dad Jeremy hinten an seinem Hemd gepackt, ihn hochgezogen und aus der Küchentür nach draußen geschleudert. Jeremy fiel wieder hin, doch das hielt Dad nicht weiter auf. Er ist hinter ihm her in den Garten.

»Hoch mit dir, du nutzloses kleines Arschloch«, brüllte er. Da war etwas überhaupt nicht Gutes in Jeremys Augen, als er aufsah, und dann spuckte er auf Dads Arbeitsstiefel. Ich wusste, dass er das nicht hätte tun sollen. Und erst recht wusste ich es, als Dad ihm in die Rippen trat.

Jetzt schauen wir zu, wie mein großer Bruder weggeschleppt wird, um bestraft zu werden.

Aber statt bei dem alten Baumstumpf haltzumachen, über den er Jeremy legt, um ihn auszupeitschen, geht Dad weiter, geradewegs in den See. Er bleibt nicht mal am Rand stehen.

Mir tun die Augen weh, aber ich kann sie nicht zumachen. Etwas ist diesmal anders. Fühlt sich anders an. Etwas an den heißen Tränen, die mir übers Gesicht strömen, verrät mir, dass es diesmal anders *ist*.

Dad watet in seinen Stiefeln durch das flache Wasser. Er zieht meinen Bruder hinter sich her wie einen Müllsack, wenn er seinen Truck belädt, um zur Deponie zu fahren. Jeremy fällt hin, steht wieder auf, fällt hin und steht wieder auf. Jetzt kämpft er richtig. Er tritt und schlägt um sich. Ich sehe, dass sein Mund weit offen ist, als würde er schreien, doch ich kann es nicht hören. Das Einzige, was ich höre, ist mein Herzklopfen. Es ist laut wie Trommeln in meinen Ohren.

Dad bleibt stehen, als ihm das Wasser bis zu den Hüften geht. Er zieht Jeremy zu sich. Nun sehe ich sein Gesicht von der Seite – das von meinem Vater. Es ist so rot, dass es lila aussieht. An seinem Hals treten die Adern hervor. Das Gesicht meines Bruders ist beinahe so weiß, als würde er Halloween-Gespensterschminke tragen. Doch seine Augen sind trocken. Er hat schon längst aufgehört, wegen der Sachen zu heulen, die Dad ihm antut.

Dad brüllt Jeremy an, wobei er den Mund so weit aufreißt, dass es aussieht, als könnte er ihn auffressen. Ihn wie eine Schlange im Ganzen schlucken. Jeremy starrt ihn bloß mit seinem bleichen Gesicht an. Dad schüttelt meinen Bruder so fest, dass Jeremys Kopf nach hinten fliegt, und dann taucht er ihn unter Wasser.

Ich ringe nach Luft. Das habe ich Dad noch nie tun sehen, egal, wie wütend er auf Jeremy war. Etwas in meiner Brust brennt, während ich zuschaue, wie Dad ihn unter Wasser hält. Als könnte *ich* auch nicht atmen. Als würde die Luft in mir feststecken und brennen. So wie ich *hier* feststecke. Und es mir wehtut.

Ich schmecke das Salz von meinen Tränen und lecke sie weg, denn ich schäme mich, weil ich weine. Etwas tropft mir auf den Kopf und wird zu einem kleinen Rinnsal, das mir schneckengleich seitlich am Gesicht runterkriecht. Ich wische es weg und blicke auf meine Hand. Das ist nur Wasser. Warmes Wasser.

Tränen. Aber nicht meine. Die sind von Mom.

Ich zähle die Sekunden. *Einundzwanzig, zweiundzwan-*

zig, dreiundzwanzig. Und ich frage mich, wie lange Jeremy die Luft anhalten kann. Mein Kopf fühlt sich an, als würde er gleich platzen.

Vierundzwanzig, fünfundzwanzig, sechsundzwanzig.

Luft und Lärm drängen sich durch meine enge Kehle und kommen als gurgelnder Schrei aus meinem Mund. Sie dröhnen wie Donner durch den stillen Raum. Es ist das einzige Geräusch, das ich mache. Das einzige, das ich machen *kann.*

Ich beobachte Jeremys Hände, die auf den Unterarm meines Dads einschlagen. Dad rührt sich aber nicht, lässt nicht locker. Sein Arm ist gestreckt und unnachgiebig, hält meinen einzigen Bruder unter Wasser.

Moms Arme drücken mich ganz fest. Es wird noch schwerer, weiter zu atmen.

Siebenundzwanzig, achtundzwanzig, neunundzwanzig.

Ich zähle, obwohl die Zeit stehen geblieben ist. Als ich bei *vierzig* bin, fange ich wieder von vorn an. Ich fange für Jeremy neu an, damit er mehr Luft bekommt. Damit er noch eine Chance kriegt. Nur nutzt er die nicht. Er kann nicht. Seine Zeit ist schon abgelaufen. Sein Atem verbraucht. Ich weiß es, als ich sehe, wie seine Hände herunterfallen. Sie plumpsen ins Wasser und treiben dort, als hingen sie nicht an jemandem dran. Als wäre mein Bruder einfach … weg.

Dad lässt ihn los. Er schiebt ihn ins tiefere Wasser. Jeremy treibt dort, als würde er »Toter Mann« spielen. So wie er es früher gemacht hat, wenn Mom im Sommer mit uns baden ging, solange unser Vater bei der Arbeit war.

Ich sehe nicht hin, wie Dad aus dem See kommt. Ich beobachte nicht, wie er durch den Garten geht. Ich blicke nicht mal auf, als er durch die Küchentür wieder hereinkommt. Stattdessen beobachte ich Jeremy, warte, dass er sich bewegt, dass er aufwacht.

»Hol deine Handtasche. Wir gehen essen. Die Jungs können sich hier ein Brot machen.«

Jungs? Heißt das, Jeremy geht es gut?

Ich will zur Tür laufen, aber Mom packt mich. »Jasper, sei ein lieber Junge und hol meine Handtasche, Süßer. Die hängt neben der Haustür.«

Ihre Augen sind anders. Sie wirken ängstlich, und das macht *mir* Angst. Deshalb gehe ich einfach ihre Handtasche holen und bringe sie ihr, wie sie gesagt hat. Als ich sie ihr gebe, nimmt Mom sie und zieht mich an sich. Ich fühle, dass ihre Arme zittern, und als sie mich loslässt, weint sie. Aber sie lächelt auch, als *dürfte* sie nicht weinen. Keiner von uns darf weinen.

»Du setzt dich da vor den Fernseher, okay? Und rühr dich nicht.« Ihre Stimme warnt mich vor irgendwas. Ich weiß nicht, was los ist, aber ich habe Angst. Und sie hat auch Angst.

»Okay.«

Ich schalte eine Zeichentrickserie an und setze mich auf die Couch, bis ich höre, wie Dads Truck startet. Dann springe ich auf und renne, so schnell ich kann, durch die Küche, zur Hintertür hinaus und durch den Garten zum See.

Es regnet jetzt, und das Gras ist rutschig. Zweimal falle ich hin, ehe ich das Ufer erreiche. Dort rufe ich laut nach meinem Bruder.

»Jeremy!« Er bewegt sich nicht, treibt einfach auf der Oberfläche wie meine grüne aufblasbare Schildkröte. »Jeremy!«

Ich sehe zurück zum Haus und wieder zu meinem Bruder. Hier kenne ich keinen, der mir helfen kann. Keiner legt sich mit meinem Dad an. Nicht mal meine Mom. Wenn ich Jeremy nicht helfe, wird er sterben.

Meine Hände zittern, und meine Knie fühlen sich komisch an, als ich ins Wasser gehe. Es ist so kalt, dass es auf meiner Haut piekt, so wie letzten Winter, als ich von meinem Schlitten gefallen bin und Schnee in meine Hose kam. Den konnte ich gar nicht schnell genug herausbekommen. Er war so kalt, dass er brannte. Aber diesmal gehe ich weiter, egal, wie sehr es wehtut.

Als mir das Wasser bis zum Kinn geht und meine Zähne so klappern, dass ich mir auf die Lippe beiße, überlege ich umzukehren. Jeremy ist so weit weg. Ich kann ihn kaum noch sehen, und ich bekomme nicht genug Luft, um nach ihm zu rufen.

»J-J-Jer…«, versuche ich es noch einmal.

Ich paddle weiter hinaus. Meine Arme und Beine sind ganz schwer, und es ist schwierig, sie im Wasser zu bewegen. Als würde ich versuchen, in kalter, dicker Suppe zu schwimmen. Ich strenge mich an, den Kopf hochzuhalten, schlucke das Wasser, das mir in den Mund schwappt.

Ich schwimme und schwimme und schwimme, beobachte Jeremys Hinterkopf, bis ich so nah dran bin, dass ich ihn anfassen kann. Es gießt nun richtig. Große, dicke Tropfen platschen meinem Bruder in den Nacken und laufen mir über die Stirn und in die Augen.

Ich greife mit der Hand in sein dunkles Haar und hebe Jeremys Kopf aus dem Wasser. Seine Augen sind offen, aber sie sehen mich nicht an. Sie starren irgendwas anderes an, was ich nicht sehen kann. Ich greife nach seinem Arm. Der ist kalt und fühlt sich ein bisschen wie dieser Fisch an, den Dad nach Hause mitgebracht hatte und dem Jeremy die Haut abziehen musste.

Mein Bauch tut weh, und meine Augen brennen. Es fühlt sich an, als würde mir jemand den Oberkörper zusammendrücken, und das so fest, dass ich nicht mal weinen kann.

Ich nehme die Hand meines großen Bruders und ziehe ihn zu mir, in Richtung Ufer. Er treibt ziemlich leicht, also schwimme ich ein Stück und ziehe, schwimme wieder ein bisschen und ziehe.

Nach einer Weile wird es immer schwerer, mich zu bewegen, immer schwieriger, mein Gesicht über Wasser zu halten. Das Ufer, der Rasen, die Hintertür des Hauses ... alles ist so weit weg, kommt nicht näher. Ich habe mehr Angst als jemals zuvor. Sogar noch mehr als das eine Mal, als Jeremy mich gezwungen hatte, *Tanz der Teufel* mit ihm zu gucken.

Jetzt kommt Jeremy mir schwer vor, als würde er jedes Mal, wenn ich an ihm zerre, versuchen, mich nach unten zu ziehen. »Schwimm, Jer, schwimm«, murmle ich mit dem Mund voller Wasser. »Bitte!«

Ich gehe unter. Als ich um Hilfe schreien will, obwohl ich doch weiß, dass keine kommt, läuft mir Wasser in den Hals. Ich will husten, kann aber nicht. Da ist keine Luft.

Ich sehe das Licht über mir und strenge mich an, mit schweren Armen und Beinen dem Hellen entgegenzukraulen. Als mein Gesicht endlich aus dem Wasser ist, greife ich nach der Hand meines Bruders. Ich halte sie so fest, wie ich noch nie etwas festgehalten habe, nicht mal meinen liebsten *G.I. Joe*-Soldaten.

Ich paddle so schnell und so fest, wie ich kann, ziehe Jeremy hinter mir her, bis ich den glitschigen Grund des Sees mit den Füßen erreiche. Dann ziehe und zerre ich Jeremy in den flachen Teil und drehe ihn auf den Rücken.

Seine Lippen sind blau, und sein Gesicht ist immer noch so weiß. Aber seine Augen machen mir am meisten Angst. Die sehen nicht aus, als wäre er wach. Aber sie sehen auch nicht aus, als würde er schlafen. Eigentlich sehen sie so aus, wie sich meine anfühlen – verängstigt. Als hätte er etwas gesehen, wovor er sich verstecken wollte, ohne aber schnell genug wegkommen zu können, und jetzt ist er einfach … erstarrt.

Ich rüttle an seinen Schultern, schreie seinen Namen. Und ich weine, obwohl ich das nicht will.

Schließlich gebe ich auf und haue ihm auf die Brust. Ich weiß, dass er mir, wenn er aufsteht, gegen die Beine boxen wird, bis ich schreie, aber das ist mir egal. Ich will einfach nur, dass er aufsteht. Doch das tut er nicht. Er steht nicht auf. Er rührt sich gar nicht, rutscht bloß über den Matsch, bis er wieder im Wasser ist.

Ich will nach ihm greifen, rutsche aber selbst aus und falle fast ins Wasser zurück. Das macht mir solche Angst, dass ich wie irre schreie. Ich kann da nicht wieder rein. Wenn ich wieder ins Wasser gehe, komme ich nicht mehr raus. Das weiß ich.

Zwing mich nicht wieder rein! Zwing mich nicht wieder rein!

Aber was ist mit Jeremy? Was ist mit meinem Bruder?

Ich weine so leise wie möglich, als er wieder von mir wegtreibt, und blicke seinem weißen Geistergesicht nach, bis mir schwarz wird vor Augen.

Kapitel 1

MUSE

Ich schüttle den Dreihundert-Dollar-Pullover aus, den ich eben zum dritten Mal zusammengelegt hatte, und versuche es erneut. Etwas mit den Händen zu tun scheint meine Nerven zu beruhigen. Es lenkt mich von dem Mann ab, auf den ich warte, und von meiner Sorge, weil ich diesen Schritt wage.

Als das eisblaue Kaschmir perfekt gefaltet ist – zum *vierten* Mal –, lege ich den Pullover oben auf den Stapel der anderen und sehe auf meinem Handy nach der Uhrzeit.

»Es ist fast Mittag, verdammt!«, murmle ich, als könnte mich meine Freundin Tracey Garris am anderen Ende der Stadt hören. Sie ist diejenige, die diesen Typen kennt. Ich hätte von ihr mehr Informationen über ihn bekommen sollen, aber sie war heute Morgen in Eile und ist jetzt in einem Meeting, sodass ich leider weiter warten muss. Uninformiert. Ich weiß nur, was sie ins Telefon geflüstert hat, ehe sie auflegte: dass ein Typ hier vorbeikommt, der Jasper King heißt.

Ich stoße ein frustriertes Knurren aus und schnappe mir den nächsten Pullover, den ich so schwungvoll ausschüttle, dass der eine Ärmel mit dem Geräusch eines fernen Donnerschlags auf den Tisch knallt. Aus irgendeinem Grund geht es mir besser, nachdem ich ein wenig von meinem Frust an *etwas* ausgelassen habe, wenn auch nur an einem unschuldigen, sehr teuren Kleidungsstück.

Statt mich gleich wieder in meine Verärgerung hineinzusteigern, blende ich bewusst alles aus bis auf den Song, der gerade läuft: *If I Loved You*. Das Lied erinnert mich immer an Matt, den Mann, den ich hinter mir gelassen habe. Den Mann, der es hätte hassen sollen, mich gehen zu sehen. Den Mann, der es gehasst *hätte*, mich gehen zu sehen, *wenn* er mich so geliebt hätte, wie ich es mir von ihm wünschte. Aber das tat er nicht. Er ließ mich gehen. Einfach so. Und auch jetzt noch, nach acht langen Monaten, tut es mir weh, an ihn zu denken.

Ich verdränge den Schmerz nicht. Vielmehr aale ich mich auf eine verquere Art in ihm. Wie die meisten Künstler schätze auch ich alle Emotionen. Ob gute oder schlechte, sie inspirieren mich. Sie verleihen meinem Leben Farbe, wie Pinselstriche auf einer weißen Leinwand. Sie geben mir das Gefühl, lebendig zu sein. Manchmal gebrochen, aber immer lebendig.

Nachdem ich mit dem Pullover fertig bin, schlendere ich durch den Laden, ganz in Gedanken an meinen Ex und den Trennungsschmerz versunken. Ich richte gerade einen Krawattenständer, als die Türglocke Kundschaft meldet. Aus dem Augenwinkel nehme ich eine Bewegung wahr und sage automatisch zur höflichen Begrüßung: »Willkommen bei *Mode Chic*.« Einerseits stört mich die Unterbrechung, andererseits bin ich fast dankbar.

Es kommt keine Reaktion, also ordne ich seufzend die

letzte Krawattenreihe und streiche meine Weste glatt, bevor ich mich zu dem Kunden umdrehe. Kaum erblicke ich den Störenfried, verpuffen sämtliche Gedanken an Matt, die Vergangenheit und alle Sorgen der Welt, bis ich wieder Luft bekomme.

Der Mann steht hinter mir. Ich habe ihn nicht näher kommen hören, kein Aftershave und keine Seife gerochen, auch sonst nichts bemerkt. Er kam in einem Moment durch die Tür und war im nächsten Augenblick direkt hinter mir.

Er ist groß, sehr groß und von Kopf bis Fuß in Schwarz gekleidet. Abgesehen davon und von seinem schlanken, extrem V-förmigen Körper, ist das alles, was mir an seiner Figur auffällt. Sein Gesicht ist es, das mich gefangen nimmt. Als *Künstlerin* fühle ich mich an eine Bronzestatue erinnert, wie sie von den begabten Händen eines Michelangelo oder Donatello geformt sein könnte, von Bernini oder Rodin. Als *Frau* finde ich ihn schlicht atemberaubend.

Sein Gesicht ist durch scharfe Konturen gekennzeichnet – die glatte Stirn, die gerade Nase, die hohen Wangenknochen, das kantige Kinn. Sogar seine Lippen sind so klar umrissen, dass ich mich dabei ertappe, sie anstarren, eine Hand heben und sie berühren zu wollen. Um mich zu vergewissern, dass sie echt sind. Dass *er* echt ist. Doch am Ende sind es seine Augen, an denen mein Blick hängen bleibt. Sie sind von einem hellen, funkelnden Goldbraun, wie ein Glas Honig, wenn man es in die Sonne hält. Und sie sind genauso warm und klebrig, halten mich in ihren köstlichen Tiefen gefangen.

Trotz all meiner Sorgen, die mich nun schon seit Tagen belasten, nehme ich nichts wahr außer der rohen, urtümlichen

Kraft, die ihn umgibt wie Hitze ein Feuer. Er muss nichts sagen, muss keinen einzigen Muskel bewegen, um Selbstsicherheit und Kraft auszustrahlen. Und Gefahr. Jede Menge Gefahr.

Ich weiß nicht, wie lange ich ihn angestarrt habe, bis mir bewusst wird, dass sich seine Lippen zu einem kaum merklichen Lächeln verziehen. Es ist minimal höflich und kein Verrat an der Intensität, die er aus allen Poren verströmt, sondern ganz im Gegenteil von einer ungeheuren Wirkung, die in meinen weiblichen Organen widerhallt gleich dem Echo eines Trommelschlags in den Tiefen einer Höhle. *Mein Gott, er ist umwerfend!*

So sehr ich das Weichwerden meiner Knie und das Kribbeln in meinem Bauch auch genieße, zwinge ich mich doch aus meiner Trance. Nicht, weil ich es unbedingt will, sondern vielmehr, weil ich es muss. Ich bin bei der Arbeit. Männer kommen hier nicht rein, um angegafft zu werden. Sie kommen her, um sich einkleiden zu lassen.

Es sei denn, sie wollen mich hier aufsuchen. Dieser Gedanke trifft mich wie eine Ohrfeige. Könnte er womöglich der Kautionsjäger sein, von dem Tracey mir erzählt hat?

»Verzeihung«, bringe ich schließlich heraus, trete einen Schritt zurück in die Realität, und meine Sorgen brechen wie eine Flutwelle über mich herein. »Was kann ich für Sie tun?«

Er neigt seinen Kopf leicht zur Seite, seine Tigeraugen verengen sich. Die Stille dehnt sich.

Ich warte. Teils hoffe ich, dass dies der Mann ist, der mir helfen wird, teils bete ich, er möge es nicht sein.

Als er endlich spricht, geschieht es mit einer Stimme, die

perfekt spiegelt, was seine Erscheinung ausstrahlt – dunkle Intensität, stille Gefahr. »Ich muss meine Maße für einen Anzug nehmen lassen.«

Langsam atme ich aus und stelle fest, dass ich komischerweise enttäuscht bin, nicht erleichtert. »Das kann ich machen.« Dann trete ich noch einen Schritt zurück und verschränke die Hände auf meinem Rücken, fest entschlossen, zumindest einen Funken Gelassenheit aufzubringen, trotz seiner Gegenwart. Ich sehe zu Melanie, die heute mit im Laden arbeitet. Sie ist die Tochter der Besitzerin und mittlerweile schon seit vier Stunden ununterbrochen damit beschäftigt, hinter der Kasse zu sitzen und auf ihrem Handy rumzutippen. Wahrscheinlich sollte ich ihr sagen, dass ich nach hinten gehe, um Maße zu nehmen; doch bockig beschließe ich, sie es selbst herausfinden zu lassen, sobald sie mich sucht. Es dürfte nicht lange dauern, bis sie mitbekommt, dass ich weg bin – höchstens, bis jemand den Laden betritt und ich nicht vorn bin, um ihr die Arbeit abzunehmen. »Hier entlang«, sage ich und drehe mich zum hinteren Ladenbereich um.

Ganz professionell stelle ich einige Fragen, während ich auf die Umkleidekabinen zugehe. Obwohl sich in mir beim Klang seiner vollen, samtigen Stimme eine vielsagende Wärme ausbreitet, fällt es mir leicht, mich zu konzentrieren, solange ich den Mann nicht sehe, der mir ruhig folgt. Er beantwortet meine Fragen höflich und scheint nicht zu bemerken, welche Wirkung er auf mich ausübt.

Ich führe ihn zu der größeren Umkleide, in deren Mitte sich ein Podest in einem Spiegelhalbkreis befindet. Die Kabine bietet ausreichend Platz für einen Schreibtisch mit

Computer auf einer Seite, weshalb wir diesen Raum für das Maßnehmen benutzen. Sowohl für maßgeschneiderte Anzüge als auch für besondere Anproben, etwa von Brautgesellschaften oder anderen Gruppen.

Ich schaue nach links, als wir den verspiegelten Bereich betreten. Sofort fällt mein Blick auf die Gestalt hinter mir. Ich sehe rasch wieder weg, bemerke jedoch noch, wie geschmeidig er sich bewegt. Mit der fließenden Anmut jener Dschungelkatze, an die seine Augen mich erinnern.

Wie ein Tiger. Sicher. Lautlos. Tödlich.

Ohne mich umzudrehen, weise ich mit einem Arm auf das Podest. »Wenn Sie sich bitte da oben hinstellen. Ich hole mein Maßband und bin gleich wieder bei Ihnen.« Ich bezweifle nicht, dass er meine Anweisung befolgt, auch wenn er nicht antwortet. Nach wie vor kann ich ihn weder hören, noch irgendeine Bewegung in der Luft wahrnehmen. Doch jetzt *fühle* ich ihn, als hätte sich mein Körper in den fünf Minuten, die er im Laden ist, vollkommen auf ihn eingestellt. Das ist absolut lächerlich, aber die reine Wahrheit. Noch nie war ich mir der Nähe eines Mannes deutlicher bewusst. Niemals.

Ich hole das Stoffmaßband, einen kleinen Notizblock und einen Stift, wobei ich mich bemühe, bei der Sache zu bleiben. Immerhin schaffe ich es, mein Denken ein klein wenig zu kontrollieren. Damit ist es allerdings vorbei, und mein Mund wird knochentrocken, als ich mich umdrehe und ihn auf dem Podest stehen sehe. Seine muskulösen Arme hängen locker an seinen Seiten, und seine langen, kräftigen Beine sind lässig ein bisschen ausgestellt. Es ist jedoch nicht seine Haltung, die mich überwältigt. Es ist sein Blick. Diese intensiven, durchdringenden Augen sind es. Sie beobachten mich wie die eines Jägers die Beute. Ich fühle, wie sie mich ausziehen, nach all meinen Geheimnissen forschen, all meine Schwächen bloßlegen.

»Ich wäre so weit«, murmelt er und schreckt mich aus meinen Gedanken.

»Ja, sicher, okay«, antworte ich, löse meinen Blick von seinen Augen und konzentriere mich auf seinen Körper. So verstörend es auch ist, ihn so unverhohlen zu mustern, ist es nicht annähernd so schlimm wie der direkte Blickkontakt. Also bleibe ich dabei.

Während ich ihn betrachte, wird mir klar, dass er ein Prachtexemplar von einem Mann ist. Ich würde wetten, dass er mit seinen Maßen alles tragen kann, vom eleganten Anzug bis hin zum Pyjama. Und, guter Gott, ich mag mir nicht mal ausmalen, was für eine umwerfende Figur er in einem Smoking machen würde! Er würde wie ein Werbe-Model aussehen. Für Waffen vielleicht. Oder Bourbon. Etwas Gefährliches und Aufregendes oder Mildes und Berauschendes.

Ich räuspere mich, als ich auf ihn zugehe, und achte auf meine Füße, während ich zu ihm auf das Podest steige. Ich spüre seinen Blick auf mir, als ich mich bewege, und fühle mich prompt tollpatschig und ein bisschen aus dem Gleichgewicht.

Ich lege den Block auf dem niedrigen Podest zu meiner Rechten hin und klemme mir den Bleistift zwischen die Zähne, ehe ich das Maßband straffe. Mit Bewegungen, die zum Glück schnell und sicher sind, messe ich seinen Nacken und die Schulterbreite, seine Brust und die Armlänge. Ich notiere die Zahlen, bevor ich mich seiner Körpermitte zuwende und das leichte Zittern meiner Hand verfluche, als meine Fingerknöchel seinen harten Bauch streifen.

Ich schreibe seine Maße auf, die den mathematischen Beweis für seine makellose Statur liefern. Was ich nicht notiere, sind die Dinge, die Zahlen nicht vermitteln können. Das muss ich auch nicht, denn sie dürften sich mir für alle Ewigkeit ins Gedächtnis eingebrannt haben.

Sagenhaft breite Schulter, an die eine Frau sich klammern kann, wenn sie Angst hat. Starke, eisenharte Arme, die eine Frau von den Füßen reißen können. Lange, straffe Beine, um unermüdlich alles zu jagen, was er will.

Als ich zur Schrittlänge komme, wird es etwas ... angespannt. Trotz aller Sorgen, die mich belasten, entgeht mir die schwere Wölbung nicht, die beim Maßnehmen gegen meinen Handrücken drückt. Mein Bauch zieht sich unter einem Verlangen zusammen, das mich komplett durchbebt. *Allmächtiger Herr im Himmel!*

Ich richte mich ruckartig wieder auf und drehe mich weg, um die letzten Maße aufzuschreiben, bevor er sehen kann, dass ich rot werde. Normalerweise würde ich all diese Berührungen klasse finden, aber nicht jetzt. Nicht heute. Nicht so.

Ohne ein Wort oder einen Blick nehme ich meinen Block und steige von dem Podest. Dann gehe ich zum Computer, um ein Neukunden-Formular aufzurufen. Mein Puls beruhigt sich, je länger ich nur auf den Monitor starre. »Wie ist Ihr Name, Sir? Ich muss ein Profil für Ihren Auftrag anlegen.« Immer noch sehe ich nicht zu ihm, sondern starre auf den Bildschirm.

»King«, antwortet er, und seine Stimme ist so nah, dass ich unwillkürlich zusammenzucke. Ich blicke mich nicht um, als ich ihn hinter mir spüre, sondern verkrampfe mich bloß.

Dann gebe ich seinen Namen ein. Erst als ich die Enter-Taste drücke, macht es klick! *King. Der Name des Kautionsjägers, von dem Tracey mir erzählt hat.*

Ich drehe mich abrupt um, um ihn mit einem vorwurfsvollen Blick abzustrafen, erstarre jedoch, als ich feststelle, dass er mich gar nicht ansieht. Er schaut auf seine Hände. In denen hält er den Bleistift, den ich zwischen den Zähnen hatte, und seine Finger fahren die winzigen Bissspuren an dem Stift nach.

Ich beobachte, wie sein Daumen sanft und langsam über die Vertiefungen streicht. Vor und zurück, wie ein intimes Streicheln. Es ist hypnotisierend. Erotisch. Etwas zieht sich tief in mir zusammen und bewirkt, dass ich nach Luft schnappe. Es fühlt sich an, als würde er *mich* mit diesen langen Fingern streicheln. Mich berühren, mich erregen. Es ist so körperlich, so greifbar, so *real*, dass ich mich an der Schreibtischkante hinter mir abstützen muss.

»Was für spitze Zähne Sie haben«, sagte er leise und in einem Ton, als wäre er ein großer böser Wolf. Als er mich ansieht, sind seine Augen dunkler, ernster, bernsteinfarben. »Beißen Sie?«

»Nein«, flüstere ich. »Sie?«

»Nur, wenn man mich nett darum bittet.«

Kapitel 2

JASPER

Ich beobachte, wie sich ihre vollen Lippen öffnen. Ihr Atem geht bereits flacher. Sie ist aus dem Gleichgewicht. Genau, wie ich es mag. »Sind Sie Traceys Bekannter?«, fragt sie, sobald sie einen klaren Gedanken fassen kann. An den klammert sie sich.

»Bin ich«, antworte ich und strecke den Arm an ihr vorbei, um den Stift auf den Schreibtisch zu legen. Dabei kommt mein Gesicht ihrem ganz nah, und unsere Arme streifen sich. Ich höre, wie sie nach Luft ringt.

»Warum haben Sie das nicht gleich gesagt? Sie mussten nicht so tun, als seien Sie ein Kunde.«

Wut. Die ersetzt die Verwirrung. Ich sehe es an der Art, wie ihre schläfrigen grünen Augen Smaragden gleich zu blitzen beginnen.

»Ich wollte einige Minuten mit Ihnen allein, ehe Sie in Verteidigungsstellung gehen. So wie jetzt.«

»Warum? Wollten Sie mich prüfen oder so? Ich dachte, *ich* wäre diejenige, die *Sie* anheuert.«

»Sind Sie. Aber ich weiß gerne, für wen ich arbeite, bevor ich einen Job wie diesen übernehme.«

Obwohl ihre Miene mir sagt, dass sie nichts von meiner

Taktik hält, ist sie zu neugierig, um es dabei zu belassen. »Und?«

»Und was?«

»Und was haben Sie herausgefunden? Was *glauben* Sie, nach zehn Minuten des Schweigens über mich zu wissen?«

Ich blicke ihr sekundenlang stumm in die Augen, ehe ich antworte. Mir ist bewusst, wie unwohl sie sich dabei fühlt. Daran bin ich gewöhnt. Diese Direktheit macht die *meisten* Leute nervös, aber das stört mich nicht. Andere zu verunsichern ist stets von Vorteil für mich. »Ich muss Sie nicht *befragen*, um Dinge über Sie in Erfahrung zu bringen. Bei Ihnen zu sein reicht vollkommen.«

»Ja, klar«, höhnt sie in dem Versuch, lässig zu sein.

»Zum Beispiel sind Sie eine fleißige Mitarbeiterin, die ihren Job ernst nimmt, auch wenn ich nicht glaube, dass dies der Job ist, den Sie eigentlich machen wollen. Sie sind gut, aber so richtig zu Hause sind Sie hier nicht, was mir verrät, dass es keine langfristige Sache ist. Sie wirkten traurig und abgelenkt, als ich reinkam, als würde Ihnen jemand fehlen. Vielleicht ist *das* der Teil, um den es Ihnen eigentlich geht. Und dann ist da die Tatsache, dass Sie mich anheuern wollen. Ich würde sagen, die erklärt dieses besorgte Stirnrunzeln, das ich immer wieder in Ihrem Gesicht sehe.«

Einige Sekunden steht ihr der Mund offen, ehe sie ihn zuklappt. »Ist das alles?«, fragt sie sarkastisch und zieht ihre Weste fester zu, als würde sie sich nackt fühlen. Auch das bin ich gewohnt. Keiner fühlt sich gern bloßgestellt, als wären seine Geheimnisse keine mehr.

»Nein, nicht alles, aber ich bezweifle, dass Sie den Rest hören wollen.«

Für einen Moment beäugt sie mich misstrauisch. Dann reckt sie ihr Kinn und sieht mir tapfer in die Augen. »Selbstverständlich will ich.«

Sie ist mutig. Draufgängerisch. Das gefällt mir.

»Nun, spontan würde ich sagen, Sie haben einen guten Blick für Farben, was mich zu der Annahme verleitet, dass Sie eigentlich künstlerisch tätig sind. Künstler sind gewöhnlich sehr … emotional. Ich würde sagen, dass Sie, wenn Sie nicht gerade von Sorgen zerfressen sind, die Neigung haben, sich kopfüber in alles hineinzustürzen, was Ihr Gefühl Ihnen sagt, egal, wie es ausgeht.«

»Das können Sie unmöglich wissen.«

»Oh doch. Das weiß ich. Genau wie ich weiß, dass Sie Ihr Haar mit etwas waschen, was Flieder enthält.« Ihre Augen werden größer, aber sie sagt nichts, also fahre ich fort, wobei ich mich ein klein wenig zu ihr lehne: »Und dann wäre da noch der Umstand, dass Sie sich zu mir hingezogen fühlen. Sie wollen es nicht. Wahrscheinlich denken Sie sogar, Sie *sollten* es nicht, aber das wiederum macht es für Sie umso unwiderstehlicher, stimmt's?«

Sie zittert. Zittert sichtlich, doch ich weiche nicht zurück. Ich gebe ihr keinen Zentimeter des Raums, von dem ich sehe, dass sie ihn braucht. Ich will, dass sie aus dem Gleichgewicht ist, unsicher. Sie ist die Art Frau, die, wenn sie die Wahl hat, lieber *fühlt*, als dass sie *denkt*. Und das ist gut für mich. Nicht bloß wird es meinen Job leichter machen, es ist auch höllisch sexy.

Ihre Wangen leuchten vor Röte, und ich erwäge, mit dem Finger über ihre Haut zu streichen, um zu prüfen, ob sie so seidig ist, wie sie aussieht. Aber das tue ich nicht. In diesem

Moment wäre es zu viel. Wenn ich eines habe, dann ist das eine Antenne für die Empfindungen anderer. Und ich bin stets beherrscht. In meiner Branche muss man das sein.

Als sie zwischen mir und dem Schreibtisch einen Schritt zurücktritt, muss ich lächeln. An ihrem Gesichtsausdruck erkenne ich, dass sie beschlossen hat, meine Einschätzung ihrer Persönlichkeit zu ignorieren. Das ist ja auch viel leichter, als die Wahrheit leugnen zu wollen.

»Sie … haben gesagt ›einen Job wie diesen‹. Einen Job wie *was*? Ich dachte, das machen Sie immer.«

Ich verschränke die Arme vor der Brust. »Meine Aufträge sind nicht *genau* wie dieser, aber ziemlich nahe dran. Die Hauptsache ist, dass ich … Dinge aufspüre. Und darin bin ich verdammt gut. Also, erzählen Sie mir, meine Schöne, was darf ich für Sie suchen?«

Kapitel 3

MUSE

Seine Stimme, seine Intensität … Oh Gott! Stellt er mir tatsächlich eine harmlose Frage? Denn es kommt mir vor, als würde er mich so viel mehr fragen.

»Äh, es geht nicht um ›was‹, sondern ›wen‹.«

Er nickt langsam. Sein Blick weicht nicht von meinen Augen, bleibt forschend, bohrend, prüfend, suchend. »Okay, also wen darf ich für Sie finden, Muse?«

Ich bekomme eine Gänsehaut auf den Armen, als hätte er mich berührt, statt schlicht meinen Namen auszusprechen. Hat er natürlich nicht, könnte er aber genauso gut.

Wer zum Teufel ist dieser Kerl? Und was zur Hölle stimmt mit mir nicht?

Vielleicht hat mich der Stress am Ende doch zu weit getrieben. Oder es ist einfach zu lange her, dass ich mit jemandem was hatte – *wirklich was hatte* –, weshalb ich hieraus mehr mache, als es eigentlich ist. So oder so ist es nicht gut. Ich darf so nicht denken und erst recht nicht so *fühlen*. Es gibt Wichtigeres, worauf ich mich konzentrieren muss.

Ich räuspere mich und schüttle den Zauber ab, den seine Augen auf mich ausüben. »Einen Mann.«

Eine seiner dunklen Brauen schießt nach oben. »Einen Mann? Um wen geht es?«

»Einen … Freund«, antworte ich zögerlich, weil ich ihm nicht mehr Informationen geben will, als ich unbedingt muss. Es ist zu gefährlich.

Wieder nickt er bedächtig. »Und weiß dieser Mann, dass Sie nach ihm suchen?«

»Wahrscheinlich.« Sicher war meinem Vater klar, dass ich nach ihm suchen würde, wenn ich ihn nicht erreichen konnte.

»Und hat dieser Mann … jemanden an seiner Seite, von dem ich wissen sollte?«

»An seiner Seite?«, frage ich verwirrt.

»Ja. Eine Frau, Freundin? Einen *Freund*?«

»Nein, aber was spielt das für eine Rolle?«

»Ich frage mich nur, ob ich es mit einer wütenden Geliebten oder einem wütenden Liebhaber zu tun bekommen könnte.«

»Was?« Erst jetzt begreife ich, was er denken muss. »Nein! Oh Gott, nein! So ist das nicht.«

»Ach nein? Wie ist es dann?«

»Dieser Typ ist älter.«

Jasper hebt beide Hände. »Hey, ich urteile nicht.«

»Nein, nein, ich meine, er … er ist nicht *die* Art Freund.«

Wortlos betrachtet er mich. Meine Erklärung stellt er weder infrage, noch akzeptiert er sie. »Ich brauche natürlich mehr Informationen. Einen Ausgangspunkt.«

»Okay. Was immer Sie brauchen.«

Er blickt sich um. »Passt es jetzt?«

So gern ich würde, kann ich mich nicht ewig hier hinten

verstecken. Obwohl Melanie wahrscheinlich noch nicht mal mitbekommen hat, dass ich weg bin. »Na ja … eigentlich nicht. Können wir uns, ähm, nach der Arbeit treffen?«

Jasper sieht auf seine klobige schwarze Armbanduhr. Sie sieht aus wie ein Teil, das ein Navy Seal oder jemand Ähnliches tragen würde, das die Uhrzeit in einer Million Ländern anzeigt und mit einer Todesschwadron synchronisiert werden kann. »Ich habe noch einiges zu erledigen. Kann ich später bei Ihrem Apartment vorbeikommen?«

Ich merke, dass ich die Stirn runzle. Schon wieder. »Woher wissen Sie, dass ich in einem Apartment lebe?« Jasper bedenkt mich mit einem Blick, der so viel heißt wie: *Im Ernst?* »Ah, richtig. Sicher haben Sie sich schon über mich informiert.« Einerseits fühle ich mich bei dem Gedanken ein bisschen unwohl, als hätte er meine Privatsphäre verletzt. Andererseits, und das ist jetzt richtig pervers, finde ich es fast aufregend, dass er vor meinem Haus gewesen sein, mich von Weitem beobachtet haben könnte. Waren meine Jalousien eventuell nicht ganz geschlossen? Hatte er mich beim Frühstück oder beim Anziehen gesehen?

Ich erschauere. Das ist echt irre. Allerdings auch nicht irrer als meine Reaktion auf den bloßen Gedanken, von jemandem wie ihm gestalkt zu werden.

Wobei das natürlich unwahrscheinlich ist, bedenkt man, wie viele Informationen heutzutage allein übers Internet zu haben sind; und dennoch … ist es möglich.

»Dann heute Abend?«, fragt er.

»Äh, ja. Das wäre gut. Ich werde da sein.«

»Dann sehen wir uns später.«

Ich lächle verhalten, um das zittrige, nervöse, aufgeregte

Gefühl zu überspielen, das in mir von Synapse zu Synapse springt.

Dann sehe ich Jasper nach, als er weggeht, und nehme alles wahr, von seinen fließenden, geschmeidigen Bewegungen bis hin zu der Art, wie sein kurzes, pechschwarzes Haar im Licht schimmert. Meine gesamte Existenz scheint in sich zusammenzusacken, als er außer Sicht ist, und seine Abwesenheit löst einen Kälteschauer bei mir aus.

Noch nie ist mir jemand begegnet, der so reizvoll, gut aussehend und faszinierend war wie Jasper King. Ich habe noch nie einen Mann kennengelernt, dem ich so viele Fragen stellen wollte. Und ganz sicher habe ich noch keinen getroffen, bei dem ich das Gefühl hatte, keine einzige Antwort zu bekommen.

Kapitel 4

JASPER

Flieder. Ich rieche ihn, als ich die Hand hebe, um an die Tür ihres Apartments zu klopfen. Er ist wie ein zarter Schleier, der sie umhüllt, und durchdringt die Luft, wo immer sie sich aufhält. Mich erinnert er an eine Kleinstadt außerhalb von Paris, durch die ich einmal gekommen bin. Irgendwie war der Ort von den meisten modernen Dingen unberührt geblieben, ein einzelner weißer Faden in einem ansonsten schmutzigen, vergilbten Wandteppich.

Muse braucht fast volle zwei Minuten, um die Tür zu öffnen. Dann reißt sie sie auf, starrt mich an und schnürt ihren türkis- und rosafarben gemusterten Bademantel fester zu. Sie ist mal wieder wütend. Das erkenne ich nicht bloß an ihren Augen, sondern auch an der Anspannung ihres Körpers.

Sie legt direkt los: »Sie müssen meinen Aufzug entschuldigen. Ich war so dumm anzunehmen, dass Sie zu einer anständigen Zeit vorbeikommen würden.«

»Sind Sie immer so?«, frage ich.

Wieder mal ein Stirnrunzeln. »Wie?«

»So geladen?«

Ihr steht der Mund offen vor Entsetzen. »Ich bin *nicht* geladen.«

Das kommentiere ich nicht. Mir gefällt, dass ich sie aus dem Konzept bringe, so sehr sie auch um Fassung ringt. Ich mag es, dass sie in meiner Gegenwart so angespannt ist und alles an ihr zu schreien scheint, dass sie dringend loslassen will. Ich mag es, dass sie kämpft. Ja, das mag ich sogar sehr. Und ich mag ihr Feuer. Alles in meinem Leben ist kalt und zweckorientiert. Da fühlt sich Feuer manchmal gut an.

»Nun, was Ihre Beschwerde angeht: *Ich* kann um diese Uhrzeit noch anständig sein, aber falls Sie das Bedürfnis verspüren, *unanständig* zu sein, lassen Sie sich nicht aufhalten.«

»Ich habe nicht … Das ist nicht, was … Kommen Sie rein«, faucht sie und tritt zur Seite. Als ich an ihr vorbeigehe, atme ich ihren sauberen, blumigen Duft ein. Es ist eindeutig Flieder, doch da ist noch eine dunklere, moschusartige Note, die den Duft von unschuldig in verführerisch verwandelt. Ich kann mir keinen vollkommeneren Duft für eine Frau vorstellen. Für *diese* Frau mit ihren auffälligen Stimmungsschwankungen und der völligen Unfähigkeit, ihre Gefühle zu verbergen. Sie ist heiß und kalt, Feuer und Eis, sexy und grundanständig. Sie könnte sich kaum stärker von mir unterscheiden, selbst wenn sie es wollte, und das finde ich seltsam erfrischend. Menschen sind meistens berechenbar, diese Frau jedoch nicht. Vielmehr habe ich inzwischen den Eindruck, dass sie alles andere als berechenbar ist.

Ich warte, bis sie die Tür geschlossen hat, und folge Muse in ein gemütliches Wohnzimmer. Der Grundton des Raumes ist durch das dunkle Parkett und die graubraunen Möbel verblüffend streng, doch dadurch wird Muses Einsatz von – und offensichtliche Liebe zu – Farben umso bemerkenswerter. Von den knallroten Zierkissen bis hin zu den farbgewaltigen Bildern in unterschiedlichen Größen und Formen an allen Wänden, möchte ich wetten, dass Muse geradezu ihr Herzblut bei der Gestaltung dieses Zimmers vergossen hat.

Ich gehe hinüber zum Kamin, der anscheinend schon seit Längerem nicht mehr zum Heizen genutzt wird. Das kalte Innere ist sauber und enthält ein paar Dutzend elfenbeinfarbene Kerzen anstelle von Holzscheiten. Aber das ist es nicht, was mich anzieht. Es ist das Gemälde darüber, das auf dem Sims an die Wand gelehnt ist.

Es zeigt einen Baum, nichts als einen schlichten Baum, und doch zieht etwas an der Art, wie die Äste sich neigen, meinen Blick auf sich. Als ich genauer hinschaue, sehe ich, dass blassgelbe Regentropfen Tränen gleich von den dunklen Blättern tropfen und Pfützen auf dem Boden bilden. In den flachen Pfützen wiederum spiegelt sich der Halbmond am Mitternachtshimmel. So erstaunlich die Kontraste von Farben und Schatten auch sind, wirkt das Bild vor allem ergreifend und irgendwie tragisch.

Ich drehe mich um und stelle fest, dass Muse mich beobachtet. Sie sieht nicht mehr ängstlich aus. Eher scheint sie nervös.

»Was ist? Haben Sie Angst, dass ich zu viel sehe?«

Sie reckt ihr Kinn und versucht, sich lässig zu geben. »Ich weiß nicht, was Sie meinen.«

»Geht es Ihnen immer noch so?«

»Wie?«

»So, wie es Ihnen ging, als Sie das gemalt haben?«, frage ich mit einem Nicken zum Kaminsims.

Ihre Augen weiten sich, und für einen Sekundenbruchteil steht ihr Mund offen, bevor sie ihn schließt. »Wie … Woher wissen Sie, dass ich …«

»Ich bin aufmerksam.«

»Aber …« Sie sieht zu der Leinwand hinter mir, als suchte sie nach einem Hinweis, der sie verraten haben könnte. Was sie wahrscheinlich nicht sieht, was wohl *kein* Künstler sehen *kann*, ist, dass sie überall in dem Bild zu erkennen ist.

»Geht es Ihnen noch so?«, kehre ich zu meiner Frage zurück.

Ihr Blick huscht wieder zu mir, und sie zuckt mit den Schultern, wobei sich ihre Zehen rhythmisch in den weichen Teppich krümmen, auf dem sie steht. »Manchmal«, antwortet sie leise. Kleinlaut. Schaut beiseite.

»Was hat diese Gefühle herbeigeführt?«

»Ich vermisse die Menschen, die ich liebe.« Als sie wieder zu mir sieht, runzelt sie für einen winzigen Moment die Stirn. »Tut das nicht jeder?«

Nun ist es an mir, mit den Schultern zu zucken. »Ich schätze schon, wenn man Menschen hat, die man liebt.« Bevor sie darauf etwas sagen kann, komme ich zum Wesentlichen: »Also, erzählen Sie mir von diesem Mann, den Sie finden wollen.«

Sie holt tief Luft und seufzt. »Er heißt Denton Allen Harper und wohnt in Treeborn, South Carolina.«

»Job?«

»Er ist pensionierter Ex-Militär. Ab und zu berät er einige private Sicherheitsfirmen, aber …«

»In welcher Beziehung steht er zu Ihnen?« Sie kneift die Lippen zusammen. Offensichtlich soll ich ihr keine persönlichen Fragen stellen. Was mich erst recht neugierig macht. »Hören Sie, wenn ich diesen Typen finden soll, müssen Sie ehrlich zu mir sein.« Als sie immer noch zögert, füge ich hinzu: »Ich bin kein Cop oder so, falls er in irgendwas Illegales verstrickt ist.«

»Das ist er nicht. Er ist doch kein Krimineller!«, erwidert sie. »Er ist ein hochanständiger Mann.«

»Sind Sie sich da sicher?«

»Selbstverständlich bin ich mir sicher. Er … er ist mein Vater.«

Ich nicke. »Wann haben Sie zuletzt mit ihm gesprochen?«

»Vor einem Monat. Am Freitag war es genau einen Monat her.«

»Nur einen Monat? Ich nehme an, das ist ungewöhnlich.«

»Ja. Es ist eine … feste Angewohnheit. Wir telefonieren immer einmal im Monat. Danach kann man die Uhr stellen.«

»Am Freitag war es also einen Monat her. Natürlich haben Sie die letzten fünf Tage versucht, anzurufen.« Sie nickt. »Haben Sie es bei seinen Freunden, Bekannten oder anderen Leuten versucht, die wissen könnten, wo er ist?«

»Ähm, nicht direkt. Ich meine, ich kann eigentlich nicht … ich kann nicht … Es ist kompliziert, aber trotzdem weiß ich, dass er da gewesen wäre, als ich angerufen habe, wenn alles okay wäre.«

»Wo gewesen? Zu Hause? An seinem Handy? Wo?«

»Wo er ist, wenn wir telefonieren.«

»Und das wäre?« Sie antwortet nicht. Geschlagene zwei Minuten mustere ich sie schweigend, lange genug, dass sie unruhig wird. »Ihnen ist hoffentlich klar, dass es, je mehr

Sie mir verschweigen, desto unwahrscheinlicher wird, dass ich ihn finde.«

»Ich dachte, Sie können jeden finden. Hatten Sie nicht selbst gesagt, Sie wären verdammt gut darin?«

»Habe ich. Und bin ich, aber ich bin kein Hellseher. Ich brauche immer noch irgendwas, womit ich arbeiten kann.«

»Und das habe ich Ihnen gegeben. Ich sage Ihnen alles, was ich weiß, was dabei helfen kann, ihn zu finden.«

»Wo rufen Sie einmal im Monat an?«

Sie atmet hörbar aus, sichtlich gereizt. »Wir benutzen Münztelefone, aber immer unterschiedliche in Treeborn.« Muse schüttelt den Kopf, sodass ihr dichtes Haar über ihre Schultern streicht. »Das ist nicht wichtig. Wichtig ist, dass er nicht da war, als ich angerufen habe, und er ist *immer* da. Irgendwas stimmt nicht, und ich will, dass Sie ihn suchen.«

»Warum haben Sie nicht einfach die Polizei angerufen und ihn vermisst gemeldet? Lange genug her ist es ja.«

»Ich kann nicht … Wir … Das ist eben keine Option. Deshalb engagiere ich Sie. Sie machen das beruflich und müssten ihn finden können, oder?«

Ich stocke. »Ja, ich kann ihn finden. Es könnte nur einige Tage dauern.«

»Einige Tage? Ist das alles?«

»Ja, ich denke schon. Es klingt nicht allzu schwierig. Vorausgesetzt, ich bin erst mal da, versteht sich.«

»Und das wäre … wann? Fliegen Sie morgen hin?«

»Nein, ich fahre.«

»Sie fahren? Sie fahren die ganze Strecke von San Diego nach South Carolina?«

»Ja. Ist das ein Problem?«

»Ich … Nein, ich schätze nicht. Ich bin nur … verwundert, das ist alles.«

»Spielt es denn eine Rolle, wie ich dorthin komme?«

»Nein, eigentlich nicht. Es ist nur, dass … Die Sache ist die, dass ich mitkommen will.«

Damit hatte ich nicht gerechnet. Vielleicht ist sie *wirklich* unberechenbar. »Und warum das? Falls ich irgendwas von Ihnen brauche, kann ich anrufen.«

»Nein, ich muss ihn sehen, mit ihm reden. Von Angesicht zu Angesicht.«

Eine Weile lang sage ich nichts. Nichts könnte mich froher stimmen als diese Wendung, doch das darf Muse natürlich nicht wissen. Sehr wohl aber sollte ich einige Grundregeln klären. »Einverstanden, unter bestimmten Bedingungen.«

Fragend zieht sie eine Braue hoch. »Und die wären?«

»Ich arbeite allein. Wenn ich Sie mitkommen lasse, erwarten Sie nicht, dass ich Sie über Einzelheiten, Gespräche oder Quellen informiere. Rechnen Sie nicht damit, dass ich einen Haufen Fragen beantworte oder erkläre, warum ich tue, was ich tue. Vertrauen Sie einfach darauf, dass ich Ihren Vater finde. Ich werde ihn finden und Sie zu ihm bringen. Wenn Sie das tun, mich meinen Job machen lassen und keine Fragen stellen, werden wir keine Schwierigkeiten bekommen.«

Ich kann an dem Ausdruck ihrer sehr grünen Augen und dem Zucken ihrer überaus vollen Lippen ablesen, dass sie etwas sagen will. Wahrscheinlich widersprechen. Doch sie wird es nicht. Ich sitze am längeren Hebel, und das weiß sie. Sicher würde sie andernfalls eine ganze Menge sagen, aber sie beherrscht sich, weil sie mich braucht, um ihren Vater zu finden.

»Okay, das kriege ich hin.« Sie stockt. »Was ist mit dem Geld. Wie viel berechnen Sie?«

»Eine Anzahlung von tausend Dollar. Über den Rest reden wir, wenn ich ihn gefunden habe.«

Sie wird ein wenig blass. »Gut. Ich ... Ist in Ordnung.«

Mir macht es nichts aus, ihr Geld zu nehmen. Es ist ja nicht so, als würde ich es behalten.

»Hören Sie, ich weiß, dass es spät ist. Wie wäre es, wenn Sie mir die letzte bekannte Adresse und Telefonnummer der Zielperson notieren, damit ich mich an die Arbeit machen kann und Sie wieder zurückkönnen zu ...« Ich blicke zu dem stummgeschalteten Fernseher. »Was immer da gerade läuft.«

»Das ist *Dirty Dancing.*«

»Muss ich das kennen?«

»Es ist ein Klassiker«, verteidigt sie sich matt.

»Nach wessen Maßstab?«

»Meinem. Und dem jeder anderen Frau, jedes jungen Mädchens und jedes Kindes, die ihn je gesehen haben.«

»Wenn Sie es sagen«, entgegne ich versöhnlich. »Und wenn Sie schon dabei sind ... Ich brauche Marke und Modell seines Wagens und seinen letzten Urlaubsort. Und die Namen aller Leute, mit denen er sich gewöhnlich trifft.«

Sie nickt und dreht sich weg, um aus dem Zimmer zu gehen. Im Türrahmen, wo der Parkettboden endet und Fliesen beginnen, bleibt sie stehen. Ich nehme an, dass es sich um den Kücheneingang handelt. »Nennen Sie ihn bitte nicht ›die Zielperson‹. Er ist der wichtigste Mensch in meinem Leben. Der einzige, den ich noch habe.« Mit diesen Worten verschwindet sie um die Ecke.

Und vollkommen unerwartet überkommen mich zum ersten Mal seit sieben langen Jahren Schuldgefühle.

Kapitel 5

MUSE

Um sieben Uhr morgens hocke ich auf der Kante meiner Couch und beobachte die Straße durch die durchscheinenden schwarzen Gardinenschals, die vor meinem Wohnzimmerfenster hängen. Seit elf Minuten sitze ich hier, nachdem ich sehr wenig geschlafen habe und seit fünf Uhr auf war, um zu packen. Ich hatte keine Ahnung, was für Sachen ich brauchen könnte. Ich meine, wird das hier wie in einem Spionagethriller, wo wir herumschleichen, möglichst heimlich und gut getarnt? Werden wir in fragwürdige Biker-Bars gehen und Informationen aus zwielichtigen Typen herausprügeln? Oder erweist sich hier, dass ich zu viel fernsehe, unser Trip völlig anders als im Film wird und ich eine Menge Zeit im Wagen verbringe? Ich weiß es nicht, weil Jasper es mir nicht gesagt hat. *Welch ein Wunder!* Und ich habe noch nie so nach jemandem gesucht – oder jemanden angeheuert, um so nach jemandem zu suchen. Also habe ich ein bisschen von allem eingepackt und noch Reisekleidung für mehrere Tage. Denn das ist das Einzige, was ich sicher weiß: Wir werden ungefähr sechsunddreißig Stunden lang fahren, und das erfordert mehr als nur *eine* Yoga-Hose.

Mein Handy klingelt in meiner Hand. Es ist meine Chefin, Miran. Ich hatte sie angerufen, um ihr zu sagen, dass ich einige Tage freinehmen muss. Ihr Rückruf erinnert mich daran, dass ich mein Ladegerät vergessen habe. Ich nehme das Gespräch an und eile gleichzeitig die Treppe hinauf, um das Kabel zu holen. »Hallo?«

»Geht es dir gut? Bist du verletzt? Bist du im Gefängnis? Bist du überfallen worden?«, kommen ihre Fragen wie aus der Pistole geschossen.

»Ja, nein, nein und nein«, antworte ich.

Ich höre sie erleichtert seufzen. »Gott sei Dank! Es ist zu früh, um jemanden aus dem Gefängnis auszulösen.« Ich höre das Rascheln ihres Bettzeugs und kann mir vorstellen, wie die kleine Blondine sich wieder unter ihrer obszön dicken Daunendecke verkriecht.

»Ich hätte nicht so früh angerufen, wenn es nicht wichtig wäre, aber ... Ich habe jemanden engagiert, um den Colonel zu finden. Und ich fahre mit ihm.« Ich wappne mich gegen einen Wutausbruch, doch der bleibt aus.

Miran kennt meinen Vater. Deshalb hatte er mich hergeschickt, als ich Treeborn verlassen musste. Ohne auch nur anzudeuten, in welcher Beziehung sie zueinander standen, hatte er mir ihre Telefonnummer und Adresse gegeben und gesagt, dass er ihr vertraue. Und dann schickte er mich weg. Aber so funktioniert Vertrauen für den Colonel. Er vertraut den wenigsten Menschen, und wenn er es tut, bedeutet es etwas. Nein, es bedeutet alles. Und darum vertraue ich *ihm*. Bedingungslos. Ohne Fragen, ohne Zögern. Und so kommt es, dass ich jetzt Miran vertraue.

Sie weiß nicht alles, was passiert war, und sie hat auch nie versucht, es herauszufinden. Sie nahm mich schlicht auf, weil der Colonel sie darum gebeten hatte. Basta. Doch sie weiß genug, um zu begreifen, dass ich lieber *nicht* nach South Carolina zurückkehren sollte. Mein Vater würde mich umbringen, und das weiß sie. Dennoch sagt sie kein Wort.

Es ist so still in der Leitung, dass ich mich frage, ob sie aufgelegt hat oder wieder eingeschlafen ist. »Miran? Bist du noch dran?«

»Dir ist klar, dass er mordswütend wird.«

»Ja.«

»Und du weißt, dass er von mir erwarten würde, dich aufzuhalten.«

»Ja.«

»Aber das werde ich nicht, weil ich ihn auch liebe. Und wäre er mein Vater, würde ich dasselbe tun.«

Ich lächle. Zweifellos würde sie das. Miran ist eine Frau, die bis zu ihrem letzten Atemzug für jene kämpfen würde, die sie liebt. Und sie würde unfair kämpfen. Sie mag klein und zierlich sein, doch was ihr an Statur fehlt, macht sie mit Grimmigkeit wett. Natürlich sind sie und ihre Tochter komplette Gegensätze. Melanie ist gerade mal zwei Evolutionsstufen von einer Nacktschnecke entfernt.

»Danke, da bin ich froh.«

»Versprich mir nur eines.«

»Was immer du willst«, antworte ich. Und ich meine es ernst. In der kurzen Zeit, die ich Miran kenne, ist sie fast zu einer Mutterfigur für mich geworden; und es gibt nur sehr weniges, was ich nicht für sie tun würde.

»Pass auf dich auf. Wenn sich irgendwas komisch anfühlt, sieh zu, dass du wegkommst. Ich kenne einige Leute. Falls es fies wird, ruf mich an.«

Ich kenne einige Leute. Mich fröstelt bei dem Gedanken, was für Leute sie mir schicken würde, um mir zu helfen. Leute, die noch heftiger drauf wären als sie.

»Okay, mache ich.« Ich habe keine Ahnung, wie sie – oder die Leute, die sie kennt – mir helfen könnten, sollte ich zweitausend Meilen von hier entfernt in Schwierigkeiten geraten, aber wenn es sie beruhigt …

»Wen hast du überhaupt angeheuert? Um ihn zu suchen, meine ich. Einen Privatdetektiv oder so?«

»Nein. Eigentlich ist er Kautionsjäger. Ich schätze, er macht solche Sachen nebenbei. Er ist ein Freund einer Freundin.«

»Wie heißt er?«

Ich verdrehe die Augen, während ich das Ladegerät aus der Kommodenschublade in meinem Schlafzimmer hole. Miran glaubt, dass sie jeden kennt. Oder zumindest jeden, den zu kennen sich lohnt.

»Jasper King.«

»J…« Kaum hat sie den Konsonanten ausgesprochen, da verstummt sie abrupt. Ich höre noch mehr Rascheln, gefolgt von Mirans leiser Stimme. »Pass ja auf, Muse, hast du gehört?«

Stirnrunzelnd gehe ich die Treppe wieder hinunter. Mirans Ton ist anders, aufmerksamer, ernster. Unerbittlicher. »Werde ich. Kein Grund zur Sorge, Miran. Er ist ein Freund von Tracey.«

»Das Mädchen würde einen anständigen Kerl nicht erkennen, wenn er ihr in den Arsch beißt.«

»Nein, aber wahrscheinlich kennt sie eine Menge Kerle, die ihr schon in den Arsch gebissen haben«, kontere ich grinsend. Tracey mag Sex, und sie mag Männer. Diese Kombination macht sie gerne mal blind für die wichtigeren Fakten wie beispielsweise, ob der fragliche Mann verheiratet ist. Oder ein Krimineller.

Jasper jedoch kommt mir nicht wie ein Krimineller vor. Sicher könnte er kein Kautionsjäger sein, wenn dem so wäre. Die arbeiten mit der Polizei zusammen. Garantiert werden sie … irgendwie überprüft. Ich denke jedenfalls, dass ich sicher bin. Und alles ist geregelt. Ich bezahle ihn für einen Auftrag. Er wird ihn erledigen, und das ist alles.

»Das ist kein Witz, Muse. Sei vorsichtig.«

»Bin ich, ehrlich. Versuch dir keine Sorgen zu machen. Ich rufe dich in ein paar Tagen an.«

Ich stopfe das Ladekabel in ein Seitenfach meines Koffers und habe den Reißverschluss schon wieder halb geschlossen, da stocke ich bei Mirans nächsten Worten.

»Ich hab dich lieb, Kind. Und ich werde höllisch sauer, wenn du Mist baust und dich umbringen lässt.«

»Miran, warum in aller …« Ein Klopfen an der Tür lässt mich innehalten. Ich laufe zum Fenster und sehe einen eleganten schwarzen Mercedes am Straßenrand. »Ich muss los. Ich rufe dich an, wenn ich da bin, okay?«

»Lass dein Handy eingeschaltet, und pass auf, dass es immer aufgeladen ist, verstanden?«

»Ja, alles klar.«

»Mach's gut. Wir sehen uns, wenn du wieder zurück bist. Grüß mir den Colonel herzlich.«

»Werde ich. Und, Miran?«

»Ja, Babe?«

»Ich hab dich auch lieb.«

Dann lege ich auf und greife nach dem Türknauf. Mir entgeht nicht, dass meine Hand leicht zittert und mir ein Kribbeln über den Rücken läuft. Ich versuche mich mittels Vernunft und rationalem Denken in einen ruhigeren Zustand zu versetzen.

Gestern war ich angespannt. Sicher ist er nicht annähernd so umwerfend, wie ich dachte. Kein Mann kann so *atemberaubend*, so *sexy*, so *überwältigend sein.*

Ich hole tief Atem und öffne die Tür.

Um zu erkennen, dass ich mich sehr, *sehr* geirrt habe.

Vor meiner Tür steht ein Mann, der möglicherweise noch verstörender gut aussehend ist, als er es gestern war. Seine Arme hat er lässig vor der breiten Brust verschränkt, trotz seiner unverkennbaren Ungeduld.

»Bereit?«, fragt er streng. Sein Tonfall passt so perfekt zu ihm wie das leichte schwarze T-Shirt, das er trägt. Die langen Ärmel hat er an den Unterarmen hochgeschoben, sodass seine goldbraune Haut, seine klar umrissenen Muskeln und seine dick hervortretenden Adern sichtbar sind. Noch nie wollte ich Unterarme so dringend anstarren wie jetzt.

Ich merke, dass ich wieder mal die Stirn runzle. Mich verblüfft, dass mich irgendwas von meinen Sorgen ablenken kann, und dennoch scheint es, als würde sich meine Konzentration in jeder Millisekunde, die ich in Jaspers Nähe verbringe, unausweichlich und ausschließlich auf ihn richten. Er erfüllt meine Gedanken und erhitzt mein Blut. Vermutlich sollte ich dankbar sein, dass mich etwas von meinen Sorgen ablenkt, aber Jasper ist fast *zu* viel. Wenn er diese Wirkung auf mich hat, während ich so viel anderes zu bedenken habe, dann stehe Gott mir bei, sollte ich das irgendwann nicht haben.

»Hallo?«, fragt er und beugt seinen Kopf leicht zu mir vor.

Ich schüttle meine Benommenheit ab. Oder zumindest versuche ich es. »Entschuldigung. Ja, ich bin bereit.«

Ich rolle meinen Koffer über die Schwelle und drehe mich, um die Tür abzuschließen, noch einmal um.

»Haben Sie jemanden, der Ihre Fische für einige Tage füttert?«

»Ich habe keine Fische.«

»Dann eine Katze?«

»Ich habe keine Katze.«

»Und was für ein Haustier haben Sie? Sie sehen wie eine Frau aus, die Tiere mag.«

»Ach ja?«, frage ich, als ich mich endlich zu ihm umwende, was sich sofort als Fehler erweist. Jaspers halbgeschlossene Augen sind auf meinen Körper gerichtet, und er studiert mich auf eine Weise, dass ich mich nackt fühle, als würde er mich allein mit seinem trägen Blick ausziehen.

Als er wieder zu meinem Gesicht aufsieht, antwortet er: »Ja. Wie eine, die Streuner aufnimmt und sie in ihrem warmen Bett schlafen lässt.«

Ich straffe meine Schultern gegen den kleinen Schauer, der mich bei seinen Worten überläuft. Wie er von meinem warmen Bett redet, als wolle er auch dort sein … Gütiger Gott!

Das Schlucken fällt mir schwer, weil mein Mund völlig ausgetrocknet ist, und ich konzentriere mich mühsam auf seine Bemerkung, die zufällig stimmt. Bis auf den Teil mit dem Bett.

Als ich klein war, hatte ich den Colonel angefleht, mich jedes Tier behalten zu lassen, über das ich gestolpert war. Er war immer einverstanden, doch nach einigen Wochen – oder manchmal auch einigen Tagen – verschwanden sie, und ich sah sie nie wieder. Ich suchte tagelang nach ihnen, hängte überall auf der jeweiligen Militärbasis, auf der wir gerade waren, Zettel auf, aber sie kamen nie wieder. Sie waren einfach … weg.

Mein Vater tröstete mich, ging mit mir Eis essen und versprach mir, dass ich sie vergessen würde, was ich nie tat. Erst als ich größer war, erkannte ich das Muster. Er gab es nie zu, und ich fragte nie, aber ich wusste, dass der Colonel etwas mit ihnen machte. Allein bei dem Gedanken, was er all den süßen kleinen Tieren angetan haben könnte, die er nicht wollte, jagen mir kalte Schauer über den Rücken. Letztlich hörte ich auf, sie mit nach Hause zu bringen. Ich wusste ja, dass ihre Überlebenschance größer war, wenn ich es nicht tat, also schlich ich mich nach der Schule und an den Wochenenden raus zu den Verstecken, in denen ich sie hielt, um sie zu füttern und mit ihnen zu spielen. Nichts hielt mich davon ab, sie zu lieben und sie aufnehmen zu wollen. Ich hörte lediglich auf, es zu zeigen.

»Tja, ich bin noch nicht lange hier, und … und ich bin nicht sicher, wie lange ich bleibe, also …«

»Aha? Ich hätte gedacht, dass Sie der Typ sind, der gerne Wurzeln schlägt.«

»Sind das nicht die meisten?«

»Ja«, antwortet er kurz.

Ich neige den Kopf zur Seite, um ihn anzusehen. Die warme Haut, die sich in der Sonne heimisch fühlt, das rabenschwarze Haar, das noch feucht ist vom Duschen, die whisky-braunen Augen, die zugleich heiß und kalt wirken. »Sie aber nicht.« Es ist keine Frage, sondern eine Beobachtung. Eine, die er nicht abstreitet. Er betrachtet mich nur stumm.

»Machen wir uns lieber auf den Weg«, sagt er schließlich. Mit diesen Worten nimmt er meinen fast aus allen Nähten platzenden Koffer auf, als wäre er federleicht, geht über den Gehweg voraus, und ich darf ihm folgen.

Kapitel 6

JASPER

Mir geht es gut, wenn Stille herrscht. Genau genommen ziehe ich es vor. Und ich hatte gedacht, dass ich die Regeln für diese Fahrt im Voraus mit Muse geklärt hätte.

Offenbar hatte ich sie nicht deutlich genug geklärt.

»Und wie sind Sie in dieser Branche gelandet?«, fragt Muse nach nicht mal einer Stunde Fahrt.

Ich zucke mit den Schultern. »Es hat sich einfach so ergeben, würde ich sagen.«

»Wie kann sich Kautionsjagd einfach so ergeben?«

»Wenn man die richtigen Voraussetzungen mitbringt …«

»Und wie kamen Sie zu den richtigen Voraussetzungen?«

Ich seufze. Laut genug, dass sie es hört. »Ich dachte, Sie wollten keine Fragen stellen.«

»Ich dachte, Sie hätten gesagt, dass ich keine Fragen zu Ihren Methoden stellen darf. Sie haben *nichts* davon gesagt, dass ich keine Fragen zu Ihnen stellen darf.«

»Ich mag Stille«, sage ich, und sie versteht den Wink.

Zwei Stunden später merke ich, dass sie kurz davor ist zu platzen. Sie hat ihre Fingernägel gefeilt, irgendeine Liste auf ihrem Handy sortiert, ihre Handtasche aufgeräumt, mindestens zweimal das Radio eingeschaltet, und jedes Mal habe ich es gleich wieder ausgestellt.

Muse greift nach unten, um ihre Schuhe auszuziehen, und macht es sich mit untergeschlagenen Beinen bequem. »Das ist ein nettes Auto. Nicht ganz die Sorte Wagen, die ich mir bei Ihnen vorgestellt hatte.«

»Es ist eine lange Fahrt. Ich dachte, dass Sie ein bequemes Auto vorziehen.«

Ich sehe, dass sie ruckartig zu mir blickt. »Das haben Sie für mich getan?«

Ich wende mich kurz in ihre Richtung. »Gucken Sie nicht so überrascht. Ich bin nicht völlig herzlos.«

»I-ich habe nicht gesagt, dass Sie herzlos sind.«

»Nein, aber Sie haben es gedacht.«

Sie widerspricht nicht.

Kurz nach einem schnellen, schweigsamen Mittagessen aus Hamburgern und Pommes frites gleich hinter Tucson versucht sie es erneut. »Woher haben Sie die Uhr? Sie sieht aus wie etwas, das ein Heckenschütze tragen würde.«

Ich sehe zu dem schwarzen Viereck an meinem Handgelenk. Keine Heckenschützenuhr, aber …

Als ich nichts sage, wird sie direkter: »Waren Sie beim Militär?«

»Ja«, antworte ich widerwillig.

Das scheint sie zu ermuntern, denn sie dreht sich auf ihrem Sitz zu mir. »Wirklich? In welcher Teilstreitkraft?«

»Army.«

»Mein Vater hat in der Army gedient. Er ist hin, weil sein Vater und seine beiden Brüder da waren. Hatte das in Ihrer

Familie auch Tradition? Vater bei der Army? Brüder oder Schwestern?«

Ich beiße die Zähne zusammen. Dies sind Themen, über die ich nicht nachdenken, geschweige denn sprechen möchte. »Sie müssen sich wirklich eine andere Beschäftigung suchen. Ich bin nicht der redselige Typ.« Als ich kurz nach rechts blicke, verraten mir ihre großen grünen Augen, dass ich sie gekränkt habe. Seufzend sehe ich wieder auf die Straße. »Hören Sie, ich will wirklich nicht unhöflich sein. Ich bin bloß ehrlich.«

Nach einigen Sekunden Stille blicke ich wieder zu ihr. Ihre Smaragdaugen blitzen. »Tja, dann will ich auch ehrlich zu Ihnen sein. Es war ein echt beschissenes Jahr für mich, und jetzt ist mein Vater verschwunden. Ich hasse es, hier zu sitzen und nichts anderes tun zu können, als zu überlegen, was ich bei uns zu Hause vorfinden mag. Tut mir leid, wenn höfliche Konversation in Ihrem Repertoire nicht vorkommt, aber vielleicht – *ganz vielleicht* – können Sie ja nur dieses eine Mal eine Ausnahme machen.« Ihre Stimme wird zum Ende hin lauter, schärfer, woran ich erkenne, dass sie wütend wird.

Feuer.

Verdammt, das gefällt mir!

»Ich tue Ihnen einen Gefallen, Muse. Sie wollen mich nicht kennenlernen.«

»Vielleicht doch. Das können Sie unmöglich wissen.«

»Oder vielleicht *will* ich es nicht«, gestehe ich leise.

Ich höre ihr frustriertes Schnauben, ehe sie sich auf ihrem Sitz nach hinten wirft, die Arme steif vor der Brust verschränkt und aus ihrem Seitenfenster starrt.

Es ist besser für sie, mich *nicht* zu kennen. Das weiß sie nur nicht.

Kapitel 7

MUSE

Es ist dunkel, als wir unser Nachtquartier erreichen. Und ich bin froh, vom Highway runterzukommen.

Ich fühle mich elend. Geistig und körperlich. Von zu viel Stille, vermute ich. Und die einzige Bewegung, die ich den ganzen Tag bekommen habe, bestand darin, hin und wieder meine Sitzposition zu verändern, zwei Pinkelpausen zu machen und zum Dehnen auszusteigen, solange Jasper mittags im Drive-through war. Geistig war der einzige Reiz mein Ringen mit meinen aufgewühlten Gedanken. Jasper bot mir … nun ja, nichts. Nichts, außer seinen Chauffeurdiensten und einer Riesendosis Frust.

Ich bin früher schon verschlossenen Männern begegnet, aber keiner war so extrem wie Jasper. Er lässt sich nicht mal auf Gespräche über banale Dinge ein. Es ist, als wollte er nicht am Leben teilhaben, sich niemandem auch bloß auf höfliche Distanz nähern. Zumindest ist das mein bisheriger Eindruck.

Da ich es nicht erwarten kann, mich zu strecken und zu bewegen, springe ich praktisch aus dem Wagen, sobald Jasper vor dem Hotel parkt, das er für die Nacht ausgesucht hat. Wir sind am Stadtrand von El Paso, einer Stadt, die zu besuchen ich noch nie das Vergnügen hatte. Es *könnte* ein spaßiger und interessanter Abend werden, eine schöne Ablenkung von meinen Sorgen und meiner inneren Unruhe. Doch da ich mit einem sturen Klotz angereist bin, sind meine Erwartungen auf frühes Schlafengehen und eine Weiterfahrt zu unmenschlich früher Morgenstunde heruntergeschraubt.

»Sie sind übrigens eine furchtbare Reisebegleitung«, sage ich unverblümt, als ich warte, dass Jasper um den Wagen herumkommt, damit wir im Hotel einchecken können.

»Und warum das?«

»Sie sind ungefähr so anregend wie eine Ziege. Wir haben nicht mal blöde Reisespiele gespielt oder so!«

Ich hatte nicht auf tief schürfende philosophische Diskussionen gehofft, aber eine witzige Runde »Punch Buggy« oder »Ninety-nine bottles of beer on the wall« hätten mich vielleicht ein bisschen abgelenkt.

Er sieht nicht mal in meine Richtung, als er antwortet, sondern geht einfach auf den Hotelempfang zu. »Eine Ziege? Ich bin erschüttert.«

Ich eile hinter ihm her und koche immer noch. »Was Sie auch sein sollten. Das Mindeste, was Sie tun könnten, ist, gelegentlich ein bisschen SmallTalk zu machen. Ich meine, *mein Gott*!«

Er entlockt mir einen kleinen Aufschrei, als er unvermittelt stehen bleibt und sich zu mir umdreht. »Mir war nicht bewusst, dass Sie Anregung brauchten. Vielleicht sollten Sie Ihre Erwartungen etwas klarer formulieren.« Ich renne gegen seine Brust und stolpere zurück. Er greift nach meinen Oberarmen und zieht mich an sich, damit ich nicht hinfalle.

Seine elektrisierende Berührung lässt mich nach Luft ringen, zumal ich seinen Körper an meinen gepresst spüre, von meinen Brüsten bis zu meinem Nabel. Mir ist heiß, und ich bin mir seiner erregenden … Gegenwart nur allzu bewusst.

Sein glühender Blick versengt mich. Er ist so nah, dass ich sehe, wie seine schwarzen Pupillen explodieren und den Bernsteinton seiner Iris fast auslöschen. Unabhängig von dem, was ich fühle, lässt ihn diese Berührung genauso wenig kalt.

Ich bemühe mich, die Beherrschung zu wahren. Erfolglos. Seine Nähe ist zu viel. Seine Gefühle, von denen er so wenig zeigt, sind zu überwältigend.

»Ich … Ich …« Ich weiß nicht, was ich sagen soll. Seine Reaktion überrascht mich so sehr, dass es mir vorübergehend die Sprache verschlägt. Ich halte seinem Blick stand, lass ihn auf mich einwirken, bis ich sehe, wie er zu meinem Mund wandert. Unwillkürlich benetze ich meine plötzlich ausgetrockneten Lippen, und kaum blickt er mir wieder in die Augen, erkenne ich in seinen ein völlig *anderes* Feuer.

»Wo ich dich schon mal hierhabe«, raunt er, »können wir das auch gleich hinter uns bringen.«

Ohne weitere Vorwarnung neigt Jasper den Kopf und drückt seinen Mund auf meinen. Er ist so kraftvoll, so … wütend, dass ich mich zunächst in seinen Armen verkrampfe. Bis zu dem Moment jedenfalls, in dem ich den *echten* Jasper spüre, den Jasper, der sich hinter seinem rauen Äußeren verbirgt.

Ich bemerke Weichheit in der Art, wie seine Finger ihren Griff lösen. Sie streicheln mich eher, als dass sie mich festhalten, locken, anstatt zu fordern.

Ich bemerke Dominanz in der Art, wie er seine Lippen auf meinen bewegt. Er hat die Kontrolle, doch er sorgt dafür, dass ich jede Sekunde genieße.

Ich bemerke Ergebung in der Art, wie er an meinem Mund stöhnt. Er wollte dies hier nicht, aber er kann genauso wenig widerstehen wie ich. Da ist etwas zwischen uns, was eine Eigendynamik entwickelt.

Und schließlich spüre ich Verlangen in der Art, wie seine Zunge in meinen Mund eindringt, um mit meiner zu spielen. Er ist Hitze; er ist Kraft. Er ist der Mittelpunkt all meiner Sinne. Er nimmt mich vollständig ein.

Wie in jenen wenigen Sekunden gestern Morgen, als er in mein Leben spazierte, hört die Welt um uns herum auf zu existieren. Er hat mir gestern den Atem geraubt, und er raubt ihn mir jetzt wieder. Da sind keine Ängste, keine Vorbehalte, keine anderen Menschen. Es gibt nur Jasper und diese wahnsinnige Anziehung, die er auf mich ausübt. Er ist wild und rau, gefährlich und verführerisch. Er ist ein geschmeidiges, starkes Tier, das zu erregen und zu zerstören strebt. Er überwältigt, verschlingt, nimmt in Besitz. Er weigert sich, seine Beute mit irgendwem zu teilen. Einen Herzschlag lang bin ich sein. Seine Beute. Nicht unbedingt willentlich, und doch außerstande, mich gegen ihn zu wehren.

Und dann, Gott steh mir bei, reagiere ich. Mein Körper übernimmt, und ich verliere mich in diesem Kuss, in diesem Moment. In diesem Mann. Ich biege mich ihm entgegen, presse meine schmerzenden Brüste an seinen Oberkörper. Mit jedem Muskel, jedem Nerv, jeder Faser drängt es mich zu ihm, sauge ich ihn in meinen Körper, meine Seele, meinen Mund auf. Unwillentlich entfessle ich das Tier in ihm, von dem ich glaubte es schon gesehen zu haben.

Mit einer Entschlossenheit, die in einem Knurren, das in meinem offenen Mund vibriert, ihren Ausdruck findet, dreht Jasper uns um und drückt mich mit dem Rücken an eine der großen Betonsäulen, die das Hotelportal tragen. Er legt den Kopf schräg und vertieft den Kuss, bis er eine Intensität erreicht, die ich noch nie zuvor erlebt habe. Er treibt ihn in eine mir bisher unbekannte Dimension. Er bestraft mich mit dem Druck seines Körpers und beschwichtigt mich zugleich mit dem sanften Lecken seiner Zunge. Ich spüre ihn überall, innen, außen, durchdringend, verzehrend.

Der Kuss findet zu einem langsamen, verlockenden Ende, und ich möchte wimmern, als Jasper den Kontakt abbricht. Dann bin ich frei. Frei zu atmen, frei zu sprechen. Frei zu denken, zu sehen und zu hören, was ich jedoch nicht tue. Nichts davon. Ich kann lediglich fühlen, und es ist wie das Jucken, wenn eine Verletzung verheilt. Wunderbar verheilt.

»Ach du Schande!«, murmelt er und reibt seine Wange an meiner, sodass sein Atem an meinem Ohr kitzelt.

Ich möchte, dass er um mehr bittet. Ich will wissen, was er denkt. Warum er das getan hat. Was aus mir werden soll, nachdem ich ihm begegnet bin. Denn mir ist klar, dass ich nie wieder dieselbe sein werde wie vorher. Nicht, dass ich einen Grund zu dieser Annahme hätte. Es ist pure Intuition. Ein Gefühl. Allerdings ein *starkes*.

Er hebt den Kopf, schiebt mich jedoch nicht weg, was mich erst recht überrascht. Er steht einfach da, hält mich in seinen Armen und blickt mir in die Augen.

Ich beobachte, wie Jasper mich beobachtet, während wir beide noch von der Hitze des Kusses benommen sind. Dann aber bemerke ich verwirrt und fasziniert zugleich, wie sich seine Züge nach und nach verhärten, bis ich nicht mehr erkenne, was er empfindet. Ich sehe ihm dabei zu, wie er seine Gefühle tief in sich vergräbt. Bewusst. Entschlossen. Doch seltsamerweise weiß ich trotzdem, dass sie noch da sind.

Das müssen sie sein.

Oder nicht?

»Gehen wir und nehmen uns zwei Zimmer«, sagt er heiser.

Der Jasper von eben ist jetzt verborgen hinter einem strengen Äußeren, erstickt hinter einer nüchternen Fassade. Derweil bebt meine Welt noch nach, und meine Gefühle stehen nach wie vor Kopf.

Was zur Hölle ist hier eben passiert?

Eine solch absolute Selbstbeherrschung habe ich noch nie gesehen. Es ist so verwirrend, dass ich weder auf die gedämpften Grüntöne in der Hoteleingangshalle achten kann noch auf das breite Lächeln der jungen Frau in den Zwanzigern, die hinterm Empfangstresen steht, als wir hineingehen. Und deshalb achte ich auch nicht auf das, was Jasper sagt, oder darauf, wie die Empfangsdame reagiert. Ich stehe einige Schritte hinter ihm, ganz in Gedanken.

Mir schwirrt der Kopf vor lauter Empfindungen, was wiederum Tür und Tor für *noch mehr* Empfindungen öffnet. Gedanken bekriegen sich, Gefühle ringen miteinander, Schuldbewusstsein regt sich. Unglücklich werde ich mir bewusst, dass ich meinen Vater und meinen Kummer zum zweiten Mal innerhalb von sechsunddreißig Stunden komplett vergessen habe. Sicher, es war jeweils nur für wenige Sekunden, aber das macht es für mich um nichts besser. Was für eine Frau lässt sich so vollständig von einem Mann einnehmen?

Eine, der noch nie ein Mann wie Jasper begegnet ist.

Ich werde aus meiner unschönen Grübelei gerissen, als der Auslöser meiner Verwirrung sich umdreht und mir einen dünnen Umschlag mit einer Nummer vorn drauf reicht. »Du kannst 213 haben. Mit Blick auf den Swimmingpool.«

»Wo schläfst du?«

»Direkt nebenan, an der Treppe.« Etwas sagt mir, dass er die Zimmer absichtlich so ausgewählt hat. Ich wette, er ist einer von diesen Typen, die im Restaurant auch gern mit Blick auf die Eingangstür sitzen. Weshalb ich umso dringender wissen möchte, was in seinem Kopf vorgeht. Ich kann mir keinen komplizierteren Mann vorstellen. »Geh ruhig schon nach oben. Ich hol unsere Sachen.«

Ich nicke. Zwar möchte ich etwas sagen, ahne jedoch, dass es mir nichts nützen wird. Außerdem weiß ich nicht mal, was ich sagen würde. Ich habe ja nur Fragen. Sehr viele Fragen. Und Jasper ist alles andere als *gewillt*, auf die zu antworten.

Ich betrete das angenehm kühle Zimmer, gehe ans Fenster und schiebe die dünnen Vorhänge zur Seite, um auf das Viereck beleuchteten Wassers unten zu sehen. Als ich ein Klopfen höre, zucke ich nicht zusammen, denn ich hatte damit gerechnet.

Ich öffne Jasper, doch er beugt sich nur weit genug vor, um meinen Koffer auf dem Teppich abzustellen. Dann sagt er knapp: »Ich will um sieben losfahren. Sei bereit.« Dann dreht er sich weg, seine schwarze Reisetasche über die Schulter geschwungen, und geht in sein eigenes Zimmer.

Als ich seine Tür mit einem leisen Klicken ins Schloss fallen höre, murmle ich: »Nein, mach dir bloß keine Gedanken meinetwegen. Ich bestelle einfach was beim Zimmerservice. Aber *tausend Dank*, dass du fragst.«

Nun zucke ich doch zusammen, denn Jaspers Tür fliegt auf, und er streckt den Kopf heraus. »Was war das?«

Ich starre ihn sekundenlang mit großen Augen und offenem Mund an, bevor ich kopfschüttelnd in mein Zimmer zurücktrete, die Tür schließe und mich von innen dagegenlehne.

Bewegt sich wie ein Tiger. Hört wie ein Superheld. Was kommt als Nächstes? Kann der Kerl an Hauswänden raufklettern?

Entschlossen, meinen frustrierenden Zimmernachbarn aus meinem Kopf zu verbannen, um mich auf Wichtigeres zu konzentrieren, packe ich einige Sachen aus und richte mich provisorisch ein, bevor ich mir etwas zu essen bestelle. Meine Gedanken wandern mal wieder zum Colonel und dem, was geschehen sein mag. Bedenkt man, dass ich ans andere Ende des Landes gezogen bin, damit er in Sicherheit ist, dürfte meine Verzweiflung ob seines Verschwindens nachvollziehbar sein.

Normalerweise würde ich mir nichts dabei denken, wenn ich ihn einige Tage lang nicht erreichen kann. Abgesehen davon, dass er immer ziemlich beschäftigt ist, hasst der Mann Handys. Er sagt, dass sie nur ein weiteres Gerät sind, das von Leuten mit finsteren Absichten gehackt und genutzt werden kann, um unsere Rechte zu beschneiden. Ich habe seine Paranoia immer auf seine Zeit beim Militär geschoben. Obwohl er mir nie viel von dem erzählt hat, was er dort machte, war leicht zu erkennen, dass es streng geheim war. Die meisten Leute reden über ihre Arbeit, zumindest ganz allgemein, nicht hingegen mein Dad. Er war immer verschwiegen und vorsichtig – jedenfalls, was die Arbeit anging. Solange ich denken kann.

Ich sehe hinüber zu meinem Telefon auf dem Nachttisch. Zum millionsten Mal überlege ich, ihn zu Hause anzurufen, bremse mich aber. Das könnte für ihn in einer Katastrophe enden, sollte es jemand herausbekommen.

So bleibe ich gefangen in meinen Horrorfantasien und der Stille des Zimmers. Ich gehe wieder ans Fenster, öffne den Vorhang und blicke in die Dunkelheit. Eine Bewegung, welche die strahlend blaue Wasseroberfläche unter mir stört, zieht meinen Blick an. Ich beobachte einen einsamen Schwimmer, der mit langen, kräftigen Zügen Bahnen zieht, jeweils an den Enden des Pools kurz wendet und die nächste Bahn schwimmt.

Gedankenverloren betrachte ich die Gestalt, bis sie am einen Ende innehält, sich das Wasser aus dem kurzen dunklen Haar schüttelt und die Arme auf den Beckenrand legt, um zu verschnaufen. In exakt diesem Moment verrät mir ein warmes, einladendes Kribbeln in meinem Bauch, wer der Schwimmer ist. Das ist Jasper. Trotz der Dunkelheit und der Entfernung weiß ich so sicher, dass er es ist, wie ich weiß, dass Teppichboden unter meinen Füßen ist und meine Hand auf kühlem Glas ruht.

Ohne weiter nachzudenken, schnappe ich mir meine Schlüsselkarte und gehe zum Fahrstuhl. Unten folge ich der

Beschilderung, trete nach draußen und bewege mich leise über die gepflasterte Terrasse zu einem Liegestuhl parallel zum Pool, an dessen Fußende ich mich hocke. Jasper schwimmt wieder, mit gesenktem Kopf, und seine Arme durchschneiden das saphirblaue Wasser gnadenlos, als müsse er ihm etwas beweisen.

Unermüdlich durchpflügt Jasper das Becken Zug um Zug in einem steten Rhythmus, bis er wieder am Ende haltmacht. Von meinem Platz aus kann ich seinen angestrengten Atem hören. Ich mache mich nicht bemerkbar, weil ich noch nicht damit fertig bin, ihn zu beobachten.

Schließlich, nach einer weiteren Minute, stützt Jasper die flachen Hände am Beckenrand auf und stemmt sich mühelos aus dem Wasser. Die Muskeln an seinem Rücken und seinen Armen wölben sich unter der Haut. Als er sich umdreht, begegnet sein Blick sofort meinem. Ohne dass er überrascht wäre. Als hätte er die ganze Zeit gewusst, dass ich hier bin.

Stark und selbstsicher kommt er auf mich zu. Seine langen, muskulösen Beine stecken in schwarzen Shorts, die an seinen Schenkeln kleben. Ich zwinge meinen Blick weiter nach oben, über seinen Waschbrettbauch, die klar definierten Brustmuskeln, verharre jedoch bei einem schwarzen Tattoo, das die rechte Seite seines Oberkörpers dominiert.

Als Jasper vor mir stehen bleibt, gebe ich mir keine Mühe, mein Interesse zu verbergen. Mich faszinieren derlei Kunstwerke viel zu sehr, um es auch bloß zu versuchen. Unter den Wassertropfen, die auf seiner Haut glitzern wie Diamanten auf glatter Bronze, ist ein Gewirr von fies aussehenden Dornenranken, die sich über seine rechte Schulter, den Oberarm hinauf bis hin zu seiner Brust erstrecken.

Dann sehe ich in seine Augen. Sie sind dunkel und so unergründlich wie die Nacht. Ein Schauer überläuft mich, und ich schlinge die Arme um meine Taille, als wäre mir kalt.

Ich will ihn nach dem Tattoo fragen, doch ich weiß ja schon, dass es nichts bringt, also spare ich mir die Mühe.

»Ist das Wasser kalt?«, frage ich stattdessen betont gelassen.

»Bist du nach hier unten gekommen, um mich das zu fragen?«, kontert er ungläubig.

»Ich bin überhaupt nicht hergekommen, um irgendwas zu fragen.«

»Lügnerin«, flüstert er.

Jasper steht so nahe vor mir, dass ich seine Haut rieche. Sie riecht nicht nach Seife, Chlor, Schweiß oder Eau de Cologne. Sie riecht einfach … köstlich. Natürlich. Wie Salz, mit dem Hauch einer Moschusnote. Leicht und irgendwie … wild. Fast unmerklich stimmt mein Körper sich darauf ein, als wäre es der einzige Geruch, den ich überhaupt wahrnehmen kann. Irgendwo. Jemals. Sein Geruch, seine Nähe rauben mir die Fähigkeit zu atmen, zu denken, zu *kämpfen*.

Ich beiße die Zähne zusammen und ermahne mich, entschlossen zu bleiben. Es ist falsch, dass ich so denke, so fühle. Ich darf mir diesen Typen nicht so nahegehen lassen. Es steht zu viel auf dem Spiel, es gibt zu vieles, worum ich mich sorgen muss. Außerdem sagt mir etwas, dass mich auf ihn einzulassen – *richtig einzulassen* – ein Desaster wäre. Zumindest für mich wäre es das.

Ich straffe die Schultern. »Na gut, ich *wollte* dich etwas fragen.«

Jasper verschränkt die Arme vor der Brust, was meinen Blick unwillkürlich auf seinen Bizeps lenkt. *Bei Gott, er ist traumhaft gebaut!* »Na?«

»Wa-warum hast du mich geküsst?«

»Wie ich schon sagte, ich wollte das aus dem Weg haben.«

»Ich weiß, was du gesagt hast, aber was hast du damit gemeint?«

»Wir fühlen uns zueinander hingezogen. Ich dachte mir, es wäre das Beste, wenn wir diesen Kuss hinter uns bringen, damit wir nicht dauernd von dem Gedanken daran abgelenkt sind.«

Ich sollte beleidigt sein. Ich sollte abstreiten, was er sagt. Aber ich kann nur denken, dass er sich auch zu mir hingezogen fühlt und dass er immer wieder daran gedacht hat, mich zu küssen. Und wie falsch es ist, dass es mich überhaupt interessiert.

»Nun«, beginne ich und hasse es, wie atemlos ich klinge. »In dem Fall, danke. Ich habe reichlich, worüber ich mir Gedanken machen muss. Da brauche ich *dich* nicht auch noch obendrauf.«

Ich bin überrascht, als ich sehe, wie sich Jaspers einer Mundwinkel hebt, was einem schiefen Grinsen gefährlich nahe kommt. »Du müsstest dir meinetwegen nur Gedanken machen, falls du etwas brauchst, was dich für eine Weile von deinen Sorgen ablenkt.«

»Und warum das?«

Ich halte den Atem an, während ich mit einem Gefühl im Bauch, als würde sich dort eine Schlange winden, auf seine Antwort warte.

»Weil es genau das ist, was ich tun würde. Dich ablenken.

Ich würde dir so viele Dinge geben, auf die du dich konzentrieren kannst, die du *fühlen* kannst, dass dir keine Energie mehr bliebe, an etwas anderes zu denken. Das ist alles, was ich anbieten kann. Aber in dem, was ich anbiete, bin ich glänzend.«

Ich muss nach Luft schnappen.

Es ist ein Versprechen. Eine Aufforderung. Eine teuflische Versuchung, auf die ich mich derzeit nicht einlassen kann. *Warum hast du ihm diese Frage gestellt? Warum musstest du es wissen? Blöd, blöd, blöd!*

»Du hast Glück, denn ich brauche keine Zerstreuung. Ich muss mich konzentrieren. Die Sache ist zu wichtig.«

»Ich würde nicht sagen, dass ich Glück habe. Vielmehr kann man sagen, es ist ein Glück *für dich*.«

»Und warum das?«

Er sieht mich lange und eindringlich an. »Für dich dürfte ich das Schlimmste auf der Welt sein. Das Schlimmste, das sich *anfühlen würde* wie das Beste.« Gerade bin ich sicher, dass mein Herz gleich meinen Brustkorb sprengt, da geht Jasper weiter. »Wir sehen uns morgen früh, Muse.«

Und dann ist er fort, hat mich allein gelassen in der Dunkelheit mit Gedanken, die ich wirklich weder jetzt noch überhaupt haben sollte.

Kapitel 8

JASPER

Als ich den Schuss höre, bin ich sofort aus dem Bett und auf den Beinen, meine 9mm vor mir, ehe ich mir den Schlaf aus den Augen blinzle. Ich schlafe nie fest. Berufskrankheit, schätze ich.

Mein Gehirn erkennt umgehend, dass der Schuss in der Nähe war, aber nicht zu nah bei mir. Keine unmittelbare Bedrohung.

Ein kurzer Blick durch mein Zimmer sagt mir, dass hier nichts verändert ist. Mein nächster Gedanke gilt der Person, die hinter der dünnen Wand schläft, und dass sie in Gefahr sein könnte. Die Möglichkeit besteht, so viel weiß ich.

Ich greife nach den beiden Schlüsselkarten auf meinem Nachttisch, ehe ich hinauslaufe.

Leise entriegle ich Muses Zimmertür. Dann mache ich sie schnell auf, schlüpfe hinein und schließe die Tür genauso rasch hinter mir, während ich mich schon in die Ecke ducke, falls Muse nicht allein ist. Das Licht aus dem Korridor hätte Eindringlinge geblendet, und da sie keinen Schuss abgefeuert haben, müssten sie jetzt warten, bis sich ihre Augen neu an die Dunkelheit angepasst haben.

Ich höre eine Bewegung zu meiner Linken. Auch wenn

ich das lange, wellige Haar nicht sehen kann, das ihre weiß bedeckten Brüste berührt, weiß ich, dass es Muse ist. Ich kann sie riechen.

Lautlos bewege ich mich auf sie zu, ziehe sie hinter mich und drücke sie an die Wand. Außer Gefahr.

Dann sehe ich mich in dem Zimmer um. Meine Augen haben sich an das wenige Licht gewöhnt, und hier scheint nichts Ungewöhnliches zu sein. Ich rieche auch kein Schießpulver. Spüre keine Gefahr. Hier ist niemand außer Muse.

Muse. Ich kann jeden Millimeter von ihr an meinem Rücken fühlen. Ich bräuchte nichts weiter zu tun, als mich umzudrehen, sie in meine Arme zu nehmen, und ich hätte sie heute Nacht. Sie würde sich nicht sträuben.

Aber ganz so ein Schwein bin ich nicht.

Ich drehe mich zwar zu ihr um, berühre sie aber nicht. »Entschuldige, falls ich dir Angst gemacht habe.«

»Hast du nicht«, haucht sie atemlos.

Ich mustere ihren Körper, sehe, wie sich ihre Brüste heben und senken: üppige Wölbungen, die gegen den blassen Stoff ihres Trägertops drücken. In einem schmalen, silbrigen Streifen Mondlicht erkenne ich einen Schatten, wo sich ihre harten Nippel recken. Prompt wird mir der Mund wässrig. »Lügnerin«, flüstere ich.

Mein Schwanz regt sich, was ein sicheres Zeichen ist, dass meine Selbstbeherrschung nachlässt. Das kommt selten vor.

Es ist lange her, dass ich eine Frau so sehr wollte. Bei mir dreht sich alles um Beherrschung, deshalb warte ich grundsätzlich, bis es passend ist, meinen niederen Bedürfnissen nachzugeben. Bequem, schlicht, ohne Verpflichtungen. Das ist mein Ding. Oder eher mein Modus Operandi. Ich mache einen weiten Bogen um Komplikationen. Und dies hier ist in etwa so kompliziert, wie es irgend geht, besonders für mich.

»Okay, gut, du hast mir eine Scheißangst eingejagt. Was machst du denn? Und wie bist du hier reingekommen?«

»Ich habe einen Schuss gehört.«

»Habe ich auch.«

»Deshalb bin ich gekommen, um nach dir zu sehen.«

»Oh«, sagt sie nur.

Dann blickt sie mit ihren riesigen Augen zu mir auf. Ich sehe, wie ihre Zungenspitze ihre Lippen benetzt. Immer noch kann ich diese Lippen und diese Zunge schmecken. Ihre ungezähmte Reaktion auf meinen Kuss fühlen. Sie ist ganz und gar süße Verlockung und wilde Hemmungslosigkeit, gemischt mit dem unwiderstehlichen Aroma der verbotenen Frucht. Pech für sie, dass mich Verbote oder Tabus noch nie davon abgehalten haben, mir das zu nehmen, was ich will. Aber etwas daran, eine Frau wie sie auszunutzen … Nun, das ist selbst für jemanden *wie mich* schwer zu schlucken.

»Jetzt, da ich weiß, dass es dir gut geht«, beginne ich, trete zurück und stecke meine Waffe hinten in den Bund meiner Shorts, »lasse ich dich mal weiterschlafen.«

»W-wie bist du hier reingekommen?«, wiederholt sie und geht einen Schritt auf mich zu, als ich bereits zur Tür strebe.

»Mit einer Schlüsselkarte. Sie haben dir zwei gegeben, und eine habe ich behalten.«

»Wow! Danke, dass du gefragt hast.«

»Ich bitte nicht oft um Erlaubnis für irgendwas. Das macht dir hoffentlich nichts aus.«

»Und wenn doch?«

Ich zucke mit den Schultern. »Dann wird dies hier kein sonderlich vergnüglicher Ausflug für dich.«

Ich greife nach der Türklinke.

»Warte«, sagt sie, und ich halte inne. »Du kannst übrigens auch bleiben.«

»*Bittest* du mich zu bleiben?«

Sie geht wieder zurück zum Bett, wobei sie die Hände ringt. »Ich sage nur, ich vertraue darauf, dass du nichts tust. Ich meine, es ist ja nicht so, als könntest du nicht sowieso jederzeit hier hereinkommen.«

Ich überlege. Es wäre so leicht …

»Wir brauchen beide Schlaf.«

Sie neigt den Kopf zur Seite, sodass ihr langes, feuerrotes Haar über ihre Brust fällt. Es ist eine sexy Pose. Wahrscheinlich hat sie keine Ahnung, *wie* sexy.

»Ich verspreche, dich nicht wachzuhalten.«

»Ich kann nicht mit jemand anderem im Zimmer schlafen.«

»Oh«, sagt sie wieder.

»Aber ich bin in der Nähe, falls du mich brauchst.«

Damit öffne ich die Tür und gehe hinaus. Ich höre ein leises »Gute Nacht«, bevor ich die Tür hinter mir schließe. Und ich habe das Gefühl, dass es eine *lange*, aber nicht zwangsläufig eine *gute* Nacht wird.

Kapitel 9

MUSE

Als die Morgendämmerung die Wolken erhellt, liege ich immer noch wach und starre an die Decke. Erst vor einer Stunde hat mein Körper aufgehört zu kribbeln. Nachdem Jasper gegangen war, konnte ich noch ewig jeden harten Muskel, jede warme Stelle an ihm fühlen, als wäre ich immer noch an seinen Rücken gepresst. So etwas ist mir noch nie zuvor passiert, und so lag ich bloß da, auf der Bettdecke, alle viere von mir gestreckt, und schwankte hin und her zwischen dem genüsslichen Gefühl und Selbstvorwürfen, weil ich Jasper so dringend will, obwohl mein Vater in Gefahr sein könnte.

Ich glaube nicht, dass ich schon mal so zwiegespalten war. Ich *will* Jasper nicht wollen. Ich will meinen Vater finden. Ich will, dass sich dieses ganze Durcheinander aufklärt, damit ich zurück nach Hause kann. In mein *echtes* Zuhause. Ich wünsche mir auch eine Menge anderer Dinge, doch Jasper sollte nicht dazugehören. Er ist auf praktisch jede erdenkliche Art falsch für mich. Er ist distanziert und stur, ein echter Herumtreiber mit einem gefährlichen Job, vage in allem, was er sagt, und nur in seltenen Momenten freundlich. Außerdem hatte er quasi zugegeben, dass er nur für

One-Night-Stands zu haben wäre. Ich meine … könnte er *schlechter* zu mir passen?

Wahrscheinlich nicht.

Und dennoch … Auch als ich alles, was gegen ihn spricht, bedenke … will ich ihn. Gott, und wie ich ihn will! Irgendwas macht er mit mir. Etwas Mächtiges, meine Urinstinkte Ansprechendes und Unwiderstehliches. Ich spüre die Hitze unter seinem kühlen Äußeren so deutlich, als würde ich vor einem Feuer stehen und mir die Hände wärmen.

Ganz zu schweigen davon, dass er mutig ist und mich tatsächlich beschützen wollte. Das hätte ich nie erwartet. Na ja, den Mut vielleicht, aber nicht seinen ausgeprägten Beschützerinstinkt. Ich meine, er kam zu meiner Rettung herbei, als er einen Schuss hörte. Wie eine Art Held. Meine Knie werden weich, wenn ich nur daran denke, wie er vor mir stand, so groß und furchtlos, und mich hinter sich schob, während er sich dem Killer oder dem Irren stellte, der in meinem Zimmer hätte sein können. Und er zögerte nicht. Überlegte gar nicht erst, ehe er sich zwischen mich und die Gefahr brachte.

Wahrscheinlich würde er lachen, wenn er wüsste, dass das einzig Gefährliche an der Situation meine Reaktion auf ihn war. Die mag mir gewaltig gegen den Strich gehen, doch das mindert sie um nichts.

Um kurz vor sechs quäle ich mich aus der wenig erholsamen Waagerechten und mache mich aufbruchsbereit. Er hatte Punkt sieben gesagt, und ich habe vor, dann fertig zu sein.

Fünfzehn Stunden. Wir sind fünfzehn Stunden lang Hunderte von Meilen gefahren und haben gerade mal wenige höfliche Worte gewechselt. Der Wagen ist schon seit unserem Aufbruch von Schweigen erfüllt. Leider hat ihn das keinesfalls zu einem neutralen Raum gemacht. Ganz im Gegenteil. Er ist zum Bersten voll mit sinnlichen Schwingungen, die von aufwühlendem Verlangen und Nicht-haben-Können künden. Von dem, was ich mir sehnlichst wünsche und mir am liebsten nicht wünschen würde. Oder zumindest fühlt es sich für mich so an.

Dutzende Male habe ich mich dabei ertappt, wie ich Jasper beobachtete, der so lässig und zugleich kompetent das Lenkrad umfasst. Ich habe mich dabei ertappt, wie ich seine langen Finger betrachtete und die gewölbten Adern auf seinem Handrücken bewunderte. Noch häufiger allerdings habe ich festgestellt, dass ich verstohlen zu seinem strengen Profil blickte und den Konturen seines sehnigen Halses bis zu seiner breiten Brust folgte, die in weiche, schwarze Baumwolle gehüllt ist.

Mehrmals, wenn ich nicht gerade dabei war, ihn zu mustern, habe ich aber auch eine Bewegung aus dem Augenwinkel bemerkt und festgestellt, dass er zu mir sah. Jedes Mal sah er für wenige Sekunden hin und dann wieder weg. Was jedoch nicht das Problematische war. Das war, dass ich die Intensität seines Blickes *fühlen* konnte. Ich konnte spüren, wie er mit mir kommunizierte, als handelte es sich um laut ausgesprochene Worte. Das hat mich aus der Fassung gebracht, mich wahnsinnig gemacht. Schlimmer noch, es war so anzüglich, dass es mein Verlangen kurz mal verzehnfacht hat.

Den ganzen Tag habe ich zwischen obsessiven Gedanken an den Mann neben mir – was er denkt, wer er wirklich ist, wie sich seine Lippen auf meiner Haut anfühlen würden – und schuldbewussten Gedanken an meinen Vater geschwankt.

Ich hatte getan, was ich konnte, damit der Colonel in Sicherheit war, aber möglicherweise war das nicht genug. Andererseits sage ich mir, dass man mich schon benachrichtigt hätte, wäre er tot. Für den Fall hatte er bereits einige Vorkehrungen getroffen. Damals hielt ich es für übertrieben morbide, aber jetzt ... jetzt bin ich froh, dass er es getan hat. Es ist eine gewisse Beruhigung in einer ansonsten gruselig besorgniserregenden Zeit.

Wobei der Tod nicht die einzige Sorge, nicht das einzige Horrorszenario ist. Sollte er verwundet oder verschleppt sein, würde niemand wissen, wie man mich kontaktiert. Und er könnte das eine oder das andere sein – oder beides.

Ich bremse mich, ehe ich diesen Bildern noch mehr Leben einhauche. Stattdessen versuche ich, mich mit der Tatsache zu trösten, dass er nicht tot ist. An diesem Gedanken klammere ich mich so energisch fest, wie es mein Verstand erlaubt.

Unwillkürlich fröstle ich.

»Ist dir kalt?«, fragt Jasper mit seiner rauen Stimme. »Ich kann die Heizung aufdrehen.«

»Die Heizung?« Ich bin benommen. Verwirrt. Durcheinander von meinen chaotischen Gedanken.

Ratlos blicke ich mich um, sehe auf den endlos langen, ein Stück weit von unseren Autoscheinwerfern beleuchteten Highway. Sie durchschneiden mit beinahe chirurgischer Präzision die Dunkelheit. Ich bemerke ein Schild an der

Seite, auf dem steht: *Spielen Sie mit Ihrem Geld, nie mit Ihrer Zeit. Besuchen Sie das witzigste Kasino in Shreveport.*

Shreveport? In Louisiana ist es nicht kalt.

»Warum sollte ich die Heizung brauchen?«

»Weil du gefröstelt hast.«

Ich sehe zu Jasper. Und wünsche mir sofort, ich hätte das gelassen. Egal, wie oft ich seine markanten Züge betrachte, seine faszinierenden Augen, seinen köstlichen Mund – ich gewöhne mich nie an dieses Flattern in meinem Bauch, sobald ich ihn ansehe. Es ist, als würde ich jedes Mal aufs Neue vor Ehrfurcht erstarren.

Jetzt gerade wird sein Gesicht vom rötlichen Schein der Armaturenbrettanzeigen in ein ätherisches Licht getaucht, sodass er wie ein Racheengel aussieht, der gekommen ist, sich zu holen, was sein ist.

Vielleicht ist er gekommen, mich zu holen.

Wieder erschauere ich.

»Mir ist nicht kalt.«

Beileibe nicht.

Er wendet seinen Blick gerade so lange von der Straße ab und mir zu, dass er meinem begegnet und mich in die Honigtiefe seiner Augen zieht, bis ich fast in ihr ertrinke. »Und warum fröstelst du dann?«

»Tue ich nicht. Ich habe nur … Es war nur ein unangenehmer Gedanke, sonst nichts.«

Er sagt nichts, also drehe ich mich zum Seitenfenster, wie in den letzten fünfzehn Stunden schon die meiste Zeit, wenn ich Jasper nicht gerade heimlich beobachtet habe. Jasper, den verschlossensten, schweigsamsten Reisebegleiter von allen.

»Erzähl«, höre ich ihn Minuten später sagen.

Ich sehe wieder zu ihm, verstehe aber nicht, was er meint. »Wie bitte?«

»Erzähl mir von deinem unangenehmen Gedanken.«

Er klingt beinahe verärgert, als wolle er es wissen, aber eigentlich auch nicht.

So wie ich es ihm erzählen will, aber im Grunde auch nicht.

Ein Widerspruch.

Und ein weiterer Konflikt.

Ich denke an meinen bisherigen Widerwillen, ihm mehr als zwingend nötig über meinen Vater zu erzählen, über *irgendwas*, genau genommen. Aber ich denke auch daran, wie dringend ich mir irgendeine Form von Kommunikation mit ihm wünsche. Und vor allem stelle ich fest, dass ich mir wünsche, Jasper würde etwas über mich wissen, etwas Wichtiges. Gerade genug, dass er meine Angst verstehen kann. Ja, ich wünsche mir verzweifelt jemanden, der mich versteht, mit mir fühlt. Der mich vielleicht sogar beruhigt.

Also beschließe ich, es ihm zu erzählen. Natürlich nicht alles. Nicht mal annähernd. Aber doch mehr, als ich eigentlich je preisgeben wollte.

»Mein Vater hatte … einige sensible Informationen. Er hatte mit jemandem zusammengearbeitet, mit dem ich ausging. Ich hatte keine Ahnung, dass sie mehr als nur gewöhnliche Kollegen waren, aber … so verhielt es sich. Ich hörte zufällig etwas mit, was ich nicht hätte hören dürfen. Da musste ich verschwinden, damit mein Vater in Sicherheit war.« Seufzend lege ich eine Pause ein. Bei der Erklärung muss Jasper wohl eher denken, dass ich verrückt bin. Oder einen Hang zum Theatralischen habe. »Es ist eine lange Geschichte. Aber das Wichtigste ist, dass wir seit meinem Weggang jeden Monat so per Telefon miteinander reden. Jeden Monat. Verlässlich wie ein Uhrwerk. Bis letzten Freitag.«

»Und deshalb denkst du, ihm ist etwas passiert?«

»Ja, weil ich mir nicht vorstellen kann, was sonst los sein sollte. Ich meine, er würde diesen Anruf nie einfach so verpassen. Ausgeschlossen. Nicht, wenn er es irgend vermeiden kann. Er würde wissen, dass ich mir Sorgen mache, und er weiß, dass ich alles riskieren würde, um ihn zu finden.«

»Ist dir schon mal der Gedanke gekommen, dass er nicht vermisst wird? Dass er …«

Jaspers abruptes Verstummen verrät mir, was er um ein Haar gefragt hätte.

»Was? Dass er tot ist?«

Seine Lippen werden schmal, und er nickt. Bedenkt man, wie rücksichtslos und unverblümt – bis hin zu unverschämt – Jasper manchmal wirkt, nehme ich es als Kompliment, dass er jetzt verlegen zu sein scheint. Vielleicht ist das seine Art, überlegt und feinfühlig zu sein.

»Schon gut, das darfst du fragen. Und die Antwort ist, dass ich mir wohl nicht vollkommen sicher sein kann, doch er hat einiges arrangiert, damit ich benachrichtigt werde, sollte ihm etwas zustoßen. Also weiß ich zumindest sicher, dass nirgends seine Leiche aufgetaucht ist.« Ich schlucke, weil ich einen Kloß im Hals habe.

In Jaspers Schweigen liegen all die Unsicherheit und die entsetzlichen Gedanken, die ich absichtlich bändige; Dinge wie die Tatsache, dass dauernd Leute verschwinden, deren

Leichen nie gefunden werden. Aber wenigstens ist Jasper so nett, es nicht auszusprechen.

»Eventuell ist er krank«, sagt Jasper schließlich. »Ich meine, wenn er … eine Lungenentzündung hat oder so, würde er dann aus dem Krankenhaus anrufen?«

Für welche Krankheit er sich entschieden hat, bringt mich zum Lächeln. Vermutlich will er bewusst nicht alles noch schlimmer machen, indem er etwa von einem furchtbaren Autounfall spricht, in dessen Folge mein Vater im Koma liegt, von einem Gehirntumor, der ihm sein Erinnerungsvermögen geraubt hat, oder etwas in der Richtung. Nicht, dass mich irgendeine dieser Möglichkeiten schockieren würde. Ich glaube, ich habe schon so ziemlich jedes Worst-Case-Szenario durch, das es auf dem Planeten gibt.

»Nein, dass würde er nicht, aber …«

»Vielleicht hilft es dir, zu wissen, dass ich eine Stromrechnung entdeckt habe, die dein Dad kürzlich bezahlt hat. Mit einer Kreditkarte, die er seit Jahren nicht benutzt hatte, und die Adresse war in Atlanta. Weißt du irgendwas darüber?«

Eine Adresse in Atlanta? Was ist das denn?

Ich runzle die Stirn. »Nein, weiß ich nicht. Aber warum sollte er … Ich meine …«

»Warum kann ich dir nicht sagen, aber ich kann dich hinbringen, und du fragst ihn selbst. Wie wäre das?«

Auch wenn ich jetzt noch mehr Fragen habe, bin ich unsagbar erleichtert. Dass er eine Rechnung bezahlt hat, mag noch kein konkreter Hinweis sein, dass es ihm gut geht, aber es kommt dem verdammt nahe. Außerdem hört es sich, wenn ich genau überlege, *sehr* nach einem Plan B meines Vater an. Es sieht ihm ähnlich, sich an irgendeinem finsteren Ort zu verstecken und zu warten, bis ich ihn finde. Und er weiß, dass ich ihn aufspüren würde. Der Colonel weiß, dass ich nach ihm suchen würde und ihn, sofern ich jemanden auftreibe, der mir hilft, am Ende finden würde.

Ich spare mir die Mühe, Jasper zu fragen, wie er an die Kreditkarteninformationen meines Vaters gelangt ist. Etwas sagt mir, dass ich es nicht wissen will. Und sowieso würde er es mir nicht verraten. Das wäre *viel zu* anständig und offen für einen Mann wie ihn.

»Ihr steht euch nahe, wie es scheint.«

Nahe, wie es scheint. Ich liebe die Art, wie Jasper redet. Er benutzt kaum Slang-Ausdrücke, flucht selten. Es ist, als wäre er zu beherrscht, zu … präzise, um sich auf billige Kurzformeln einzulassen. Auch seine Stimme ist sehr kultiviert, was mir bei einem Kautionsjäger komisch vorkommt. Dennoch passt sie zu ihm. Bei jedem anderen könnte sie deplatziert wirken, nicht hingegen bei diesem komplizierten Mann.

Er hat etwas von einem Chamäleon an sich. Es ist, als könnte er, trotz seines unglaublichen Aussehens und einer so gewaltigen Präsenz, dass sie einen praktisch erdrückt, irgendwer von irgendwoher sein, der irgendwas tut. Total anonym, jemand, der einfach unter dem Radar hindurchrutscht. In gewisser Weise scheint es, als hätte das Leben keine Schublade für Jasper bereitgehalten, kein Etikett, weshalb er sie sich selbst geschaffen hat.

»Ja, ich schätze, das tun wir«, antworte ich schließlich auf seine Bemerkung.

»Du hast nie eine Mutter erwähnt.«

Ich bin irre froh, dass Jasper endlich so etwas wie eine

höfliche Konversation mit mir beginnt, obwohl »höflich« nicht unbedingt der passendste Ausdruck ist. Eher fühlt es sich wie eine obligatorische Befragung an. Aber die nehme ich auch. Ich bin dankbar für jeden Vorwand, über meinen Vater zu reden, meine Gedanken ganz auf ihn zu konzentrieren, denn das fällt mir neuerdings schwerer, als ich es jemals für möglich gehalten hätte. Und mit Jasper über ihn zu sprechen ist noch das Sahnehäubchen. Allerdings stelle ich mir vor, dass *alles* mit Jasper zu einem Genuss wird.

Während mir die Röte in die Wangen steigt, konzentriere ich mich wieder auf das Gespräch, um meine Gedanken von … anderem abzulenken.

»Sie ist weg, als ich noch klein war.«

»Weg?«

»Ja. Einfach weg.«

»Hast du je versucht, sie zu finden?«

»Nein.«

»Warum nicht?«

»Wenn sie uns nicht wollte, dann verdient sie uns auch nicht.«

Jasper nickt. »Hm. Das verstehe ich.«

»Mein Vater hat mich auch nie dazu ermuntert, was wohl seine Art war, mir zu sagen, dass ich es eigentlich nicht wissen wollte. Also habe ich nie gesucht. Und ich habe es auch nicht vor.«

Es entsteht eine kurze Pause, aber er hält die Unterhaltung in Gang, was ich aufregend finde. Würde sie sich nur nicht in diese Richtung entwickeln.

»Was ist mit diesem Freund, beziehungsweise Kollegen deines Vaters?«

»Was soll mit ihm sein?«

»Erzähl mir von ihm. Vielleicht kann er mir helfen, deinen Dad zu finden.«

Ich hole tief Luft. Über Matt möchte ich wahrlich nicht mit Jasper reden, aber … ich denke nicht, dass mir eine andere Wahl bleibt. Denn Jasper könnte recht haben. Matt wüsste vielleicht etwas, und sei es noch so wenig.

»Er heißt Matt Conklin und ist Ingenieur bei einer privaten Rüstungsfirma. Mein Vater hatte als Sicherheitsberater für die gearbeitet. So haben wir uns kennengelernt.«

»Und was hielt er davon, dass du auf die andere Seite des Kontinents gezogen bist?«

Mein Lächeln wird ein wenig matter, und meine Unsicherheit wie auch die noch nicht ganz verheilte seelische Wunde bewirken, dass meine Lippen beben. »Nichts hielt er davon. Jedenfalls hat er das behauptet.«

»Glaubst du ihm nicht?«

Ich zucke mit den Schultern und versuche, lässig zu erscheinen. »Na ja, er hat mich gehen lassen, also …«

»Pech für ihn«, stellt Jasper fest. Dasselbe habe ich mir schon Millionen Mal gesagt, doch es nimmt der Tatsache, dass er mich so leicht vergessen hat, nicht den Stachel. »Wahrscheinlich tritt er sich bis heute dafür in den Hintern.«

Dieser Gedanke tut mir gut, denn tatsächlich frage ich mich oft, ob Matt jemals an mich denkt, mich vermisst oder es bereut, dass es mich einfach so hat ziehen lassen. Er hatte nicht erwogen, sein Leben auf den Kopf zu stellen und mit mir zu verschwinden.

Wir schweigen beide, was jedoch nach wenigen Minuten vorbei ist, als Jasper den Wegweiser zu dem Hotel entdeckt, nach dem er gesucht hat. Sobald wir aus dem Wagen gestiegen sind, läuft es praktisch wieder so wie gestern schon, nur dass *ich* diesmal vorhabe, für beide Zimmer zu bezahlen. Gestern war ich viel zu durcheinander, um mich auch bloß der Rezeption zu nähern. Das Einzige, was jetzt fehlt, ist der Kuss. *Oh Gott, dieser Kuss!*

Meine Haut scheint regelrecht zu glühen, als mich die Erinnerung daran, wie Jasper an mich gepresst war, wie seine Lippen mich fast verschlangen, langen, heißen Flammen gleich durchzuckt. *Heiliger Himmel!*

Erbarmungslos zwinge ich meine Gedanken in die Gegenwart zurück und starre – womöglich ein bisschen zu streng – die Rezeptionistin an, die nun wild auf ihre Tastatur einhackt und nach freien Zimmern sucht. Sie ist eine attraktive Blondine, die ich auf Anfang dreißig schätze. Außerdem hat sie einen starken Akzent, und ihre leuchtend blauen Augen huschen immer wieder zu Jasper. Was ich ihr nicht übel nehmen kann. Er steht groß, stark und stumm neben mir. Er muss kein Wort sagen, um Eindruck zu machen. Er braucht bloß da zu sein. Bloß zu *sein*.

Ich riskiere einen Seitenblick zu ihm. Er beobachtet die Frau mit ausdrucksloser Miene. Weder unhöflich noch offen. Schlicht ausdruckslos. Höflich ausdruckslos, vermute ich. Wieder denke ich an das Chamäleon. Mit seinem schwarzen T-Shirt, das teuer aussieht, den Shorts und dem pechschwarzen Haar, das er bestenfalls mit den Fingern geordnet hat, könnte Jasper ein Börsenmakler in Freizeitkleidung oder ein Türsteher in einem Nobelklub sein. Er strahlt etwas Gefährliches, Primitives aus, das man sowohl tödlichen Entscheidungen in einem Konferenzraum als auch der

Tatsache zuschreiben könnte, dass er irgendwo in seinen Sachen eine Waffe hat. Das Einzige, was er immer ist, zu jeder Zeit, in jeder Situation, in jeder Kleidung, ist: attraktiv. Verlockend. Nicht greifbar. Faszinierend.

Und ich bin verdammt fasziniert.

»Wir haben nur noch ein Raucherzimmer mit zwei Doppelbetten frei. Wäre das ein Problem?«, fragt die Rezeptionistin mit ihrer exotischen Stimme.

Ich sehe nicht zu Jasper. Er soll nicht mitbekommen, dass ich rot werde. Er soll meine Reaktion gar nicht sehen. Es ist ja im Grunde keine große Sache. Nur fühlt es sich auf eine vage, verstörende Art wie eine an. Ich meine, Jasper würde sowieso einfach in mein Zimmer kommen, wenn er wollte, so wie er es letzte Nacht schon getan hat. Trotzdem kommt es mir … irgendwie *intim* vor, mir ein Zimmer mit ihm zu teilen. Einen einzigen Raum, in dem er die ganze Nacht ungehinderten Zugriff auf mich hätte.

Meine Reaktion auf diese Vorstellung erfolgt prompt und intensiv in Form einer brodelnden sinnlichen Spannung in meinem Innersten.

Oh Gott, du bist erbärmlich!, denke ich, bevor ich mich weit genug fange, um zu antworten: »Nein, das geht.«

Rechts von mir beugt Jasper sich vor und fragt sanft: »Parlez-vous français?«

Die Frau blickt überrascht zu Jasper auf.

»Oui!« Es ist nicht zu übersehen, wie sehr sie sich über die Frage freut. »Woher wissen Sie das?«

Jasper liefert ihr eine lange Antwort, die wie ein gesprochener Liebesbrief klingt, und bringt die Frau zum Lachen. Plötzlich ist er weder Börsenmakler noch Türsteher. Er ist ein klassischer Weltreisender mit dem Gesicht eines griechischen Gottes und dem Lächeln eines Models. Ich starre ihn mit offenem Mund an, während er fließend und mühelos mit der Frau, die älter ist als er, plaudert.

Schließlich dankt er ihr in Worten, die ich ebenfalls verstehen kann: »Es ist sehr nett von Ihnen, dass Sie das arrangieren. Meine Schwester … nun, sie hat gewisse Ansprüche.«

Ich muss mich anstrengen, den Mund zu halten, denn ich bin verärgert und verblüfft zugleich.

Die Frau sieht sehr kurz zu mir, ehe ihr Blick wieder an Jasper klebt. »Das verstehe ich vollkommen. Und ich freue mich, wenn ich etwas für Sie tun kann, Sir.«

Oh ja, das wette ich!, denke ich sauer.

Jaspers Lächeln ist absolut atemberaubend. Ich kann nicht verhindern, dass ich ihn anstarre, als sei ihm ein zweiter Kopf gesprossen, während ich mich betrogen fühle, weil *ich* nie so ein Lächeln von ihm kriege.

Keine zehn Minuten, nachdem die Rezeptionistin Jasper so angehimmelt hat, schleppen wir unser Gepäck aus dem Aufzug. Ich bleibe stehen und strecke meine Hand hin, damit Jasper mir die Schlüsselkarte gibt. Er legt mir eine schwarze Plastikkarte in die Hand.

»Zimmernummer?«

»Suite 631«, antwortet er.

Ich sehe auf die Ausschilderung, die mir verrät, wo entlang es zu der Suite geht, und bewege mich in die Richtung. Und ich habe nicht vor, noch irgendwas zu Jasper zu sagen. Als ich vor der zweiflügeligen Tür stehen bleibe, hält auch Jasper an. Fragend sehe ich zu ihm auf.

»Ich habe uns eine Suite organisiert.«

»Uns?«

»Ja.«

»Zusammen?«

»Ja.« Als ich ihn immer noch anstarre, erklärt er: »Falls das nicht okay ist, können wir sicher noch das Raucherzimmer unten neben den Snack-Automaten bekommen. Ich dachte, dass ich dir einen Gefallen tue.«

Ich schnaube und bemühe mich, nicht wütend zu sein, wofür mir ohnehin kein Grund einfallen will. »Tja, das hätte ich wohl gewusst, wenn ich Französisch könnte.«

Jasper zuckt mit den Schultern, nimmt mir die Schlüsselkarte ab und öffnet uns die Tür zu der geräumigen Suite. Drinnen ist alles in beruhigenden Blau-, Braun- und Beige-Tönen gehalten. Vor uns liegt ein Wohn-Essbereich und dahinter bietet sich, durch einen Spalt in den schweren Ekrüseidenvorhängen, ein fantastischer Blick auf die Stadt. Zu beiden Seiten des Raums gehen Türen ab, und ich kann nur vermuten, dass sie zu den zwei Schlafzimmern führen.

»Such du aus. Ich nehme das Zimmer, das du nicht willst.«

»Spielt keine Rolle. Ich nehme das rechte, du das linke.«

Wieder zuckt Jasper mit den Schultern, geht ins Wohnzimmer und wirft den Schlüssel und seine Tasche auf den Couchtisch. Ich grüble noch über diesen rätselhaften Mann nach, während ich auf das Schlafzimmer zugehe, das meines sein wird. Ehe ich hineingehe, stocke ich. »Und … wie viele Sprachen sprichst du?«, frage ich.

»Sechs, aber fließend nur vier«, gesteht er, ohne auch bloß in meine Richtung zu sehen.

Ich beiße die Zähne zusammen. Der Mann macht mich rasend. Er ist so reserviert, aber total lässig, wenn es darum geht, dass er sechs … *sechs* verschiedene Sprachen spricht. Wer um alles in der Welt ist er?

Darauf habe ich keine Antwort, und ich erwarte auch nicht, eine zu bekommen. Vermutlich muss ich die Frage mit auf meine Liste von offenen Fragen zu diesem Rätsel von Mann setzen, mit dem ich mir eine Suite teilen werde.

»Interessant«, sage ich schlicht und erhalte keine Reaktion. Jasper achtet schon gar nicht mehr auf mich, weil er einen dünnen Laptop aus seiner Tasche zieht und ihn auf den Tisch legt.

Ich widerstehe dem Drang, erbost in mein Zimmer zu rauschen, und rolle meinen Koffer stattdessen ruhig in das rechte Schlafzimmer, sodass Jasper tun kann … was immer er da tut.

Drinnen packe ich meine Kulturtasche aus und einige Sachen für die Nacht, wie meine Schlafshorts und das Trägertop. Mein Magen knurrt vor Hunger, weshalb ich nicht mal eine Stunde später eine Mappe auf dem Esstisch durchblättere und nach der Karte des Zimmerservice suche. Ich kann Jasper in seinem Schlafzimmer hören, wie er leise mit jemandem telefoniert. Mein Blick fällt auf ein schmales MacBook auf dem glänzenden Holz-Couchtisch. Lässig und mit der aufgeschlagenen Mappe in der Hand gehe ich rückwärts, bis ich sehen kann, was auf dem Bildschirm ist. Ich komme mir schlecht vor, weil ich schnüffle, aber es ist ja nicht so, als hätte ich seinen Laptop aufgeklappt und spioniert. Ich schaue mir lediglich an, was für jedermann sichtbar ist.

Und wünsche mir fast, ich hätte es nicht getan.

Auf dem Monitor ist eine Verkehrskamera-Aufnahme von einer Frau, mit der Matt früher zusammen war. Die Aufnahme ist vergrößert auf einer Website mit allen möglichen Daten, von denen ich annehme, dass sie nicht öffentlich zugänglich sind. Für einen Moment vergesse ich, dass Jasper wahrscheinlich eine Regierungs-Website gehackt hat, um an diese Information zu gelangen. Ich vergesse es, weil ich zu sehr damit beschäftigt bin, die Adresse anzustarren, die unter Megans Bild farbig unterlegt ist. Die kenne ich. Dort habe ich so manche Nacht in Matts Armen verbracht und von ihm gehört, dass er mich liebt, und mir dabei gewünscht, zu fühlen, dass er es wirklich tut.

Jetzt also lebte Megan dort.

Ich nehme an, Matt könnte ausgezogen und Megan eingezogen sein. Das wäre *möglich*, ist aber höchst unwahrscheinlich. Matt hat das Haus geliebt. Seine Mutter hatte dort gelebt, als sie noch ein Kind war, und als sie im Krankenhaus an Krebs starb, hatte sie fast nur von dem Haus gesprochen. Ich kann mir nicht vorstellen, dass Matt es jemals aufgeben würde. Man wirft nicht weg, was man liebt. Man behält es, kämpft darum. Fleht es an, zu bleiben. Folgt ihm bis ans Ende der Welt, falls es nötig ist.

Ich schließe die Augen, damit mich dieses schöne, lächelnde Gesicht nicht mehr ansieht. Mir war klar gewesen, dass Matt mich nicht geliebt hat. Oder zumindest nicht genug. Aber dies … dieser *Beweis* löst den Schmerz aufs Neue aus.

So ungezogen es auch sein mag, ein Gespräch zu belauschen, ist es nun doch beinahe unmöglich, es nicht zu tun, weil die Stille ohrenbetäubend ist.

»Nein, schon gut, Megan. Ich muss keine Nachricht hinterlassen. Ich rufe einfach später wieder an. Wissen Sie zufällig, wann Matt nach Hause kommt?«

Mehr muss ich nicht hören. Es ist schon mehr, als ich *jemals* hätte hören wollen.

Ich schleudere die Mappe auf die Couch und schnappe mir meine Handtasche. Jasper erzähle ich nicht, wohin ich will. Im Moment weiß ich es ja selbst nicht mal.

Kapitel 10

JASPER

Ich spürte sofort, dass Muse gegangen war. Alles fühlt sich anders an, wenn sie in der Nähe ist. Es ist fast wie ein Vibrieren, als würde ihre Energie die Luft aufladen, wenn sie atmet. Außerdem verändert die Anwesenheit eines anderen Menschen die Akustik in jedem Raum, schluckt Klänge genauso wie Bilder an einer Wand. Nicht zu vergessen, dass ich die Tür im Schloss klicken hörte, als sie ging, sogar über die rauchige Stimme der neuen Mitbewohnerin ihres Exfreunds hinweg. Sie muss Bescheid wissen, ehe wir in ihrer Heimatstadt eintreffen. Es ist immer besser, vorbereitet zu sein. Selbst wenn es nicht schön ist.

Weit wird sie nicht gegangen sein, also warte ich zwei Stunden, bevor ich mich auf die Suche nach ihr mache. Ich könnte sie auf dem Handy anrufen. Die Nummer habe ich von ihrer Freundin Tracey. Allerdings bezweifle ich, dass sie rangehen würde, wo auch immer sie stecken mag.

Ich nehme den Aufzug nach unten in die Eingangshalle und blicke mich um. Hier gibt es nur einen Coffeeshop, und das ist sicher nicht der Ort, an den sie gehen würde, wenn sie aufgebracht ist. Also trete ich durch die gläsernen Eingangstüren hinaus in die Nacht. Links sind Lichter zu sehen, rechts ist alles dunkel. Ich gehe nach links. Sie wäre nicht so dumm, es rechts zu probieren. Nicht mit einem so vorsichtigen Vater wie ihrem.

Das zweite Gebäude, zu dem ich komme, ist eine Kneipe. Sie hat schwere alte Holztüren und flackernde Kutschenlichter zu beiden Seiten. Alles sieht dunkel und einladend aus, wie der ideale Ort, um sich vor aller Augen zu verstecken.

Ich ziehe die Tür auf und blicke hinein. Geradeaus ist ein langer Eichentresen, links davon ein schmaler Korridor mit Toiletten zur Linken, rechts ein Sitzbereich mit zumeist besetzten Tischen.

Obwohl sie mit dem Rücken zu mir sitzt, entdecke ich Muse binnen Sekunden. Sie sitzt an der Bar, und ihr leuchtend rotes Haar, das schimmert wie ein dunkler, blanker Penny, ist ein Farbtupfer in dem ansonsten dumpfen Raum. Während ich hinsehe, wirft sie lachend den Kopf in den Nacken. Sie lacht so sehr, dass sie beinahe vom Barhocker kippt. Ich zucke, will zu ihr sprinten und sie auffangen, aber ein junger blonder Typ stützt sie mit Freuden. Mit zusammengebissenen Zähnen sehe ich zu, wie seine Hand zu lange auf ihrem Rücken verweilt, wobei seine Finger der Stelle zwischen ihrem Shirt und ihrer Hose gefährlich nahe sind.

Ich blende die gedämpfte Musik und die drei Dutzend anderen Unterhaltungen in der Bar aus, um dem einzigartigen Klang von Muses Stimme zu lauschen. Sie ist ein bisschen rau und sehr feminin mit einer Südstaaten-Note. Süßer Charme und sexy Stripperin in einem.

Ich trete einen Schritt näher, als ich sehe, wie der Blonde

mit der Hand über ihren Rücken streicht und sie an seine Seite zieht. Muse lacht immer noch und lehnt sich für eine Sekunde an ihn, bevor sie sich wieder von ihm entfernt und dem Barkeeper zuwinkt.

»Sswei bitte noch«, lallt sie und tippt mit zwei leeren Gläsern auf den Tresen.

Ich beobachte, wie die Hand des Blonden an ihrer Taille hinunterwandert und sich zu ihrem Hintern bewegt. Muse scheint es nicht zu merken, denn in diesem Moment stellt ihr der Barkeeper noch zwei Kurze hin.

Sie kippt einen runter und macht sich an den nächsten, während ihr dreister Trinkkumpan seinen Hocker näher rückt und sich zu ihr beugt, um ihr etwas ins Ohr zu flüstern. Muse lacht wieder, kippt nach vorn und legt die Stirn auf den Tresen, wobei sie mit der freien flachen Hand auf das Holz schlägt.

Mir sträuben sich die Nackenhaare. Ich rühre mich jedoch nicht, bis ich sehe, wie das Arschloch sich zu Muse dreht und die andere Hand vorstreckt, vermutlich, um sie ihr geradewegs auf den Oberschenkel zu legen. Nun, genau werden wir das wohl nie erfahren.

Ich bin so schnell bei ihm, dass er keine Zeit hat, auch nur einen Laut herauszubringen. Schwungvoll reiße ich ihn von seinem Barhocker und knalle seinen Kopf auf die Tresenkante, dass man es hört. Dann zerre ich ihn wieder nach oben und drehe ihn zu mir, um ihm meine Hand um die Gurgel zu schlingen.

»Ich denke, du hast sie genug betatscht für heute Abend«, knurre ich.

»Was zur …«

Ich drücke fester zu, damit er still ist. Er versucht zu keuchen, kann es aber nicht.

Sein Gesicht färbt sich rot.

»Sehe ich wie jemand aus, dem du Fragen stellen darfst?«

Ich höre Stuhlbeine über den Boden schaben, da die anderen Gäste in der Kneipe unruhig werden. Doch ich sehe nicht mal hin, sondern blicke in seine blutunterlaufenen blauen Augen, während ihm langsam dämmert, was ich meine. Und was für ein Mann ich bin.

Als er nickt und aufhört, an meiner Hand zu zerren, lockere ich meinen Griff und schiebe den Kerl zur Seite. Er versucht gar nicht erst sich auf mich zu stürzen. Stattdessen beobachtet er mich. Misstrauisch. Reibt sich den Hals und hält den Mund. *Schlaues Kerlchen.*

Langsam drehe ich mich um und schaue durch den Raum. Ich stelle Blickkontakt mit einigen der Männer her, die aufgestanden sind. Vermutlich wollten sie sich bereitmachen, dem »Opfer« zu helfen, doch jetzt rührt sich niemand von ihnen. Einige setzen sich sogar wieder hin. Aus Erfahrung weiß ich, dass die Leute, wenn ich ihnen andeutungsweise mein wahres Ich zeige, ihre Einstellung zu einer Menge Dinge ändern. Vermutlich ist es, wie in einen dunklen Abgrund zu sehen und festzustellen, dass einem die Augen eines Monsters entgegenblicken.

Als ich mich langsam wieder zu Muse umwende, starrt sie mich benommen und sichtlich verwirrt an. »Jasper? Was machst du denn?«, fragt sie leise, beinahe unsicher.

Sie versucht, benebelt zu klingen, doch ich denke, dass sie noch klar genug ist, um zu begreifen, was hier gerade passiert ist, und zu erkennen, dass ich kein Mann bin, der sich gängeln lässt. *Kluges Mädchen.*

»Wenn du so weit bist, bringe ich dich zurück.«

»Und wenn ich es nicht bin?«

»Oh, ich denke, das bist du«, antworte ich knapp und umfasse ihren Oberarm, um ihr vom Barhocker zu helfen.

»Warte, lass mich erst austrinken«, bittet sie und greift nach dem halbvollen Schnapsglas. Sie kippt den Rest hinunter und wischt sich mit dem Handrücken den Mund ab. Dann deutet sie mit Daumen und Zeigefinger eine Pistole an, zielt auf mich und zwinkert. »Kann losgehen!«

Ich sage nichts, als ich sie zur Tür begleite. Viel zu klar nehme ich den warmen Frauenkörper an meiner Seite wahr und den Raum voller skeptischer Blicke, die uns folgen.

Kapitel 11

MUSE

Ich lege meine Wange auf die kühlen Bodenfliesen des Bads. »Der Fahrstuhl ist schuld«, murmle ich der Toilettenschüssel vor mir zu.

»Hast du was gesagt?«, ertönt Jaspers Stimme von der anderen Seite der Badezimmertür, was mich überrascht. Ich bin schon mindestens eine Stunde hier drinnen und kotze mir die Seele aus dem Leib. Da hätte ich gedacht, dass er längst zurück auf seine Seite der Suite gegangen ist.

»Nein«, stöhne ich elend. Selbst in meinen Ohren klingt es eher wie *Nahhh* als nach einem richtigen Wort.

»Muse?«

Ich antworte nicht, sondern liege vollkommen still da und hoffe, dass er denkt, ich sei ohnmächtig geworden, und geht.

»Muse?«, ruft er noch einmal, lauter. Ich gebe keinen Pieps von mir.

Die Türklinke rattert bedenklich. »Kann ich reinkommen?«

»Nein!«, sage ich ein bisschen energischer, nur ist es zu spät. Noch bevor ich die eine Silbe herausgebracht habe, erblicke ich ein Paar schwarze Schuhe nur Zentimeter von meiner Nase entfernt.

Ich versuche gar nicht erst, mich zu bewegen. Vielmehr kneife ich die Augen zu und bete, dass er weggeht. Ich bin nicht in der Verfassung, Jasper zu sehen. Und auch in keiner, in der Jasper mich sehen sollte. Garantiert stinke ich höllisch und sehe ebenso schlimm aus.

Als die Übelkeit – von dem vielen Alkohol, den ich in der Kneipe hatte – mich einholte, trat ich gerade aus dem Aufzug. Um weder die Fahrstuhlkabine noch den Teppich auf dem Flur zu verschmutzen, hatte ich versucht, nicht zu würgen, was damit endete, dass ich mir mein gesamtes T-Shirt vorn vollspuckte. Ich rannte hier rein und dankte den Porzellangöttern an die sechsmal, bevor ich auf dem Boden vor der Toilette zusammensackte. Seitdem hatte ich mich nicht mehr gerührt.

»Wie sexy«, murmle ich vor mich hin, als ich daran denke, was für ein Bild ich Jasper bieten muss. *Beschämend.*

»Was war das?«, fragt Jasper, dessen Stimme jetzt näher an meinem Ohr ist. Ich öffne ein Auge einen Spalt und sehe sein Gesicht. Er hockt neben mir, und sein Gesichtsausdruck ist verblüffend neutral. Wie immer.

»Nichts«, antworte ich so artikuliert ich kann. »Geh weg.«

Kurz bevor ich mein Auge wieder schließe, sehe ich sein Gesicht verschwinden. Ich bin froh, dass er auf mich hört, bis ich das Rauschen des Duschstrahls höre.

»Dusch ruhig. Achte gar nicht auf mich«, stammle ich und verschiebe meinen Kopf, um eine kältere Stelle auf den Fliesen zu finden. Dann aber fühle ich, wie sich sanfte Hände unter meine Brust und meine Hüften schieben, mich hochheben und zugleich umdrehen, bis ich an einer harten

Brust lehne. Ich berge mein Gesicht an Jaspers Hals, weil sich alles um mich herum dreht. »Nein! Nicht bewegen!« Ich kneife die Augen wieder zu.

Im nächsten Moment spüre ich ein leichtes Ruckeln, dann lauwarmes Wasser, das mir seitlich übers Gesicht läuft. »Neeeiiin!«, pruste ich.

Jasper antwortet nicht, lässt einfach meine Beine behutsam nach unten, sodass ich ihm unter der Dusche gegenüberstehe, immer noch an ihn gelehnt. Lange Zeit rührt sich keiner von uns. Schließlich hört der Raum auf, um mich zu kreisen, und das Wasser, das weder kalt noch heiß ist, wird allmählich wohltuend.

Ich entspanne mich, und Jasper, dem anscheinend nie auch nur das kleinste Detail entgeht, merkt es sofort. Er schiebt mich ein bisschen zurück, weiter unter den Duschstrahl, und hebt die Hände, um mir das Haar aus dem Gesicht zu streichen. Wasser läuft mir über die Stirn, die Augen und den Mund. Ich recke mein Kinn ein wenig, damit noch mehr über meinen Hals und meine Brust läuft und meine überhitzte Haut kühlt.

So stehe ich endlose Sekunden da, bis ich Hände an meiner Taille spüre. Jaspers Finger krümmen sich am Saum meines T-Shirt und fangen an, es nach oben zu ziehen. Prompt senke ich den Kopf leicht, reiße meine Augen auf und blicke direkt in seine dunklen bernsteinfarbenen. »Was machst du?«

»Dich sauber. Du riechst nach Erbrochenem. Halt still.«

Mein Puls schaltet einen Gang höher, doch ich widerspreche nicht. Ich bin zu müde, und mir ist zu schlecht, als dass es mich richtig stört.

Seufzend hebe ich vorsichtig die Arme, da ich mich nicht allzu viel bewegen will, während er mir das durchnässte Oberteil über den Kopf zieht. Ich höre, wie es hinter mir mit einem »Platsch« in der Duschwanne landet. Jaspers Bewegungen sind effizient und zugleich erstaunlich unaufdringlich. Ich stehe still, fast wie benommen da, als er meine Yoga-Hose nach unten zieht. Dann halte ich mich an seinen Schultern fest und steige aus den Hosenbeinen. Ich fühle mich schon so gut, wie seit dem Verlassen der Kneipe nicht mehr. Die eher kühle Dusche war eine gute Idee.

Ich rieche einen vertrauten Duft, und das Sekunden, bevor ich große, warme Hände an meinem Hals spüre. Jasper reibt kleine, seifige Kreise auf meine Haut, arbeitet sich hinunter über mein Schlüsselbein zu meiner Brust. Seine Finger tauchen unter die Träger meines BHs, um meine Schultern und meine Oberarme einzuseifen, wobei seine Handflächen meine Brüste streifen. Ich lasse meinen Kopf nach hinten kippen und verliere mich in dem Gefühl, so umsorgt und berührt zu werden – so unschuldig und zugleich sehr erotisch. Es ist, als würde ich etwas tun, was ich nicht sollte, etwas genießen, was ich nicht dürfte, und alles als rein praktische Maßnahme getarnt.

Jaspers Bewegungen werden noch langsamer, als seine Hände wieder zu meiner Mitte gelangen. Ich fühle, wie seine Daumen in die Spitzenkörbchen tauchen, die meine Brüste bedecken, und sich gefährlich meinen Nippeln nähern. Letztere kribbeln schon vor Erregung. In der Stille höre ich Jaspers Atem, schwer und regelmäßig. Ich lausche ihm, lasse mich von ihm einlullen, während er meine Brust wäscht. Fasziniert konzentriere ich mich auf seine Berührungen und warte gespannt, was er als Nächstes berührt.

Ein kleines Wimmern entfährt mir, als er sich von meinen schmerzenden Brüsten wegbewegt, um meinen Brustkorb darunter einzuseifen. Ich öffne meine Augen gerade so weit, dass ich Jasper sehe. Sein Blick ist auf mein Gesicht gerichtet, und sein Mund ist ein wenig geöffnet. Nach wie vor ist seine Miene vollkommen neutral, wie ich es inzwischen gewohnt bin; allerdings scheinen seinen Augen verändert. Sie wirken schläfrig, dunkel und noch durchdringender als sonst. Diese kaum merkliche Veränderung hat die Kraft, das kühle Wasser gefühlt zum Dampfen zu bringen.

Ich beobachte, wie die whiskyfarbenen Augen seinen Händen folgen, als sie sich über meine Rippen hinab zu meiner Taille vorarbeiten. Sanft schwanke ich mit jeder seiner trägen Kreisbewegungen vor und zurück.

Jasper greift nach der Seife und reibt sie zwischen seinen Händen, bevor er sich meinem Bauch zuwendet. Bei der ersten Berührung meines Nabels ringe ich nach Luft. Seine Handfläche versengt meine kühle Haut und jagt einen Hitzestrahl in meinen Unterleib. Die Stelle zwischen meinen Beinen pocht schmerzlich, und wieder neige ich meinen Kopf in den Nacken.

Das Wasser spritzt mir ins Gesicht, trifft auf meinen Hals, rinnt in meinen BH und kitzelt meine angespannten Nippel. Jaspers Hände verführen mich mit ihrem seifigen Streicheln, das meinem Zentrum immer näher kommt. Mit jedem Strich seiner Hände auf meinem Bauch taucht er ein Stück weiter unter den Bund meines Slips.

Mein Atem wird beständig schneller, und ich bin vollkommen auf seine Berührung konzentriert. Wasser rinnt mir über den Bauch und in den Slip, um kühl über meine Schamlippen zu laufen, was einen krassen Kontrast zu seinen heißen Händen bildet.

Wieder schwanke ich, diesmal stärker, sodass ich nach Jasper greife. Ich packe seine steinharte Mitte, während ich meine Beine weiter ausstelle, um das Gleichgewicht zu halten. Immer noch gehe ich ganz in der süßen Qual auf, die er mir bereitet.

Jasper verlagert seine sinnliche Attacke von meinem Bauch zu meinen Hüften. Er beugt sich vor, um seine Hände in großen Schleifen über meine Oberschenkel zu führen. Dann widmet er sich mit beiden Händen meinem linken Bein, das er innen und außen gleichzeitig einseift. Als seine Hände über meine Haut gleiten, rutscht eine aus und zwischen meine Schenkel, sodass sein Handgelenk mich streift. Ich fühle, wie sich meine Muskeln anspannen, jeder Nerv und all mein Denken ganz auf den Reiz dieses Streichelns fixiert ist. Seine Hände streichen über meine Schenkel, vor und zurück, und sein rechter Daumen taucht unter den Rand meines Slips, um meine Schamlippen zu necken.

Ich keuche, als Jasper sich dem anderen Bein zuwendet. Innerlich stehe ich bereits in Flammen, und ich bin so erregt, dass ich stöhne, sobald sein Handgelenk erneut zwischen meinen Beinen entlangfährt.

Jasper findet wieder in seinen Rhythmus, vor und zurück, langsam und stetig, und mit jedem sanften Streichen reibt er mich zwischen den Beinen. Mit einem stummen Flehen, er möge mit dem weitermachen, was er tut, greife ich nach seinen muskulösen Oberarmen, denn ich stehe bereits kurz vor einem unerwarteten Orgasmus, und das Ziehen, als Jaspers Zähne meinen linken Nippel durch die nasse Spitze einfangen und an ihm knabbern, lässt mich geradewegs zum Höhepunkt kommen.

Ich grabe meine Fingernägel in die glatte Haut seiner Arme, während ich mich an seinem Handgelenk reibe. Jasper drückt den Arm nach oben, um die Reibung des nassen Slips an meinem schmerzenden Geschlecht zu intensivieren und mir zu helfen, Welle um Welle meines Orgasmus auszulösen.

Hitze durchschießt mich fast brutal, und mein Atem geht keuchend vor Lust. Welch ein Wohlgefühl!

Nach ein paar Sekunden drohen meine Knie einzuknicken. Jasper schlingt einen Arm um mich und streichelt mich zwischen den Schenkeln, bis sich die Muskeln dort ein allerletztes Mal anspannen und wieder lockern.

Ich bin schlapp und erschöpft, als Jasper mich hoch und aus der Dusche hebt. Er stellt mich hin und drehte das Wasser ab, ehe er mich in ein Badelaken wickelt. Ich kann kaum stehen, während er mich abtrocknet.

Sobald die Euphorie meines Höhepunkts versiegt ist, tritt Verlegenheit an ihre Stelle. Ich vergrabe mein Gesicht in den Händen, während Jasper meine Beine abtrocknet. »Oh Gott!«

Als ich bis auf meine Unterwäsche trocken bin, zieht Jasper meine Hände weg und zwingt mich, ihn anzusehen. »Hör auf«, sagt er in seiner nüchternen Art und mit seinem typisch nüchternen Gesichtsausdruck.

»Warum hast du das getan?«, frage ich. Die Nachwirkungen des Rausches machen mich mutig.

»Weil du es gebraucht hast«, antwortet er sachlich.

»Oh Gott!« Ich stöhne noch lauter und bedecke wieder mein Gesicht.

Abermals zieht Jasper meine Hände weg. Seine Augen sind auf meine gerichtet und funkeln wie Topase. »Und auch, weil ich es wollte. Ich wollte dich sehen, dich berühren. Ich wollte meinen Mund und meine Hände auf dir. Und ich wollte dein Gesicht sehen, wenn du an nichts anderes als an das denkst, was ich mit dir tue.«

Mein Herz pocht so sehr, dass ich schwören möchte, er hört es. Ich bin gefangen zwischen Scham und dem Verlangen, mich Jasper an die Brust zu werfen und ihn anzuflehen, mit mir zu schlafen.

»Ich habe dich ausgenutzt. Wenn überhaupt, solltest du wütend sein, nicht verlegen.«

Vielleicht hat er recht. Vielleicht sollte ich wütend sein.

Nur bin ich es nicht.

»Ich wusste, dass du wegen deines Ex aufgebracht warst. Und mir war klar, dass du das verarbeiten musstest. Ich hätte dich in Ruhe lassen sollen.«

Jasper. Allzeit so beherrscht, so rational, so … kühl. »Und warum hast du das nicht?«

»Weil ich nicht aufhören kann, an diesen verfluchten Kuss zu denken. Und obwohl ich weiß, dass dich andere Dinge beschäftigen, wollte ich dich wieder fühlen.« Er stockt, und ich sage nichts. Mich überrascht, dass er mir so viel erzählt, mein stiller, reservierter Jasper. »Noch nie musste ich eine Frau ausnutzen. Das wollte ich nie. Ich habe es dir überlassen, zu entscheiden, ob du zu mir kommen wolltest, zu bestimmen, wann du bereit bist. Ich wusste, dass die

Zeit kommen würde. Das habe ich wie ein statisches Rauschen zwischen uns gespürt. Aber dann war ich es leid zu warten. Also habe ich deine Schwäche ausgenutzt. Ich habe deinen Kummer wegen eines anderen ausgenutzt. Und ich bin deshalb mehr als nur ein bisschen angewidert von mir selbst.«

Beim letzten Satz verzieht Jasper das Gesicht, und ich kann den Selbstekel praktisch *fühlen*, der von ihm ausstrahlt. Ich bezweifle nicht, dass er noch nie eine Frau ausgenutzt hat. Viel zu gut kann ich mir vorstellen, dass jede, die er zweimal ansieht, sich umgehend auszieht und sich ihm zu Füßen wirft. Ehrlich, unter anderen Umständen hätte ich wohl dasselbe getan.

Es ist dieses untypische Durchscheinen von Gefühl, auch nur *irgendeinem* Gefühl bei diesem Mann, das mich zu ihm hinzieht.

Ich hebe eine Hand und berühre seine Wange. »Bitte, fühl dich nicht so. Ich will dich schon seit dem Moment, in dem ich dich zum ersten Mal gesehen habe. Zugegeben, es ist ein schlechter Zeitpunkt, aber wäre ich nicht bereit gewesen, mich ausnutzen zu lassen, hätte ich dir gesagt, dass du aufhören sollst. Und das hättest du getan.«

Jasper legt seine langen Finger um mein Handgelenk. »Ich weiß nicht, ob ich es getan hätte oder nicht.«

Ein Kribbeln jagt mir über den Rücken, als ich mir ausmale, von Jasper genommen zu werden – wie er mich grob aufs Bett wirft, mich mit seinem königlichen Körper unten hält und sich nimmt, was er will. Ich bin kein Fan von *irgendeiner* Art von Zwang, aber ich weiß, dass Jasper mich niemals zwingen müsste. Wenn überhaupt, wäre ich eine allzu willige Partnerin. So willig sogar, dass ich in letzter Zeit Mühe habe, meine Prioritäten nicht aus dem Blick zu verlieren.

Er sieht mir in die Augen, als er um mich herum greift, meinen BH öffnet und ihn so langsam wegzieht, dass ich die Luft anhalte, bis meine Nippel von dem Stoff befreit sind. Nur für eine Sekunde wandert Jaspers Blick nach unten. Ich sehe, wie er meine nackten Brüste betrachtet. Ich höre, wie er nach Luft ringt. Ich fühle die Hitze seines Verlangens.

Keiner von uns sagt etwas, als Jasper die Finger in meinen Slip hakt und ihn nach unten zieht. Als er sich wieder aufrichtet, spüre ich, wie seine Lippen die Innenseite meines Schenkels streifen. Dann aber steht er wieder vor mir, der Inbegriff von Kontrolle und Selbstbeherrschung.

Wieder mal hebt er mich hoch, ohne dass sein Blick von meinen Augen weicht, trägt mich zum Bett und deckt mich zu. Minutenlang sieht er mich stumm an. Ich will nicht, dass er geht, obwohl ich weiß, dass er gehen wird. Und ich werde ihn nicht bitten zu bleiben. Das kann ich nicht.

Andererseits habe ich mittlerweile schon gelernt, dass Jasper extrem intuitiv sein kann. Er scheint die kleinsten Dinge zu bemerken, scheint beinahe meine Gedanken lesen zu können. Oder zumindest meine Körpersprache. So, wie er es jetzt tut. Anscheinend weiß er, wie wenig ich will, dass er mich alleinlässt.

Ich kann nicht anders, als hinzusehen, als er sein nasses Shirt und die Hose auszieht, sich hinter mir auf die Bettdecke legt und mich an sich zieht. Sein Kinn lehnt er auf meinen Kopf.

Die ersten paar Minuten erlebe ich extrem aufmerksam. Jasper hält mich einfach schweigend in den Armen, als wollte er mir Zeit geben, mich an das Gefühl seines Körper an meinem zu gewöhnen. Und das tue ich. Schnell.

Seine Wärme in Kombination mit der Erschöpfung nach dem Stress und den Sorgen der letzten Woche entspannt mich, und ich stelle fest, dass sich meine chaotischen Gedanken auf Matt einpendeln. Und darauf, was Jasper von alledem halten muss.

»Ich bin wegen Matt in die Kneipe gegangen, aber wahrscheinlich nicht aus dem Grund, an den du denkst«, platze ich heraus. Ich will nicht, dass Jasper es falsch versteht.

»Und an welchen Grund denke ich?« Seine Stimme ist leise und hypnotisch, so beruhigend wie die weichen Baumwolllaken.

»Sicher denkst du, es hätte mich verletzt, zu sehen, dass er mit Megan zusammenlebt, und ich wäre deshalb weggelaufen. Weil ich es nicht ertragen konnte.«

»Und das stimmt nicht?«

Ich denke an meine Reaktion und daran, was ich in dem Moment gefühlt habe und was ich jetzt empfinde. »Ein bisschen vielleicht, aber das sind eher … Restempfindungen. Es ging dabei um den Verlust dessen, was *war.* Aber auch dessen, was *nie gewesen ist.*« Ich verstumme, und beim Nachdenken fallen mir die Lider zu.

»Das musst du mir erklären«, bittet er leise, wobei sich sein Kinn auf meinem Kopf bewegt.

»Ich neige dazu, mich in Männer mit einem fatalen Fehler zu verlieben. Als ich Matts Fehler nicht finden konnte, dachte ich, er könnte der Richtige sein. Doch inzwischen denke ich, dass *ich* diejenige mit dem fatalen Fehler sein könnte. Dem fatalen Fehler, mich in Männer zu verlieben, die mich nicht lieben.«

»Wie kommst du darauf, dass er dich nicht geliebt hat?«

»Er ließ mich gehen. Falls er mich geliebt hat, dann jedenfalls nicht *genug*.«

»Und was wäre genug?«

»Genug ist, wenn man den Gedanken an ein Leben ohne den anderen nicht ertragen kann. Wenn man den anderen nicht gehen lassen kann oder einen Ozean überqueren würde, nur um bei ihm zu sein. Weniger wäre schlicht … weniger. Eben nicht genug.«

»Aber er *ließ* dich gehen.«

»Ja.«

»Und suchte sich eine neue Beziehung.«

»Ja.«

»Was bedeutet, dass er dich nicht genug liebte.«

»Ja.« Nach wenigen Sekunden ergänze ich: »Aber das war nicht *alles*, was mich heute Abend aus der Bahn geworfen hat.«

»Was noch?«

»Ich … Ich fühlte mich egoistisch und blöd, weil ich wollte, dass er mich so liebt, obwohl ich ihn doch auch nicht genug geliebt habe.«

»Auch das musst du mir erklären«, sagt Jasper.

»Hätte ich ihn so sehr geliebt, wie ich dachte, hätte ich dich nicht so geküsst, wie ich es habe. Ich hätte keinerlei Probleme, dich aus meinem Kopf zu verbannen und auf meinen Dad konzentriert zu bleiben. Hätte ich ihn genug geliebt, w-würde ich dich nicht wollen.«

»Und deshalb hast du Schuldgefühle?«

Aufmerksam wie eh und je. »Ja.«

Ich fühle, wie Jasper seinen Oberkörper ein wenig aufrichtet. Dann kratzt sein Kinn leicht an meiner Schläfe, während er sagt: »Die musst du nicht haben. Hätte er dich genug geliebt, wärst du nicht hier. Allein. Mit mir. Er wäre bei dir.«

Ich seufze. Es stimmt, was er sagt. »Ich weiß, aber …«

»Kein Aber. Sei froh, dass er dir nicht hinterhergejagt ist. Ich bin es.«

Meine nächsten Worte sind die reine Wahrheit: »Im Moment bin ich es auch.«

Das ist das Letzte, woran ich mich erinnere.

Kapitel 12

JASPER

Ich höre, wie Muse sich regt, wie sie stöhnt, und muss grinsen.

Ich versuche nicht mal, leise zu sein, als ich den Wagen vom Zimmerservice in ihr Schlafzimmer schiebe. Genauso wenig, wie ich mich bemüht hatte, leise zu sein, als ich auf das Klopfen hin öffnete, mit dem Kellner sprach und anschließend die Tür zuknallen ließ.

»Zeit für ein bisschen Frühstück. Wir müssen weiterfahren.«

Muse hebt den Kopf, um zu dem Wagen zu sehen, runzelt die Stirn und sinkt zurück in ihr Kissen. »Ich habe keinen Hunger«, murmelt sie.

»Du musst etwas essen. Danach fühlst du dich besser.«

Sie öffnet nur ein Auge, mit dem sie mich wütend anblickt. Und recht wirkungsvoll, wie ich hinzufügen sollte. »Warum bist du eigentlich immer so putzmunter?«

»Ich bin nicht putzmunter. Du bist nur verkatert.«

Ich hebe die Silberhauben von den beiden Tellern mit Essen.

»Du hast doch keine Eier bestellt, oder?«, fragt sie und klingt dabei, als würde ihr gleich schlecht.

»Nein. Jede Menge Bacon. Und Wasser. Und Kaffee. Auch ein bisschen Obst. Jetzt setz dich hin.«

Widerwillig schiebt sie die Bettdecke nach unten und tritt sie mit den Füßen weg, bis sie sich darin verfangen. Ich beobachte, wie ihre nackten Brüste wippen und sich die Spitzen in der plötzlich kühleren Luft aufrichten. Blut rauscht in meinen Schwanz. Offensichtlich habe ich den einzigen Punkt gefunden, in dem ich mich nicht vollständig unter Kontrolle habe.

Muse Harper.

Eine Frau, im Ernst! Und nicht bloß irgendeine Frau. Sie ist eine Frau, die mein Blut in Wallung bringt und meinen Körper schmerzen lässt. Sie besitzt hinreichend Feuer, um ein kleines Stück dessen aufzutauen, was seit Langem eingefroren ist.

In einer anderen Situation wäre das vielleicht Anlass zur Sorge gewesen. Nicht in dieser. Sie muss ihren Vater finden. Ich muss Antworten bekommen. Und danach wird das *mit uns* vorbei sein. Das Ende. Kein glückliches Ende. Muse verdient etwas Besseres, aber so ist es nun mal. Ich habe einen Job zu erledigen, und der muss an erster Stelle stehen. Immer.

Endlich setzt Muse sich auf und reibt sich mit den Händen übers Gesicht. Ihr Haar ist zu breiten Strähnen verheddert und fällt nun über ihre Schultern wie Flammen, die über ihre blasse Haut züngeln. Mein Mund wird trocken, als ich sie unverhohlen anstarre. Ihr lautes Luftschnappen bewirkt, dass ich wieder in ihre Augen sehe. Sie sind weit aufgerissen, und ihre Lippen sind ein wenig geöffnet, wie letzte Nacht. Letzte Nacht, als sie in meinen Armen kam.

Ihre Wangen laufen rot an, und sie verschränkt die Arme vor der Brust, um ihre Blöße zu bedecken. Was sie umso verlockender aussehen lässt. Umso verbotener.

Nie habe ich sie dringender gewollt.

»Ein bisschen spät dafür, findest du nicht?«

Sie wird noch röter. Und mehr Blut strömt in meinen Schwanz.

»Oh Gott«, flüstert sie und schließt die Augen, als wäre die Erinnerung schmerzlich.

Ich gehe um den Servierwagen herum und nehme eine ihrer Hände, die sie unter ihre Achsel geklemmt hat. Dann lege ich ihre Handfläche auf die Wölbung in meiner Hose, wo mein Schwanz gegen den Reißverschluss drückt.

»Das ist es, was du mit mir machst. Sei deshalb nicht verlegen. Sei stolz.« Nun fixieren ihre Augen meine, und ihre Pupillen sind so riesig, dass sie fast alles Grüne ihrer Iris überdecken. »Jetzt iss, bevor ich es mir anders überlege und kein netter Kerl mehr bin.«

Ich lasse ihre Hand los, und Muse senkt sie langsam zu ihrem Schoß. Dann sieht sie weg, während sie die Decke um sich legt und alles verhüllt, was ich mir lieber noch angesehen hätte. Schade, aber wahrscheinlich ist es besser so.

Sie räuspert sich, bevor sie eine Gabel aufnimmt.

Ich gehe wieder auf die andere Seite des Servierwagens, nehme einen Bacon-Streifen von dem zweiten Teller und verschlinge ihn in einem Bissen.

»Seit wann bist du ein netter Kerl?«, fragt Muse und späht durch ihre Wimpern zu mir, während sie mit ihrer Gabel eine Weintraube aufspießt. Die Andeutung eines Lächelns umspielt ihre Lippen. Was gar nicht gut ist für meinen Ständer. Andererseits scheint mein Körper entschlossen, auf so ziemlich alles, was sie tut, mit einer massiven Erektion zu reagieren.

Ich seufze.

Solange ich nicht in ihr bin, wird sich daran vermutlich nichts ändern.

»Auch wieder wahr.« Wir essen den Rest unseres Frühstücks schweigend. Als Muse fertig ist und sich den Mund an ihrer Leinenserviette abwischt, frage ich: »Fühlst du dich besser?«

Sie nickt. »Tue ich tatsächlich. Danke. So einen Kater hatte ich noch nie.«

»Bist du ein braves Mädchen, Muse Harper?«

Sie zuckt mit den Schultern. »Nein, eigentlich nicht. Ich bleibe nur normalerweise bei Wein.«

»Rot oder weiß?«

»Rot. Warum?«

»Reine Neugier. Wenn dies hier vorbei ist und ich zum Kassieren komme, möchte ich wissen, welchen Wein ich mitbringen soll.«

»Bringst du Wein mit, wenn du dir dein Geld abholst?«

»Ich sprach nicht davon, dass ich *Geld* abhole.«

Die Röte in ihren Wangen bestätigt mir, dass sie *genau* weiß, wovon ich rede.

Kapitel 13

MUSE

Ich bin ein Nervenbündel, als wir am nächsten Nachmittag in Treeborn ankommen. Die vertrauten Straßen sind ebenso tröstlich wie beängstigend. Bevor wir uns dem Haus meines Vaters nähern, hole ich meine Sonnenbrille aus der Tasche und die Kappe, die ich mitgebracht habe. Die Sonne geht bald unter, doch ich darf nicht riskieren, gesehen zu werden.

»Falls du inkognito gehen willst, solltest du vielleicht dein rotes Haar hinten unter die Kappe schieben. Es fällt sonst ziemlich auf.«

Früher war ich sehr empfindlich, was mein Haar angeht. Rotschöpfe haben es nicht direkt leicht, doch mittlerweile habe ich längst meinen Frieden damit gemacht. »Machst du dich über mein Haar lustig?«, frage ich provozierend.

Jasper blickt zu mir herüber, als ich mein Haar zusammenraffe und zu einem Zopf drehe, um es unter die Kappe zu stopfen. Sein Blick ist mal wieder unergründlich. »Ganz und gar nicht. Ich liebe dein Haar.«

Ich halte inne und starre ihn an. »Im Ernst?«

Seine Bemerkung ist vollkommen sachlich und seine Miene so unlesbar wie immer. Doch etwas an seinen Worten, die er so sorgfältig wählt und mit denen er fast schon geizt, tut mir bis in die Zehenspitzen gut.

»Sehr«, lautet seine knappe Antwort. Obwohl er sie gibt, als er schon wieder zur Straße sieht, mindert es ihre Wirkung nicht. Ich speichere das Kompliment irgendwo in der Nähe meines Herzens, wo es mich ab sofort und richtig lange wärmen kann.

Ich versuche, lässig zu bleiben, während ich meine Verkleidung vervollständige, doch aus irgendwelchen Gründen zittern meine Finger. Dieser Mann … *Oh Gott!* Er tut irgendwas mit mir.

Jasper parkt gegenüber von der Backstein-Ranch des Colonels am Straßenrand. Dann sitzen wir still da, während Jasper sich umblickt. Ich habe keine Ahnung, wonach er sucht.

Allerdings sinke ich tiefer in den Beifahrersitz und drehe mich zu Jasper, als ich Millie sehe, die neugierige Nachbarin meines Vaters, wie sie mit Eli, ihrem Springer Spaniel, aus der Haustür tritt. Normalerweise führt sie ihn kurz vor Einbruch der Dunkelheit spazieren, also denke ich, dass sie uns bemerkt haben muss, denn dafür ist es noch zu früh.

»Oh Mist! Hier kommt die Nachbarschaftswache«, flüstere ich.

»Hat sie Superkräfte?«, fragt Jasper mit gesenkter Stimme.

»Selbstverständlich nicht. Warum?«

»Warum flüstern wir dann?«

»Weil ich Angst habe. Warum flüsterst *du*?«

Jasper antwortet nicht, denn sein Blick fixiert etwas direkt hinter meinem Kopf. Ich kann mir richtig vorstellen, wie Millie in ihren orthopädischen Schuhen und ihrer grell geblümten Bluse über die Straße auf uns zukommt, die Nase wie üblich pikiert gerümpft.

»Hier kommt sie«, warnt er mich leise. Ungefähr zehn Sekunden lang überschlagen sich die Ideen in meinem Kopf, was wir tun könnten, außer davonzubrausen. Was wiederum dem Zweck unserer Reise hierher widerspräche. Weiter komme ich jedoch nicht, ehe mein Hirn schachmatt gesetzt wird. Sämtliche Gedanken verabschieden sich, als Jasper meinen Hinterkopf umfasst und mich zu sich zieht.

Unsere Lippen begegnen sich gerade eben so, bevor ein energisches Klopfen an dem Beifahrerfenster hinter mir ertönt. Jasper hält mich fest und sieht an mir vorbei. Ich kann mir nur vorstellen, dass er in Millies verdrossenes Gesicht schaut.

»Verziehen Sie sich, Lady!«, ruft er, ohne das Fenster herunterzulassen.

»Hier dürfen Sie nicht parken«, sagt sie spitz, passend zu ihrer missmutigen Miene.

»Die Straße gehört Ihnen nicht«, kontert er, bevor er sich wieder mir zuwendet, um Millie abzuwimmeln.

»Ich rufe die Polizei!«

Jasper ignoriert sie und beugt seinen Kopf erneut zu mir. Diesmal tut er es langsam, sieht mir in die Augen, bis sich unsere Lippen berühren. Dieser Kuss ist anders als sein allererster. Jener drückte aus, dass sein Verlangen nach mir eine unangenehme Tatsache war. Dieser sagt, mich zu haben sei unausweichlich.

Sein Mund ist weich und verlockend, zugleich fest und fordernd. Er verführt mich, verschlingt mich und sagt mir, dass er nicht aufhören wird, bis ich ganz sein bin und er alles ist, woran ich denken kann. Er will mich mit Haut und Haar. Und mit weniger wird er sich nicht zufriedengeben.

Schließlich löst er den Kuss, hält jedoch weiterhin meinen Kopf fest, sodass unsere Gesichter nur Zentimeter voneinander entfernt sind. Sein Atem geht so schwer wie meiner, und seine Augen haben diesen dunklen Whisky-Ton.

»Ich bin ein echt kranker Mistkerl«, murmelt er. Diese Äußerung kommt all denen, die ich vielleicht erwartet hätte, nicht mal nahe. Noch dazu ist sein Tonfall sowohl selbstironisch als auch reumütig. Ehe ich nach einer Erklärung fragen kann – die er mir zweifellos verweigern würde –, weicht er zurück.

Er sieht über meine Schulter. »Okay, sie ist zurück ins Haus, um die Polizei zu rufen. Gib mir zehn Minuten, und hol mich dann in der Parallelstraße ab.«

Er ist aus dem Wagen und über die Straße, bevor ich auch nur begriffen habe, was er gesagt hat, und entsprechend handeln kann. Schließlich habe ich mich ein wenig gefangen und klettere über die Mittelkonsole auf den Fahrersitz.

Ich komme nicht an die Pedale, da Jasper ungefähr dreißig Zentimeter größer ist als ich, und so dauert es einige Sekunden, bis ich die Hebel gefunden habe, mit denen ich den Sitz nach vorn rücke. Als ich endlich den Gang einlege, sehe ich auf die Uhr und ziehe sicherheitshalber eine Minute ab.

Ich fahre durch Dads Viertel, wobei ich sehr froh bin, dass Jaspers Wagen getönte Scheiben hat. Die bieten mir eine gewisse Anonymität. Während ich mich beim Fahren nach rechts und links umsehe, frage ich mich, was mein hochgebildeter, auf ruhige Art kompetenter und wahrscheinlich gefährlicher Kautionsjäger in dem Haus suchen könnte.

Und was finden. In beiden Punkten komme ich nicht sonderlich weit, deshalb gebe ich es auf.

Ich bewege mich hier auf derart unbekanntem Terrain, dass ich nichts außer einem gigantischen Vorrat an offenen Fragen habe. Momentan habe ich noch nicht mal eine Theorie, was los sein könnte. Aber vielleicht kommt Jasper mit etwas Brauchbarem zurück.

Als die zehn Minuten fast verstrichen sind, fahre ich zurück zur Alton Street, die direkt hinter der Straße meines Vaters verläuft. Langsam tuckere ich an den schlichten Häusern vorbei, bemerke Spielsachen in den Vorgärten und Hunde auf den Einfahrten. Ich lächle, als ich Jasper wenige Häuser weiter auf den Gehweg kommen sehe. Er schlendert völlig gelassen die Straße entlang, die Hände in den Hosentaschen, als wäre er unterwegs zu einem Barbecue bei Nachbarn. Fehlen nur noch die geschürzten Lippen als Indiz, dass er vor sich hin pfeift. Aber bei Jasper wären die natürlich ein Overkill. Er muss gar nichts sagen, um klarzustellen, dass er nicht der sorglose, pfeifende Typ ist. Dafür wirkt er viel zu aufmerksam, zu vorsichtig und … zu finster. Das ist etwas, was er genauso deutlich ausstrahlt, wie Marilyn Monroe Sexappeal ausstrahlte. Daran muss er nicht mal arbeiten. Er *ist* das einfach.

Ich verlangsame, als ich mich ihm nähere. Er hat dieses höfliche Lächeln im Gesicht, wie ich es bei ihm schon anderen gegenüber gesehen habe. Es soll heißen: Ich bin nett, aber ich möchte nicht belästigt werden. Und es ist sehr wirksam. Noch dazu ist es faszinierend. Sicher will so gut wie jeder, der es sieht, mehr über den Mann wissen. Und genauso sicher bin ich mir, dass sich keiner zu fragen traut.

Er steigt auf den Beifahrersitz, und ich fahre schneller zum Ende der Straße. Am Stoppschild biege ich nach rechts ab, entferne mich von der Straße meines Vaters. Dann halte ich an einem Vorfahrtsschild und biege nach links ab. In dem Moment sehe ich den Streifenwagen, der eindeutig auf dem Weg zum Haus meines Vaters ist. Jaspers Timing war perfekt. – Was mich nicht überrascht.

»Was hast du herausgefunden?«

Jasper sieht auf die Straße und zeigt auf eine Tankstelle ein Stück weiter. »Fahr da rein.«

Ich schlucke meinen Seufzer und tue, was er sagt. Während er tankt, stelle ich den Sitz wieder nach hinten, steige aus und gehe um die Kühlerhaube herum, um mich auf den Beifahrersitz zu setzen. Geduldig warte ich, als er in den Shop geht, und genauso geduldig gebe ich mich, als er mit einer kleinen Tüte zurückkommt und sie auspackt.

»Ich habe eine Tüte dieser Chips, die du magst. Und das Wasser, das du trinkst.«

Ich ignoriere seine Fürsorge ebenso wie seine Aufmerksamkeit, denn mich beschäftigt wahrlich anderes. Dennoch warte ich brav, bis wir wieder auf dem Highway sind und er es nicht länger hinauszögern kann. Aber dann bin ich außerstande, weiter an mich zu halten. »Erzähl schon, Jasper.«

Sekunden ziehen sich, dünn und fragil, und ich fühle, wie mir die Kehle eng wird und Tränen in meinen Augen brennen. Er hält mich hin. Und der einzige Grund, aus dem er mich hinhalten würde, ist der, dass er schlechte Neuigkeiten hat.

Mein Brustkorb fühlt sich an, als würde er nach innen knicken und jedes lebenswichtige Organ in ihm zerquetschen. Ich presse einen Handballen auf mein Zwerchfell, um diese unangenehme Panik zu lindern.

»Geht es dir gut?«, fragt Jasper. Da ist ein Stirnrunzeln, und seine Stimme klingt ein kleines bisschen besorgt.

»Nicht so richtig. Erzähl es mir schon. Du musst nichts beschönigen oder um den heißen Brei herumreden. Ich muss es wissen, und zwar *jetzt*!«

»Deinem Vater geht es gut«, sagt er, schraubt seine Wasserflasche auf und trinkt einen großen Schluck, als würden wir über so Nebensächliches wie das Wetter reden.

Mein Herz stottert einige Schläge, bevor es schneller schlägt. Fast fürchte ich mich, zu erleichtert zu sein, da ich sicher bin, dass ich ihn falsch verstanden habe.

»W-was?«

»Ich habe gesagt, dass es ihm sicher gut geht.«

»Woher weißt du das?«

»Na ja, für die meisten Leute sieht es aus, als wäre er nur mal kurz weg. Zur Arbeit, zum Einkaufen, was auch immer. Die Betten sind gemacht, die Zahnbürste ist in ihrem Halter, die Post liegt auf dem Küchentresen, der Kaffeebecher ist in der Spüle. Für jemanden, der genauer hinsieht, scheint es hingegen so, dass er weg ist und nicht vorhat, bald wiederzukommen. Ja, seine Zahnbürste ist da drinnen, aber sein Rasierer nicht. Männer benutzen alle möglichen Zahnbürsten, doch ein guter Rasierer ist schwer zu finden. Es gibt einen Waffen-Safe auf dem obersten Brett in seinem Wandschrank, in dem ein Revolver eingeschlossen ist. Allerdings gibt es noch einen weiteren Waffen-Safe hinter einem Karton mit Fotos in der hinteren Ecke, und der ist leer. Er hat die offensichtliche Waffe dagelassen und die versteckte mitgenommen. Was die Frage angeht, wie er weg ist: Das Auto ist verschwunden, und das Kabel des automatischen Garagentoröffners wurde gekappt. Es gibt keinerlei Anzeichen, dass er von dort gewaltsam weggebracht wurde. Also würde ich sagen, dass er aus gutem Grund verschwunden ist und irgendwohin abgetaucht.«

»Du klingst nicht überrascht.«

Jasper zuckt mit den Schultern. »Bin ich nicht. Es gibt einen Grund, weshalb er diesen Wohnsitz in Atlanta unterhält.«

Ich empfinde eine überwältigende Erleichterung. Das würde erklären, warum er nicht da war, als ich anrief. Und vielleicht auch, warum er mich nicht angerufen hat. Falls er sich versteckt, würde er mich nicht in Gefahr bringen wollen. Ein beinahe hysterisches Lachen gluckert in meiner Kehle nach oben, wie ein Halloween-Hexengebräu in einem albernen Kessel. Trotzdem habe ich Angst, mich *zu* sehr zu freuen, gleich alle Furcht abzulegen. »Und du bist dir *sicher?*«

»Nun, *offensichtlich* kann ich mir nicht hundertprozentig sicher sein, ehe ich nicht an die Tür dieser Adresse geklopft habe und er öffnet, aber ich bin mir relativ sicher.«

Ich verarbeite seine Worte, denke gründlich nach, bedenke auch die Quelle – seine Erfahrung, seine Zuversicht, seine ruhige Haltung. Und ohne es bewusst zu entscheiden, wage ich es, Jasper zu vertrauen. Ich vertraue seinem Urteil, seinen Worten. *Ihm.*

Erst später wird mir klar, was ich damit getan habe. Und wie tief ich verletzt werden könnte.

Kapitel 14

JASPER

Auf der Fahrt nach Atlanta ist Muse sehr still. Allerdings füllt ihre nervöse Energie das Wageninnere mit so viel stummem Lärm, dass mir das Denken schwerfällt. Sie wippt im Takt mit dem Fuß, zwirbelt ihr Haar auf, schnippt mit den Fingern und reibt sich wahrscheinlich eine wunde Stelle in der Handfläche mit dem Daumen der anderen Hand. Sie macht keine lauten Geräusche, doch ich kann sie trotzdem hören.

Es wäre weit besser, könnte ich sie ignorieren. Dann könnte ich nachdenken. Und planen. Aber das kann ich nicht. Irgendwie geht sie mir zu nahe, und das verdirbt alles. Ich habe einen Auftrag zu erledigen. Sobald ich einige Antworten bekommen habe, die ich brauche. Und zum ersten Mal, seit ich erwachsen bin, ertappe ich mich dabei, das Unvermeidliche aufzuschieben, statt es direkt in Angriff zu nehmen.

Für mich kommt die Pflicht immer vor allem anderen. Manche Leute sind einfach so gepolt. Und ich bin einer von ihnen. Folglich kann man sich vorstellen, dass dieses erste Mal, dass ich versucht bin, vom schnurgeraden Weg abzuweichen, recht überraschend kommt. Und mich überrascht wirklich nur sehr weniges.

Dreieinhalb Stunden später fahre ich auf den Parkplatz eines Clubs namens »Dual«. Ich hatte Gavin Gibson eine Nachricht auf die Mailbox gesprochen. Es besteht die Möglichkeit, dass ich Hilfe brauche, und ich will mit ihm reden. Er ist eine gute Quelle, und ich vertraue ihm bis zu einem gewissen Grad. Mehr, als ich den meisten anderen Menschen vertraue, schätze ich. Wir haben eine … Übereinkunft. Die Art Übereinkunft, die nur wenige Leute verstehen oder gutheißen würden. In bestimmten Situationen helfen wir uns gegenseitig aus. Das nächste Mal, wenn er jemanden braucht, der ihm einen Gefallen tut, wird er mich anrufen, und ich werde mein Bestes tun, um ihm zu helfen. Es ist wie ein unausgesprochener Pakt.

Normalerweise empfinde ich bei den letzten Plänen für einen meiner Jobs eine friedliche Anspannung, eine klinische Gelassenheit gegenüber dem Tod, die mich ruhig, rational und schnell macht. Tödlich schnell. Diesmal mache ich die letzten Pläne frühzeitig. Warum? Weil ich zum ersten Mal, seit ich denken kann, erwäge, die Sache aufzuschieben. Und das muss ich mir erschweren. Ich muss es mir selbst schwerer machen, zu zögern oder mir die letzten Schritte nochmal zu überlegen. Noch nie musste ich mich selbst austricksen, mir selbst die Hände binden. Aber ich kann meinen eigenen Absichten nicht mehr trauen. Sie sind viel zu sehr von einem feurigen Rotschopf beeinflusst, an den ich immerfort denken muss.

Vielleicht liegt es an der Tatsache, wer sie ist. Vielleicht an der Art, wie ich das hier durchziehen muss. Oder daran, dass sie tatsächlich ein anständiger Mensch ist. Es könnte auch etwas sein, was ich überhaupt noch nicht bedacht habe.

Ich habe darauf keine Antwort, nur ein potenzielles Problem. Und Probleme jedweder Art sind nie gut. Nicht in meiner Branche. Weshalb ich sie grundsätzlich entschieden und sofort angehe. Das ist nur einer der Punkte, die mich in meinem Job zu einem der Besten machen.

Als ich den Motor ausstelle, löst Muse endlich ihren Blick vom Seitenfenster und sieht geradeaus. »Wo sind wir?« Verwirrt runzelt sie die Stirn.

»In Atlanta.«

»Und warum sind wir bei diesem Club?«

»Ich muss hier mit jemandem reden. Es dauert nicht lange. Bleib, wo du bist. Und lass die Türen verriegelt.«

Ich steige aus und schlage die Tür zu, ehe sie mehr fragen kann. Nicht, dass sie jetzt ernsthaft eine Antwort erwarten würde. Dennoch habe ich das Gefühl, dass ihre Wissbegierde meine derzeitige Verfassung noch verschlimmern würde. Und das wiederum ist ein Risiko, das ich mir nicht leisten kann.

Sobald ich den Club betrete, schaue ich mich um. Einige Dutzend Leute drängen sich auf der Tanzfläche und reiben ihre Körper aneinander. Dieses Bedürfnis habe ich noch nie verstanden. Ich bin eher ein Einzelgänger, der »Lass mich dich in einer dunklen Ecke nehmen«-Typ. Außerdem mag ich keine Menschenansammlungen. In solch einem Laden wie hier würde ich nie arbeiten, auch wenn ich begreife, warum Gavin es tut. Er ist der gesellige Typ. In einem normalen Gespräch mit ihm würde man niemals erahnen, dass er zu einem richtig sadistischen Mistkerl werden kann, kommt man ihm oder jemandem, der ihm teuer ist, in die Quere. Ich vermute, dass wir alle unser *wahres* Ich hinter irgendeiner Maske verbergen. Meine ist Gleichgültigkeit.

Ich gehe auf die von hinten beleuchtete Bar zu, die sich auf der linken Seite des Raums erstreckt. Wie es aussieht, hat sich hier nicht viel verändert. Heute Abend sind sie zu dritt, was an einem Wochenende sicher sinnvoll ist. Zwei von ihnen kenne ich. Ich vergesse nie ein Gesicht, erst recht kein gefährliches oder schönes. Und dieses ist schön.

Ein blasses, lächelndes Oval inmitten von langem, glattem schwarzen Haar. Olivia. Sie ist zierlich und kurvenreich zugleich, ähnlich wie Muse. Doch während sie zwar schön ist, hat sie null Wirkung auf mich. Die Einzige, die mir neuerdings den Schwanz hart macht, ist eine plapperhafte Rothaarige mit smaragdgrünen Augen und einem Körper, der darum bettelt, von einem Mann mit Lippen und Zunge köstliches Stück für Stück erkundet zu werden.

Dunkle Augen begegnen meinen, und sie lächelt. Ich nicke ihr zu, und sie wendet den Blick ab und nickt zum hinteren Teil des Clubs. Ich folge ihrer Blickrichtung und sehe ihren Mann an der Bürotür stehen. Sein Name ist Cash Davenport, Gavins Boss und Besitzer dieses Clubs. Ich bahne mir einen Weg durch das Gedränge auf ihn zu.

Dabei sehe ich mich zu Olivia um und nicke ihr dankend zu. Sie zwinkert, bevor sie wieder zu ihrem Mann sieht, während sie schwungvoll einen Drink in einem silbernen Shaker mixt.

Als ich mich Cash nähere, bemerke ich, dass er immer noch seine Frau ansieht. Sein Gesichtsausdruck erinnert mich an die Art, wie ein Mann die Sonne ansehen könnte, wenn er sie zum ersten Mal erblickt, nachdem er sein gesamtes Leben in Dunkelheit verbracht hat. Die beiden sind die Sorte Paar, in das nichts und niemand einen Keil treiben kann. Die Sorte, die ewig zusammenbleibt, die alles übersteht. Und sie haben schon einiges an Hindernissen überwunden. Doch anscheinend haben die sie umso fester zusammengeschweißt, und sie sind verliebter denn je.

Als ich links von ihm stehen bleibe, löst Cash endlich den Blick von seiner Frau und reicht mir lächelnd die Hand. »Jason! Schön, dich zu sehen, Mann.«

Ich nicke und schüttle ihm kurz die Hand. »Danke. Tut mir leid, dass ich einfach so reinplatze, aber ich bin auf der Suche nach Gavin. Hast du ihn gesehen?«

So, wie sich seine wachen braunen Augen für einen Moment verengen, weiß er offenbar, dass ich wegen eines Auftrags hier bin, über den er wahrscheinlich nicht allzu viel wissen will. Ich denke, dass er sowieso schon mehr als die meisten anderen weiß. Und ihm ist auch klar, dass Leute, die zu viel wissen, am Ende in Gefahr geraten. Cash Davenport ist niemand, der solche Dinge auf die leichte Schulter nimmt.

Kapitel 15

MUSE

Jasper ist nicht mal fünf Minuten in dem Club, als meine Blase mich daran erinnert, dass ich seit unserem Aufbruch auf keiner Toilette war. Und nach dem Kaffee und Wasser morgens sowie dem Wasser während der Fahrt habe ich das Gefühl, jeden Moment zu platzen. Was um nichts besser wird, solange ich nur Dunkelheit und Stille zur Ablenkung habe.

Ich ziehe den Schlüssel aus dem Zündschloss, steige aus, verriegle den Wagen über die Fernbedienung und gehe zum Clubeingang. Ein kräftiger, steroidüberfrachteter Riese begrüßt mich, als ich zur Tür hineinsehe. Sein Lächeln ist aber warmherzig und freundlich, sodass ich denke, es ist vor allem seine massige Gestalt, die Furcht einflößend wirkt. Ich erwidere sein Lächeln und gehe auf ihn zu.

»Ich warte auf einen Bekannten, aber ich müsste dringend mal eure Toilette benutzen.«

Augenzwinkernd nickt er zur hinteren Ecke des Clubs. Dort prangen rote Richtungsweiser zu den Herren- und Damentoiletten. Ich danke dem Mann und gehe in die Richtung.

Zwischen mir und der Oase für meine Blase liegt eine Tanzfläche voller Leute, sodass ich einen Augenblick überlege, welches der beste Weg mit dem geringsten Widerstand wäre. Der scheint an der Bar zur Linken entlangzuführen.

Als ich mich gerade entschieden habe, ertönt eine tiefe Männerstimme mit einem verführerischen Akzent direkt neben meinem rechten Ohr. »Kann ich Ihnen helfen, Miss?«

Ich schlage mir die Hand auf die Brust, wo mein Herz rast, denn ich hatte nicht mal bemerkt, dass jemand hinter mir war. Als ich mich umsehe, ragt ein unglaublich gut aussehender Mann vor mir auf. »Oh Gott, Sie haben mir einen Riesenschrecken eingejagt!«

»Das war nicht meine Absicht, auch wenn ich jetzt froh bin, dass ich es getan habe. Verdammt, Sie sind wunderschön!«, sagt er mit einem verwegenen Grinsen, das zweifellos schon Tausende Frauen hat schwach werden lassen. Ich hingegen bin zwar beeindruckt, aber gewiss nicht im selben Maße wie die meisten anderen, denn ich stehe gegenwärtig unter dem Einfluss einer Droge namens Jasper. »Sagen Sie mir bitte, dass Sie hier sind, um mich zu sehen.«

»Tut mir leid, dass ich Sie enttäuschen muss, aber ich bin hier, um die … Einrichtungen Ihres Clubs zu benutzen.«

Sein Gesicht ist sonnengebräunt, sein schwarzes Haar kurzgeschnitten, seine Augen blau. Sie blitzen frech, strahlen pures männliches Selbstbewusstsein aus – und Charme. Jede Menge Charme. »Darf ich mir die Einrichtung aussuchen?«

Bei jedem anderen Mann hätte solch ein Satz schmierig gewirkt, aber nicht bei diesem. Da ist er schlicht Flirt, echt und hochgradig schmeichelhaft.

»Leider nein, aber ich weiß Ihre Bereitschaft zu schätzen, mir entgegenzukommen.«

»Ich bin bereit, Ihnen auf jede erdenkliche Art entgegenzukommen, die Sie sich in diesem hübschen kleinen Kopf erträumen.«

Sein melodischer australischer Akzent verleiht seinen Worten etwas Unschuldiges und nimmt ihnen dieses Anzügliche, das dieselben Sätze bei den meisten Amerikanern bekämen. Unweigerlich muss ich über seine unerschütterliche Entschlossenheit lächeln.

»So gern ich auch …«

Weiter komme ich nicht, denn ich werde von einer tiefen Stimme hinter mir unterbrochen, begleitet von einem vertrauten Kribbeln.

»Darf ich?«

Die blauen Augen richten sich auf etwas über meinem Kopf. Spätestens jetzt hätte ich gewusst, wo Jasper ist, selbst wenn ich seine Nähe nicht schon in jeder tanzenden roten Blutzelle meines Körpers spüren würde. Ich weiß nicht, wie er das anstellt, wie er mich dazu bringt, alles außer ihm zu vergessen, nichts mehr zu fühlen außer ihm. Auf jeden Fall schafft er es. Durchgängig. Mühelos. Gedankenlos.

Er ist so dicht hinter mir, dass ich die Wärme seines Körpers fühle. Eine Sekunde lang ist mir danach, die Augen zu schließen und in seiner Wärme zu versinken. In ihm. Er ist wie ein begabter Hypnotiseur, dem es irgendwie gelungen ist, in jeden meiner Gedanken einzudringen, in jedes meiner Gefühle, in jeden meiner angegriffenen Nerven.

»Jason!«, ruft der Mann vor mir erfreut aus.

Jasper beugt sich zu mir vor, sodass seine Brust meinen Rücken streift, als er seinen langen Arm über meine Schulter ausstreckt, um dem Australier die Hand zu schütteln.

Danach zieht er zwar seinen Arm wieder zurück, doch ich spüre, wie er die andere Hand an meine Taille legt und die Finger anspannt, damit ich ein Stück zurücktrete.

Ich sträube mich nicht. Und im nächsten Moment bin ich neben ihm, von der Schulter bis zum Oberschenkel mit ihm auf Tuchfühlung. Meine Haut kribbelt vor Erregung, und ich kämpfe gegen das Verlangen, mich dichter an ihn zu lehnen, mich von ihm absorbieren zu lassen.

Jasper sieht mich nicht an, was er auch nicht muss, damit ich seinen dunklen, gefährlichen Gesichtsausdruck sehe. Seine normalerweise neutralen Züge, die maskieren, was in ihm vorgeht, drücken jetzt eine geradezu erschreckende Strenge aus. Es ist, als würde er den anderen Mann im Geiste in Stücke reißen.

Was ist denn jetzt los?

»Gavin«, antwortet Jasper ruhig, doch seine tiefe Stimme scheint auf Einschüchterung zu zielen.

Gavins Blick huscht zu mir und zurück zu Jasper. Dann hebt er eine seiner schwarzen Brauen und fragt schlicht: »Deine?«

Ich spüre, wie Jasper sich verkrampft, bevor er antwortet: »Ganz sicher nicht *deine*.«

Seine Finger an meiner Seite zucken wieder. Es ist wie eine unwillkürliche Reaktion, und ich frage mich, ob es hier möglicherweise um *mich* gehen könnte.

Die bloße Vorstellung wärmt mich wie heiße Schokolade – von innen nach außen. Es ist keine übertrieben besitzergreifende Geste, doch von jemand so Kühlem und Reserviertem wie Jasper reicht sie aus, damit mir das Herz schmilzt und sich meine Zehen krümmen. Ich sehe wieder zu ihm auf, und diesmal blickt er kurz zu mir, und mein Verdacht ist bestätigt. Er sieht aus, als wäre er bereit zu töten.

Und ich könnte gar nicht glücklicher sein. Meine Lippen zittern, weil ich mir ein Lächeln verkneifen muss, das, sollte ich es herauslassen, die Sonne überstrahlen dürfte.

Gavin, der die unterschwelligen Schwingungen durchaus mitbekommt, verschränkt die kräftigen Arme vor der breiten Brust, und sein Gesicht nimmt einen freundlichen, harmlosen Ausdruck an. »Alles klar, Alter. Keine Sorge.« Er nickt und blickt Jasper für einige Sekunden direkt in die Augen, bevor er fortfährt: »Was bringt dich zurück in die Stadt?«

Jasper antwortet nicht gleich. Stattdessen sieht er wieder zu mir, und nun werden seine harten Züge ein klein wenig weicher. »Wolltest du irgendwas?«, fragt er mich.

»Ja, zur Toilette. Das ist unser erster Halt heute, schon vergessen?«

Er ist immerhin so höflich, zumindest ein bisschen verlegen zu werden. »Oh, entschuldige. Die Toiletten sind da hinten«, sagt er und zeigt in die hintere Ecke. »Ich warte draußen auf dich.«

Ich nicke und gehe an ihm vorbei, doch bevor ich mich in der Menge an der Bar verliere, sehe ich mich noch mal zu den beiden um. »Hat mich gefreut, Gavin.«

Sein Lächeln kommt prompt, strahlend und ebenso flirtend wie vor wenigen Minuten. »Die Freude war ganz meinerseits, Kleine.«

Als ich kurz zu Jasper blicke, sehe ich wieder dieses wütende Funkeln in seinen Augen. Sein Mund ist verkniffen, und seine Brauen sind herabgezogen. Ein deutlicheres Mienenspiel habe ich bei ihm noch nie erlebt.

Und nun muss ich lächeln. Ich versuche nicht mal, meine Freude zu verbergen. Belohnt werde ich mit einem Stirnrunzeln und einem so lauten Knurren, dass ich es trotz der lauten Musik höre. Mir ist nach Kichern zumute, als ich weggehe. Also kichere ich.

Während ich mir den Weg zwischen den Leuten hindurch bahne, die auf einen Drink von einer der umwerfenden Bedienungen warten, sehe ich noch einen gut aussehenden Hünen durch die Menge kommen. Sein dunkelblonder Schopf überragt noch den größten Mann im Gedränge um mehrere Zentimeter. Er ist groß genug, um ein Rausschmeißer zu sein, und dennoch nicht ganz so groß wie Jasper.

Seine fast schwarzen Augen sind auf etwas hinter mir fixiert, als ich mich ihm nähere, was mir Gelegenheit gibt, seine Respekt einflößende Art zu studieren. Er wirkt, als hätte er das Sagen, als wäre er der Chef und würde all dies hier überwachen. Automatisch frage ich mich, ob ihm dieser Club gehört.

Als ich näher komme, huscht sein Blick zu mir. Er nickt lächelnd, was ich genauso erwidere. Nichts an seinem Gesichtsausdruck verrät irgendeine Anziehung, nur höfliche Neugier.

Ich höre eine weibliche Stimme, die über den Lärm hinwegruft: »Cash!« Sofort dreht er sich um, und ich sehe, wie seine Züge prompt weicher werden, als er die Frau ansieht. Ich drehe mich ebenfalls zu ihr um, weil ich wissen möchte, wem sein Herz gehört, denn das tut es offensichtlich. Er versucht nicht mal, es zu überspielen.

Und ich bin nicht überrascht, als ich sehe, wie er sich zu der wunderschönen Brünetten hinter der Bar beugt, um mit ihr zu reden. Sie sieht genauso verliebt aus wie er, und auf einmal bin ich so neidisch auf das, was sie haben, dass ich einen richtigen Stich in der Nähe meines Herzens fühle. Ich frage mich, ob es für mich jemals ein Happy End geben wird, meinen *Dirty Dancing*-Johnny, meinen *Das darf man nur als Erwachsener*-Moment, meinen *Ein Offizier und Gentleman*-Schluss.

Am Eingang des Korridors, der zu den Toiletten führt, bleibe ich stehen und blicke mich zur Bar um. Mühelos mache ich Jasper aus, als er Gavin zur Tür folgt. Unmittelbar bevor er rausgeht, blickt er sich um. Als könnte er fühlen, dass ich ihn angesehen habe, findet sein Blick mich. Und über das Meer von Menschen hinweg begegnet er meinem. Sein neutraler Gesichtsausdruck ist wieder zurück, und ich denke mit einer gehörigen Portion Verzweiflung, dass ich es mir wünschen könnte, so sehr ich will, und trotzdem würde Jasper wohl eher keine Rolle in meiner Zukunft spielen wollen. Erst recht keine romantische.

Also schüttle ich diese Gedanken ab und drehe mich weg, um die Tür zur Damentoilette zu öffnen. Momentan habe ich wahrlich andere Dinge, um die ich mir Gedanken machen muss. Um Jasper kann ich später immer noch trauern.

Kapitel 16

JASPER

Ich neige bereits dazu, optimistisch zu sein, dass Muse ihre Fragen auf ein Minimum beschränken wird, als sie eine halbe Stunde lang still ist. Aber natürlich bin ich nicht so naiv. Und deshalb überrascht es mich kein bisschen, ihre zögerliche Stimme zu hören.

»Wer war dieser Typ, dieser Gavin?«

»Jemand, mit dem ich hin und wieder zusammenarbeite.«

»Ist er auch Kautionsjäger?«

»Nein.«

»Und was macht er?«

Ich seufze. Laut. »Unter anderem ist er Manager in dem Club.«

»Aha. Und was habt ihr miteinander zu tun?« Ich werfe ihr einen Blick zu, der ihr selbst im Dunkeln zu verstehen geben dürfte, dass meine Gesprächigkeit ihr Ende erreicht hat, und sehe, wie ihre Lippen zu schmalen Linien werden und sie die Stirn runzelt. »Das war's. Schon kapiert.«

Ihre Stimme ist scharf, sie klingt fast gekränkt. Wieder spüre ich einen Stich, der sich gefährlich nach Schuld anfühlt. Selbst wenn ich ihr alles erzählen, ihr sämtliche Fragen beantworten wollte, würde sie mich nur hassen, weil ich es ihr gesagt habe. Sie würde sich wünschen, nie gefragt zu haben. Und dann würde sie sich wünschen, mir nie begegnet zu sein.

Natürlich wäre sie besser dran, wäre sie es nicht. Aber sie ist es. Sie ist Teil einer Welt und einer Konstellation von Umständen, die sich ihrer Kontrolle entziehen. Eine Unschuldige in diesem Spiel. Das ist mir klar, obwohl ich nicht alle Details kenne. Mein Bauch sagt es mir. Und mein Bauch irrt sich nie. Ich hoffe, er hat auch recht, was den Aufenthaltsort ihres Vaters angeht. Es wäre furchtbar, sollte er der Erste sein, bei dem mein Gefühl falsch ist.

Als uns das Navi von den Hauptstraßen in Nebenstraßen und Wohnviertel führt, wird Muse stiller. Es könnte sein, dass sie schläft. Aber nein, das tut sie nicht, auch wenn sie es einzig dadurch verrät, dass sie den Saum ihres T-Shirts zwischen den Fingern rollt. Ansonsten könnte ich glatt denken, dass sie döst, so wie ihr Kopf angelehnt und zum Beifahrerfenster gedreht ist.

Als ich anhalte, sieht sie zu mir. Ihre Augen sind groß und glänzen, als sei sie den Tränen nahe. Spontan greife ich nach ihrer unruhigen Hand. »Hab keine Angst.«

Muse lächelt matt. Wobei das Lächeln ihre Augen jedoch nicht erreicht. Ihre Finger in meiner Hand zittern. »Habe ich nicht.«

»Lügnerin«, widerspreche ich leise.

Ihre Miene bleibt unverändert. Sie gibt keinen Laut von sich, rührt sich nicht. Sie starrt mich einfach nur an, als wollte sie mich stumm dazu bringen, nein, *anflehen*, vielleicht auch durch die Verbindung unserer Hände, ihr Mut zu machen. Ihr Kraft zu geben und ihr zu versprechen, dass alles gut wird.

»Ich weiß, dass es dir nicht gefallen wird, aber ich möchte, dass du hierbleibst, solange ich erst mal allein nachsehe.« Bevor ich auch nur halb durch den Satz bin, schüttelt sie schon den Kopf.

»Nein, ich gehe mit.«

Ich habe geahnt, dass sie das sagen würde.

»Na gut, aber bleib hinter mir, okay?«

»Warum? Was glaubst du denn, was passieren wird?«

Ich zucke mit den Schultern. »Schwer zu sagen. In meiner Branche lernt man, mit dem Unerwarteten zu rechnen.«

»In Ordnung, ich bleibe hinter dir. Bringen wir das einfach hinter uns. Ich muss wissen, ob es ihm gut geht.«

Ich lasse ihre Hand los, und wir steigen beide aus. Vor dem Wagen treffen wir uns. Muse bleibt ungefähr einen Schritt hinter mir und oben an der Treppe stehen, als ich auf die Haustür zugehe und den Klopfer betätige.

Die Tür wird schnell geöffnet, als hätte man uns erwartet. Ein Mann füllt den Türrahmen aus. Er ist knapp einen Meter fünfundachtzig groß, hat graumeliertes Haar und wirkt in der Baumwollhose und dem gebügelten weißen Hemd fit und gepflegt.

»Jasper King«, sagt er ruhig und ohne einen Anflug von Überraschung.

»Colonel Harper«, entgegne ich dem Mann, für den ich früher gearbeitet und den ich respektiert habe. Dem ich früher vertraut habe.

Kapitel 17
MUSE

»Dad! Oh mein Gott! Danke, danke, danke!«, rufe ich, dränge mich an Jasper vorbei und werfe mich an die harte Brust meines Vaters. Er umarmt mich fest, und ich lasse das Gefühl seiner rauen Wange an meiner und den leichten Duft nach Old Spice meine Nerven beruhigen. Nerven, die acht Tage lang blankgelegen haben.

»Ich wusste, dass du kommen würdest«, sagt er mit rauer Stimme in mein Ohr. »Und ich wusste, dass du ihn mitbringst.«

Ich weiche zurück, um ihn fragend anzusehen. »Was meinst du? Woher kennst du Jasper?«

Die scharfen, grauen Augen meines Vaters richten sich von mir auf Jasper, der hinter mir steht. Ich kann seine Nähe wie ein elektrisches Kribbeln auf meinem Rücken spüren.

»Wir haben schon zusammengearbeitet.«

Ich drehe mich zu Jasper um. Sein Gesichtsausdruck verrät mal wieder nichts, und seine Tigeraugen fixieren meinen Vater. Sie sind unergründlich, wie so oft, und trotzdem erkenne ich in ihnen eine Feindseligkeit und fühle, wie eine Kälte von ihm ausstrahlt, die wie ein arktischer Wind ist.

»Woher hast du gewusst, dass ich ihn finden würde? Ich meine, wie …«

»Er hat gewusst, dass sie mich schicken würden. Weil ich der Beste für den Job bin«, unterbricht Jasper mich. Seine Stimme ist frostig, und seine schönen Lippen sind schmal. Mir läuft ein kalter Schauer über den Rücken.

»Wer ›sie‹? Und was meinst du damit, dass sie dich ›schicken‹?«, frage ich.

Als Jasper nicht antwortet, sehe ich meinen Vater an. Die beiden befinden sich in einer Art stummem Blickduell, starren sich gegenseitig an, während keiner einen Muskel bewegt.

»Muse, Schatz, wie wäre es, wenn du in der Küche auf mich wartest? Ich muss mit Jasper sprechen.«

»Dad, ich finde, nach allem, was passiert ist, nach allem, was ich getan habe, verdiene ich zumindest ein paar Antworten.«

Endlich sieht er wieder zu mir. »Die sollst du auch bekommen, versprochen. Irgendwann erzähle ich dir alles. Aber bis dahin musst du mir vertrauen.«

In seinen Augen erkenne ich die unerschütterliche Kraft, die ich von meinem Vater kenne. Einige der Gründe, aus denen ich ihn liebe – sein ausgeprägter Beschützerinstinkt, seine absolute Verlässlichkeit, seine bedingungslose Liebe zu mir – sind gleichzeitig auch Züge, die mich frustrieren. Hat er sich in den Kopf gesetzt, irgendwas zu tun, um mich zu schützen, lässt er sich durch nichts davon abbringen. Nicht mal von mir. Und dies ist solch ein Moment. Das erkenne ich deutlich an seinen strengen, angespannten Zügen.

Als würde er fühlen, dass ich widersprechen will, legt er

seine Hand um meinen Kopf, direkt über meinem Ohr, wie er es schon tut, solange ich denken kann. »Vertrau mir, ja, Muse?«

Ich atme aus. Widerstand ist zwecklos, denn ich könnte ihn nie umstimmen. Und ich weiß, wann eine Schlacht nicht zu gewinnen ist. Wenn mein Vater so ist wie jetzt, ist es ganz offensichtlich aussichtslos.

»Eines Tages wirst du mir vielleicht auch so sehr vertrauen wie ich dir.«

»Das tue ich bereits, Liebes. Es ist keine Frage des Vertrauens, sondern eine der Liebe. Ich liebe dich zu sehr, um dich in Gefahr zu bringen.«

»Weiß ich, aber …«

»Kein Aber. Bitte, Muse.«

Ich will darüber reden, mit ihm streiten, bis mir die Puste ausgeht. Ich will trotzig mit dem Fuß aufstampfen. Aber es wäre alles vergebens. Mein Vater ist ein Verhandlungsgenie. Zumindest mir gegenüber. Er hat seine ganz eigene Art, mir das Gefühl zu geben, ich wäre ein undankbares, schwieriges Kind, weil ich aufbegehre. Ich bezweifle zwar sehr, dass er das auch nur eine Minute lang denkt, aber er kann verdammt gut dafür sorgen, dass ich es fast glaube.

Wieder atme ich laut aus. »Gut, aber, Dad, ich bin eine erwachsene Frau. Ich habe schon eine Menge Opfer gebracht für Geheimnisse, die ich nicht kenne, und ich bin es allmählich leid, über Dinge im Dunkeln gelassen zu werden, die sich auf mich auswirken. Also werde ich jetzt gehen und warten, während du dich mit jemandem unterhältst, den ich offensichtlich nicht mal kenne, doch ich warne dich. Ich will Antworten, und ich bin nicht bereit, allzu lange auf die zu warten.«

Mit diesen Worten werfe ich Jasper einen erbosten Blick zu und mache mich auf die Suche nach der Küche. Praktischerweise liegt sie so weit von der Eingangstür entfernt, wie es dieses kleine Haus überhaupt zulässt. Nicht, dass es mich überrascht. Ebenso wenig überrascht mich das Klicken des Türschlosses oder die Tatsache, dass ich, als ich gehe, um nachzusehen, Dad und Jasper nicht mehr dort finde, wo ich sie zurückgelassen hatte.

Mir bleibt nichts anderes übrig, als zu warten. Im Grunde nicht. Jasper ist so verschwiegen, wie man irgend sein kann, und mein Vater … nun, er würde mir gar nichts sagen, ehe er nicht bereit ist. Also warte ich, werde jedoch einen Teufel tun, brav in der Küche zu hocken wie ein Hund, der nicht aufzustehen wagt, nachdem sein Herrchen ihm »Sitz« befohlen hat. Ich stehe auf und gehe ins Wohnzimmer, um es mir auf der abgewetzten Couch bequem zu machen. Obwohl es ein winziger Akt der Rebellion ist – und für eine Vierundzwanzigjährige zugegebenermaßen lächerlich –, fühle ich mich besser, weil ich *nicht* in der Küche geblieben bin.

Ich nehme eine Zeitschrift aus einem Fach unter dem Couchtisch. Es ist ein drei Jahre altes medizinisches Fachblatt. *Komisch.* Als ich es durchblättere, stört mich etwas, und ich sehe hinunter auf das Sofapolster. Das ausgeblichene Karomuster kommt mir seltsam bekannt vor, und ich denke, dies könnte die Couch sein, die in unserem Wohnzimmer in Treeborn stand, bevor ich auf die Highschool kam. Hatte mein Vater damals schon dieses Haus? Einen geheimen Unterschlupf, wo er Dinge tut, von denen ich nichts weiß?

Dieser Gedanke beunruhigt mich. In Zeiten wie diesen ist mir, als würde ich den Mann gar nicht kennen, der mich großgezogen hat, so wie ich das Gefühl habe, den Mann nicht zu kennen, der mich hergebracht hat.

Jasper.

Er war von Anfang an ein Rätsel, aber jetzt? Jetzt ist er … Ich weiß nicht mal, was er ist. Oder *wer* er ist. Ich habe nichts als Fragen. Und dann ist da diese befremdliche Faszination, von der ich befürchte, sie könnte mich verschlingen.

Mein Vater ist am Leben und gesund. Ohne diese Angst und die Zweifel, die meinen Kopf blockieren, *könnte* ich an Jasper denken. Doch jetzt stellt sich eine ganz neue Beunruhigung ein, die an die Stelle jener Angst tritt, und auch die ist auf Jasper bezogen.

Bisher hat es mich nicht gekümmert, dass ich so wenig über ihn wusste. Es spielte eigentlich keine Rolle, weil er ein Mittel zum Zweck war. Ich *musste* gar nicht mehr wissen. Jetzt hingegen hat er eine Vorgeschichte mit meinem Vater. Wage ich, noch mal denselben Fehler zu machen, indem ich mich mit jemandem einlasse, den mein Vater kennt? Bei Matt ist es nicht so toll ausgegangen. Und Jasper hat die Macht, mich weit schlimmer zu verletzen. Matts fatalen Fehler konnte ich nie finden, auch wenn ich sicher bin, dass er einen hat. Den haben anscheinend alle Männer in meinem Leben. Aber Jasper … Ich kann mir nicht mal vorstellen, was seiner sein sollte. Allerdings habe ich das ungute Gefühl, dass er am Ende *meiner* sein könnte – die Sache, die mich zerstört. Verglichen mit Jasper sind Männer, die meine Liebe nicht erwidern, Kinderkram. Ihn zu lieben könnte mein Ende sein, das Ende der jungen Frau, die ich bin.

Andererseits sieht es nicht so aus, als könnte das zu einem Problem werden. Der Auftrag, den er für mich ausführen sollte, ist erledigt. Sobald ich bezahlt habe, werde ich Jasper nie wiedersehen müssen. Und wenn ich ihn nicht sehen kann, kann ich ihn nicht lieben. Stimmt's?

Ich kann ihn nicht wiedersehen. Ich werde ihn nicht wiedersehen. Nie wieder.

Oh Gott!

Dass mich allein dieser Gedanke unsagbar traurig macht, ist umso mehr ein Grund, weshalb ich froh sein sollte, dass unsere Beziehung hier endet. Ohne Jasper in meinem Leben bin ich besser dran. So viel steht fest.

Ich bin so in Gedanken versunken, dass ich zusammenzucke, als die Tür auffliegt und mein Vater brüllt: »Muse!«

»Ich bin hier, Dad«, antworte ich, und mein Puls hämmert in meinen Ohren.

»Du musst mit Jasper fahren.«

Und schon sind meine Pläne – und wohl auch meine guten Absichten in Sachen Selbsterhaltung – zum Teufel.

»Findest du nicht, dass du mir zumindest verraten solltest, *warum*, anstatt mir einen Befehl zu geben, was ich tun soll, und zu erwarten, dass ich dir gehorche wie einer deiner Soldaten?«

Mein Vater sitzt neben mir auf der Couch, das Gesicht mir zugewandt, eine Hand auf meinem Knie, um mich ruhig zu halten. Jasper steht wie ein stoischer, eiserner Wächter in der Zimmerecke.

»Ich habe dir versprochen, dir alles zu erzählen, aber

manchmal ist es besser, dass du *nicht* gleich alles weißt. Es ist sicherer.«

Sicherer. Grrr.

»Wie kann es sein, dass ich mitten in solch einem Riesenmist lande, obwohl ich nicht den blassesten Schimmer habe, was los ist?«

Wenigstens hat mein Vater den Anstand, beschämt auszusehen. »Ich wollte nie eine Belastung für dich sein, Liebes, aber leider ist es mit einem Risiko verbunden, meine Tochter zu sein. Sucht jemand nach einem Weg, mich zu verletzen oder dazu zu bringen, dass ich etwas gegen meinen Willen tue, müssen diejenigen bloß dich einsetzen.« Sein Blick schweift halb ab, als wolle er zu Jasper hinter mir sehen, doch dann richten sich seine dunkelgrauen Augen wieder auf mich. »Es tut mir leid, Muse. Ich würde nie wollen, dass dir meinetwegen wehgetan wird.«

Und jetzt schäme *ich* mich. Ich weiß, dass er nur tut, was er für das Beste hält, was er glaubt, tun zu müssen, um mich zu schützen. Deshalb zickig zu werden macht es nur uns beiden schwerer und lässt ihn an seinen Qualitäten als Vater zweifeln.

»Tut mir leid, Dad. Mir ist klar, dass du dein Bestes tust. Es ist bloß … ich bin bloß frustriert, sonst nichts.«

»Dann fährst du mit ihm?«, fragt er unsicher.

Ich sehe zu Jasper. Sein Gesichtsausdruck ist streng, aber wieder mal nicht lesbar. Es fehlen nur noch ein Schwert und ein Kettenhemd, dann sähe er aus wie ein dunkler Ritter mit königlichem Auftrag. Und wenn ich nicht vorsichtig bin, könnte er dabei mein Herz durchbohren.

»Ja, ich fahre mit, aber wie lange wird das dauern? Ich

kann Miran nicht ewig alleine lassen. Sie hat ja nur Melanie, und du weißt, wie …«

»Miran kommt klar. Ich rede mit ihr.«

Damit hätte ich rechnen müssen. Offensichtlich verbindet Miran und meinen Vater eine lange – und sehr vertrauensvolle – Freundschaft. Was mich zu der Frage bringt, ob ich eventuell nicht die Erste bin, die sie auf seine Bitte hin aufgenommen hat. Ich meine, ihr gehört das Apartment, in dem ich wohne, sie zieht die Miete von meinem Lohn ab und gibt mir das restliche Geld unter der Hand. Sie hat mir sogar direkt bei meiner Ankunft ein Prepaid-Handy gegeben. Ich kam mehr oder minder in ein vorbereitetes Leben, in dem ich so anonym bleiben konnte, wie es nötig war. Im Ernst, Miran und meine Freundin Tracey sind die einzigen Menschen in San Diego, die meinen Nachnamen kennen. Und trotzdem hat Miran keine einzige Frage gestellt.

»Woher weiß ich, wann ich … Ich meine, wirst du mich anrufen? Oder …«

»Ich kontaktiere Jasper. Er lässt mich wissen, wo du bist, und dann komme ich zu dir.«

»Und bis dahin wirst du nicht wissen, wo ich bin?«

Das erstaunt mich. Und meinem Vater ist offensichtlich auch nicht ganz wohl dabei, so wie er mich ansieht.

»Nein, aber bei ihm bist du in Sicherheit. Er ist der Beste.« Diesmal sieht er Jasper richtig an. Und immer noch habe ich keine Ahnung. Ich kann das Gesicht meines Vaters nicht sehen, und Jaspers gibt überhaupt nichts preis. Wie üblich. Er nickt meinem Vater zu. Anscheinend reicht das an Kommunikation, denn als mein Vater sich wieder zu mir dreht, wirkt er beinahe zufrieden. Auch wenn *ich* es nicht bin.

»Kann ich dich erreichen? Um zu hören, ob es dir gut geht?«

»Es ist besser, wenn wir keinen Kontakt haben, bis diese Geschichte vorbei ist.«

Auf einmal werde ich panisch. Ich greife nach der Hand meines Vaters. »Dad, bitte sag mir, was los ist. Du machst mir Angst.«

Sein Lächeln ist verkrampft. »Du musst keine Angst um mich haben. Hier geht es um *dich* und deine Sicherheit. Ich komme klar. Versprochen.«

Trotz der fragwürdigen Umstände beruhigt mich sein Versprechen. Colonel Denton Harper verspricht nichts, was er nicht halten kann. Und es ist auch keine bloße Beschwichtigung. Er mag Geheimnisse haben, doch was er sagt, ist wahr.

»Okay«, sage ich schließlich ohne weitere Fragen, Klagen oder Bedingungen. Das Mindeste, was ich für diesen Mann tun kann, ist, seine Bitte zu erfüllen, damit er sich nicht sorgen muss. *Das* muss vorerst auch mir genügen. Allerdings habe ich das Gefühl, dass ich in den nächsten Tagen kein bisschen beruhigt sein werde. Nicht bloß werde ich ungeduldig auf meinen Vater warten, sondern ich werde auch noch mit einem Mann festsitzen, den ich jetzt schon sehr viel faszinierender und unwiderstehlicher finde, als mir lieb ist. Und er weckt Gefühle in mir. Alle Gefühle. Was wird aus mir, wenn ich ihm nicht entkommen, mich nicht in meine eigenen Probleme zurückziehen kann?

Ich werde nachgeben.

Und wir werden Dinge teilen.

Dann wird er mich vernichten.

Ich weiß es. Ich weiß es so sicher, wie ich weiß, dass ich ein Dreieck aus Sommersprossen auf meiner linken Schulter habe. Und ich kenne mich selbst gut genug, um zu wissen, dass die erzwungene Abgeschiedenheit mein Schicksal mit ihm besiegeln wird. Ein Teil von mir freut sich darauf – auf seine Küsse, seine Berührungen, auf Zeit, so tief in sein Leben einzutauchen, wie er mich lässt –, aber ein anderer Teil von mir fürchtet sich vor dem Ende. Denn das *wird* kommen. Und es wird brutal sein.

Mein Vater umfängt mein Gesicht mit beiden Händen und beugt sich vor, um mich auf die Stirn zu küssen. So verharrt er einige Sekunden länger als sonst, weshalb ich mich frage, ob er mehr Angst hat, als er zugibt. Und, falls ja, wovor.

Kapitel 18

JASPER

In meinem Leben musste ich schon eine Menge unangenehme Dinge tun. Ich war jahrelang beim Militär, wo bei einigen Einsätzen … fragwürdige Vorgehensweisen verlangt wurden. Nie habe ich mich mit deren moralischen Implikationen befasst. Ich habe meinem moralischen Kompass noch nie vertraut, zumal nicht, nachdem ich mit einem Monster von einem Vater aufgewachsen war. Nein, ich habe stets auf das Urteilsvermögen jener vertraut, für die ich arbeitete und die mir Befehle gaben. Ich habe mich darauf verlassen, dass die Einsätze gerechtfertigt waren und der langfristigen Sicherheit anderer dienten. Als ich diesen Job übernahm, hatte ich meine eigenen Gründe, den Colonel finden zu wollen. Mir gefällt nicht besonders, dass es dabei den Kollateralschaden in Form einer Frau – seiner Tochter – gab. Dennoch sind das Kleinigkeiten, mit denen ich mich jetzt nicht zu sehr aufhalten darf. Ich brauche Antworten.

Aber dies hier … das hebt es auf eine völlig neue Ebene. Was für ein Mensch würde so einer Sache zustimmen? Was für ein Mensch würde eine Frau benutzen, um ihren Vater zu finden, wohl wissend, was er zu tun hat, und dann *dem hier* zustimmen? Ich werde für ihre Sicherheit sorgen, bis der Colonel mir den Beweis bringt, den ich brauche. Allerdings wird auch das nichts an meinem Befehl ändern.

Ich weiß, was passieren wird. Wir *werden* miteinander schlafen. Ich kann ihr Verlangen praktisch riechen. Man verstehe mich nicht falsch: Ich will es auch. Dringend sogar. Ich will *sie* unbedingt. Aber selbst wenn es dazu kommt, wird es in dem Wissen geschehen, was folgen wird, wie ich sie verraten werde. Was für ein Mensch würde so etwas tun?

Ein Monster, genau.

Und ich *bin* dieses Monster.

Damit habe ich mich längst abgefunden. Mein Vater war ein Monster, und ihm zufolge war mein Bruder ebenfalls eines. Vermutlich habe ich immer gewusst, dass es auch in mir steckt. Deshalb habe ich getan, was ich tat, damit meine Mutter nicht ertragen musste, zu sehen, was aus mir geworden ist. Trotzdem hat es sich nie ganz so angefühlt wie jetzt. So … bitter. So krank und schmutzig.

Aber wird mich das aufhalten? Wird es mich davon abhalten, in ihrem köstlichen, willigen Körper zu versinken?

Nein.

Weil ich das Monster bin.

Seit wir losgefahren sind, hat Muse kein einziges Wort gesagt. Ihre Schweigsamkeit während der Fahrt zu dem Unterschlupf ihres Vaters konnte ich verstehen, aber jetzt … Ich hätte gedacht, dass sie mich mit Fragen bombardieren würde. Doch sie hat noch nicht mal den Mund aufgemacht. Sie sieht bloß aus dem Fenster in die Nacht hinaus.

»Meine Mutter hat das früher gemacht, wenn sie sich wegen irgendwas sorgte«, sage ich zu Muse, als ich sehe, wie sie mit dem Anhänger an ihrer Kette spielt. Mir war schon aufgefallen, dass sie die Kette immer unter ihrem Shirt versteckt.

Muse sieht hinunter zu dem kleinen Silberanhänger, mit dem sie seit einer Stunde über ihre Lippen streicht.

»Die Kette hat meiner Mutter gehört. Ich habe sie unter ihrem Bett gefunden, nachdem sie uns verlassen hatte.«

»Was ist es?«

Sie zuckt mit den Schultern. »Weiß ich nicht. Irgendein Talisman. Die Rückseite fehlt, deshalb kann ich nicht genau sagen, was es sein soll.«

»Mich wundert, dass du die Kette behalten hast.«

Hierauf sieht sie mich fragend an. »Warum sollte ich nicht?«

»Du hast gesagt, dass du nicht nach ihr suchen würdest, weil sie dich und deinen Vater nicht wollte. Da dachte ich …«

»Was? Dass ich sie nicht geliebt habe? Dass ich sie in den letzten zwanzig Jahren nicht Tag für Tag vermisst habe?«

»Ja, ich schätze schon.«

Sie dreht sich wieder weg. Aus dem Augenwinkel sehe ich, wie sich ihre Brust unter ihrem Seufzen hebt und senkt. »Leider funktioniert Liebe eben nicht so. Egal, was sie getan hat, sie ist meine Mutter. Nichts wird daran etwas ändern.«

»Und was glaubst du, wie Liebe funktionieren *sollte*? Wie funktioniert sie für dich?«

»Sie nimmt einen gefangen, ob man will oder nicht. Sie lässt einen nie los, egal, wie sehr man sich wünscht, von ihr frei zu sein.«

»Als du gekränkt warst, weil Matt dich nicht so geliebt

hat, wie du geliebt werden möchtest – hättest du dir das von ihm gewünscht?«

Ihre glänzenden grünen Augen richten sich auf meine. »Ja. Ich möchte, dass meine Liebe *gewollt* wird. *Ich* möchte gewollt werden.«

»Ich bin sicher, das war kein Problem zwischen euch beiden.«

»Und wie kommst du darauf?«

»Ich kann mir keinen Mann vorstellen, der dich *nicht* will.«

Nun dreht sie sich auf ihrem Sitz zu mir. Auf einmal scheint sie reden zu wollen. Vielleicht hätte ich nicht versuchen sollen, sie aus ihrem Schneckenhaus zu locken. *Verfluchte Schuldgefühle.*

»Willst *du* mich?«

»Ich habe nicht mal versucht, das zu verbergen.«

»Und *was* genau willst du von mir?«

Ich blicke in ihre Richtung. Im Licht entgegenkommender Scheinwerfer erkenne ich ihre angespannten Züge. Sie muss irgendeine Wut loswerden und sucht Streit.

Mit *Wut* kann ich umgehen. Es sind die anderen Empfindungen, die sie in mir weckt, die mir Sorgen machen.

»Ich glaube, das weißt du.«

»Du könntest es mir trotzdem sagen.«

Alles an ihr ist angespannt, von ihrer Stimme bis hin zu ihren versteiften Schultern, vor Wut und sexuellen Bedürfnissen. »Was ich von dir will?«, frage ich leise und sehe hinüber zu ihrem Gesicht, ihren glänzenden Augen, ihrem Schmollmund. »Ich will dein Stöhnen in meinem Mund. Ich will deine Fingernägel in meiner Haut. Ich will deinen nackten Körper an meinem.«

Sie öffnet den Mund ein wenig, und ich beobachte, wie sie ihre Lippen mit der Zungenspitze benetzt. Wenige Sekunden lang überwiegt das Sexuelle das Wütende. Es bricht wie ein Flehen durch den Nebel und zieht mich so sehr an, dass ich nicht wegsehen möchte. *Gott, allein der Gedanke an den Moment, in dem sie nachgibt, wenn sie loslässt und sich ins reine Fühlen stürzt, wie sie es so verzweifelt möchte …*

Dann jedoch, als würde sie bewusst entscheiden, sich an ihre Wut zu klammern, rückt sie auf Abstand und verschränkt die Arme vor ihrer Brust. »Wie überaus galant! Das hört doch jede Frau gern.«

Ich sehe wieder auf die Straße. »Sollte sie auch, weil es ehrlich ist.«

»Dennoch hättest du etwas anderes sagen können.«

»Wäre es dir lieber, wenn ich lüge? Würdest du mich lieber sagen hören, dass du mich Dinge fühlen lässt, die ich nicht fühlen will? Soll ich lieber sagen, dass ich mir vorstellen kann, Nächte mit dir zu verbringen und Morgen, an denen ich dich im Schlaf beobachte? Wäre es dir lieber, wenn ich dich täusche, um zu bekommen, was wir beide wollen, nur damit du dich damit besser fühlst, es zu wollen?«

Als ich wieder zu ihr sehe, bin ich genervt, wie wahr sich diese Worte anfühlen. Das Schlimmste, was ich tun könnte, wäre, mich in diese Frau zu verlieben.

Ihre Wut ringt mit Schmerz. Oder vielleicht Enttäuschung. Es spiegelt sich auf ihrem Gesicht, auch wenn ich nicht sicher bin, welches von beidem es ist. Mehrmals öffnet sie den Mund und schließt ihn wieder, ehe sie leise antwortet: »Nein.«

»Warum bleiben wir dann nicht bei dem, was wir wissen? Ich will dich. Du willst mich. Wir haben einiges an Zeit totzuschlagen. Wieso sollten wir die nicht so angenehm wie möglich verbringen?«

»Weil ich vielleicht nicht so bin. Vielleicht bin ich nicht die Sorte Frau.«

»Kann sein. Doch eventuell könntest du sie sein. Nur für eine Weile.«

»Wärst du wirklich froh damit?«

»Ja. Sehr. Und das könntest du auch sein, wenn du es versuchen würdest.« Hierauf sagt sie nichts, starrt stattdessen so streng auf mein Profil, dass ich ihren Blick wie eine Berührung spüre. »Wie wäre es, wenn ich verspreche, keinem zu erzählen, dass du ›die Sorte Frau‹ bist?«

»Das würdest du mir versprechen?«

»Könnte ich. Warum? Was für ein Versprechen brauchst du?«

»Ein Versprechen, dass du mich nicht verletzt, aber ich wette, das würdest du mir nie geben«, sagt sie leise, wobei sie den Blick auf ihre Hände senkt, die sie rastlos in ihrem Schoß ringt.

Noch mehr Schuldgefühle.

Schuld. Verdammt.

Aber warum? Warum jetzt? Warum sie?

»Ich gebe keine Versprechen, die ich nicht halten kann.«

»Kannst oder willst?«

»Spielt das eine Rolle?«

»Selbstverständlich spielt es eine Rolle.« Als ich nichts sage, hakt sie nach: »Also, was ist los? Kannst du nicht, oder willst du nicht?«

Noch einmal sehe ich zu ihr und sage die Wahrheit: »Ehrlich, ich weiß es nicht.«

Nun muss ich sie nicht auffordern, keine Fragen mehr zu stellen. Sie verstummt ganz von allein.

Kapitel 19

MUSE

Jasper lenkt den Wagen gekonnt, umsichtig, still. Ich kann eigentlich nicht wütend auf ihn sein, weil er ehrlich ist. Es ist nicht seine Schuld, dass mir seine Antworten nicht gefielen. Vielmehr glaube ich sogar, dass kein Mann *jemals* so ehrlich zu mir war, nicht mal mein eigener Vater. Ich schätze, ich sollte dankbar sein, dass mir *irgendwer* mal die Wahrheit sagt. Wenn ich Jasper jetzt nur noch dazu bringen könnte, in anderen Dingen genauso ehrlich zu mir zu sein.

Leider kenne ich ihn mittlerweile gut genug, um zu wissen, dass mich direkte Fragen hier nicht weiterbringen. Das hat er mir ein ums andere Mal deutlich gemacht. Allerdings frage ich mich, ob er in diesem Punkt zugänglicher wäre, würden wir eine körperliche Beziehung eingehen.

Zu der wird es so oder so kommen. Ihm widerstehen zu wollen wäre ebenso albern und nutzlos, wie sich gegen den Sonnenaufgang oder die Erdumdrehung zu wehren. Und offen gesagt will ich es auch nicht. Nicht so richtig. Ich will ihn. Mehr als ich jemals jemanden gewollt habe. Er lässt mich in einem Maße *fühlen*, wie ich es noch nie zuvor erlebt habe. Mag sein, dass es an seiner Verschwiegenheit liegt. Oder an dieser Aura von Gefahr, die ihn umgibt. Vielleicht ist es auch diese Ahnung, dass ich den *echten* Jasper noch gar nicht kennengelernt habe. Ich habe dieses Gefühl, dass er so tief verletzt ist, dass er keinen mehr an sich heranlässt. Sofern er es überhaupt je tat.

Bei dem Gedanken regt sich Schmerz in meiner Brust. Wer oder was könnte einen Menschen in solch einem Maße verletzen? Und warum zieht es mich derart an?

Wahrscheinlich, weil ich Gefühle schätze, in jedweder Form, und ich vermute, dass er lauter Gefühle in sich verschlossen hat. Rohe, unausgelebte Gefühle. Von der Sorte, die eine Frau mit der Wucht eines Hurrikans der Stufe fünf treffen können. Aber auch von jener Sorte, die das Überleben zum Lohnenswertesten überhaupt machen können.

Ich weiß es nicht. Möglicherweise irre ich mich. Vielleicht ist dieser Typ schlicht ein kalter, gerissener Weiberheld, wenn auch ein ziemlich ehrlicher. Vielleicht werde ich bereuen, mich mit ihm eingelassen zu haben. Vielleicht. Doch ein kleiner, aber zugleich starker Teil von mir sagt, dass ich es nicht werde. Und möchte ich wirklich riskieren, etwas Fantastisches zu verpassen, falls es sich denn als solches entpuppt?

Nein, möchte ich nicht. Denn *Gefühle* sind das, was man hat, wenn man lebendig ist. Sie sind es, die guten wie die schlechten, die das Leben lebenswert machen. Tränen sind es, die das Lachen so kostbar machen. Hass ist es, der die Liebe so wichtig macht. Und was diesen Mann angeht, diesen umwerfenden, starken, rätselhaften Mann, könnte ich vielleicht den Unterschied zwischen ihnen allen bedeuten. Und eventuell wird er mir darüber hinreichend vertrauen, um mir einige seiner Geheimnisse anzuvertrauen.

»Wo fahren wir hin?«, frage ich, als wir von der Straße auf einen Kiesweg einbiegen, der in einen zunehmend dichteren Wald führt.

»An einen sicheren Ort.«

»Wie weit noch?«

»Nicht mehr weit.«

Ich seufze. Manchmal ist er so verdammt vage, dass ich mir die Haare raufen möchte. Andererseits ist es nicht mehr ganz so frustrierend wie anfangs. Anscheinend habe ich mich allmählich daran gewöhnt.

Er meinte es jedenfalls ernst, als er sagte, es sei nicht mehr weit. Keine zehn Minuten später endet der Feldweg in einer Einfahrt zu einer Hütte mit einer anscheinend umlaufenden Veranda. Ein gemauerter Kamin befindet sich an der uns zugewandten Seite, beleuchtet von einer großen, blassen Laterne, wie man sie auf Schiffswerften sieht.

»Wo sind wir?« Ehe Jasper antworten kann, ergänze ich warnend: »Und sag nicht ›an einem sicheren Ort‹.«

»Ist das nicht das Wichtigste?«

Ich sehe zu ihm hinüber. Sein Gesicht wird jetzt von der Innenbeleuchtung angeschienen, die in dem Augenblick anging, in dem ich die Beifahrertür öffnete. Für eine Sekunde stockt mein Herzschlag, als könnte er nie gegen die Vollkommenheit seiner honigbraunen Augen und seiner bronzefarbenen Haut abstumpfen. Jasper ist wunderschön. Schön, stark und gefährlich.

»Sicherheit?«, frage ich. Etwas an seinem Gesichtsausdruck, an dem, was bei meinem Vater war, an allem, was bisher passiert ist, sagt mir, dass er weit mehr als das Offensichtliche fragt. »Nicht immer.«

»Nein?« Er zieht eine Braue hoch, was ihn provozierend sexy aussehen lässt – auf eine James-Bond-Art. Die Art, die besagt, dass er mich vernichten wird, ich es jedoch niemals wirklich bereuen würde, mich auf ein so fantastisches Wagnis eingelassen zu haben, egal, wie vieles darüber zerbricht. Ja, es macht mich ein wenig nervös. Ja, mir graut vor den Folgen, aber ich freue mich auch darauf, ihn richtig kennenzulernen. Überhaupt kennenzulernen. Auf jede Weise, körperlich und anders. Etwas in mir will ihm unbedingt nahe sein, ihn berühren, ihn beruhigen, von ihm berührt werden. Vielleicht bin ich wahnsinnig, aber falls dem so ist, kann ich verdammt noch mal nichts dagegen tun. »Was ist wichtiger als Sicherheit?«

»Sich ein Leben einzurichten, Entscheidungen zu treffen, Dinge zu haben, die es wert sind, bewahrt zu werden. *Solche Sachen* sind wichtiger. Was, wenn nicht die, würde es zu sichern lohnen?«

Er betrachtet mich auf die ihm eigene Art, bei der ich jedes Mal denke, er würde mich in Gedanken entblößen, bis ich nicht mal mehr das kleinste Geheimnis vor ihm verbergen kann. »So habe ich noch nie darüber nachgedacht.«

Ich lege den Kopf schräg und betrachte nun ihn. »Das könnte das Traurigste sein, was ich jemals gehört habe, Jasper King.«

»Dann kann ich dich vielleicht aufmuntern. Und du kannst mir die wichtigen Dinge zeigen.«

Etwas an diesem Moment, diesem Ort, dieser dunklen, stillen Nacht gibt mir das Gefühl, die Welt wäre ewig weit weg und es gäbe nur uns hier. Allein. Keine Probleme. Keine Termine. Nichts als uns beide und was sein könnte.

Wenn nur …

»Das würde mir sehr gefallen.«

Ich kann nichts gegen das Lächeln tun, denn es kommt von zu tief drinnen.

Enchantment, Georgia. Das ist es, was Jasper »sicher« nennt, und ich bin geneigt, ihm zuzustimmen. Es fühlt sich weit weg von allem an. Abgeschieden. Und auch verzaubert, was den Namen – Enchantment bedeutet »Verzauberung« – passend macht. Aber das kann auch nur an mir und meiner Einstellung liegen.

Ich habe mich in meinem Zimmer eingerichtet. Da ich keine Ahnung habe, wie lange wir bleiben, habe ich einfach alles ausgepackt, was ich mitgebracht habe, und es in die Schubladen der rustikalen Zedernholzkommode in dem Zimmer geräumt. Als ich fertig bin, ist mir klar, dass ich unmöglich schon schlafen kann, also begebe ich mich auf Erkundungstour. Und vielleicht auch auf die Suche nach Jasper. Anscheinend ist egal, was gerade los ist und woran ich gerade denke – er ist immer da, in meinem Hinterkopf, und drängt sich in den Vordergrund. Zieht mich unwiderstehlich an.

Von meinem kleinen Schlafzimmer geht es direkt in den Hauptraum der Hütte, bei dem es sich um eine Kombination aus Wohn- und Esszimmer handelt. An der einen Seite befindet sich der gemauerte Kamin. Er ist so groß, dass ich fast darin stehen könnte. Und in ihm knistert bereits ein Feuer. Für einige Sekunden mache ich vor dem Kamin halt und lasse mich sowohl von dem Anblick als auch von der Hitze des Feuers wärmen.

Obwohl es nicht kalt ist, fühlt sich die Nachtluft ein wenig frisch an, was an den nahen Bergen liegen dürfte, und vermutlich würde sich diese frische Note ohne Kamin schnell in feuchte Kälte verwandeln. Spätestens morgen früh dürfte ich daher dankbar für die Kaminwärme sein.

Ich wende mich von dem orangefarbenen Feuerschein ab und blicke mich in dem Raum um. Bequeme, olivgrüne Polstermöbel sind so vor dem Kamin aufgestellt, dass man sowohl den Anblick des Feuers am Abend als auch, wie ich vermute, tagsüber die Aussicht durch die bodentiefen Fenster zu beiden Seiten genießen kann. Auf der anderen Seite des Raums steht ein grober Holztisch mit sechs passenden Stühlen, und dahinter geht eine Tür ab – in die Küche, nehme ich an.

In gehe dorthin und spähe um die Ecke in eine überraschend gut ausgestattete Küche mit Edelstahlgeräten und allem, was man sich wünscht. Alles ist so eingerichtet, als hätte hier schon mal jemand fest gelebt, was mich umso neugieriger macht, ob diese Hütte Jasper oder einem Freund von ihm gehört. Ich muss grinsen, als ich mir meinen geheimnisvollen, grüblerischen Begleiter am Herd vorstelle, wie er einen Pfannenspatel schwingt und eine Schürze mit der Aufschrift KÜSS DEN KOCH trägt. Klar, das wird nicht passieren.

Als Nächstes gehe ich zur Haustür und hinaus auf die Veranda. Ich trete an die Brüstung und betrachte eine große Rasenfläche, die im hellen Mondlicht schimmert wie ein magischer Pfad, bestreut mit Feenstaub, der sanft zu einem Bootssteg hin abfällt. Die Holzbohlen des Stegs sind breit und ausgeblichen und scheinen im dunklen Wasser jenseits des silbernen Mondlichts zu verschwinden. Noch magischer, noch faszinierender ist der Mann, der am Ufer des Sees steht, die Hände in den Taschen vergraben, den Kopf gesenkt, ins Nichts blickend. Er ist so umwerfend, und doch scheint er bisweilen so gequält. Jasper ist verschlossen und mürrisch, aber ich fange an, kleine Anzeichen von einem Herzen in dieser eisernen Gestalt wahrzunehmen, winzige Hinweise, die mir verraten, dass ich ihm nicht gleichgültig bin. Warum ich mich dabei fühle, als hätte ich einen Hauptgewinn gezogen, ist mir schleierhaft. Es könnte sein, dass es mir so vorkommt, weil ich den Eindruck habe, dass Jasper niemandem nahesteht. Nicht richtig.

Ich gehe die Stufen hinunter und leise über das weiche Gras, bis ich neben Jasper stehe. Ich blicke einen Moment in seine Richtung, lange genug, um mir sein Profil einzuprägen. Sein Gesicht ist in weiches, silbriges Licht getaucht, das dunkle Schatten unter seine Augen und seine Wangenknochen malt. Er sieht aus wie gemeißelt, wie eine Statue. Mindestens fünf Minuten lang sage ich nichts. Was für Jasper okay zu sein scheint, denn er steht still und regungslos neben mir.

»Hier ist es wunderschön«, sage ich. Er nickt, bleibt aber stumm. Ich sehe ein bisschen länger zu ihm, tue mich schwer, den Blick von der noch atemberaubenderen Schönheit neben mir zu lösen.

Mir fällt ein Anflug von Traurigkeit in seinem Ausdruck auf, wie ich ihn bei ihm noch nie zuvor gesehen habe. Hier, in der Nacht, kann ich mir fast vorstellen, dass ich, sollte er sich öffnen, die Seele hinter der Fassade entblößen, lauter dicke, weiße Narben sehen würde, wie von zahlreichen Schwerthieben verursacht, grausame Zeugen seines Schmerzes.

Ich umfange meine Ellbogen gegen die kühle Brise, die vom See her weht. Aus dem Augenwinkel sehe ich, wie Jasper zu mir herabblickt.

»Ist dir kalt?«

»Nur ein bisschen.«

»Ich hätte gedacht, dass du schon schläfst. Es war ein langer Tag für dich.«

Ich zucke mit den Schultern. »Wahrscheinlich kann ich deshalb nicht schlafen.«

Sein Seufzen ist so leise, dass es beinahe vom Wind verschluckt wird. »Wie wäre es dann mit einem Drink? Ich könnte einen vertragen.«

»Hört sich gut an.« Er klingt so ... niedergeschlagen, dass ich das Bedürfnis habe, ihn aufzumuntern, jenes Lächeln aus ihm hervorzukitzeln, mit dem er so sehr knausert. Ihn zu beruhigen, seinen Schmerz zu lindern. Es ist blöd, ich weiß, jemandem helfen zu wollen, der mich in einen dunklen Abgrund von emotionalen Qualen stürzen kann, aber ich war noch nie jemand, der eine Herausforderung ablehnt. Jasper dreht sich zurück zum Haus. »Und vielleicht ein Kartenspiel. Hast du hier Karten?«

»Karten?«, fragt er verwundert. »Im Ernst?«

Ich neige den Kopf zur Seite. »Tja, es ist ja nicht so, als könnten wir uns richtig unterhalten oder so. Also brauchen wir *irgendwas*, womit wir uns die Zeit vertreiben können.«

Jasper bedenkt mich mit einem Seitenblick, der mindestens so heiß ist wie das Kaminfeuer in der Hütte. Heiß genug, dass ich es sogar in der Dunkelheit erkenne. »Mir fallen diverse Sachen ein, mit denen wir uns die Zeit vertreiben können, und die haben nichts mit Reden zu tun. Oder Karten.«

Ich fühle mich kurzatmig und schwindlig, aber auch ein bisschen nervös. So sachlich, wie er es anspricht, werde ich sofort rot.

»Fangen wir mit Karten an«, ist alles, was ich sage.

»Okay, dann also erst mal Karten. Wir haben ja die ganze Nacht.«

Und morgen den ganzen Tag. Und den danach. Und vielleicht auch den danach.

Plötzlich freue ich mich richtig auf meinen Hausarrest hier. Wenn mir fürs Erste niemand Antworten geben will, wird es mir guttun, einiges von meinem Frust abzubauen. Und ich habe das Gefühl, dass sich dazu niemand besser eignet als Jasper.

Er greift nach meiner Hand, und seine langen warmen Finger umfangen meine. Es scheint, als sei meine Hand dafür geschaffen, sich in seine zu fügen, als würde meine Haut bei der Berührung mit seiner lebendiger denn je. Und ich stelle mir vor, wie es sich anfühlen würde, würde sich mehr von unserer Haut berühren. *Alles.*

Hitze durchströmt mich, und wieder fröstle ich.

»Hast du nicht gesagt, dir ist nicht kalt?«, fragt er.

Ich sehe zu seinen dunklen, schimmernden Augen auf. »Ist mir auch nicht.«

Er bleibt stehen und dreht sich zu mir. Das gelbliche Licht von drinnen erhellt nur Jaspers eine Gesichtshälfte und lässt die andere im Dunkeln. Im Grunde ist er immerzu halb im Schatten, schwer zu erkennen. Noch schwerer kennenzulernen.

Wie üblich ist sein Gesichtsausdruck intensiv, nur eben jetzt noch ein klein wenig deutlicher. Er sieht entschlossen aus. Wild entschlossen. Und hungrig. Sehr, sehr hungrig.

Seine Tigeraugen fixieren meine, während sein Daumen über meine Handfläche streicht. Er übt gerade genug Druck und Reibung mit seinem leicht rauen Daumen aus, um mich nach Luft schnappen zu lassen. Das Gefühl durchdringt mich wie ein träger Lavastrom. Es erreicht meinen Bauch, meinen Unterleib, heizt mich auf und bewirkt, dass sich alles in mir zusammenzieht.

»Wir gehen es langsam an, schöne Muse. Möchtest du wissen, warum?«

Ich bekomme keine Luft. Warum kann ich nicht atmen? Ich bin draußen, an der kühlen, frischen Luft.

»Warum?«

»Weil ich jeden Laut, jeden Atemzug, jede Reaktion deinerseits genießen will. Ich will nicht ein einziges Detail verpassen. Und dann«, sagt er und hebt meine Hand an seinen Mund, »werde ich dich verschlingen. Wie ein Tier.« Um seine Worte zu illustrieren, fängt er die Spitze meines Zeigefingers mit den Zähnen ein und beißt einmal kurz zu. Wie ein köstlicher Stich fährt es mir direkt zwischen die Beine.

»Ich dachte, du beißt nicht«, sage ich, weil mein überwältigter Verstand nichts anderes an die Oberfläche durchlässt.

»Nein, ich habe gesagt, dass du nett bitten müsstest.«

»Aber ich habe dich nicht gebeten.«

»Doch, hast du. Nur nicht mit Worten.«

Ich fühle, wie seine Zungenspitze heiß über meinen Finger streicht, bevor er ihn freigibt und mich hinter sich die Stufen hinaufzieht. Ich komme mir vor wie ein Lamm, das zur Schlachtbank geführt wird.

Und bis zu diesem Moment wollte ich nie geschlachtet werden.

Kapitel 20

JASPER

Drinnen gehe ich zu dem alten Schränkchen in der Wohnzimmerecke. Es ist hüfthoch und hat drei Türen vorn. Und es ist das einzige Möbelstück, das ich aus dem Haus bewahrt habe, in dem ich aufgewachsen bin. Meine Mutter liebte das Schränkchen, weil, wie sie sagte, mein Bruder und ich darin gespielt hatten, als wir klein waren. Allerdings war es auch das Lieblingsmöbel meines Vaters, denn er lagerte seinen Schnaps in dem Schränkchen.

Für mich verkörpert dieses Möbelstück Erinnerungen, die zu vergessen ich mir nicht erlaube. Das Glück, das meine Mutter mir schenkte. Den Schmerz, den mein Vater mir zufügte. Und jetzt lagert in ihm ein Quilt, den meine Mutter aus Teilen von T-Shirts nähte, aus denen Jeremy und ich herausgewachsen waren, neben den Resten der Alkoholvorräte meines Vaters.

Wie das Schränkchen, so habe auch ich beides ständig in mir. Das Gute und das Schlechte. Licht und Dunkelheit. Lachen und das reine Böse. Ich kann weder dem einen noch dem anderen entkommen, vielleicht jedoch dem einen eher als dem anderen.

Ich hole die Flasche Wodka heraus, die hinter der knarzenden Holztür steht, seit ich das Schränkchen hergebracht habe. Oben auf der Flasche hat sich eine Staubschicht gebildet, die ich wegpuste.

»Wow, du musst ein heftiger Trinker sein«, sagt Muse hinter mir.

Ich betrachte die Flasche, ehe ich mich zu ihr umdrehe. »Ich erinnere mich nicht, wann ich das letzte Mal einen Drink hatte. In meinem Job ist es wichtig, immer einen klaren Kopf zu haben.«

»Heute Abend aber nicht?«

Ich sehe sie an. »Oh doch. Ich will heute Abend unbedingt einen klaren Kopf behalten.«

»Warum holst du dann die Flasche raus?«

»Für dich. Ich hoffe, damit dein … Zartgefühl ein bisschen zu besänftigen.«

»Ähm, eigentlich möchte ich nicht alleine trinken.«

»Ich werde auch ein paar Drinks nehmen. Nur genug, um zu entspannen, aber nicht so viel, dass sich meine Wahrnehmung dessen trübt, was danach kommt.«

Ihre Wangen färben sich rosig. Die Frau ist ein wandelnder Widerspruch. Vielleicht ist es das, was ich am liebsten an ihr mag. Bei ihr lässt sich unmöglich erahnen, was sie sagen oder wie sie sich verhalten wird.

Ich nehme zwei Gläser aus einem anderen Fach des Schränkchens und bringe sie zum Couchtisch vor dem Kamin. Dann greife ich in die Schublade eines Beistelltisches und hole ein Kartenspiel heraus.

Ich schenke einen Fingerbreit Wodka in jedes Glas ein, bevor ich mich auf den Boden setze und mich an die Couch lehne. Muse kniet sich mir gegenüber vor den Tisch. Der flackernde Lichtschein des Feuers betont den weichen Creme-Ton ihrer Haut, und ich beglückwünsche mich zu meiner Platzwahl. Muse wird unglaublich aussehen, wenn sie auf dem Teppich vorm Kamin liegt, ausgestreckt unter mir und von nichts umhüllt als diesem sanften, orangefarbenen Schein.

»Was?«, fragt sie und streicht sich nervös eine verirrte rote Locke hinters Ohr.

»Nichts. Ich habe mir bloß gerade vorgestellt, wie deine Haut aussehen wird, wenn sie nur der Feuerschein bedeckt.«

Ihre Pupillen weiten sich, und sie fährt sich mit der Zunge über die Lippen, während sie den Blick senkt und nach dem Kartenspiel greift, das zwischen uns auf dem Tisch liegt.

»Ich mag es, dass du nervös bist.«

»Ich bin nicht nervös«, kontert sie.

Lügnerin.

»Schön. Dazu besteht auch kein Grund. Es ist ja nicht so, als hätte ich dich noch nicht nackt gesehen.«

Die Wangen werden röter, die Unterlippe wird gebissen. »Weiß ich«, antwortet sie und bemüht sich, lässig zu klingen.

»Dann macht es dir sicher nichts aus, das hier spannender zu gestalten.«

Erschrockene Smaragdaugen richten sich auf mein Gesicht. »Was meinst du?«

»Strip-Poker. Wie wär's?«

Sie räuspert sich und beginnt, die Karten zu mischen. »Na gut, meinetwegen Strip-Poker. Five Card Draw. Joker bleiben.«

Als sie die Karten austeilt, bemerke ich, dass ihre Finger zittern. Ehe ich mein Blatt aufnehme, hebe ich mein Glas an und halte es in die Höhe. »Auf Tiere und zarte Empfindungen.«

»Auf Poker und Wodka.«

»Auf Biss- und Kratzspuren.«

Auf ihr drittes Erröten hin stürze ich meinen Drink hinunter und nehme meine Karten auf.

Kapitel 21

MUSE

Ich hüstle, als der Wodka brennend meine Kehle hinunterrinnt. Innerhalb von Sekunden steigt eine angenehme Wärme aus meinem Bauch auf. Die ist allerdings nichts gegen die Hitze, die von Jaspers Augen ausgeht. Ich bezweifle, dass die offenen Flammen im Kamin, die nur wenige Schritte entfernt sind, mit der sengenden Intensität seines Blicks mithalten könnten.

Ich betrachte meine Karten und strenge mich an, mich auf das zu konzentrieren, was ich tue, anstatt auf den Mann mir gegenüber. Was unfassbar schwierig ist. Jeden Blick in meine Richtung, jede Bewegung, jedes Geräusch nehme ich extrem wahr. Und alles zusammen reizt meine angespannten Nerven wie Finger, die an den Saiten einer Harfe zupfen.

»Also, was ist im Pott, Kätzchen?«

»Kätzchen?«, wiederhole ich.

»Ja, Kätzchen.«

»Warum?«

»Weil du manchmal ein Kätzchen bist. Jetzt zum Beispiel.«

»Und was bin ich sonst?«

Die Flammen spiegeln sich perfekt in Jaspers goldbrauner Iris, als er mich ansieht. Und der Anblick ist mindestens so berauschend wie der Wodka, den ich eben getrunken habe.

»Sonst bist du eine Wildkatze.«

»Und woher weißt du das?«

»Das habe ich geschmeckt. Und ich kann es kaum erwarten, es wieder zu schmecken.«

Mein Puls pocht an meinem Hals, als würden unruhige Finger auf meine Haut klopfen.

»Ich denke, ich setze mein Shirt«, sage ich. Diese Seite an Jasper verstört mich. Er ist genauso unnachgiebig, wie ich ihn die letzten paar Tage kennengelernt habe, nur auf eine vollkommen andere Art. Auf eine erregende Art, die mein Blut vor Vorfreude in Wallung geraten lässt. Vor Vorfreude und einem kleinen Hauch von Angst. Nicht, dass ich fürchte, er könnte mir wehtun. Aber er könnte Empfindungen in mir auslösen, die mir für den Rest meines Lebens weiche Knie bescheren würden.

»Also ein mutiges kleines Kätzchen«, bemerkt er. »Ich hätte gedacht, dass du mit Schuhen und Socken anfängst.«

Ich könnte mir in den Hintern treten! Warum um alles in der Welt bin ich darauf nicht gekommen? »Warte! Ich …«

»Mm-mm-mm. Keine Korrekturen. Ich setze ebenfalls mein Shirt.«

Ich schließe den Mund und sehe wieder in meine Karten. »Wie viele willst du?«, frage ich Jasper.

»Ich nehme zwei.«

Ich gebe ihm zwei neue Karten.

Dann sehe ich erneut auf mein recht erbärmliches Blatt

und sage an, dass ich drei nehme, ehe ich sie von dem Stapel ziehe. Die drei neuen Karten verbessern meine Gewinnchancen gewaltig. Ich muss mir ein Grinsen verkneifen und bekomme Herzklopfen bei dem Gedanken, dass Jasper sich vor mir auszieht.

»Ich erhöhe um meine Socken«, sage ich.

Jasper zieht eine pechschwarze Braue hoch, und seine Augen blitzen amüsiert. Gott, er ist schon grübelnd und streng umwerfend, aber so ist er schlichtweg unglaublich. »Dann erhöhe ich um meine Hose.«

Darauf reagiert mein Körper mit einer Hitzewallung.

Ich widerstehe dem Drang, mir Luft zuzufächeln.

»Ich will sehen«, sage ich und breite mein Blatt auf dem glatten Holztisch aus. »Full House«, verkünde ich lächelnd.

»Verdammt«, flüstert Jasper. Und mit einem Zwinkern, das eine Nonne aus ihrem Höschen gezaubert hätte, breitet er sein Blatt aus und murmelt: »Vierling.«

Mir steht der Mund offen. Ob es daran liegt, dass er soeben gewonnen hat und ich mich ausziehen muss, oder daran, dass ich mich noch nie zuvor so dringend vor jemandem ausziehen wollte, kann ich nicht sagen. Plötzlich kann ich es nicht erwarten, dass er mich berührt, mich mit dieser Leidenschaft in seinem Blick ansieht, die alles andere auf der Welt ausblendet. Das brauche ich. Ich brauche *ihn*.

»Oh«, sage ich atemlos. »Ich schätze, ich schulde dir einige Kleidungsstücke, oder?«

Ich greife nach den Schnürsenkeln meines Schuhs, um meine Socken auszuziehen, doch Jasper bremst mich.

»Warte. Was machst du?«, fragt er.

»Du hast gewonnen. Ich bezahle. Geht das nicht so?«

»Nicht in *meinem* Spiel«, antwortet er. Seine Stimme ist ein tiefes Knurren, und seine Augen sind denen eines Tigers ähnlicher denn je. Wachsam, raubtierhaft, gierig.

Ich beobachte, wie Jasper auf alle viere geht, sich mir auf Händen und Knien um den Tisch herum nähert. Ich sage nichts. Rühre mich nicht. Ich sehe ihn einfach nur an, wie gebannt von dem schieren Verlangen, das ich an seinem Gesicht ablese.

»In meinem Spiel darf sich der Gewinner den Preis *nehmen*. Wie es ein *echter* Gewinner tut.«

Sich seinen Gewinn nehmen? Gütiger Gott, er will mich ausziehen!

Er schlingt seine langen, starken Finger um mein Fußgelenk. Langsam und ruhig zieht er mich ein Stück zu sich, ohne den Blick von meinen Augen abzuwenden.

Geschickt bindet er meinen rechten Schuh auf und zieht ihn von meinem Fuß. Dann schiebt er seine Finger in meine Socke und streift sie mir ab. Das weiche Reiben des Stoffs auf meiner Haut hallt einem Streicheln gleich in meinem Bauch nach.

Mit meinem anderen Fuß verfährt Jasper genauso methodisch und aufmerksam, was zur Folge hat, dass ich ganz feucht werde zwischen den Schenkeln, während das Feuer in meinem Innern anfängt, außer Kontrolle zu geraten. Diesmal wird es kein Halten mehr geben. Diesmal werde ich alles von Jasper fühlen und er alles von mir.

Nachdem er meine Socken beiseitegeworfen hat, legt er die Hände in meine Kniekehlen und zieht mich dichter zu sich, wobei er meine Beine an seine Seiten führt. Ich bin auf die Ellbogen aufgestützt, und in meinen Schamlippen pochen Eingeborenentrommeln, als Jasper nach dem Saum meines Shirts greift. Anstatt ihn jedoch zu umfassen, legt er die flachen Hände auf meinen Bauch und beginnt den Stoff nach oben zu schieben.

Seine Handflächen sind eine heiße Tortur auf meiner nackten Haut. Ich ringe nach Atem, und Jaspers Mundwinkel heben sich.

»Ganz ruhig, Kätzchen«, murmelt er. »Kratz mich nicht jetzt schon.«

In einem Tempo, das mich beinahe dazu bringt, mich an ihm zu reiben, hebt Jasper mein Shirt, wobei seine rauen Hände verlockend über meine Haut streichen. Wie eine Ankündigung der verwegenen Freuden, die mich erwarten.

Als er meine Brüste erreicht, bewegt er die Hände nach oben und über sie hinweg, umfängt sie nur eine Sekunde lang, bevor er fortfährt. Er dreht seine Hände so weit, dass seine Daumen meine Nippel mit leichtem Druck streifen. Prompt biege ich meinen Rücken durch. Und dann sind sie weg und seine Finger oberhalb meiner Brust, direkt unterhalb meines Halses.

»Leg dich hin«, weist er mich leise an. Seine Stimme ist genauso hypnotisierend wie sein Blick.

Ich tue, was er sagt, und er rückt zwischen meine Beine, bevor er sich über mich lehnt und erst den einen, dann den anderen Arm aus den Ärmeln meines T-Shirts zieht, sodass er es mir über den Kopf abstreifen kann. Bei jeder Bewegung wiegt er sich ganz leicht an mir, wobei seine Erektion, die sich von innen gegen seine Hose drückt, auch gegen mich drückt.

Als mein Shirt verschwunden ist und ich mit seitlich an

meinem Körper ruhenden Armen daliege, die Beine praktisch um seine Hüften geschlungen, stützt Jasper sich auf einen Unterarm auf und neigt sein Gesicht zu meinem Ohr.

»Ich kann durch meine Jeans fühlen, wie heiß du bist.« Mir schießt ein bisschen Blut ins Gesicht. Der Rest strömt dahin, wo sein Körper meinen berührt. »Sag mir, Kätzchen, darf ich mir alles nehmen, was ich gewonnen habe?«

»Du hast noch nicht gewonnen«, hauche ich zur Antwort.

»Aber das ist nur eine Frage der Zeit.«

»Woher willst du das wissen?«

»Ich werde dafür sorgen, dass ich gewinne. Und wenn ich schummeln muss.«

»Das ist ja wohl nicht fair.«

Jasper bewegt seine Hüften und presst sie in einem schmerzlich langsamen Rhythmus gegen mich, bei dem sich mein gesamter Körper verspannt. »Es ist wohl auch nicht fair, dass das einzige Aroma, das ich schmecken will, in deinem Mund ist. Es ist auch nicht fair, dass ich mit dem Gedanken an dich ins Bett gehe und mit dem schmerzlichen Verlangen nach dir aufwache. Es ist nicht fair, dass ich dich so sehr will, dass es sich anfühlt, als würde mein Schwanz explodieren. Andererseits … wer hat behauptet, das Leben sei fair?«

»Ich schätze, das ist ein Argument«, bringe ich mühsam hervor, obwohl mir ein Stöhnen in der Kehle steckt.

»Ist das ein Ja?«, fragt er, während er die freie Hand unter den Bund meiner Yoga-Hose schiebt, um meine Hüfte zu packen.

»Das ist ein verdammtes Ja.«

Das Letzte, was ich höre, bevor seine Lippen auf meine treffen, ist ein kehliges Lachen, bei dem sich die Härchen auf meinen Armen aufrichten. Dann bin ich verloren in einem Meer aus Empfindungen und Verlangen.

Jaspers Zunge dringt mühelos zwischen meine Lippen, während seine Hand sich dreht und vorn in meinen Slip taucht. Meine gespreizten Beine bewirken, dass ich völlig offen für ihn bin. Da ist nichts zwischen ihm und der Leere, die nur er füllen kann.

Er bewegt seine Hand in meinem Slip, und ich halte den Atem an, während ich die erste elektrisierende Berührung seiner Finger erwarte. Mit einer Fingerspitze dringt er zwischen meine Schamlippen und findet sofort meine Knospe. Weich reibt er über sie, worauf ich ihm meine Hüften entgegenhebe, bevor er weiter nach unten zu meiner Öffnung wandert und sie umkreist. Gleichzeitig umfängt seine Handfläche den Rest meiner Scham. »Heiliger Himmel, du bist feucht. So feucht«, stöhnt er an meinem Mund und neckt mich mit weiteren Kreisbewegungen, ehe er einen seiner langen Finger in mich taucht.

Ich seufzte an seinem Mund, und er krümmt den Finger in mir, reibt mich von innen, während seine raue Hand mich von außen massiert. Seine Lippen senken sich sanft auf meine, so sanft, wie ein Blatt von einem Zweig fällt und langsam zu Boden segelt. Die sinnliche Erkundung bewirkt, dass mein Blut kocht, meine Haut glüht, und irgendwie habe ich auf einmal nichts mehr an. Jaspers Mund ist über meinem Bauch, und sein Atem weht heiß über meine empfindliche Haut.

»Die Nacht, als du für mich gekommen bist, direkt unter

der Dusche, als mein Blick auf deinem Gesicht war, meine Hände auf deinem Körper waren … Ich glaube nicht, dass ich jemals etwas so dringend gewollt habe, wie in dir zu sein. Den warmen Fluss zu spüren, den heißen Druck. Gott, es war fantastisch, dich zu beobachten.«

Der Versuch, mich auf seine Worte zu konzentrieren und nicht an das zu denken, was seine Lippen und seine Finger tun, scheint das Gefühl noch zu verstärken, dass ich die Kontrolle verliere. Gehört dies hier zu seinem Spiel? Macht er es absichtlich? Kann er überhaupt wissen, welche Gefühle er in mir auslöst? Oder ist es einfach seine übliche Wirkung auf mich?

»Jasper, bitte«, bettle ich, als sein Mund nur noch Zentimeter von seiner Hand entfernt ist. Seine Lippen streifen langsam über meine Schamlippen, auf und ab, sodass sein feuchter Atem wie ein verlockendes Versprechen ist.

»Bitte was?« Als ich nicht antworte, weil mir sowohl die Luft als auch die Kraft fehlen, Worte zu formen, füllt er die Leerstellen für mich aus. »Bitte leck mich?«, fragt er, presst seine Zunge auf meine Scham und leckt mich so köstlich, wie ich es noch nie erlebt habe. »Bitte sauge an mir?« Er fängt meine Klitoris mit seinem Mund ein und lässt die Zungenspitze über sie flattern, bevor er an mir saugt, dass ich meinen Rücken durchdrücke. »Bitte steck deinen Schwanz in mich?« Er verlässt mich nur für Sekunden. Ich höre das Rascheln von Kleidung, das Knistern von Plastik, dann fühle ich ihn wieder, seine heiße Haut auf meiner brennenden. »Oder bitte tu alles, was du willst, mit meinem Körper, solange du mich kommen lässt?«

»Ja! Ja zu allem!«

»Dann komm für mich, Kätzchen. Gib mir alles, was du hast.« Die letzten Worte stöhnt er, während er in mich eindringt.

»Ahh«, keuche ich, halb knurrend, als er mich schmerzlich dehnt. Er ist so groß. Beinahe zu groß.

Kurz bevor die Kombination aus Wonne und Schmerz zu viel wird, zieht er sich zurück, allerdings nicht vollständig. Die Eichel seines Glieds ist noch in mir, als Jasper zwischen uns greift und mich reibt, während er an einem meiner Nippel saugt und dann mit kürzeren Stößen in mich dringt, um mir Zeit zu geben, mich für ihn zu dehnen. Als ich mich wieder entspanne und mein Körper nach mehr von ihm verlangt, bewegt er sich tiefer in mich und beißt gleichzeitig in meinen Nippel, was meine Sinne überwältigt. Ich grabe die Fingernägel in die glatte Haut seines Rückens.

»Oh Gott! Jasper!«

»Mmmm, das ist gut. Gib mir deine Krallen.«

Mit diesen Worten zieht er sich erneut zurück, um hart und tief in mich zu stoßen. Mein Körper dehnt sich um ihn und zieht sich dann auf diese göttliche Art zusammen, die ich in jedem meiner Knochen, jedem meiner Muskeln spüre. Nach dem nächsten Zurückziehen dringt er noch tiefer ein, aber nicht vollkommen. Ich erkenne den Moment, in dem er vollständig in mir ist. Er wiegt die Hüften zu einem letzten Stoß, einem weiteren herrlichen Eindringen, das mich in den Orgasmus katapultiert. Ich werde in eine Welle der Ekstase geschleudert und hinaus auf ein Meer von Millionen solcher Wellen getrieben.

Ich bin so gefangen in meinem Rausch, dass ich sein wildes Knurren kaum höre, als er sich an mir versteift; doch ich fühle es, als er loslässt. Ich könnte es gar nicht *nicht* fühlen. Er pulsiert in mir, und jedes Pulsieren ist so intensiv, dass es weitere Nachwehen meines Orgasmus auslöst. Und jetzt erbeben wir gemeinsam.

Kapitel 22
JASPER

Ich habe Muses erschlafften, nackten Körper vom Wohnzimmerboden in ihr Bett getragen. Sie hat mich gebeten, bei ihr zu liegen, und aus irgendeinem Grund habe ich zugestimmt. Jetzt ruht sie still neben mir. Ihr Kopf liegt zu mir gewandt auf meinem ausgestreckten Oberarm, während ihre Finger langsam Kreise auf das kühle Laken zwischen uns malen.

Ich öffne die Augen nicht. Ich sehe sie nicht an, und sicher weiß sie, dass ich nicht schlafe. Selbst wenn ich mit jemand anderem im Raum schlafen könnte, würde es mir jetzt nicht gelingen. Ich kann beinahe fühlen, wie es in ihrem Kopf arbeitet. Es ist wie ein unruhiges Vibrieren in der Luft um mich herum. Flirrend und wirbelnd.

Als ich ihre Stimme höre, lächle ich in der Dunkelheit. Mir war klar, dass sie nicht lange stumm bleiben könnte.

»Jasper, wo sind wir? Wessen Hütte ist das hier?«

Ich seufze. *Immer ihre Fragen.*

»Sie gehört mir.«

»Ist es dein Zuhause? Ich meine, wo du fest wohnst?«

»Ich wohne nirgends dauerhaft.«

»Aber wohnst du *manchmal* hier?«

»Und wenn es so wäre?«

Ich spüre, wie sie mit den Schultern zuckt. Selbst mit geschlossenen Augen sehe ich es vor mir. Wie sich ihre Mundwinkel senken, ihre Augenbrauen ein klein wenig nach oben wandern. Wie sich ihr Haar an ihren Schultern bewegt. Ich erinnere mich klar und deutlich an so ziemlich jedes noch so kleine Detail. So, wie ich eigentlich noch nie viel Schuld empfunden habe, hat es mich bisher auch nie wirklich belastet, wenn ich mich im Zuge eines meiner Aufträge auf eine Affäre eingelassen habe. Aber Muse … wird mich verfolgen, denke ich. Für immer.

»Das ist völlig in Ordnung. Ich … Es scheint nur …«

»Es scheint was?«, frage ich vorsichtig nach. Ich genieße den Nachhall des Wohlgefühls, von dem meine Muskeln noch weich sind.

»Es scheint *dich* nicht zu spiegeln. Also, ich sehe hier nichts, was mich an dich denken lässt, verstehst du? Ist das nicht merkwürdig?«

Nun ist es an mir, mit den Schultern zu zucken. »Weiß ich nicht. Ich schätze, dass ich nicht so sehr auf die Einrichtung achte.«

Sie wechselt mit ihren unruhigen Fingern vom Laken zu meinen Rippen und malt jede einzelne nach, angefangen mit der direkt unter meiner Achsel. »Was in dieser Hütte, welches Möbelstück oder welcher Gegenstand sagt etwas über dich? Über den *echten* Jasper?«

Es ist schlau von ihr, auf diese Weise mehr über mich in Erfahrung bringen zu wollen. Als jemand, der meistens Täuschung oder subtile Mittel einsetzt, um Leuten Informationen zu entlocken, die sie normalerweise nicht preisgeben würden, bewundere ich es. Ihre Methode überrascht mich jedoch nicht. Sie ist eine intelligente, wissbegierige Frau. Das mag ich an ihr. Was mich hingegen überrascht, ist meine Bereitschaft, ihr zu erzählen, was sie wissen will. Wobei die allerdings mit einem Hauch von Schuldgefühl und Melancholie einhergeht. Ich weiß, warum ich den ersten Menschen ausnutzen werde, dem ich mich seit Langem nahe fühle, indem ich ihm einiges Persönliches über mich erzähle. Weil Muse keine Bedrohung für mich sein wird. Das kann sie nicht.

»Es gibt eine weiße Porzellandose im Bad. Gleich neben dem Waschbecken, wo ich sie jedes Mal sehe, wenn ich mir die Hände wasche, die Zähne putze, sonst was. Die gehörte meiner Mutter. Seit ich klein war, bewahrte sie ihre Haarbänder und Spangen darin auf. Wenn ich den Deckel hochhebe, riecht es im ganzen Raum nach ihr.«

Muses Stimme ist gedämpft und zögerlich, als sie fragt: »Ist sie … ist sie tot?«

»Könnte sie genauso gut sein.«

Ich weiß nicht, warum ich das überhaupt antworte. Mir ist doch klar, dass Muse sich damit nicht zufriedengeben wird. Sie ist so, dass sie alles über die Menschen in ihrem Leben wissen will. Was sie lieben, was sie hassen, warum sie tun, was sie tun. Was sie bewegt. In der Beziehung ähnelt sie ihrem Vater sehr.

»Also ist sie nicht tot?«

Ungefähr eine Zehntelsekunde lang frage ich mich, ob ich dies hier wirklich will. Jemanden an mich heranlassen. Das Risiko eingehen. Aber dann erinnere ich mich daran, dass es eigentlich kein Risiko ist. Und aus irgendeinem Grund stört mich das mehr, als wäre es eines.

»Nein, sie ist noch sehr lebendig.«

»Aber du hast keinen Kontakt zu ihr?«

»Nein.«

»Warum nicht?«

»Sie denkt, dass ich tot bin.«

Muse hebt den Kopf von meinem Arm, und ihre Hand hält inne. »Tot? Warum?«

»Weil ich wollte, dass sie es denkt.«

»Aber warum wolltest du ihr das antun? Und dir selbst?«

»Weil es besser für sie ist, nicht zu wissen, was ich bin. Auf die Weise kann sie um den Jungen trauern, der ich mal war. Das ist besser, als den Mann zu hassen, zu dem ich geworden bin.«

Muse schnappt leise nach Luft, und dennoch entgeht es mir nicht. Es hallt wie eine Ohrfeige in der Dunkelheit. »Aber warum? Was ist so verkehrt an dem Mann, zu dem du geworden bist?«

»Er ist zu sehr wie mein Vater.«

»In welcher Hinsicht?«

»In jeder. Er ist kalt und herzlos. Skrupellos. Er zerstört alles, was er anfasst. Sie wäre nicht stolz auf das, was aus mir geworden ist, also lasse ich ihr den Jungen, den sie geliebt hat. Außerdem ist es für sie sicherer so. Offiziell ist ihr Sohn tot. Niemand könnte sich etwas davon versprechen, dass er sie bedroht oder ihr etwas antut.«

»Ich … ich verstehe das nicht. Du bist ein Kautionsjäger. Warum sollte jemand hinter deiner Mutter her sein?«

Ich öffne die Augen und wende den Kopf zu Muse. Im spärlichen Licht sind ihre Augen dunkel, und sie wirkt verwirrt. »Die Leute, die ich jage, wollen nicht gefunden werden. Und erst recht wollen sie nicht *von mir* gefunden werden.«

Ich sehe ihr an, wie hinter ihren verengten Augen ihr Verstand arbeitet. Und ich sehe genau, in welchem Moment sie zu begreifen beginnt, was das bedeuten könnte. Ihre eben noch halb zusammengekniffenen Augen werden groß. »Was meinst du, Jasper?«

»Wahrscheinlich exakt das, was du denkst. Ich meine, dass ich Dinge tue, für die nur wenige sonst die Nerven haben.«

Sie setzt sich hin und zieht die Decke über ihren nackten Oberkörper hoch, als wäre ihr plötzlich unbehaglich zumute. Nicht wegen ihrer Blöße, sondern eher wegen unserer Intimität. Und ich verstehe, warum. Die meisten Menschen sind abgestoßen, wenn sie erahnen, was ich bin.

»Warte. Mein Vater hat gesagt, er wusste, dass du mich zu ihm bringen würdest, dass sie *dich* schicken. Was heißt das? Dass ich dich nicht zufällig kennengelernt habe? Dass du geschickt wurdest, um … um …«

Ich sollte nicht zögern. Ich müsste ihr die kalte, bittere Wahrheit erklären, aber etwas in mir erträgt diesen Ausdruck von Schmerz und Ekel auf ihrem Gesicht nicht.

»Ich kannte ihn. Ziemlich gut sogar. Sie wussten, wenn ihn jemand finden kann, dann ich.«

»Dann wolltest du nicht …«

Ich unterbreche sie. »Dein Vater weiß, was er tun muss, um mir einige Informationen zu beschaffen, und dass es schnell gehen muss. Er weiß auch, solange ich dich habe, droht ihm von mir keine Gefahr. Ich habe keinen Grund, ihm etwas zu tun, weil er *allen* Grund hat, zu kooperieren. *Du* bist sein Grund, mir zu besorgen, was ich brauche.«

»Demnach bin ich wie eine Versicherung?«

Ich wiege den Kopf hin und her. »In gewisser Weise, sofern du es so sehen willst.«

»Du behältst mich, bis er geliefert hat?«

»Ja.«

Sie zieht die Brauen zusammen. »Wieso verheimlicht er mir das? Warum hat er es mir nicht einfach gesagt? Er muss doch wissen, dass ich mitmache, wenn das bedeutet, dass er nicht in Schwierigkeiten oder sogar in Gefahr gerät. Ich meine, verdammt, ich habe South Carolina verlassen und bin ans andere Ende des Landes gezogen, damit er in Sicherheit ist.«

»Zumindest wollte er, dass du das denkst«, ergänze ich. Wahrscheinlich sollte ich mich nicht in ihre Angelegenheiten einmischen, aber sie kann ebenso gut erfahren, dass er all das für sie getan hat.

»Was soll das heißen?«

»Überleg mal. Ist der Colonel *wirklich* der Typ, der seine Tochter alles aufgeben und weit wegziehen lässt, damit er in Sicherheit ist?«

Sie denkt nach. »Ich wusste, dass es ihm nicht ähnlich sah, dass er so etwas eigentlich nicht machen würde, aber …«

»Aber du vertraust ihm. Schon klar. Und das ist gut. Er würde nie etwas tun, wobei du zu Schaden kommst, also ist dein Vertrauen gerechtfertigt.«

»Ja, aber offensichtlich findet er nichts dabei, zu lügen, um mich zu schützen.« Ihre Züge verhärten sich, und sie wirkt verärgert, als sie trotzig das Kinn reckt.

»Leute tun das für diejenigen, die sie lieben.«

Sie sieht mich mit ihren großen, exotischen Augen an, und ich sehe, wie ihre Wut einer seltsamen Traurigkeit weicht, und weiß schon, bevor sie etwas sagt, dass ihre Aufmerksamkeit wieder mir gilt. Es ist bewundernswert, dass sie jederzeit bereit ist, sich mit Haut und Haaren ins Leben zu stürzen und anderen zu vertrauen. Das ist alles andere als ratsam, klar, aber ich mag es, wie sie ihr Leben vom Zufall bestimmen lässt. Es ist die absolute Antithese zu allem in meinem Leben.

»So, wie du es für deine Mutter getan hast.«

Es ist logisch, dass Muse diesen Schluss zieht und das nimmt, was ich ihr erzählt habe, um mich zu einer Art Märtyrer zu verklären. Aber sie irrt sich, und ich kann sie nicht in diesem Irrglauben lassen.

Ich sehe ihr in die Augen und lasse sie all die Kälte meiner Seele erkennen, damit sie begreift, was ich meine, noch ehe ich den Mund aufmache. »Halte mich nicht für einen netten Kerl, Muse. Meine Beweggründe waren rein egoistischer Natur. Ich wollte den Ekel meiner Mutter nicht aushalten. Ich wollte den Schmerz nicht, dass sie meinetwegen entführt oder gefoltert wird. Sie in dem Glauben zu lassen, dass ich tot sei, war *alles andere* als ein selbstloser Akt.«

»Vielleicht waren das die Hauptbeweggründe. Aber trotzdem hast du sie genug geliebt, um auch ihr den Schmerz zu ersparen. Ist dir mal der Gedanke gekommen, dass du dich unter Wert verkaufst, Jasper?«

»Nein, ist er nicht«, antworte ich prompt. »Wenn ich irgendwo auf der Welt in einem Raum voller Leute stehe, weiß ich, wer das Monster ist.«

Den Kopf schief gelegt, betrachtet sie mich mit mitfühlend unglücklicher Miene. Ich kenne diesen Ausdruck, und ich hasse es, ihn zu sehen.

Mitleid.

»Denkst du das wirklich? Dass du ein Monster bist?« Ich antworte ihr nicht. Stattdessen beiße ich die Zähne zusammen, weil in mir alle möglichen untypischen Gefühle hochkochen. Wut, Ungläubigkeit, Verbitterung. Hoffnung. Grausames Verlangen. »Lass mich dir etwas erzählen, Jasper«, sagt sie, lässt die Decke sinken und hockt sich rittlings auf mich.

Obwohl ich eben erst meinen Hunger nach ihr gestillt habe, obwohl ich dieses Thema hasse und erst recht meine offensichtliche Schwäche, die mich dazu gebracht hat, ihr so viel über mich zu erzählen, fühle ich, wie mein Schwanz sofort zu neuem Leben erwacht und sich ihrer feuchten Wärme entgegenreckt.

Sie macht Dinge mit mir, die noch niemand mit mir machen konnte. Sie bringt mich dazu, zu fühlen … Verdammt, ich weiß gar nicht, was. Sie bringt mich schlicht zum *Fühlen*. Und das ist gefährlich. Für uns beide. Aber hält mich das zurück? Nein. Denn ich bin ein kalter, berechnender Mann, der Gefühle und Bedenken zugunsten dessen, was getan werden muss, beiseiteschiebt. Der muss ich sein, um das zu tun, was ich tun muss. Also, ob sie es glaubt oder nicht, ich *bin* das Monster.

»Du bist ungeheuer naiv, wenn du etwas anderes glaubst«, sage ich scharf und klammere mich an meine Wut wie ein Kind, das sich weigert, seine Süßigkeiten herzugeben. Nach so langer Zeit, in der ich überhaupt kein Gefühl zugelassen habe, ist es auf finstere Weise belebend, an meiner Wut festzuhalten.

»Kann sein, aber Monster lieben nicht, Jasper. Und egal,

ob du es so siehst oder nicht, du liebst deine Mutter. Du liebst sie hinreichend stark, um sie nie wiederzusehen, nur um ihr Schmerz und Kummer zu ersparen.«

»Mein Vater hat sie auch geliebt, und er hat sie unglücklicher gemacht als irgendwer sonst auf dem Planeten. Es *ist* möglich, jemanden so sehr zu lieben, dass es dem anderen wehtut. Oder jemanden zu lieben und ihm *dennoch* wehzutun.«

»Sicher ist das möglich, aber es ist nicht das, was du tust. Das kann ich schlicht nicht glauben.«

»Dann bist du furchtbar naiv, wie gesagt.«

Sie ist unbeirrbar, denn sie lächelt, als sie sich zu mir beugt. »Und du bist kein Monster. Dies hier könnte ich nie mit einem Monster machen«, sagt sie mit rauchiger Stimme und streift meinen Mund mit ihren seidigen Lippen. Ich halte vollkommen still, kämpfe gegen die Wut, die in mir brodelt. Ja, ich möchte ihr glauben, aber das wäre dumm. Und dieses Missverhältnis zwischen dem, was ich bin, und dem, wofür sie mich *hält*, verhindert, dass die sanfteren Gefühle meine Wut übertönen. Also lasse ich sie heraus. Um Muse vor mir zu schützen, lasse ich meine Wut zu, damit sie die Wahrheit *erkennen* kann. Damit sie es *weiß*.

»Du machst einen Fehler, Muse. Ich spiele nicht.«

»Ich auch nicht«, sagt sie und malt meine Unterlippe mit ihrer Zungenspitze nach. »Es sei denn, das hier fühlt sich wie Spielen an.« Sanft fährt sie mit ihren Fingernägeln über meinen Bauch und umfasst meine angespannten Hoden mit einer Hand.

Mir ist, als würde ich auf einem verdammt schmalen Grat balancieren, schwankend zwischen Gewalt und etwas,

was ich nicht benennen kann. Ich gebe ihr eine letzte Chance, zur Vernunft zu kommen, bevor ich dem folge, was ich kenne und worin ich gut bin.

»Willst du wirklich wissen, wie es sich anfühlt, mit einem Monster zu spielen?«

»Ja«, haucht sie mir in den Mund.

»Dann zeige ich dir, wie ein Monster spielt«, zische ich an ihren Lippen.

Vor Schreck schnappt sie nach Luft, als ich sie herumrolle und auf die Matratze drücke. »Letzte Chance«, sage ich, als ich mit einer Hand ihre beiden Handgelenke umfasse und sie über ihrem Kopf auf dem Laken gefangen halte, sodass sie schutzlos und verwundbar unter mir liegt. Ich beiße in ihre Unterlippe, fest genug, dass ein Tropfen Blut herauskommt und ich den metallischen Geruch registriere. Sie wirkt auf mich wie ein Supertreibstoff in einem Rennwagenmotor.

»Zeig es mir«, keucht sie, und da ist eine winzige Spur von Angst in ihrer Stimme. Das reicht mir. Sie muss erfahren, mit wem sie es zu tun hat und wie angewidert sie von mir sein sollte. Ihr Angst einzujagen ist das Beste, was ich für sie tun kann.

Ich lecke das Blut von ihrer Lippe, während mir das letzte bisschen Selbstbeherrschung durch die Finger rinnt. »Ich werde dich auch zerstören«, gestehe ich, getrieben von Schuld, Verlangen und Zerrissenheit.

Als wollte ich meine Behauptung untermauern, die an sich schon krank und pervers ist, presse ich meinen Mund auf ihren, reibe unsere Lippen aneinander, um sie zu zwingen, sich mir zu öffnen. Als ich sie schmecke, ihre Unterwerfung wahrnehme, entfacht es mein Blut. Plötzlich kann ich nicht genug von ihr bekommen, von ihrer bedingungslosen Akzeptanz dieses schwarzen Ungeheuers, das tief in mir lebt.

Ich schiebe mein Knie zwischen ihre Beine, dränge sie auseinander, bis ich zwischen ihnen bin. Dann greife ich nach unten, um ihre feuchte Öffnung zu ertasten, und kneife in ihren Kitzler, bevor ich ihn zwischen meinen Finger hin und her drehe. Ihr Laut ist halb Schrei, halb Stöhnen, und ihre Hüften schieben sich mir entgegen. Ich sehe hinab in ihre großen, glühenden Augen und fühle, wie ihre Feuchtigkeit meine Finger benetzt, als ich sie in sie hineinstoße.

»J-Jasper«, fleht sie.

Ich weide mich an ihrer Reaktion.

»Bitte mich nicht um Gnade. Monster kennen keine Gnade.«

Sie ringt nach Luft, und ihre strahlenden Augen fixieren meine, als ich ihre Beine weiter spreize. Ich schiebe meine Hüften zwischen ihre Schenkel und führe meinen Schwanz zu ihrer Öffnung. Wir beobachten einander drei Sekunden lang sehr intensiv – erkennen einander als genau das, was wir sind –, und dann vergrabe ich mich mit einem einzigen, brutalen Stoß in ihr. Ihr Schädel knallt gegen das hölzerne Kopfteil des Betts, aber das hält mich nicht auf. Ich ziehe mich zurück und hämmere erneut in sie hinein, vergrabe die Zähne in einem ihrer harten Nippel, während ihr Schoß sich um meinen Schwanz herum zusammenzieht.

Ich nehme sie stumm, rücksichtslos, im vollen Bewusstsein ihrer Laute der Qual und Ekstase, der Hitze, die von ihrem Körper abstrahlt und von ihrer Seele in meine dringt. Ich bin lebendig. Endlich, nach all der Zeit, bin ich lebendig.

In meiner Wut bäume ich mich auf gegen das simple Gefühl, das ich so lange bekämpft habe, und stelle fest, dass ich es nicht bremsen kann. Es ist, als hätte ich jetzt, da ich Gefühle endlich zulasse, die Kontrolle über sie aufgegeben. Es ging um ein Entweder-Oder. Tot oder lebendig sein. Nicht beides. Niemals beides.

Mit einem wilden Geräusch, das selbst die Schatten im Zimmer erschreckt, ziehe ich mich grob aus Muses warmem Körper zurück und sinke zwischen ihre Beine. Ich will sie nur verschlingen, sie in mich aufnehmen. Alles von ihr, bis nichts mehr als ein leichter Kondensationsnebel bleibt.

Mit beiden Händen fasse ich unter ihren Hintern und genieße ihren köstlich feuchten Körper. Ich beiße, sauge und knabbere, bis sie mich mit unzusammenhängenden Stöhn- und Knurrlauten anfleht. Aber ich bin schon hinüber. Mein selbsterteilter Auftrag lautet, zu besitzen, und ich werde nicht aufhören, bis ich den nicht erfüllt habe.

Während sie sich an meinem Gesicht wiegt, trinke ich ihren Saft, bis sich die Muskeln in ihrem Unterleib anspannen. In dem Moment kann ich an nichts anderes denken, als in ihr zu sein. Ganz in ihr.

Ich stoße die Zunge in ihre Muschi und gleichzeitig einen Finger in ihren Hintern. Ich dringe in ihren Leib und ihre Seele ein, bis sie sich für mich ergießt, als würde sie dem Kriegsgott opfern. Und ich trinke alles: ihre Ergebung, ihre Kapitulation, ihre Akzeptanz.

Als sie ermattet unter mir liegt, packe ich sie an der Taille und drehe sie grob auf den Bauch. Ihr Gesicht ist im Kissen vergraben, und ich umfange ihre Hüften fest, um sie von hinten zu nehmen. Wild treibe ich meinen Schwanz immer wieder in ihren Körper, nehme das Klatschen von Haut auf Haut wahr, das feuchte Geräusch ihres Leibs an meinem. Aber das reicht nicht. Ich will ihr Gesicht sehen. Ich *muss* es sehen.

Den Rhythmus unterbreche ich kaum, als ich mich zurückziehe, Muse umdrehe und erneut in sie eindringe, wobei ich ihre Beine weit spreize und ihr in die Augen sehe. Unsere Blicke begegnen einander, meine schwarze Seele kollidiert mit ihrer weißen, und ich stoße in sie hinein, bis ich alles, was noch an Gefühl in mir ist, in sie gegeben habe.

Kapitel 23

MUSE

Mein ganzer Körper kribbelt. Meine Seele weint. Ich möchte Jasper in die Arme nehmen und trösten, weiß jedoch, dass er das nicht wollen würde. Ich weiß nicht mal, wie ich ihn trösten sollte oder ob das überhaupt möglich ist. Anscheinend hat er sich schon so lange eingeredet, ein Monster zu sein, dass er sich weigert, etwas anderes zu denken.

Mir ist klar, dass er mir genau das jetzt zu beweisen versucht hat. Er wollte mir zeigen, was für ein furchtbarer Mensch er ist. Doch es hat nicht funktioniert. Bei aller Grobheit hat er mich nicht richtig verletzt. Was er nicht weiß, ist, dass diese rohen Emotionen, vor allem von jemandem, der selten *irgendwelche* Gefühle zeigt, eine fantastische sexuelle Begegnung zu einer der atemberaubendsten, erdbebengleichsten Erfahrungen meines Lebens gemacht hat. Mir schwirrt der Kopf, und mir geht das Herz auf wie eine Blüte. Mein Körper … mein Körper fühlt sich an, als hätten virtuose Hände eine ganze Sinfonie auf meinen Nerven gespielt.

Doch all das ist vielleicht noch nicht das größte Geschenk aller Zeiten. Das könnte sein, als Jasper den Kopf hebt und mich aufs Neue überrascht.

»Es tut mir leid«, sagt er matt. Auch wenn seine Stimme keine Reue signalisiert, sehe ich sie deutlich in seinem Gesicht, in seinen Augen.

Ich berühre seine Wange. »Muss es nicht.«

»Ich habe kein Kondom benutzt. Ich könnte …«

Er lässt die Stirn neben meinem Ohr auf das Kissen sinken, sodass er nicht sehen kann, dass ich nun durchaus ein bisschen alarmiert bin.

Daran hatte ich überhaupt nicht gedacht. Ich war so gebannt von meinen Gefühlen und dem, was zwischen uns geschah, dass ich die Folgen gar nicht bedacht hatte. Was ich jetzt allerdings tue.

Ich schlucke. »Ich bin sauber. Seit Matt habe ich keinen Sex gehabt, und wir waren beide getestet, also …«

»Bin ich auch. Ich bin getestet, auch wenn ich normalerweise keinen ungeschützten Sex habe.«

Ich nicke und bin zumindest halb beruhigt. Was die andere Hälfte meiner Befürchtungen angeht … das kann nur die Zeit zeigen. Aber ich werde mich auf das Positive konzentrieren. Auf das, was *wahrscheinlich* eintreten wird. Oder vielmehr wahrscheinlich *nicht*.

»Gut, dann ist der Punkt geklärt. Was die … die andere Sache angeht, hatte ich bis vor wenigen Tagen meine Periode, also denke ich, dass es okay ist.«

Ich schicke ein Stoßgebet gen Himmel, dass ich nicht schwanger werde. Irrwitzig, wie es sein mag, beschert mir die Vorstellung, ein Kind von Jasper zu bekommen – ein wunderschönes dunkelhaariges Mädchen oder einen hübschen Jungen mit Bernsteinaugen – ein warmes, zufriedenes Gefühl in der Brust.

Vielleicht drehst du jetzt endgültig durch, Muse. Vielleicht knickst du unter dem Druck ein.

»In Ordnung«, sagt er erstickt. »Ich …« Er hebt den Kopf und sieht mir in die Augen. »Für gewöhnlich verliere ich nicht so die Kontrolle. Genau genommen nie. Niemals. Das passiert mir einfach nicht.« Blanke Enttäuschung spiegelt sich in seinen Zügen. Und wie es aussieht, gilt die ihm.

»Jasper, es ist okay, ab und zu mal ein Gefühl zu haben.«

Seine Miene ist unerbittlich. »Gefühle führen zu Schwäche, und die führt zu unbedachten Handlungen und Reaktionen.«

Ich grinse. Seine mürrische Art irritiert mich nicht mehr, denn allmählich denke ich, sie drückt bloß aus, was er zu sein *versucht*. Sie macht es ihm leichter, nicht zu fühlen und Menschen von sich fernzuhalten. Aber das wird bei mir nicht klappen. Ich weiß nicht, warum ich so entschlossen bin, ihn richtig kennenzulernen, ihn zu *retten*, doch ich bin es. Ich denke, Jasper braucht mich, ob es ihm bewusst ist oder nicht. Und möglicherweise brauche ich ihn auch.

»Also, ich bin ziemlich sicher, dass an dem, was gerade passiert ist, nichts *Schwaches* war.« Meine Wangen glühen, als ich an die Einzelheiten der letzten Minuten denke. »Falls das das Monster ist, das du versteckst, glaube ich, dass ich es noch ein bisschen behalten will.«

Schon während ich spreche, spüre ich, wie Jasper in mir hart wird. Zarte Erregung durchströmt mich, als er mich überrascht, indem er erneut meine Handgelenke packt, diesmal jedes einzeln, und sie zu beiden Seiten auf die Matratze drückt. »Verstehst du denn nicht? Du solltest das hier nicht mögen, *mich* nicht mögen. Ich bin kein guter Mensch. Ich bin nicht jemand, mit dem du dich vergnügen und dann unbeschadet deiner Wege ziehen kannst. Mich zu kennen, Zeit mit mir zu verbringen wird für dich zwangsläufig mit unvorstellbarem Schmerz enden.«

Er hat die Zähne zusammengebissen. Sein Blick ist grimmig, sein Tonfall scharf. Ich muss zugeben, dass es mich erschrickt. Aber nur kurz. Mir wird auf jeden Fall klar, dass ich dies hier lieber nicht auf die leichte Schulter nehmen sollte, denn offenbar nimmt er es sehr ernst.

»Hör mal, du wirst mich nicht verschrecken, also kannst du aufhören, es zu versuchen. Falls dir hiermit nicht wohl ist, lassen wir es.«

Er drückt meine Finger so fest, dass ich fürchte, meine Knochen könnten brechen. Ich kneife den Mund zusammen, um nicht zu schreien, weil ich auf keinen Fall vor ihm einknicken will. Ich halte ihm stand, und wenn es mich umbringt.

»Das ist ja das Problem, verdammt! Ich will es nicht lassen!«

Er bewegt die Hüften, während er seinen Mund auf meinen senkt. Mit zwei kurzen, wilden Stößen vergräbt er sich in mir, als versuchte er, mich dafür zu bestrafen, dass ich ihn will. Oder vielleicht sich selbst dafür, dass er *mich* will. Aber es funktioniert nicht. Ich komme ihm Stoß um Stoß mit meinem Becken entgegen, öffne für seine provozierende Zunge den Mund.

Schließlich stößt er einen kehligen Laut aus, der mich an den Tiger in seinen Augen erinnert, reißt sich von mir los, steht aus dem Bett auf und zieht mich in seine Arme. Sobald sein gieriger Mund wieder auf meinen trifft, hört er nicht auf, mich zu küssen. Nicht, als er sich nach unten beugt, um ein Kondom aus dem Nachttisch zu holen, und auch nicht, als mein Rücken gegen die Duschwand gedrückt ist und er sich aufs Neue in mir vergräbt. Jasper hört keine Sekunde auf, mich zu küssen. Und mir kommt der Gedanke, dass ich, tief im Innern, wünsche, dass er es niemals tut.

Ich liege im Bett und denke an die letzte Nacht. Nachdem Jasper aufgehört hatte zu versuchen, mich *nicht* zu wollen, haben wir uns gegenseitig eingeseift und gewaschen. Dann stieg er aus der Dusche, um sich anzuziehen, und ließ mich allein, damit ich mich für die Nacht fertig machen konnte. Fast eine halbe Stunde später kam ich aus meinem Schlafzimmer und stellte fest, dass er fort und das Haus leer war. Ich war zu erschöpft, um länger nach ihm zu suchen, aber etwas sagte mir schon vor dem Blick aus dem Fenster, dass ich ihn am Ufer finden würde. Und da war er. Ich überließ ihn seinen Gedanken, kehrte in mein zerwühltes Bett zurück und fiel umgehend in einen traumlosen Schlaf.

Mein erster Gedanke beim Aufwachen galt Jasper, diesem komplizierten, gebrochenen, facettenreichen Mann, der so wenig zeigt und doch so viel fühlt. Ich habe von jeher eine Schwäche für unvollkommene Männer. Anscheinend ziehen mich die an, die aus irgendeinem Grund emotional nicht verfügbar sind. Ehrgeizige, untreue Weiberhelden, die sich gern reumütig zeigen, sich aber nie wirklich ändern. Jasper jedoch ... ist eine andere Spezies.

Ein Tier.

Ein Tiger.

Ich wüsste nicht mal, wie ich anfangen sollte, ihn zu beschreiben. Mir ist noch nie ein Mann begegnet, der emotional weniger verfügbar war, und zugleich kannte ich noch keinen, der brutaler offen damit umgeht, wer und was er ist.

Soweit ich es beurteilen kann, sind seine Fehler so unentwirrbar mit Loyalität und Hingabe verknüpft, dass man schwerlich erkennt, wo das Gute endet und das Schlechte beginnt. Oder ob es überhaupt möglich ist, ein solch klares, schwarz-weißes Bild von ihm zu gewinnen. Alles in allem dürfte er der stärkste, entschlossenste Mensch sein, der mir je begegnet ist, und gleichzeitig glaube ich, noch nie jemanden kennengelernt zu haben, der dringender gerettet werden muss. Es ist dieser Widerspruch, der mich anzieht, diese Kraft, die eine geschundene Seele überdeckt. Vielleicht sogar mehr als seine männliche Ausstrahlung, die mich vom ersten Augenblick an fasziniert hat.

Ich pelle mich aus der Bettdecke und gehe ins Bad. Nachdem ich mir kaltes Wasser ins Gesicht gespritzt und meine Zähne geputzt habe, wandere ich in die Küche, wo ich einen sauberen Becher neben einer Kanne frischem Kaffee finde. Ich schenke mir welchen ein und begebe mich auf die Suche nach dem Mann, der jeden meiner Gedanken beherrscht.

Mich überrascht nicht, dass ich ihn wieder mal am Seeufer vorfinde. Etwas an seinem Gesichtsausdruck letzte Nacht brachte mich darauf, dass er hier sein würde. Und etwas an seinem Gesichtsausdruck *heute Morgen* sagt mir, dass ihn dieser Ort verfolgt.

Ich stelle mich neben ihn und umschlinge meinen dampfenden Kaffeebecher mit beiden Händen, statt Jasper zu berühren, wie ich es möchte. Immer noch bin ich manchmal unsicher, wie ich mich ihm gegenüber verhalten soll, wie viel er von mir will. Es sei denn, wir sind im Bett. Dort will er nichts an mir unberührt lassen. Er will alles. Und ich möchte es ihm geben.

»Danke für den Kaffee«, sage ich in die morgendliche Stille hinein.

Er brummelt etwas, und ich seufze. Wieder mal darf ich mich auf einen Kampf einstellen, um ihm alles aus der Nase zu ziehen und ihn dazu zu bringen, dass er sich öffnet. Ich verlasse mich auf mein dickes Fell, als ich vor ihn trete und mich zwischen ihn und den See stelle. Jetzt sehe ich sein Gesicht richtig. Ich sehe die blassen Züge, die dunklen Ringe unter den Augen, den verkniffenen Mund. »Jasper, ist alles okay?«

Seine matten Augen richten sich auf mich. »Mir geht es gut. Warum?«

Ich strecke die Hand aus und streiche über den Schatten unter seinem linken Auge, als könnte ich den wegwischen, als könnte er etwas anderes sein als ein Anzeichen von Unglück. »Hast du geschlafen? Du siehst furchtbar aus.«

»Danke«, antwortet er schneidend, und sein einer Mundwinkel verzieht sich zu einem bitteren Lächeln.

»Ich meine es ernst. Hast du geschlafen?«

»Nein.«

»Warum nicht? Ist irgendwas passiert?«

Er erwidert meinen Blick, sieht mir so fest in die Augen, dass ich mich frage, ob er meine Gedanken zu lesen versucht. Als er schließlich etwas sagt, ist es keine Antwort, sondern weckt nur noch mehr Fragen.

»Du. *Du* bist passiert.«

Mir steht der Mund offen. »Ich? Was habe ich getan?«

»Du hast zu tief gegraben, hast zu viel gegeben. Jetzt gibt es kein Zurück mehr, ob du willst oder nicht. Es ist zu spät. Du müsstest von hier verschwinden, um mir zu entkommen.«

Trotz der milden Temperaturen läuft mir ein kalter Schauer über den Rücken. »Ich will dir nicht entkommen.«

Er taucht seine Finger in das Haar in meinem Nacken und befreit es aus dem Knoten, zu dem ich es dort gebunden habe. »Gut, denn ich würde dich finden. Keiner kann sich vor mir verstecken.«

Mit einer Mischung aus der Wildheit von letzter Nacht und dieser eigenartigen Verzweiflung heute Morgen zieht Jasper mich aus, bettet mich ins weiche Gras und macht Liebe mit mir, während das bräunliche Wasser des Sees unweit von meinem Kopf ans Ufer schwappt.

»Was hat es mit diesem Tattoo auf sich?«, frage ich Jasper, während ich die fies aussehenden Dornenranken nachmale, die sich über seine rechte Brust und die Schulter erstrecken.

»Das willst du nicht wissen«, antwortet er auf seine verschlossene Art.

»Wenn ich es nicht wissen wollte, würde ich nicht fragen«, erwidere ich, wobei es mir unmöglich ist, nicht ein bisschen genervt zu klingen. Es ist ermüdend, ihm irgendwelche Informationen entlocken zu wollen.

»Da ist ein Dorn für jede Person, die ich gefunden, und jeden Auftrag, den ich erledigt habe.«

Mir stockt das Herz. Irgendwie hatte ich geglaubt, falsch verstanden zu haben, worauf er letzte Nacht hinauswollte. Oder vielleicht hatte ich mich auch einfach geweigert, es zu glauben, weil es leichter war, es *nicht* zu tun. Jetzt aber, hier, im hellen Tageslicht, lässt es sich nicht vermeiden.

Ich schlucke, halte meine Stimme jedoch so ruhig und sachlich, wie ich irgend kann. »Also sind die alle für Leute, die du getötet hast?«

Es auszusprechen, das Wort über die Lippen zu bringen, ist, als würde ich etwas gebären, was ich nicht annehmen will. Ich spreche ein stummes Gebet, dass er mir sagt, ich würde mich irren. Dass er mir erklärt, ich hätte ihn missverstanden.

Doch das tut er nicht. Weil ich ihn nicht missverstanden habe.

Dieser Mann ist ein Killer.

Er nickt knapp. »Ich habe es dir ja gesagt.«

»Mir was gesagt?«

»Dass ich ein Monster bin.«

Als meine Panik droht, mich in die Flucht zu schlagen, klammere ich mich an die Dinge, die ich von Jasper weiß, die ich für ihn *empfinde*, und ich halte mich an ihnen mit einer Verzweiflung fest, dass mir beinahe schwindlig wird.

Vom Gefühl her will ich wegrennen. Vor Enttäuschung und Ekel. Vor Verwirrung. Solche Leute gibt es nur in Filmen. Was soll ich denn mit einem *echten* Killer anfangen? Wie kann man mit so jemandem umgehen, als sei er normal?

Mein Atem geht schwer, und mein Herz schlägt unregelmäßig, während sich eisige Finger um mein Inneres krallen und ich vor Angst fröstele.

In diesem Moment schreitet mein rationales Ich ein, der Teil, der von meinem Vater kommt und den ich normalerweise eher vernachlässige. Der Teil, der mit einem klaren Kopf denkt und Dinge mit Vernunft angeht, frei von Gefühlen oder Schwäche. Es ist der Teil, der mich davor bewahrt zusammenzubrechen, der mich davon abhält wegzulaufen. Er lässt mich systematisch vorgehen, in ruhigen, logischen Schritten, als würde ich eine Liste mit einleuchtenden Erklärungen Punkt für Punkt durchgehen.

Jasper kennt meinen Vater. Mein Vater ist ein guter Mann.

Abgehakt.

Jasper hat mit meinem Vater beim Militär gearbeitet. Unser Militär besteht nicht aus Monstern. Es besteht aus Helden, die sich für die Sicherheit anderer opfern.

Abgehakt.

Jasper nimmt zum Wohl des großen Ganzen anderen das Leben, wahrscheinlich Kriegsverbrechern und Terroristen. Mein Vater hat, auch wenn er mir nie Einzelheiten verraten hat, schon angedeutet, dass er im Laufe der Jahre einige sehr schwierige Dinge tun musste, einige sehr harte Entscheidungen zu fällen hatte. Das macht sie zu guten Männern, nicht zu bösen.

Abgehakt.

Mein Vater hat Jasper vertraut. Er hat nicht bloß darauf vertraut, dass Jasper ihn finden und ihn *nicht* töten würde; er hat ihm auch *mich* anvertraut. Und *ich* vertraue meinem Vater. Ergo kann ich Jasper vertrauen. Was immer seine Taten sein mochten, er hat sie aus den richtigen Gründen begangen.

Abgehakt, abgehakt.

Sobald ich mich beruhigt habe, spreche ich meine Überlegungen laut aus, als würde das meine Argumente zementieren, ihre Wahrheit belegen.

»Du hast mit meinem Vater beim Militär gearbeitet. Zu tun, was dir für unser Land zu tun befohlen wurde, ist etwas, worauf du stolz sein solltest, statt dich dafür zu schämen oder zu glauben, du müsstest es vor anderen verstecken. Du bist ein Nationalheld, Jasper.«

Während ich mich bemühe, ihn zu überzeugen, überzeuge ich auch immer noch mich selbst. Mir wird bewusst, dass ich leicht zittere, und ich ermahne mich, ruhig zu bleiben.

»Wird es für dich dadurch leichter zu verdauen?«

Ja, wird es. Aber das sage ich ihm nicht. Ich bleibe beharrlich.

»Die Angehörigen unserer Streifkräfte sind keine Monster. Sie sind Männer und Frauen, die auf bestimmten Gebieten ausgebildet werden, um bestimmte Dinge zu tun.«

Jasper sieht zu mir herab, und ich kann seinen Blick nicht deuten. »Was trotzdem nach Eignung gewählt wird. Nach Prädisposition. Für verdeckte Operationen suchen die keine unbeleckten Leute aus, Muse. Sie wählen die, die schon gebrochen genug sind für solch ein Leben. Sie suchen die aus, die keine Bindungen, keine Zukunft haben. Kein Gewissen. Keine Seele.« Er macht eine Pause, wirkt jetzt düster und angespannt. »Deshalb haben sie mich ausgesucht.«

»Nur weil du stark genug und fähig bist, die Dinge zu tun … die getan werden müssen, macht dich das nicht beschädigt, gebrochen oder seelenlos.«

Er setzt sich so plötzlich auf, dass ich fast ins Wasser kullere. Mit sicherer Hand packt er mich und schlingt seine Finger so fest um meinen Oberarm, dass ich dort garantiert morgen einen blauen Fleck haben werde. Das Verblüffende ist, dass ich beinahe denselben Druck in meiner Brust spüre. Als würde dort ein Platz für Jasper geschaffen, der ausschließlich für ihn da ist. Den niemand sonst jemals ausfüllen könnte, sondern einzig Jasper. Der Mann, der mich so sehr fasziniert, wie er mir Angst macht, und der mich beständig stärker anzieht, je mehr er mich wegzustoßen versucht.

Und abermals wächst meine Entschlossenheit.

»Sie haben mich ausgesucht, weil sie von meinem Vater wussten. Weil sie wussten, wessen Blut in meinen Adern fließt.«

»Dein Vater? Warum sollte der dabei eine Rolle gespielt haben?«

»Weil er im Gefängnis saß.«

»Wie konnten sie von ihm wissen?«

»Weil sie über mich nachgeforscht haben. Und es war meine Zeugenaussage, die ihn ins Gefängnis brachte.«

Jasper ist ein ausgebildeter Killer, der seinen eigenen Vater hinter Gitter gebracht hat?

Oh Gott!

Noch so eine Bombe.

Ich möchte mich zusammenrollen und um ihn weinen. Gleichzeitig will ich ihn in die Arme nehmen und ihn vor all dem Schmerz abschirmen, dem er nicht entkommen kann, den schrecklichen Erinnerungen, die ihn offensichtlich verfolgen. Aber ich tue weder das eine noch das andere. Stattdessen neige ich den Kopf zu meinen gebeugten Knien und schließe die Augen, bis ich mich ein wenig gefasst habe. »Es tut mir so leid«, flüstere ich.

»Muss es nicht. Er war ein übler Dreckskerl, der es verdient hatte, unter dem Gefängnis begraben zu werden, statt zwischen dem Rest des Abschaums weiterzuatmen.«

In der Pause, die seiner vor Abscheu triefenden Erklärung folgt, habe ich fast Angst, die Frage zu stellen, die mir durch den Kopf geht. Aber noch mehr Angst habe ich, sie *nicht zu stellen*.

»W-was hat er getan?«

Ich sehe nicht auf, als Jasper mir nicht sofort antwortet.

»Er hat meinen großen Bruder ertränkt. In diesem See. Hinter einem kleinen weißen Haus unweit von hier.«

Du lieber Gott!

Ich halte die Augen geschlossen und den Kopf gesenkt, während ich versuche, dies hier so würdevoll wie möglich durchzustehen. Würde ich jetzt zusammenbrechen, wäre damit keinem von uns geholfen.

Mich überkommt eine Übelkeit, bei der sich mir fast der Magen umdreht. Ich möchte fragen, warum, fühle sogar, wie meine Lippen das Wort formen. Doch das Schrillen in meinen Ohren verhindert, dass ich höre, ob dabei tatsächlich ein Ton herausgekommen ist oder nicht.

Nein, ich muss es ausgesprochen haben. Entweder das, oder Jasper hat es erahnt, denn er antwortet.

»Er hatte Jeremy immer gehasst, solange ich denken kann. Ich weiß nicht, warum. Vielleicht, weil Jeremy krank war. ›Oppositionelles Trotzverhalten‹ und ›allgemeine Verhaltensstörung‹ hat es der Arzt genannt. Er hatte zu meiner Mutter gesagt, dass mein Bruder frühe Anzeichen von antisozialem Verhalten zeigte, dass er Medikamente und eine Therapie brauchte. Aber davon wollte mein Vater nichts hören. Je schlechter es Jeremy ging, desto schlimmer behandelte mein Vater ihn. Wenn mein Bruder sich danebenbenahm, brachte mein Vater ihn raus zu einem Baumstumpf im Garten und peitschte ihn mit dem Gürtel, bis der durchriss. Ich habe Jeremy kein einziges Mal weinen sehen. Es machte unseren Vater wütend, dass er nicht weinte. Vielleicht hätte er aufgehört, hätte er Tränen gesehen, aber ich glaube nicht, dass Jeremy überhaupt weinen konnte.« Jaspers Stimme ist kühl und roboterhaft, wie betäubt. »Als er wieder mal aus der Schule nach Hause geschickt wurde, zerrte mein Vater ihn direkt ins Wasser und drückte ihn nach unten, bis Jeremy aufhörte, sich zu wehren.« Nun wird er leiser, bis es wie ein fernes, unheimliches Donnergrollen klingt. »An dem Tag hat er eine Kopie von sich getötet. Aber die andere ließ er am Leben.«

Ich weiß nicht, was ich sagen soll. Mir bricht das Herz. Der Schmerz in seiner Stimme, die normalerweise so wenig preisgibt, reicht aus, um mich zu treffen wie ein Skalpell.

Es gibt so vieles, was ich sagen könnte, möglicherweise sagen *sollte*, doch was herauskommt, ist eine Frage. »Warum kommst du her? Warum hast du hier eine Hütte gekauft, wo du niemals dem entfliehen kannst, was geschehen ist?«

»Dem könnte ich sowieso nicht entfliehen. Auf diese Weise behalte ich die Kontrolle darüber. Ich komme her, um mich daran zu erinnern, wer und was ich bin, woher ich komme und was ich immer sein werde.«

»Ein Monster«, sage ich matt. *Das ist es*, wovon er glaubt, dass er dem nicht entfliehen kann. Sein Vater, sein Bruder, sein Blut. Sein vermeintliches Schicksal.

Geschmeidig steht Jasper auf und tritt direkt ans Ufer, wo

das Wasser aufs Land trifft. In der sanften Strömung wiegen sich die grünen Grashalme vor seinen Zehen.

Ich lasse meinen Blick über seine nackte Gestalt wandern – die breiten Schultern, die schmalen Hüften, den absolut perfekten Hintern, die langen, muskulösen Beine. Er ist berauschend schön, und ich glaube nicht, dass ich es je leid werden könnte, ihn einfach zu beobachten. Selbst mit geneigtem Kopf und Muskeln, die sich bei diesen höllischen Erinnerungen verkrampfen, ist er das Schönste, was ich je gesehen habe – Monster hin oder her.

»Ich habe versucht, hier wieder ins Wasser zu gehen, um die Angst zu töten, so wie mein Vater Jeremy getötet hat. Aber ich kann nicht. Ich kann mich nicht dazu bringen, hineinzuwaten. Ich sehe immer nur meinen Bruder, der wegtreibt, und mich, wie ich zusehe. Hilflos. Ich werde nie wissen, ob ich ihn hätte retten können, wäre ich früher hineingegangen, hätte ich den Mut aufgebracht, mich meinem Vater entgegenzustellen. Ich weiß nur, dass ich es *nicht tat*. Dass ich überlebte und mein Bruder nicht.«

Wieder mal fühle ich den Drang, zu ihm zu gehen, doch ich bin ziemlich sicher, dass ein Mann wie er jeden Versuch, ihn zu trösten, eher als Übergriff empfinden würde. Er ist ein Einzelgänger, ein schweigend Leidender. Es bricht mir das Herz und ist zugleich so bewundernswert. Ich kann fast *sehen*, welche Kraft da durch die Adern unter seiner glatten, goldenen Haut strömt. Selbst in seinen schlimmsten Momenten, wenn er sich von einer Vergangenheit besiegt fühlt, die er nicht kontrollieren kann, beherrscht von Genen, denen er nicht entkommt, ist er bereit, es mit der Welt aufzunehmen. Und zu gewinnen.

Ich sehe, wie sich sein Oberkörper dehnt und wieder zusammenfällt. Ein Seufzen.

Als er sich erneut zu mir dreht, sind seine Augen klar, als wäre der geplagte Mann von eben *meiner* Einbildung entsprungen, nicht *seinem* Bewusstsein. »Zieh dich an, damit ich dich herumführen kann. – Oder wir verbringen den Tag so«, sagt er und zeigt auf seine Erektion. Die hat bereits das eben benutzte Kondom gefüllt und droht, es zum Platzen zu bringen.

»Woher nimmst du nur dieses Durchhaltevermögen?«, frage ich in dem Versuch, seinen Stimmungswechsel mitzumachen, statt weiter bei dem zu verharren, wovon ich nicht sicher bin, ob es als Problem irgendwie lösbar ist.

»Costco«, antwortete er schlicht.

Ich muss unweigerlich lachen, vor allem, weil ich das Zucken seiner Mundwinkel bemerke. Vielleicht kann er sich so heilen. Vielleicht schafft er es auf diese Art, weiter durchzuhalten. Er akzeptiert, wer und was er ist, und verdrängt den Rest, vergräbt ihn tief in sich.

Das einzige Problem bei dieser Taktik ist, dass sich all das eines Tages nicht mehr wird verdrängen lassen. Und dann wird er gezwungen sein, sich damit auseinanderzusetzen oder die Konsequenzen zu ertragen.

Aber heute ist es noch nicht so weit. Der heutige Tag kann alles sein, was wir wollen, was immer *er* braucht. Und ich werde das für ihn sein, *mit* ihm. Weil er mir wichtig ist. Wahrscheinlich wichtiger, als er sein sollte.

Definitiv wichtiger, als er mir sein sollte, korrigiere ich mich in Gedanken. Ich glaube, ich war schon so blöd, mich zu verlieben.

Kapitel 24

JASPER

Aus Gründen, denen ich lieber nicht nachspüren will, hatte ich mich darauf gefreut, den Tag mit Muse zu verbringen. Noch bevor sie mit ihrem flammend roten, zu einem losen Knoten gewundenen Haar und den langen, kurvigen Beinen in der eng anliegenden Hose auf die Veranda trat. Als ich sie jetzt sehe, bin ich begeistert.

Plötzlich hält sie inne, und ich blicke zu ihr. Ihre Augen blitzen verräterisch. Das liebe ich so an ihr, dass ihre Augen alles verraten. Sie ist so durchschaubar und versucht nicht mal, irgendwas zu verbergen.

»Hast du es dir anders überlegt, wie du den Tag verbringen willst?«

»Ja, aber ich denke, es ist wichtig, dass du noch in der Lage sein solltest zu *gehen*.«

Ihr Lachen ist wie ein Kitzeln. Besser kann ich es nicht beschreiben. Es ist leicht, glücklich und sorglos; drei Dinge, die ich weder mit mir noch mit meinem Leben assoziieren würde. Es hallt in mir nach wie etwas Tröstliches und sehr Wünschenswertes.

Vielleicht ist tröstlich nicht das richtige Wort. Ich fühle mich nicht unbedingt getröstet, wenn ich Muse ansehe oder ihr Lachen höre. Allerdings empfinde ich alle möglichen anderen Dinge – Verlangen, Besitzgier, Wildheit. Eine Spur von Wut, die mich verwirrt. Schuld. Beschützerdrang. Die Wahrheit ist, dass ich keine Ahnung habe, was für Gefühle sie in mir weckt oder warum. Ich weiß nur, dass ich dies hier nicht wollen dürfte. Aber ich tue es.

Spontan wirft sie sich auf mich, als ich auf der zweiten Stufe stehe. Mühelos fange ich sie, und sie schlingt ihre Arme und Beine um mich. »Sie sind echt anstrengend, Mr. King«, sagt sie mit kehliger Stimme und sieht mir direkt in die Augen. Da schimmert Hitze in ihrer smaragdgrünen Iris, und für eine Sekunde überlege ich, sie direkt wieder nach drinnen zu bringen und mich in ihren Augen, in *ihr* zu verlieren, bis keiner von uns mehr klar denken kann. Oder gehen.

Doch das zu tun wäre noch herzloser als alles, was ich bisher schon gemacht habe. Sie glaubt, das Schlimmste von mir zu wissen, weil ich ihr ein wenig von meiner Geschichte erzählt habe. Aber das stimmt nicht. Und sie wird es auch nicht erfahren. Jedenfalls nicht, bevor es zu spät ist.

Wieder überkommt mich eine Welle von Schuldgefühlen. Und Furcht. Und etwas Üblerem, wovon ich nicht glaube, dass ich es bisher je empfunden habe. Weshalb ich es nicht benennen kann. Aber es gefällt mir nicht. Es macht mich unruhig und wütend.

Fühlen, fühlen, fühlen. Ich muss weg von all diesen Gefühlen.

Ich küsse Muses glänzende, rosige Lippen, ehe ich meinen Griff lockere, was wiederum sie dazu bewegt, mich loszulassen. Und ich breche den Körperkontakt zu ihr möglichst schnell ab. An diesem Punkt ist er kontraproduktiv.

»Vielleicht werden wir auf einer kleinen Wanderung einige der Hormone los«, sage ich gedankenverloren, nehme ihre Hand und ziehe sie hinter mir die Stufen hinunter.

»Hormone? So nennst du das hier?«, fragt sie.

Ich blicke mich zu ihr um. Wo eben noch Hitze war, sehe ich jetzt Enttäuschung, die das Grün ihrer Augen trübt.

»Ehrlich, ich weiß nicht, wie ich es nennen soll. Ich hatte das noch nie.«

Obwohl ich nicht ausführe, was ich mit »das« meine, fragt sie nicht. Sicher weiß sie auch so, dass ich uns meine, das, was zwischen uns ist. Und es ist wahr. Seit Jahren sind die einzigen Frauen, mit denen ich mich einlasse, solche, die mir auf die eine oder andere Art nützlich sein können. Sie verschaffen mir Zugang zu jemandem. Oder einen Ausweg aus einer Situation. Und Vergnügen sowie Informationen. Jedenfalls *geben* sie mir etwas.

So hat es auch mit Muse angefangen. Über sie bekam ich nicht bloß Zugang zum Colonel, sondern sie ist auch ein Druckmittel gegen ihn. Sie war Teil meines Auftrags. Sonst nichts. Doch mit dem, was darüber hinausgeht, fangen die Probleme an. Seit ich ihr begegnet bin, seit ich mit ihr unterwegs bin und sie kennenlerne – auch wenn ich daran zunächst keinerlei Interesse hatte –, ist sie mehr als das geworden. Ich weiß nicht genau, was, sehr wohl aber, dass alles, was bisher vollkommen klar für mich war, es auf einmal nicht mehr ist. Sie und nur sie allein hat es dazu gemacht.

Schweigend gehen wir auf den Wald zu. Ich bemerke, dass sie einige von den Dingen tut, die auch ich tue, wenn ich hier bin: stehen bleiben, um sich umzusehen, tief einatmen, Bäume berühren, an denen wir vorbeikommen.

Bloß dass sie dabei lächelt. Sie genießt die Aussicht, das Gefühl von rauer Baumrinde, und sie lässt sich von der frischen Luft beleben. Ich erinnere mich nicht, wann ich das letzte Mal bei einem Spaziergang durch den Wald gelächelt habe. Für mich ist der Wald wie eine Therapie, wenn auch eine andere.

»Ich verstehe, warum du hier rauskommst«, sagt sie, als wir zu einem Pinienhain gelangen. Sie bleibt in einem Sonnenstrahl stehen, der durch die Baumkronen über uns fällt, und legt den Kopf in den Nacken, sodass ihr die Sonne ins Gesicht scheint.

»Und warum?«

»Weil es so still und friedlich ist, als wären wir die einzigen Menschen auf der Welt. Ich könnte hier eine Staffelei aufstellen und stundenlang malen.«

Ich beobachte, wie sie sich langsam im Kreis dreht und alles in sich aufnimmt. »Freut mich, dass es dir gefällt. Vielleicht inspiriert es dich zu deinem nächsten Gemälde.« Untypisch für mich ist, dass ich den Wunsch empfinde, ihr schon wieder etwas zu erzählen. Und noch untypischer ist, dass ich es tatsächlich tue. »Meine Mom war früher oft mit meinem Bruder und mir hier im Wald spazieren. Egal, was wir gespielt haben, wie viel Lärm wir gemacht haben, es schien nie den friedlichen Ausdruck auf ihrem Gesicht zu beeinträchtigen. Den hatte sie in dem Moment, in dem wir in den Wald kamen, und er hielt sich, bis wir wieder herauskamen. Wahrscheinlich waren das die einzigen Phasen, in denen sie je richtig glücklich war. Oder sich sorgenfrei fühlte.«

»Also magst du es deshalb hier.«

»So sehr, wie ich es überall sonst mag, schätze ich.« Es

sind gute Erinnerungen, aber sie rufen auch die vielen bösen wach.

Muse hält inne, dreht sich zu mir und sieht mich an. Ihr Blick ist nicht zu deuten, was ungewöhnlich bei ihr ist. »Dann ist dies hier ein besonderer Ort für dich.«

»Kann sein.«

Sie schürzt die Lippen. »Bringst du … oft Leute her?«

»Nein.«

»Hmm«, macht sie, senkt den Blick und scharrt mit der Schuhspitze im Boden. »Warst du schon mal mit einer *Frau* hier?«

Mehr Informationen brauche ich nicht, um zu erkennen, dass sie ein bisschen unsicher und besitzergreifend ist. Vielleicht sogar ein wenig eifersüchtig, was ich genauso eigenartig wie seltsam schmeichelhaft finde. Noch nie habe ich einer Frau hinreichend Zeit oder genug von mir gegeben, dass sie eifersüchtig werden konnte. Oder falls eine es doch mal war, habe ich es nicht gemerkt. Das könnte gut sein. Aus irgendeinem Grund bemerke ich an Muse alles Mögliche, worauf ich normalerweise nicht achte.

Ich warte, bis sie ihre strahlend grünen Augen wieder auf mich richtet, ehe ich antworte: »Nein, noch nie.«

Sie nickt nur. Sagt nichts. Doch ihr Gesichtsausdruck ist mal wieder etwas ganz anderes. In ihrer Miene spiegeln sich Freude und Erleichterung, die wiederum *mich* freuen.

Ich bin nicht sicher, warum, aber ihre Reaktion zu sehen verleiht mir eine Energie, wie ich sie noch nie gespürt habe – nicht mal bei den Adrenalin-intensiven Aufträgen in meinem Job. Manchmal stellt sich ein gewisses Allmachtgefühl ein, wenn man derjenige ist, der ein Leben beendet, aber dem bin ich nie aufgesessen. Ich habe immer das Gefühl, lediglich meinen Job zu machen, nicht Gott zu spielen oder so. Aber dies hier … mit Muse zusammen zu sein und zu sehen, dass sie so auf mich reagiert, zu *fühlen*, wie sie auf mich reagiert … ist sehr verführerisch. Zu wissen, dass ich ihr mit den einfachsten Worten oder Taten solche Freude bereiten kann – oder solchen Schmerz – ist berauschend. Es macht süchtig.

Ich nehme das Alarmschrillen in meinem Kopf wahr, als mir bewusst wird, dass ich es bei Weitem vorziehe, ihr Freude zu bereiten, nicht Schmerz. Sogar die Wut, die ich sie sehen lasse, sogar die grobe, rücksichtslose Art, mit der ich ihren Körper behandelt habe, war nicht grausam oder missbräuchlich. Sie hat dem allen großen Genuss abgewonnen und daraus kein Geheimnis gemacht. Und allein *davon* wird mein Schwanz hart vor Vorfreude.

»Woran denkst du?«, fragt sie, als wir auf dem geschlängelten Pfad zwischen den Bäumen weitergehen.

»An Macht«, antworte ich unverblümt.

»Macht«, wiederholt sie kopfschüttelnd. »Ich nehme an, du bist ein Mann, der an Macht gewöhnt ist.«

Dem kann ich nicht widersprechen. »Ich bin mächtig im Sinne von physischer Stärke, geistiger Wachheit und im Rahmen meines Jobs – Menschen zu finden, die sich verstecken, mich um Probleme zu kümmern, mit denen andere nicht fertigwerden. Aber es gibt auch andere Arten von Macht.«

»Und an die hast du gedacht? An andere Arten von Macht?«

»Ja.«

»Welche anderen meinst du?«

Da ist ein Blitzen in ihren Augen – das Aufblitzen von Übermut. Sie macht sich über mich lustig, weil sie denkt, dass ich sie necke.

»Die Macht, Freude zu bereiten. Und Schmerz. Die Macht, eine so tiefgreifende Wirkung auf jemand anderen zu haben.«

Daran, wie sie erneut den Blick senkt, erkenne ich, dass sie begreift, was ich meine.

»Ich würde sagen, jemandem das Leben zu nehmen ist schon eine ziemlich tiefgreifende Wirkung.«

»Das habe ich nicht gemeint, und das weißt du auch.«

»Ja, weiß ich«, gibt sie zu.

»Ich weiß, dass ich mächtig bin. Ich weiß, dass das, was ich tue, endgültig und unumkehrbar ist. Ich kenne den Unterschied zwischen mächtig *sein* und sich mächtig *fühlen*. In meiner Branche ist es notwendig, mächtig zu *sein*. Das ist sozusagen eine Voraussetzung für den Job. Sich mächtig zu *fühlen* jedoch ist gefährlich. Würde ich anfangen, es als Ausdruck von Macht zu sehen, jemandem das Leben zu nehmen, jemandem den Tod zu bringen, würde mich das zu einem Psychopathen machen, nicht wahr?«

Sie zuckt mit den Schultern. »Kann sein. So hatte ich es noch nicht betrachtet. Aber offensichtlich denkst du recht viel darüber nach.«

Diesmal bin ich es, der mit den Schultern zuckt. »Ich muss es so sehen. Auf die Weise bewahre ich mir einen nüchternen Blick. Jedenfalls bis zu einem gewissen Grad.«

»Tja, zumindest hast du eine Art Macht gefunden, die du genießen kannst«, sagt sie schelmisch, und ihre Zungenspitze zeigt sich kurz in ihrem Mundwinkel.

»Oh, ich mag diese Art von Macht sehr. Und ich bin so versucht, sie zu missbrauchen, dass ich aufpassen muss, sie mir nicht zu Kopfe steigen zu lassen. Sie wird zu einem Problem für mich.«

»Wie könnte *die* ein Problem für dich werden?«

»Ich bin nicht sicher, ob es *die Macht* an sich kann, aber ich denke, es gibt eine andere Komponente, die ziemlich problematisch sein könnte.«

Sie hebt eine ihrer sanft gebogenen Brauen, was mit das Verführerischste sein dürfte, was ich je bei ihr gesehen habe. Aber vielleicht kommt mir allmählich auch alles sexy vor, was sie tut. »Heißt das, *ich* habe auch ein bisschen Macht?«

Ihr Lächeln ist strahlend und zufrieden. Zweifellos gefällt ihr der Gedanke, dass sie zumindest einen gewissen Einfluss auf mich hat. »Ich sage nur, dass eine Frau wie du einen Mann zu der Überlegung bringen kann, dass Dinge anders sein könnten, das *Leben* anders sein könnte. Und dass er in Schwierigkeiten gerät, falls er nicht vorsichtig ist.«

»Und bist du immer vorsichtig?«

Ich zögere, ehe ich erwidere: »Immer.«

Es ist nicht die Antwort, die sie hören will, aber nun mal die Wahrheit. Ich bin so ehrlich zu ihr, wie ich kann.

»Wie kommst du darauf, dass die Dinge *nicht* anders sein könnten, Jasper?«

Als ich mich umblicke, sieht Muse mich an, während ihre Finger über die feinen Wedel eines hohen Farns tanzen.

Ihre Frage macht mich wütend, wohl weil sie mich daran erinnert, dass nichts jemals anders sein kann. Nicht für einen Kerl wie mich. »Meinst du, warum ich keine Familie, kein normales Leben haben könnte? Bis ans Ende meiner Tage glücklich und zufrieden leben?« Sie nickt. »Wach auf, Muse!«, herrsche ich sie an. »Was für ein Leben könnte ich einer Frau bieten? Einem Kind? Furcht? Stigma? Gefahr? Das würde ich niemals Unschuldigen antun. Nie!«

Ich bereue meine Vehemenz, denn Muse sieht schockiert aus.

»Glaubst du das ernsthaft? Dass du sonst nichts zu bieten hast?«

»Es geht nicht darum, was ich glaube. Ich weiß es.«

Sie will etwas erwidern, doch mein Gesichtsausdruck bremst sie. Ich drehe mich wieder um und gehe weiter, genervt von dieser Unterhaltung und dem, was sie in mir auslöst.

Eine gute halbe Stunde wandern wir schweigend, bis der Pfad einen ziemlich steilen Hang hinaufführt. Ich steige nach oben und bleibe stehen, um Muse meine Hand entgegenzustrecken, weil ich denke, dass sie vielleicht Hilfe braucht. Sie sieht meinen Arm verächtlich an, winkt ihn weg, kommt herauf und überholt mich, bevor sie sich umdreht und mir nur kurz provozierend zuzwinkert, ehe sie weiter den Hügel hinaufgeht. Nun bin ich gezwungen, ihre Beinmuskeln und ihren Hintern anzustarren, während ich hinter ihr her stapfe.

Sie ist nur ein klein wenig außer Atem, als wir ganz oben sind.

»Es ist wunderschön hier«, sagt sie leise und ehrfürchtig, während wir auf dem kleinen Gipfel mit Blick über den See stehen. Muse legt eine Hand an ihre Stirn, um ihre Augen abzuschirmen, als sie in die Ferne blickt. »Wie es aussieht, liegen in der Richtung mehr Häuser, aber auf dieser Seite … ist es praktisch menschenleer.«

Ich nicke. »So mag ich es.«

Sie dreht sich zu mir und lächelt. »Ich schätze, darüber hätte ich mir heute Morgen Gedanken machen sollen, als mich *jemand* am helllichten Tag nackt ausgezogen hat.«

»Warum? Du hast einen schönen Körper.« Rosa Flecken erscheinen auf ihren Wangen, und sie bezaubern mich heute Vormittag ebenso sehr wie jedes Mal zuvor, wenn sie errötete. Unwillkürlich berühre ich die samtige Haut ihrer Wange. »Es gibt nichts, wofür du dich schämen musst.«

»Danke, aber ich … ich weiß nicht. Es wäre einfach peinlich, hätte uns jemand gesehen …«

Plötzlich ist sie verlegen, sieht rasch weg und dann achselzuckend hinunter zu ihren Füßen. Als ich einen Finger unter ihr Kinn lege und sie dazu bringe, mich anzusehen, finde ich sie atemberaubender als die Aussicht von hier.

»Wenn jemand gesehen hätte, wie ich an deinen wunderbaren Nippeln sauge?« Ihre Pupillen weiten sich, bis das Schwarz fast das Grün verschluckt. Blut rauscht in meinen Schwanz. Mein Puls wird schneller. Mein Brustkorb fühlt sich eng an, als wäre ich gelaufen, nicht gegangen. Meine Reaktion auf sie ist *so* unmittelbar, *so* intensiv.

»Das und …«

»Und wie meine Hände auf dir waren?«, frage ich, schiebe ihr den Träger ihres Tops von der Schulter und das Top über ihre volle Brust herab. Ich ziehe an dem Spitzenkörbchen ihres BHs, bis ihre rosige, harte Brustwarze freiliegt. »Meine Lippen?«

Ich beuge mich vor, um die zarte Knospe in meinen Mund zu nehmen, umkreise sie mit meiner Zunge und sauge sie sanft zwischen meine Zähne.

»Oder war es der Rest, um den du dich gesorgt hast?«, frage ich an ihrem Busen, während ich eine Hand hinten in ihre Hose tauche und ihren strammen Hintern drücke. »Zum Beispiel, als meine Finger in dir waren?« Von hinten spreize ich sie, bis ich ihre warme, feuchte Scham fühle. Sie ist wie ein Sirenengesang, der meinen Fingern, meiner Zunge, meinem Schwanz gilt. Jeder Teil von mir will sie schmecken, in ihr sein, sie fühlen und sie verschlingen.

Sie biegt ihren Rücken, drückt ihre Brust in meinen Mund, ihren Hintern in meine Hand, damit ich tiefer in sie dringe. Mit einer Hand greift sie in mein Haar, hält meinen Kopf fest. Ihre flachen Atemzüge werden zu einem stockenden Keuchen in der Stille.

Ich lehne mich zurück, gebe ihren Nippel frei, damit ich sie ansehen kann. Ihr sinnlicher Ausdruck ist beinahe mein Ende. Ihre Augen sind halb geschlossen, ihr Mund ist zu einem stummen Stöhnen geöffnet, als ich mit einem Finger in sie eindringe.

»Ich glaube, das ist der erste egoistische Laut, den ich von dir gehört habe.«

Ihr Blick ist benommen von dem, was ich mit ihr tue, und sie braucht ein wenig, um zu begreifen, was ich sage.

»W-was meinst du?«

»Ich denke, die Welt wäre ein besserer Ort, könnte jeder dein Gesicht sehen, wenn du kommst. Könnten andere sehen, wie sich dein wunderschöner Körper an meiner Hand, meinem Mund, meinem Schwanz bewegt, anmutig wie eine Ballerina. Ich denke, sie würden mich alle zugleich lieben und hassen, könnten sie es sehen.« Ihr Atem wird lauter, und ihre Hüften wiegen sich rhythmisch im Takt meiner

Finger, mit denen ich sie zum Orgasmus bringen will. Wir blicken einander in die Augen, als ich meine andere Hand vorn in ihren Slip tauche und einen Finger zwischen ihre Schamlippen, bis ich die straffe kleine Knospe fühle, die ich will. Ich drücke und reibe sie im Einklang mit meinen zustoßenden Fingern. Und ich beobachte, wie Muse wenige Sekunden später zwischen meinen Händen kommt. »Aber sie würden es nie vergessen«, sage ich, als sie den Mund weit öffnet und ihre Knie nachgeben, sich ihr Gesicht rötet und ihr die Augen fast zufallen. »Genau so, wie ich es nicht vergessen werde. *Sarò sempre pensare a te.*«

Muses Gesicht zu betrachten ist faszinierend. Es ist so ausdrucksstark, so offen. So weich und real. Jedes Mal, wenn sie kommt, ist es ein wenig anders, als würden sich Ort und Intensität auf ihren Zügen spiegeln. Diese langsame, unerwartete Erregung hat sie überrascht, und das sieht man ihr an. Aber da sind auch ihr echter Genuss und Staunen zu erkennen, so deutlich wie die Bäume hinter ihr.

Ich sammle und speichere jeden Tag tausend winzige Details. Und mir ist jetzt schon klar, dass diese hier zu jenen gehören werden, die ich mir noch oft ins Gedächtnis rufen werde. Dann werde ich mich an die Sonnenwärme auf meinem Gesicht erinnern, an den Geruch der frischen Luft, vermengt mit dem Fliederduft ihrer Haut, der Art, wie sie unter meinen Händen dahinschmilzt. Und an ihr Gesicht. Ihr wunderschönes, engelhaftes Gesicht.

Kapitel 25

MUSE

Die Sonne scheint heller, wärmer. So wie Jaspers Augen auch. Vielleicht ist es bloß meine Fantasie, die zugegebenermaßen hyperaktiv ist, oder wir haben eine Art Meilenstein erreicht, an dem er stumm einwilligt, sich mir zu öffnen, mich ihn *sehen* zu lassen. Das könnte es sein, oder aber ich sehe, was nicht da ist, weil ich es unbedingt möchte.

»Was war das?«, frage ich. Sogar meine Lippen sind träge vor Erschöpfung.

Jaspers perfekt maskuliner Mund verzieht sich zu einem richtigen Grinsen, was ich bisher sehr selten bei ihm gesehen habe, und sein Gesicht nimmt einen etwas weniger konzentrierten Ausdruck an. »Muss ich dir das erklären?«

Ich würde wahrscheinlich erröten, wäre mein Blut nicht noch dabei, zwischen meinen Beinen zu pulsieren. Stattdessen lache ich leise. »Nicht *das*. Ich weiß genau, was das war. Du sorgst schließlich dafür, dass es mir recht geläufig ist.« Ein Grübchen erscheint unterhalb seines linken Wangenknochens. Noch nie habe ich einen Mann gesehen, der so sexy war wie dieser. Niemals. Nicht einen. »Ich meinte das, was du zuletzt gesagt hast. Was für eine Sprache war das?«

»Italienisch«, antwortet er und hilft mir, meine Kleidung

zu richten. Mir ist, als könnte ich jeden Moment umkippen. Und es würde mir nicht das Geringste ausmachen. Ich würde schlicht lächelnd auf dem Boden liegen.

»Was heißt das?«

»Es heißt ›Ich werde immer an dich denken‹.«

»Nicht nur *so*, hoffe ich.«

Er streicht mir eine verirrte Haarsträhne von der Wange und hinters Ohr. »Nicht nur so. Auf jede Art.«

Nach und nach erstirbt sein verhaltenes Grinsen, und er wirkt unglaublich besorgt, was mir Sorge macht.

»Du musst nicht so tun, als wäre das was Schlimmes«, sage ich halb im Scherz.

»Größtenteils wird es das auch nicht sein.«

Eigentlich habe ich keine Ahnung, was ich dazu sagen soll. Ich weiß nur, dass sich meine Brust unangenehm eng anfühlt, als hätte er mir soeben erklärt, dass wir nie *mehr* sein können als das, was wir jetzt sind. Und auch wenn ich keinerlei Erwartungen hegte, als ich mich hierauf einließ, wäre es gelogen, würde ich nun behaupten, dass ich nicht sehr gerne mehr mit Jasper hätte. Mehr Zeit, mehr Tage, mehr Gefühle. Einfach mehr. Mehr, mehr, mehr.

Ich bemühe mich nach Kräften, es zu überspielen. »Und warum Italienisch? Du sprichst so viele Sprachen, wieso kommt ausgerechnet die?«

»Einer meiner ersten Aufträge war in Italien. Ich wohnte in einer Kleinstadt östlich von Rom. Dort lernte ich eine Frau kennen, und sie brachte mir ein bisschen was über die Kultur und die Feinheiten der Sprache bei. Es war schwer, die Schönheit nicht zu erkennen, die sie in ihrer Sprache sah. Vermutlich hat das auf mich abgefärbt.«

Vor Eifersucht fährt mir ein Stich mitten in die Brust. Offensichtlich ist es lange her, was für meine wildgewordenen Gefühle jedoch keine Rolle spielt. Die verlangen trotzdem, dass ich einer Frau die Augen auskratze, die ich mir als dunkle, vollblütige, exotische Italienerin vorstelle.

»Warst du da glücklich?«

»Ich schätze, ja. Glücklicher, als ich seit Langem gewesen war.«

Mir fällt es schwer, Fragen zu stellen, ohne meine Verärgerung durchblicken zu lassen, doch ich versuche es. »Warum bist du nicht geblieben?«

»Habe ich dir doch gesagt. Das ist in meinem Job einfach nicht machbar. Ich stelle eine Gefahr für Leute dar, die mir nahe sind.«

»Aber du bist ein großer, starker, fähiger Mann. Sicher kannst du die Menschen beschützen, die du liebst.«

Jasper blickt mir in die Augen. Seine sind wieder streng, sein Blick eindringlich. »Ich bin nicht einzigartig, Muse. Es gibt andere wie mich. Nicht viele, aber einige, die genauso gut in ihrem Job sind wie ich. Wollte ich jemandem schaden, könnte ich es. Nichts könnte mich aufhalten. Solch einem Risiko setze ich andere nicht aus.«

»Nicht mal, wenn sie es wollen? Ich meine, was wäre, wenn sie dich genug geliebt hätte, um es zu riskieren?«

»Es hätte keine Rolle gespielt. *Ich* hätte es nicht riskiert. Aber so war es sowieso nicht. Sie wusste genau, was wir hatten. Und was nicht.«

Als wäre das Gespräch damit beendet, dreht Jasper sich um und beginnt den Weg wieder zurückzugehen, den wir gekommen sind.

»Dann hast du sie seitdem nicht mehr gesehen?«

»Nein.«

»D-denkst du noch an sie?«

»Bis heute nicht.« Mir wird das Herz schwer. Ich sollte froh sein, dass er nicht wieder an jene Frau gedacht hat, aber aus irgendeinem Grund macht das vor allem die unrealistische Hoffnung zunichte, die ich mir gerade so allmählich gemacht hatte. Als Jasper plötzlich stehen bleibt, kollidiere ich mit seinem Rücken. Ich stoße einen erstickten Schrei aus, trete einen Schritt zurück und blicke in seine dunkelgoldenen Augen auf. »Möchtest du wissen, was mein italienischer Lieblingsspruch ist?«

Ich schlucke und denke, dass ich es wahrscheinlich nicht wissen will. Aber meine Neugier – und mein Stolz – siegen. »Klar.«

»*Non potrò mai pensare a te*. Das heißt, ›Ich werde nie mehr an dich denken können.‹ Muse, du musst verstehen, wie mein Job ist. Ich kann mich nicht binden. Ich darf nicht mal an die Menschen denken, denen ich begegnet bin, die ich gefunden habe. Denn es würde mich auffressen. Die Dinge, die ich getan, die ich gesehen habe … Ich könnte anders nicht mit ihnen leben.«

»Aber du hast mir eben erzählt …«

Er tritt einen Schritt näher. »Ich weiß, was ich dir eben erzählt habe. Und es ist die Wahrheit. Ich *werde* immer an dich denken. Gott stehe mir bei, aber das werde ich.«

Nachdem er mich einen beängstigend langen Moment angesehen hat, macht Jasper auf dem Absatz kehrt und geht elegant den Weg hinunter, als hätte er mir nicht eben erklärt, dass er es hasst, mich nicht vergessen zu können.

Auf dem Rückweg bin ich noch verwirrter, mutloser und *hoffnungsloser*, als ich es vor Monaten war, als ich Treeborn verlassen habe.

Jasper ist in eine düstere, grüblerische Stimmung verfallen. Bei unserer Rückkehr zur Hütte verkündet er, er hätte noch einiges zu erledigen, und zieht sich in ein Zimmer hinter der Küche zurück, das ich vorher gar nicht bemerkt hatte. Es muss ein Arbeitszimmer sein.

Oder eine Waffenkammer, denke ich, und vor meinem geistigen Auge tauchen Bilder aus den rund ein Dutzend Spionagefilmen auf, die ich im Laufe der Jahre gesehen habe. Da hatten die Spione anscheinend alle irgendwo versteckte Waffenkammern.

Die erste Stunde schlendere ich ziellos durchs Haus, sitze zunächst im Wohnzimmer, gehe dann hinaus auf die Veranda. Als mein Magen zu knurren anfängt, sehe ich in der Küche nach etwas Essbarem. Ein Erdnussbutter-Sandwich ist das Beste, was ich auftreiben kann, denn ich weigere mich, ja, *weigere* mich, Sardinen zu essen, die das Einzige sind, was in der Speisekammer zu finden ist.

Ich nehme mein Sandwich mit hinunter zum Steg, gehe bis ans Ende und setze mich an den Rand, sodass meine Füße ins Wasser baumeln. Während ich in die trübegraue Tiefe blicke, denke ich an den Schmerz, den Jasper an diesem See erleben musste. Ich überlege, wie viel Charakterstärke, wie viel schiere Willenskraft es kosten muss, immer wieder herzukommen, sich zu quälen, bis er wieder ins Wasser kann. Und wozu? Um sich zu beweisen, dass er es schafft, dass ihn der Horror nicht besiegt hat? Die Sache ist die, dass ich sicher bin, er wird es letztlich schaffen. Jasper ist niemand, der sich von irgendwas besiegen lässt. Er wird es mit Logik und Hartnäckigkeit überwinden.

So wie er über mich hinwegkommen wird.

Bei diesem Gedanken mache ich unwillkürlich einen Schmollmund. Warum kann Jasper nicht ein ganz normaler Typ sein? Warum konnte er nicht einfach der Kautionsjäger sein, für den ich ihn hielt, als ich ihn engagiert habe? Dann wäre alles so viel leichter.

Ich korrigiere mich. Mit einem Mann wie Jasper wäre es wohl nie leicht, egal, was sein Beruf wäre. Das ist sein fataler Fehler. Und ich bin mit jedem Tag mehr davon überzeugt, dass *er mein* fataler Fehler ist.

Als von meinem Sandwich nur noch wenige weiße Krumen übrig sind, die auf der glatten Wasseroberfläche des Sees treiben, stehe ich auf und gehe einige Schritte zurück zu der Stelle, an der ein kleines Boot vertäut ist. Ich blicke mich zum Haus um. Immer noch keine Spur von Jasper. Ich überlege, dass eine ruhige Ruderrunde über den See eine schöne Art wäre, mir die Zeit zu vertreiben, bis Jasper fertig ist. Also zögere ich nur kurz, bevor ich das Tau löse, ins Boot hüpfe und die Ruder ergreife.

Eine Runde über den See dauert nicht länger als dreißig oder vierzig Minuten, und die auch bloß, weil ich mehrmals anhalte, um einfach ruhig dazusitzen. Auf dem stillen Gewässer stelle ich fest, dass es sich, wenn ich mein Gesicht in die Sonne halte, fast anfühlt, als würde ich Wärme und Gelassenheit tanken, in mich aufsaugen.

Weil es letztlich nur eine kurze Ruderrunde war, bin ich umso überraschter, beim Zurückrudern Jaspers große Gestalt am Ufer zu sehen. Er steht mit verschränkten Armen und einer Miene da, die wie eine Unwetterwolke wirkt.

Mein erster Gedanke ist, dass etwas passiert sein muss. Hat er von meinem Vater gehört? Stimmt etwas nicht?

Mein Herzschlag wird schneller, ebenso wie meine Ruderbewegungen. Eilig treibe ich das Boot durchs Wasser, weil ich es auf einmal nicht erwarten kann, wieder am Steg zu sein. Als ich ihn erreiche, macht Jasper keine Anstalten, näher zu kommen. Er beobachtet stumm, wie ich das Boot an den Steg lenke, es vertäue, aussteige und über die Holzbohlen zu ihm laufe.

»Was ist los?«, frage ich panisch, sowie ich bei ihm bin.

Mit seinen großen Händen packt er meine Oberarme so fest, dass ich erschrecke. »Was hast du dir dabei gedacht?«

»Was meinst du?«, frage ich. Seine Reaktion verwirrt mich.

»Wenn dir da draußen etwas zugestoßen wäre, was glaubst du wohl, wer dich verdammt noch mal hätte retten sollen? Ich habe dir erst vor Stunden gesagt, dass ich nicht in das Wasser gehen kann!«

Ich runzle die Stirn. »Warum hättest du dazu gezwungen sein sollen? Ich war in einem Boot. Und wie es aussieht, ist hier im Umkreis von Meilen niemand sonst. Wie sollte ich da in irgendeiner Gefahr sein?«

»Was, wenn das Boot ein Leck gehabt hätte?«

»Dann hätte es nicht am Steg gelegen, sondern am Grund des Sees.«

Jaspers hellbraune Augen sprühen Funken. »Was, wenn du irgendwas gerammt und es leckgeschlagen hättest?«

»Dann wäre ich zum Steg zurückgeschwommen und hätte es sinken lassen.«

Aus irgendeinem Grund scheint ihn meine Antwort erst recht aufzuregen. Seine Finger bohren sich in meine Arme, und ich versuche mich ihm zu entwinden. »Jasper, du tust mir weh.«

»Gut! Vielleicht denkst du dann das nächste Mal nach, bevor du so etwas Bescheuertes machst.«

»Das war nicht bescheuert. Ich bin kein unnötiges Risiko eingegangen. Und ich verstehe nicht, wieso du wütend auf mich bist.«

Er hat die Zähne so fest zusammengebissen, dass es mich wundert, wie er noch Luft durch sie gepresst bekommt, von Wörtern ganz zu schweigen. »Weil ich nicht noch jemanden in diesem See verlieren darf. Ich kann nicht dabeistehen und zugucken, wie er noch jemanden verschluckt, der mir etwas bedeutet.«

Ich erstarre vollkommen. Ja, ich glaube, sogar mein Herz hört für eine Sekunde auf zu schlagen. »Ich bedeute dir etwas?«

»Ja! Ist es das, was du hören willst? Würde dich das glücklich machen?« Nun brüllt er fast. Schreit mich an. Dieser ruhige, beherrschte und verschlossene Mann zeigt mir eine neue Seite von sich.

»Tatsächlich würde es das, aber ich bin sicher, dass es nicht das ist, was du hören willst.«

»Nein, das ist *nicht*, was ich hören will!«

»Warum fragst du dann?«

Er knurrt frustriert, lässt mich los und dreht sich um, um sich mit der Hand durchs Haar zu fahren. Als er sich Sekunden später wieder mir zuwendet, ist er auf ruhige Art wütend, aber auf jeden Fall noch wütend.

»Du machst alles kaputt, was ich mir erarbeitet habe. Du reißt alte Wunden auf, bringst mich dazu, Dinge zu fühlen, die ich nicht fühlen will. Lässt mich Sachen denken, die ich nicht denken will.«

Ich weiß nicht, ob ich beleidigt oder geschmeichelt sein soll. Stattdessen bin ich wieder mal unsicher. Bei Jasper befinde ich mich dauernd auf wackligem Boden. Nichts ist berechenbar. Immer wenn ich glaube ihn zu verstehen, kommt wieder eine Bemerkung von ihm, die mich in tiefste Verwirrung stürzt.

»Was ist denn eigentlich los, Jasper?«

»Ich wollte dich nicht. Ich habe nicht um dich gebeten.« Verbitterung. Ich kann sie fast schmecken, und ich wünschte, es würde nicht so wehtun, das zu hören.

»Weiß ich.«

»Und warum zur Hölle konntest du mich dann nicht in Ruhe lassen?«

»Falls es das ist, was du willst, kann ich sicher irgendwie allein nach Atlanta zurückfahren.« Mir bricht beinahe das Herz.

Wütend und hektisch suchend blickt er mir in die Augen. »Nein! Kommt nicht infrage! Begreifst du denn nicht?«

»Jasper, ich verstehe gar nichts mehr. Was willst du denn von mir?«

»Ich will, dass du bleibst. Ich möchte, dass du bleibst und nie wieder gehst.«

Schlagartig wird mir warm ums Herz. »Das willst du?«

»Ja, verdammt! Du bist das Einzige, was ich mir wünsche, solange ich mich erinnern kann. Und das Einzige, was ich nicht haben kann.«

»Aber du *kannst*, Jasper«, sage ich, gehe näher zu ihm und lege die Hände um seine harte Taille. »Du *kannst* mich haben. Ich bin hier.«

Das Feuer in seinen Augen erlischt, sodass sie kalt und deprimiert wirken. Seine Stimme ist tief und gedämpft. »Solltest du aber nicht. Und wirst du auch nicht mehr lange.«

Offensichtlich ist ihm das nicht auszureden, und mir fällt nichts anderes ein, als diesen Punkt zu umgehen. »Dann liebe mich, solange ich hier bin. Liebe mich für jedes Morgen, das wir nicht haben werden.«

Jasper hebt die Hände und taucht sie in das Haar in meinem Nacken. »Ich werde dich heute lieben. Das ist alles, was ich dir geben kann.«

»Dann liebe mich heute.«

Als seine Lippen meine einnehmen, sind sie sanfter denn je, zugleich aber auch wilder. Die Wut und das Raue sind noch da, allerdings gebändigt. Als wollte er mir nicht wehtun.

Weshalb ich mich frage, ob er sicher ist, dass er es wird. Und was das für mich bedeuten könnte.

Das Telefonklingeln weckt mich aus meinem leichten Schlummer auf Jaspers Brust. Wir sind in dem großen Hauptschlafzimmer der Hütte, in einem steinharten Bett, aber das ist mir völlig gleich. Meine Knochen sind butterweich, mein Gehirn ebenso.

Jasper rückt mich gerade so weit zur Seite, dass er nach seinem Handy greifen kann. Aus dem gedämpften Klingeln schließe ich, dass es noch in seiner Hosentasche steckt, und seine Hose liegt auf dem Fußboden, wo er sie hatte fallen lassen, um sich auf mich zu stürzen.

Bei dem Gedanken daran muss ich lächeln. Beim Liebesakt ist er so grimmig wie in jedem anderen Lebensbereich. Das hatte ich vorher nicht erkannt. Ich hatte diesen ruhigen, coolen, beherrschten, sogar distanzierten Mann gesehen, der keinerlei Emotionen zeigte. Sonderlich zeigt er sie immer noch nicht, aber ich habe herausgefunden, worauf ich achten muss. Die Gefühle sind da. Innerlich brennt er so sehr wie ich, nur eben anders.

»Was gibt's?«, fragt er, wobei er sich ins Bett zurückrollt.

Ich beobachte ihn, während er zuhört. Sein Gesicht verrät nichts. Doch mir fällt auf, dass, als ich mit den Fingernägeln über seinen Bauch fahre, seine Brustwarzen hart werden und er eine Gänsehaut auf der Brust bekommt. Als ich mich hinunterbeuge, um einen seiner Nippel mit der Zunge zu streifen, fühle ich Jaspers Hand in meinem Nacken, die mich dazu bringt, zu ihm aufzusehen. Seine Pupillen sind riesig, sodass seine Augen fast schwarz wirken. Er ist erregt, will es jetzt jedoch nicht sein, deshalb schüttelt er den Kopf.

Ich strecke ihm die Zunge raus und quieke, als er sie mit Daumen und Zeigefinger einfängt.

»Mhm«, sagt er ins Telefon, ohne meine Zunge freizugeben. Eher aus Trotz, als um mich zu befreien, bewege ich mich auf ihn zu, nehme seine Finger in den Mund und sauge an ihnen. Sein Blick fixiert meine Lippen und wird noch dunkler vor Erregung. Ich liebe diesen Blick. Ich liebe seine Chamäleon-Augen, die mir so vieles von dem verraten, was er fühlt, selbst wenn er nicht will, dass ich es erfahre.

Schließlich lässt er meine Zunge los und zieht langsam

seine Finger zurück. Sein Blick bleibt auf meinen Mund gerichtet, als er mit dem Daumen auf meiner feuchten Unterlippe hin und her streicht, langsam und zart. Beinahe traurig, wie ich sehe, als er mir in die Augen schaut.

Was hört er, was ihn auf einmal traurig macht?

»Gut. Ich melde mich. Gib mir bis morgen.«

Als Jasper aufgelegt hat, schleudert er das Telefon zur Seite, bleibt aber leicht auf Abstand zu mir.

»Wer war das?«, frage ich, obwohl ich nicht ernsthaft mit einer Antwort rechne.

»Der Colonel.«

Ich richte mich ein Stück auf. »Was hat er gesagt?«

»Er hat, was ich brauche.«

»Und was heißt das?«

Eigentlich muss er mir nicht antworten. Ich sehe ihm deutlich an, dass ich es lieber nicht hören möchte.

»Das heißt, dass ich dich morgen zu ihm bringe. Es heißt, dass dies hier bald vorbei sein wird.«

Kapitel 26

JASPER

Ich lasse Muse zum Duschen allein. Ich wäre gern mit ihr dort, doch ich kann nicht klar denken, wenn sie in meiner Nähe ist, erst recht nicht, wenn sie nass und nackt ist. Deshalb bin ich im Garten vorm Haus und bleibe auf Abstand.

Die Zeit tickt, und zum ersten Mal, seit ich vor all den Jahren mein Zuhause verließ, hadere ich. Zögere. Erwäge, meinen Job nicht zu tun, nicht zu tun, was mir gesagt wurde. Ich habe jemanden zu nah an mich herangelassen. *Ich* bin jemandem zu nah gekommen. Ich habe zugelassen, dass ich etwas fühle, und dies hier ist dabei herausgekommen. Sie weiß es noch nicht, aber an dem Tag, an dem ich den kleinen Laden betrat, in dem sie arbeitet, hat sich Muses Leben für immer verändert. Von dem Tag an sollte es nie mehr dasselbe sein. Sie wusste es bloß nicht.

Noch während mein Verstand versucht, Optionen zu finden und Pläne auszuarbeiten, sagt mir mein Bauch, dass ich meinen Auftrag nicht zu Ende ausführen kann. So könnte ich sie niemals verletzen. Im Rahmen *keines* Jobs, keines Auftrags, zum Wohl keines größeren Ganzen. Doch wenn ich es nicht tue, wird es jemand anders tun. Um den Colonel mache ich mir keine großen Sorgen. Er kann auf sich selbst aufpassen. Aber Muse … das ist etwas ganz anderes.

Es wird mir zufallen, für ihre Sicherheit zu sorgen. Sie gut genug zu verstecken, dass niemand sie finden kann. Vielleicht nicht mal ich.

Dieser Gedanke geht mir durch den Kopf, als ich den Knall höre. Im Reflex ducke ich mich und greife nach der Waffe, die nicht hinten in meinem Hosenbund steckt. Ich fluche leise, weil ich in so kurzer Zeit so nachlässig geworden bin.

Der Boden unter meinen Füßen bebt von der Wucht der Explosion, und ein riesiger gelborangefarbener Blitz erhellt den Himmel im Westen über den Baumwipfeln. In dem Augenblick setzt mein Herzschlag aus. Ich weiß, was dort ist. *Wer* dort ist. Sie ist das Einzige, woran ich denke, als ich zum Haus renne. Nun schlägt mein Herz so schnell, dass es beinahe schmerzt.

Ich reiße die Fliegentür auf und werfe beinahe die halbbekleidete Muse um, die gerade auf dem Weg zur Veranda war.

»Was war das?«, fragt sie. Ihre Augen sind vor Angst geweitet.

»Ich habe das Gefühl, dass jemand einen Todeswunsch hat«, antworte ich grimmig und eile an ihr vorbei, um mir meine Schlüssel zu schnappen. »Bleib hier. Schließ dich im Schlafzimmer ein. Da ist ein abgesägtes Gewehr unterm Bett. Es ist geladen. Das hältst du bereit, und sollte jemand anderes als ich durch die Tür kommen, dann zielst du und feuerst.«

»Was? Bist du irre? Ich komme mit dir«, sagt sie panisch

und zieht sich das T-Shirt, das sie in der Hand hält, über den nassen Kopf.

»Nein, tust du nicht. Es ist schwer zu sagen, in was ich da reinmarschiere, und ich will nicht, dass du …«

»Wo du bist, bin ich am sichersten. Ich lasse dich nicht ohne mich gehen.«

Ich frage sie nicht mal, was sie denn glaubt, wie sie mich aufhalten kann, sondern gehe zur Tür. »Na gut, aber du machst exakt, was ich dir sage. Keine Fragen. Selbst wenn ich dir sage, dass du in den Wagen steigen und wegfahren sollst, machst du das, verstanden?«

Mir ist bewusst, dass ich sehr streng klinge und aussehe, doch sie muss wissen, wie ernst ich es meine. Ich habe keine Zeit, mit ihr zu streiten, und ich möchte mir keine Sorgen machen müssen, dass sie irgendwas Blödes tut.

»Okay, okay, werde ich.«

Zusammen laufen wir zum Wagen. Sobald wir drinnen sind, lasse ich den Motor an und brause los, den Kiesweg hinunter. Ich kenne den Weg gut. Auf diesen Straßen bin ich aufgewachsen. Nur hätte ich nie gedacht, dass ich sie wieder so entlangrasen müsste. Ich dachte, ich hätte alles getan, was ich konnte, damit sie sicher ist.

Meine Finger schmerzen, weil ich das Lenkrad so fest umklammere. Ich gehe im Kopf bereits alle erdenklichen Szenarien durch, mache mich bereit, rechne mit dem Unerwarteten.

»Mach mal das Handschuhfach auf, und gib mir die Waffe«, sage ich zu Muse. Still und schnell tut sie es.

»Jasper, was ist los? Was glaubst du, was passiert ist?«

Ich knirsche mit den Zähnen und bete, dass mein Gefühl

mich trügt, dass es nicht ist, was mein *Herz* mir sagt. Nur dass beide bisher nie falschgelegen haben.

Also hole ich tief Luft, ermahne mich, einen klaren Kopf zu bewahren, und beschwöre jene unheimliche Ruhe herauf, die mich so gut in dem macht, was ich tue. Ich brauche mein Können, meine wachen Sinne.

»Es gab eine Explosion im Westen. Mein Elternhaus ... *meine Mutter* ist da. Es ist ein kleines Haus, westlich von meiner Hütte.«

Ich höre, wie sie nach Luft schnappt, rieche die Angst. Die sauge ich auf wie Kokain. Sie strömt durch meinen Körper, löst einen Adrenalinschub aus, der mich vollkommen konzentriert macht.

Die Minuten dehnen sich zu einer Ewigkeit, doch endlich biege ich in den alten Feldweg ein, der zu dem Ort führt, an dem ich aufwuchs, an dem ich tausend schlaflose Nächte verbrachte und die wenigen Tränen vergoss, die ich jemals geweint habe.

Der Lichtschein wird heller. Ein beißender Gestank von Rauch und brennenden Dingen, die nicht brennen sollten, füllt das Wageninnere. Ich wappne mich gegen das, was ich vorfinden werde; was ich um jeden Preis zu verhindern versucht hatte. Ich hatte meinen Tod vorgetäuscht, damit meine Mutter in Sicherheit wäre, damit sie endlich ein glückliches Leben führen konnte. Frei. Doch jemand weiß über mich Bescheid. Jemand hat sie gefunden. So wie jemand einen meiner Freunde gefunden hatte.

Bevor die vertraute rissige Zementeinfahrt erscheint, sehe ich qualmende Schuttbrocken auf dem Weg, einige Dachschindeln, kreuz und quer verteilt, Fetzen einer Regenrinne.

Zwei qualmende Trägerbalken, immer noch zusammengenagelt, liegen in der Form eines Kreuzes mitten im Weg. Ich weiche ihnen aus.

Und dann sehe ich die Flammen.

Sie züngeln an den Bäumen hinauf wie Dutzende Schlangen, flackern scharf vor dem Nachthimmel. Doch erst, als ich um die Ecke fahre, sehe ich es – das Haus. Ich sehe das Haus, in dem ich geboren wurde, hinter dem mein Bruder starb, das Haus, das so viel Gutes und Schlimmes barg … so gut wie zerstört. Die Hälfte ist weggesprengt, und die andere Hälfte brennt lichterloh.

Ich bremse und starre auf den toten Flecken, wo das Wohnzimmer war; dahinter war einst das Elternschlafzimmer. Sie sind nun weg, und die Leere in mir sagt mir, dass die Frau, die hier gelebt hat, auch weg ist. Eine seltsame Benommenheit überkommt mich.

Ich blicke in der Dunkelheit zu der Stelle, an der meine Mutter immer ihren Wagen geparkt hat, an der hinteren Ecke des Hauses, nahe der Küchentür. Dort sehe ich ein Rücklicht und ein Stück von einem blassblauen Fließheck unter den Trümmern hervorlugen.

Sie war hier.

War.

Ein Holzstück brennt auf der Kofferraumklappe von Moms Wagen. Es macht das Bild noch surrealer, noch unglaublicher.

Ich stelle die Schaltung auf »Parken«, steige aus und bahne mir meinen Weg zwischen kleinen Feuern auf dem Rasen hindurch zur Haustür. Ich fühle die Hitze des Feuers, die doch nichts gegen die Kälte in mir ausrichten kann. Der

Rauch brennt in meinen Augen, meiner Kehle, meiner Nase, aber ich weiche nicht zurück. Mir kommt gar nicht der Gedanke. Ich habe keine Angst zu sterben.

Als ich den Schaden betrachte, bin ich wie losgelöst, roboterhaft, als würde ich eine schlechte Filmszene durch eine kristallklare Kameralinse sehen. Erst direkt vor der geschlossenen Haustür beginne ich zu fühlen, wie die Kälte weniger wird, und dann wünsche ich mir fast, sie würde es nicht.

Ich greife nach dem Türknauf, schlinge die Finger um das sengend heiße Metall und drehe. Es ist abgeschlossen.

Schmerz droht in meiner Brust zu explodieren, Muskeln und Knochen zu zerfetzen. Hätte meine Mutter eine Chance gehabt, zu fliehen, wäre sie nicht umgekehrt, um die Tür hinter sich zu verriegeln. Sie wäre weggerannt. Aber diese Tür ist abgeschlossen, was bedeutet, dass meine Mutter tot ist.

Mein Stiefeltritt gegen die Tür ist laut wie ein Gewehrknall in der Nacht. Die Tür kracht nach drinnen, und ich steige über sie hinweg, als würde um mich herum kein Feuer wüten. Ich blicke mich in dem noch größtenteils unbeschädigten Esszimmer um. Es ist leer. Dann gehe ich nach links zu den Überresten der Küche. Auch die ist leer. Keine Spur von meiner Mutter, weder tot noch lebendig. Sie muss in einem der zerstörten Zimmer gewesen sein. Und jetzt ist sie auch zerstört.

Während über mir ein Trägerbalken knisternd und fauchend nachgibt, gehe ich in das Zimmer, in dem ich als Kind geschlafen habe. Obwohl alles verqualmt ist, erkenne ich, dass sie nichts verändert hat, seit ich zuletzt hier war. Sie hat alles für ihren toten jüngeren Sohn bewahrt, wie sie es für ihren toten älteren Sohn getan hatte.

Trotz der stickigen Luft fühlt es sich wie zu Hause an, wie all die Erinnerungen, die ich hinter mir ließ in diesem Holz, diesem Putz, dem Gras, den Blättern und den Bäumen draußen. Sie waren alles, was ich verließ. Sie und die zierliche kleine Frau, die hier lebte.

Ich spüre all die Angst, mit der ich als Kind lebte. Ich fühle die gesamte Verzweiflung und Wut. Aber ich fühle auch eine tiefe Traurigkeit, die dem einzigen Menschen auf dem Planeten gilt, den ich jemals geliebt und den ich nun verloren habe.

Wie Batteriesäure, die aus dem ermüdeten Gehäuse leckt, frisst ein mühsam kontrollierter Zorn an der Trauer. Er nagt an meinem Innern, brennt in mir, bis er zu einem rasenden Inferno wird, das eine weit schlimmere Zerstörung androht, als der Sprengstoff sie angerichtet hat, mit dem das Zuhause meiner Mutter vernichtet wurde.

Ich balle die Fäuste und lockere sie wieder. Balle sie erneut, lockere sie abermals. Mit jeder Bewegung nimmt der Druck in meiner Brust zu, füllt den Raum, wo sich ein Urschrei aufbaut, wo das schmerzliche, rachsüchtige Heulen eines Wolfs haust. Ich dränge es zurück, sperre es hinter zusammengebissenen Zähnen und verkniffenen Lippen ein und schwöre mir, das hier zu rächen. Ich werde denjenigen finden, der hierfür verantwortlich ist.

Als ich durch das Loch zurückgehe, das früher das hintere Ende des Hauses war, wird mir grausam bewusst, dass meine Mutter mit einem ganz ähnlichen Loch in sich gestorben ist. Der explosionsartige Wutausbruch meines Vaters hatte ihr Jeremy entrissen. Jahre später hatte eine Explosion aus Gnade und Beschützertrieb mich aus ihrem Leben genommen. Ich hatte geglaubt zu tun, was das Beste für sie war, doch über solche Dinge hat ein Monster keine Kontrolle. Die Schatten folgen ihm überall hin, und keiner, den es liebt, ist sicher. Keiner.

Nicht einmal Muse.

Als ich in den dunklen Ring jenseits des grellen Feuerscheins blicke, bemerke ich etwas Weißes. Mein Magen krampft sich zusammen. Es ist ein Bein.

Ich springe im Zickzack durch die Trümmer, bis ich festen Boden unter mir fühle, und renne los. Es dauert Sekunden, bis ich bei ihr bin. Und ich werde ein Leben lang brauchen, um das zu vergessen, was ich finde.

Meine Mutter. Blutig, verbrannt. Tot. Ihr einer Arm ragt in einem unnatürlichen Winkel auf, und ihre dunklen Augen starren blind ins Nichts. Der Anblick ihres leblosen Körpers kollidiert mit Erinnerungen an sie aus meiner Kindheit. An ihre liebevollen Worte. Ihre sanfte Seele. Zu gut für diese Welt. Zu gut für unsere Familie.

Meine Augen brennen, als ich mich neben sie knie und ihren schlaffen Körper in meine Arme ziehe. Die Person, die mir so wichtig war, dass ich mich ihretwegen für tot erklären ließ. Und dennoch konnte sie dem nicht entkommen, was ich geworden bin. Sie konnte denjenigen nicht entkommen, die unsere Einheit jagen. Meinetwegen ist sie tot.

Mit einem Schmerz in der Brust wie von einer Schusswunde beuge ich mich zu ihr und vergrabe mein Gesicht in ihrem Haar. Ich atme tief ein, rieche ein letztes Mal die Frau, die mich geboren hat, die meine sichtbaren Wunden versorgte und mich für die liebte, die sie nicht sehen konnte. Insgeheim hatte ich gehofft, dass ich sie eines Tages wiedersehen könnte und wir beide am Leben wären. Dass die Vergangenheit hinter uns liegen und uns nicht mehr wehtun könnte. Aber das war dumm. Illusorisch. Dies hier beweist, wer ich bin, und dies ist, was mit Menschen geschieht, die mir etwas bedeuten. Dies hier ist, was mit Muse geschehen wird, wenn ich lange genug mit ihr zusammen bin.

Als hätte ich sie mit meinen Gedanken herbeibeschworen, höre ich Muses erstickte Stimme, die irgendwo in der Ferne nach mir ruft. Ein Schreck durchfährt mich. Widerwillig lege ich meine Mutter zurück auf die kalte Erde. Es bringt mich um, sie so zurückzulassen, doch ich habe keine andere Wahl. Jemand hat ihr das angetan, und der ist immer noch irgendwo. Und Muse könnte sein nächstes Opfer sein.

Rasch drehe ich mich weg und laufe zurück durchs Haus, springe über Schutt und Trümmer, während ich auf Muses zittrige Stimme zueile. Als ich sie finde, steht sie an der offenen Haustür. Tränen laufen ihr über die Wangen, und Rußstreifen ziehen sich über ihre cremeweiße Haut.

»Was ist los?«, frage ich, sobald ich bei ihr bin. Alle meine Sinne sind sofort in Alarmbereitschaft, und ich blicke zu den Bäumen vorm Haus, auf den Bereich zwischen grellem Feuerschein und völliger Dunkelheit, suche nach dem namenlosen, dem gesichtslosen Feind, der ständig auf der Lauer ist.

Muse fällt mir um den Hals und drückt mich, bis ihre Schultern beben.

»Muse, was ist? Was ist los?«

»Oh Gott, Jasper, es tut mir so leid«, heult sie.

»Was tut dir leid?«, frage ich und werde sekündlich besorgter. Ich gehe alle Szenarien noch einmal durch. Was hat sie getan? Wen hat sie angerufen? Was hat sie gesehen?

Sie lehnt sich weit genug zurück, um mich anzusehen. Die grellen Flammen um uns herum spiegeln sich im Grün ihrer Augen, und für einen Sekundenbruchteil möchte ich nichts lieber, als mich in ihnen verlieren, der Welt den Rücken zukehren und mich irgendwo mit Muse verstecken. An einem sicheren Ort.

»Deine M-Mutter. Es tut mir so leid!« Tränen strömen ihr übers Gesicht, und sie sieht so gequält aus, als wäre *sie* es, die einen Elternteil verloren hat, nicht ich. Ihr Mitgefühl ergießt sich wie angenehm kühlendes Wasser über mich.

»Ist schon gut, Baby«, sage ich leise, um sie zu beruhigen. »Es ging schnell. Sie hat nicht gelitten.« Muse vergräbt das Gesicht an meinem Hals, und ich streiche ihr übers Haar, während ich weiter die Dunkelheit hinter ihr absuche. »Sie hat keine Schmerzen mehr. Jetzt ist sie frei. Sie ist endlich frei.«

Sie ist endlich frei. Richtig frei. Frei von jedem Monster, das mein Vater schuf.

Diese Vorstellung ist ein kleiner Trost für mich. Und Muse tröstet mich noch mehr. Sie in den Armen zu halten erinnert mich daran, dass ich noch etwas zu verlieren habe. Trauern kann ich notfalls später, aber jetzt muss ich mich auf die Lebenden konzentrieren und Muse in Sicherheit bringen, ehe ich Rache übe.

»Wir müssen weg«, flüstere ich ihr zu und löse ihre Umarmung.

Sie umschließt mein Gesicht mit beiden Händen. »Geht es dir gut, Jasper?«

»Ja«, versichere ich.

Sie zieht die Brauen zusammen. Ich weiß, was sie denkt. Sie denkt, dass ein anständiger Mensch in einem solchen Moment am Boden zerstört wäre. »Aber …«

»Nichts aber. Sie ist tot. Nichts, was ich tue, wird sie wieder zurückbringen. Dieser Teil ist vorbei. Jemand wird einen Preis hierfür bezahlen, doch das muss warten. Jetzt bist du wichtiger. Ich muss dich von hier wegbringen.«

Sie nickt. »Okay.« Dann nimmt sie meine Hand und umklammert sie fest. So ist sie eben. Sie ist eine Frau, die tröstet, die Kummer teilt, die etwas von sich gibt. Eine Frau, die nur verletzt wird, wenn sie sich mit jemandem wie mir einlässt. Das Beste, was ich für sie tun kann, wenn ich sie erst in Sicherheit habe, ist, sie loszulassen. Und habe ich das getan, wird sie mich niemals mehr finden. Ich werde verschwinden. Wie ein Geist. Ein Albtraum, den man besser vergisst.

Kapitel 27

MUSE

Ich ertappe mich dabei, wie ich immer wieder zu Jasper sehe, während er uns zu seiner Hütte zurückfährt. Er ist stoisch. Ruhig. *Unheimlich* ruhig. Er hat eben gesehen, wie sein Elternhaus zerstört wurde, auf nichts als brennende Trümmer reduziert, wahrscheinlich zusammen mit den sterblichen Überresten seiner Mutter, und er benimmt sich, als wäre alles gut.

Na ja, nicht direkt *gut*. Er scheint es eilig zu haben, mich wegzubringen, doch ansonsten ist er ruhig. Keine Tränen. Kein wütendes Brüllen wie das eines Löwen; kein Heulen wie das eines Kojoten. Nein, nichts. Nur … Ruhe.

In seiner Einfahrt rammt er den Schalthebel auf »Parken« und wendet sich mit grimmiger Miene mir zu. »Verriegle die Türen. Bleib hier. Ich bin gleich zurück.«

Es ist keine Bitte, und er wartet auch nicht auf meine Zustimmung. Stattdessen dreht er sich einfach weg und steigt aus dem Wagen, sicher, dass ich nicht so wahnsinnig bin, *nicht zu tun,* was er sagt.

Und er hat recht. Bin ich nicht. Ich bin nur nicht ganz so schnell wie er.

Ich beobachte, wie Jasper mit zwei Sätzen die Stufen hinaufspringt, als meine Wagentür aufgerissen wird und mir eine Hand auf den Mund klatscht. Ich will schreien, da rammt mir jemand etwas in die Rippen. Es ist kalt und hart. Instinktiv weiß ich, dass es eine Waffe ist.

Mein Herz hämmert in meinem Brustkorb, aber ich bleibe vollkommen regungslos.

»Schrei, und ich erschieße dich. Versuch wegzulaufen, und ich erschieße dich.«

Ich höre die Worte, die an sich schon beängstigend sind, doch es ist die Stimme, die sie ausspricht, die mich am meisten verstört.

Ich sehe nach rechts und erhasche einen Blick auf Matts Gesicht im Licht der Scheinwerfer, die von der Hütte reflektiert werden.

Er bemerkt meinen Blick und grinst auf die schiefe, freche Art, die früher mein Herz dahinschmelzen ließ. Jetzt gerade gefriert es bei dem Anblick.

»Matt?«, murmle ich in seine Handfläche.

»Freut mich auch, dich zu sehen, Kleines«, sagt er. Er benutzt sein altes Kosewort für mich. Sicher soll es mich beruhigen, doch stattdessen macht es mich noch ängstlicher.

»Was zur Hölle machst du hier?«

»Schhh«, sagt er und drückt mir erneut seine Hand auf den Mund. »Komm mit. Ich bringe dich zu deinem Vater.«

»Mein Vater ist hier?«

»Ja. Wir sind hergekommen, um dich zu holen. Jetzt komm. Und sei leise, wenn du nicht willst, dass dein Bodyguard erschossen wird.«

Schon von der Andeutung, dass Jasper verletzt werden könnte, wird mir die Brust schmerzlich eng. Ich verstehe nicht, was hier vor sich geht, bin mir jedoch sicher, dass mein Vater es mir erklären wird. Und bis dahin besteht kein Grund, Jasper wegen eines Missverständnisses zu gefährden, nur weil er in höchster Alarmbereitschaft ist.

»Wo ist er?«, frage ich flüsternd.

»Hier entlang. Komm.«

Matt nimmt meine Hand und zieht mich aus dem Wagen. Er lässt nicht los, als er im Schutz der Bäume an der Hütte vorbeiläuft. So führt er mich nach unten zum Anlegesteg am See, doch ich bleibe stehen, bevor ich auf den Steg trete.

Matt zieht, aber ich sträube mich. »Wo *ist er*, Matt?« Ich stemme die Fersen ins Gras.

»Wir sind mit dem Boot gekommen, damit wir nicht gesehen werden. Jetzt sei still, ehe jemand umgebracht wird.« Mit einem energischen Ruck zieht er mich vorwärts, und diesmal gebe ich nach.

Wir gehen bis zum Ende des Stegs, wo Matt mich in Jaspers kleines Boot drängt. Er springt hinter mir hinein und bindet es los. Nachdem er die Waffe hinten in seinen Hosenbund gesteckt hat, rudert mein Ex uns von dem Steg weg. In der Mitte des Sees hält er an.

Meine Augen haben sich an das Mondlicht angepasst. Da heute Vollmond ist, ist es hell genug, dass ich den See und Matt klar erkennen kann. Bei Matts Lächeln jagt mir ein Angstschauer über den Rücken.

»Warum hältst du an?«

»Ich warte.«

»Worauf? Ich dachte, du bringst mich zu meinem Vater? Holt er mich *hier* ab?«

Matt sieht mich verständnislos an. »Mann, du bist *wirklich* so blöd, oder?«

Sekundenlang starre ich ihn mit offenem Mund an, bevor meine Wut einsetzt. »Was soll das denn bitte heißen?«

»Dein Vater ist nicht *hier*. Und er kommt auch nicht. Aber keine Angst, ich werde ihm später noch einen Besuch abstatten.«

Mir gefriert das Blut in den Adern, erst recht, als Matt seine Waffe hervorholt und sie auf mich richtet. »Matt, was machst du?«

»Ich finanziere meine Zukunft, das mache ich.«

»Und wie soll das gehen? Indem du mitten auf einem See eine Waffe auf mich richtest? Keiner wird dir irgendwas für *mich* bezahlen, falls du das denkst.«

»Ach nein, wir reden hier nicht über so etwas Banales wie eine Entführung. Mein Gott, Muse, halte mich nicht für dumm. Genau genommen hat das hier so gut wie nichts mit dir zu tun. Du bist eher wie ein … ein Bonus. Oder ein Kollateralschaden. Nein, hier geht es nicht um dich. Es geht um Jasper King. Hinter ihm bin ich her.«

Vor lauter Wut werde ich giftig. »Wenn du wegen Jasper hier bist, bist du ein noch größerer Idiot, als ich dachte, *Matt*.«

»Wir werden ja sehen, aber ich glaube, du unterschätzt mich. Ich denke, es wird wie folgt ablaufen: Wenn dein tapferer Retter merkt, dass du weg bist, wird er dich suchen kommen. Und dann kann eines von zwei Dingen passieren. Entweder bleibt er da hinten am Steg – Feigling, der er ist –, und ich erschieße ihn, *oder* er hat tatsächlich den Mumm, zu dir zu schwimmen, und dann erschieße ich ihn, sowie er auftaucht. So oder so ist seine Zeit um. Heute Nacht.«

Mein Herz pocht so schnell, dass mir übel wird. Meine Brust brennt vor Panik, und meine Augen fühlen sich an, als hätten sie einen eigenen Puls.

»Aber warum? Warum solltest du Jasper töten wollen?«

»Geld, Muse. Geld regiert die Welt.«

»A-aber warum sollte irgendwer Jasper tot sehen wollen?«

Ich kann mir in etwa vorstellen, dass es Hunderte von Leuten gibt, die Jasper den Tod wünschen, aber lieber sorge ich dafür, dass Matt redet, damit ich nachdenken und mir überlegen kann, wie ich Jasper helfe. Ich kann nicht, *kann einfach nicht* hier sitzen und nichts tun, während er in eine Falle tappt. Wenn ich zusehen muss, wie er stirbt …

Mein Inneres … mein Magen, meine Organe, sämtliche Muskeln in meiner Körpermitte ziehen sich bei dem Gedanken schmerzhaft zusammen. Das darf ich nicht geschehen lassen. Ich kann nicht mal daran denken, wie sich die Welt ohne Jasper anfühlen würde. Ich glaube nicht, dass ich es ertragen könnte, die Sonne aufgehen zu sehen, wenn ich auch nur einen Tag in dem Wissen – oder gar mit dem Bild – leben müsste, dass er tot ist. Ich hätte keinen Grund aufzustehen, keinen Grund zu *leben*.

In Gedanken habe ich keinerlei Hemmungen, zu gestehen, dass ich Jasper liebe. Ich denke, ich habe mich in ihn verliebt, als mich seine strahlenden Tigeraugen zum ersten Mal ansahen. Etwas in meiner Seele wusste in dem Augenblick, dass ich meine andere Hälfte gefunden habe, den Teil, ohne den ich nicht mehr würde sein wollen.

»Ich würde sagen, dass es eine Menge Leute gibt, die ihn tot sehen wollen. Und aus einer Menge Gründen. Zum Glück für mich interessiert mich der ganze Kram einen

Dreck. Mir ist völlig egal, wer seinen Tod und den seiner Kameraden will. Ich will bloß das Geld, das mir sein Tod einbringt.«

»Seine Kameraden?«

»Ja, seine *Kameraden*. Irgendeine Spezialeinheit, die dein Vater leitet. Anscheinend haben sie sich einige Feinde auf ihrer eigenen Seite gemacht. Ich schätze, das ist das Risiko, wenn man an verdeckten Operationen für die Regierung beteiligt ist.«

»Verdeckte Operationen? Willst du behaupten, dass mein Vater …«

»Leute umgebracht hat? Anderen beigebracht hat, wie man tötet? Ja, Muse, das behaupte ich.« Sein Seufzen klingt erschöpft, als würde er mit einem begriffsstutzigen Kind reden. »Ach, putzige Muse. So ahnungslos.«

Obwohl mich die Bestätigung schockiert, kann ich nicht sagen, dass es vollkommen überraschend kommt. Mein Vater hat im Laufe der Jahre einige komische Dinge gesagt, und seit ich Jasper kenne … Tja, ich bin eigentlich nicht sehr überrascht. Wenn die beiden sich beruflich kannten und Jasper ein Killer ist …

Trotzdem glaube ich immer noch, dass sie die Guten sind. Leute wie Matt und der Verräter, für den er arbeitet, sind die wahre Gefahr für die Welt, für das Wohl vieler.

»Hat das irgendwas mit der Information zu tun, die Jasper von meinem Vater will?«

»Woher soll ich denn wissen, was dieser sadistische Hurensohn vom Colonel will? Vielleicht weiß er, dass sein Team im Fadenkreuz ist. Vielleicht denkt er, der Colonel hat damit zu tun. Wer weiß? Als mir der einmalige Auftrag angeboten wurde, habe ich keine Fragen gestellt. Diese Leute sind nicht berühmt dafür, mehr zu erzählen, als absolut nötig ist. Ich habe bloß den Auftrag angenommen, mich in das Regierungsnetzwerk gehackt, das für solche verdeckten Operationen genutzt wird, und mich dann vorbereitet. Jasper sollte mir bei dem Job helfen. Er sollte den Colonel erledigen und danach ich ihn.«

»Woher willst du wissen, dass Jasper das getan hätte?«

»Ich wusste, dass er es tut, wie ich überhaupt alles über ihn weiß. Ich bin in der IT-Branche, schon vergessen? Informationen sind mein Fachgebiet, Muse. Und über Jasper King gibt es jede Menge geheime Informationen. Ich weiß, wie gut er in seinem Job ist, wie ernst er seine Aufträge nimmt. Egal, was für Gefühle er für den Colonel haben mag, ich wusste, dass er ihn finden würde, dass er ihn erledigen wird. Mich erstaunt ein bisschen, dass er dich so lange am Leben gelassen hat.«

Mich am Leben gelassen? So lange?

Mein Herz wummert so laut, dass ich fast glaube, Matt kann es hören.

»W-was meinst du?«

»Erzähl mir nicht, darauf bist du nicht inzwischen von selbst gekommen.« Matt schnalzt mit der Zunge und schüttelt mitleidig den Kopf. »Arme Muse. Hat nicht mal gewusst, dass der Mann, den sie bumst, sie umbringen will. Wow, das muss heftig sein. Aber du warst auch Teil des Auftrags. Ich konnte nicht sicher sein, wie viel du wusstest, wie viel dir dein Vater von dem erzählt haben könnte, was er entdeckt hat. Deshalb habe ich dich mit eingeschlossen. Jasper wurde geschickt, um auch dich zu töten.«

Er lügt! Er lügt, er lügt, er lügt! Das sage ich mir im Geiste wie ein Mantra und schließe die Augen, damit ich sein selbstzufriedenes Gesicht nicht sehen muss. Jetzt wünschte ich, der Mond wäre nicht so hell und ich könnte nicht so klar sehen. Im wörtlichen wie im übertragenen Sinne.

Aber es nützt nichts. Ich kann es nicht mehr ignorieren oder so tun, als würde ich es *nicht* begreifen. All die Einzelheiten über Jasper fügen sich zusammen und ergeben einen Sinn – die Distanziertheit, die subtile Traurigkeit, die seltsamen Bemerkungen. Die Schuld – alles zusammen ergibt ein perfektes Bild. Nur hatte ich es bisher nicht erkannt. Weil ich es nicht wollte.

»Natürlich sollte mich nicht wundern, dass du King nicht durchschaut hast. Ich meine, im Ernst! Du hattest ja nicht mal kapiert, wer deine Mom war und was der liebe alte Dad mit ihr getan hat, und für den Mist hattest du *Jahre* Zeit.« Während sich meine Gedanken überschlagen und mir das Herz schwer wird, öffne ich die Augen und fixiere Matt, der wieder bedauernd den Kopf schüttelt. »Den Verstand des Colonels hast du schon mal nicht geerbt, so viel steht fest.«

Mir ist, als würde das Boot schwanken, auch wenn mir meine Augen versichern, dass es das nicht tut. Mein Inneres schwankt hingegen sehr wohl, rebelliert auf seine Weise gegen das, was Matt andeutet. Ich möchte Fragen stellen, doch ein Teil von mir besteht darauf, zu leugnen, was er sagt, *alles* abzustreiten.

»Ich muss dir allerdings lassen, dass es schlau war, deinen süßen kleinen Körper einzusetzen, um dir Zeit zu verschaffen. Soweit ich weiß, hat der Typ noch nie zuvor gezögert.«

Nie gezögert.

Ich werde immer an dich denken.

Ich bete zu Gott, dass es etwas zu bedeuten hat, etwas Gutes. Etwas anderes. Ich bete zu Gott, dass das heißt, Jasper hätte nie wirklich vorgehabt, mich zu töten. Oder meinen Vater.

Mitten in der drohenden Panik, mitten in der einsetzenden Verzweiflung überkommt mich ein Gefühl von Trost. Ganz plötzlich und sehr stark. Wie ein Hurrikan, der durch mein Inneres fegt. Stark und beruhigend.

Jasper.

Ich weiß es so sicher, wie ich weiß, dass ich hier mit meinem Ex sitze. Er ist in der Nähe. Er kommt.

Etwas in mir ist immerzu auf ihn eingestimmt und veranlasst nun meine Augen dazu, von Matt zum Steg zu sehen. Sofort erkenne ich, dass ich mich nicht geirrt habe. Dort, am Ende des Stegs, steht Jasper.

Das silbrige Mondlicht taucht seine angespannten Schultern in einen unheimlichen Glanz, während es sein Gesicht im tiefsten Schatten lässt. Sicher bilde ich es mir nur ein, doch ich kann fast seine Augen sehen: ein blasses Schimmern in der Dunkelheit. Er steht vollkommen regungslos da, als würde er nicht mal atmen. Ich frage mich, ob er tatsächlich die Luft anhält, als er über den erbarmungslosen See zu mir sieht, eine Million Meilen entfernt. Oder zumindest könnte ich es ebenso gut sein.

»Gerade zur rechten Zeit«, murmelt Matt, ehe er brüllt: »Komm hier raus, King! Ich überlasse dir einen Platz in der ersten Reihe für den Job, den *du* schon vor Tagen hättest erledigen sollen.«

Jasper sagt nichts. Er bewegt sich nicht, lässt nicht mal

erkennen, dass er Matt überhaupt gehört hat. Er steht einfach da, den Kopf gesenkt. Jetzt frage ich mich, ob er mich eigentlich ansieht oder bloß ins Wasser starrt. Und falls er Letzteres tut, was er sieht.

Kapitel 28
JASPER

Ich bin wie versteinert. Vor Angst. Hin- und hergerissen. Das Wasser, der *See*, der mich seit siebzehn Jahren verfolgt, liegt zwischen mir und dem Mann, der Muse hat. Es liegt auf der Hand, dass er vorhat, ihr etwas anzutun. Und es liegt auch auf der Hand, dass er genug über mich weiß, um zu wissen, was ich mit diesem Ort verbinde. Ich muss also nur handeln.

Und da liegt das Problem.

Ich bin ruhig. Verblüffend ruhig. Mein Puls geht regelmäßig, meine Atmung gleichfalls. Aber das sind nichts als erlernte Reaktionen. Wenn eine echte Krise eintritt, gerate ich nicht in Panik. Genauso, wie ich jetzt nicht panisch werde. Nur dass jetzt stattdessen etwas anderes geschieht. Ich bin wie gelähmt. Als könnte ich die Situation nicht verarbeiten, keine Lösung finden, wie ich hiermit umgehen und Muse retten soll, sodass mein Körper einfach langsam aufgibt.

Mein Herzschlag ist träge, fast als würde der Muskel zurückfahren, vergessen, wie er funktioniert. Meine Lunge saugt tief und ruhig Luft ein; meine Augen sind klar und fokussiert. So klar und fokussiert sogar, dass es mir vorkommt, als könnte ich unter die tintige Wasseroberfläche blicken. Auf dem Wasser spiegelt sich der Mond. Mein Gesicht und die Umgebung sehe ich nicht. Doch ich schaue ins Wasser, unter das Wasser. Und dort sehe ich meinen Bruder.

Er sieht genauso aus wie an dem Tag, an dem er starb. Sein Gesicht ist ein blasses Oval, und seine Lippen sind von einem kalten Blau. Sein braunes Haar, nur wenige Nuancen heller als meines, schwebt um seinen Kopf wie ein grotesker Heiligenschein. Und seine Augen … oh Gott, seine Augen! Sie sind die einzige andere Spiegelung, die ich sehe. Doch auch sie spiegeln weder mich noch den Mond oder den See. Nein, sie spiegeln die Leere, die *Schwärze* dort, wo meine Seele sein sollte. Sie klagen mich an, weil ich lebe und er nicht. Sie beschuldigen mich, nie für ihn gekämpft zu haben. Sie hassen mich, weil ich unserer Kindheit entkam und er es nicht konnte.

Ich versuche, meinen bleiernen Arm zu heben, nach ihm zu greifen, obwohl mein Verstand mir sagt, dass er nicht da ist. Doch ich kann es nicht. Mein Arm ist zu schwer. So wie er es an jenem Tag vor langer Zeit war, als Jeremy von mir wegtrieb. Weg vom Ufer, weg von mir, weg vom *Leben*. Ich konnte mich nicht rühren, konnte nicht wieder reingehen und ihn abermals rausziehen. Ich … konnte einfach nicht. So wie ich es jetzt nicht kann.

Meine Füße sind wie in den Steg einzementiert, meine Beine wie aus Eisen. Das Einzige, was noch arbeitet, sind meine lebenswichtigen Organe und meine Gedanken. Und zum Teufel mit diesen Gedanken!

Ich schließe meine Augen, die mich sowieso nur zum

Narren halten, aber es ändert nichts. Immer noch treibt mein Bruder dort im Wasser. Das Bild hat sich in mein Hirn eingebrannt. Es ist unausweichlich. Meiner Vergangenheit, meinem Leben, dem, was ich bin, kann ich nicht entfliehen. Und wenn ich es nicht überwinden kann, wird es immer neue Opfer fordern. Meine Opfer. Die des Monsters.

Muse.

Ich öffne die Augen und blicke zu dem kleinen Boot, das mitten auf dem See wippt. Muses Gesicht kann ich kaum ausmachen, jedoch deutlich genug, um zu erkennen, dass etwas nicht stimmt. Ganz und gar nicht stimmt. Und das nicht bloß, weil ihr Leben in Gefahr ist. Da ist noch etwas.

Ich sehe, wie der Lauf einer Pistole im Mondlicht aufblitzt, als ihr Entführer, ein Typ, der eine verdächtige Ähnlichkeit mit dem Bild hat, das ich von ihrem Ex kenne, ihr die Waffe an die Schläfe hält. Muses Augen sind nun weit aufgerissen, doch ansonsten zeigt sie keinerlei Reaktion. Sie wirkt schlicht … erschrocken.

Und bald wird sie tot wirken, wenn ich nicht zu ihr gelange. Wenn ich nicht zu ihr gelangen *kann*.

Mein Herzschlag wird schneller, meine Atmung angestrengter. In den Fingern meiner linken Hand setzt ein Zucken ein – der Hand, die den Arm meines Bruders so fest umklammert hielt, als ich ihn hinter mir herzog.

Ich muss eine Wahl treffen, die auf die eine oder andere Art schreckliche Folgen haben kann. Ich könnte bei dem Versuch, zu Muse zu kommen, ertrinken. Meine Muskeln könnten unter der Wucht meiner Erinnerungen krampfen. Oder ich könnte hier stehen und zusehen, wie der Typ Muse das Leben nimmt. Der einzigen Person, die imstande war, das dicke Narbengewebe, von dem mein kaltes Herz umschlossen ist, zu durchdringen.

Oder ich könnte rausschwimmen und sie holen. Ich könnte sie retten. So wie sie mich Stückchen für Stückchen, Tag für Tag gerettet hat.

»Du bist ein Feigling, King. Ich hatte mir das besser vorgestellt«, ruft der Typ mir über den See zu. Dann, bevor meine gelähmten Glieder wiedererwachen können, schwenkt er seine Waffe in meine Richtung und feuert.

Kapitel 29
MUSE

Nicht der Schuss bringt mich zum Schreien. Sondern das heftige Zucken von Jaspers linker Schulter, gefolgt von seinem Kopfsprung in den See, entlockt mir den Laut.

»Nein!«, schreie ich und stehe so schnell auf, dass sich die eine Bootsseite bedenklich zum schwarzen Wasser hin neigt. »Jasper!«

»Setz dich hin!«, faucht Matt mich an, reißt an meinem Arm und zieht mich zurück auf das Sitzbrett. »Ich fische deinen Arsch nicht mitten in der Nacht aus diesem See. Lieber lasse ich dich auch hier draußen ersaufen.«

Matt nimmt die Ruder auf und beginnt, in Richtung Ufer zu rudern. Ich starre ihn an. Sekundenlang schwirrt mir der Kopf und bricht mir das Herz, bevor mich rasende Wut überkommt.

Mit einem Knurren, das ich selbst kaum als meinen eigenen Laut erkenne, stürze ich mich auf Matt, um ihm mit meinen Krallen die Augen auszukratzen.

»Du Schwein!«

Ich spüre, wie meine Fingernägel tief in seine Haut eindringen, als sie mit Matts Gesicht in Kontakt kommen. Sein Aufheulen vor Schmerz tut mir gut und befeuert den Zorn, der in mir wütet. Ich schlage und reiße, kratze, trete und boxe alles an ihm, was ich irgend erreichen kann – seine Haut, seine Kleidung, sein Haar. Meine Arme und Beine agieren vollkommen unkoordiniert und wild, wenn auch mit demselben Ziel: zu verletzten, zu verstümmeln, zu vernichten. Matt zu zerstören.

Leider sind all mein Adrenalin und meine Wut nichts gegen Matts überlegene Größe und Kraft. Ich höre, wie die Waffe klappernd auf den Boden des Bootes fällt, ehe Matt seine massigen Arme und ein Bein benutzt, um mich niederzuringen.

»Du Schlampe!«, sagt er und wischt sich die linke Wange. Blutige Streifen verunstalten seine blasse Haut, und ich muss unweigerlich grinsen.

»Wo die herkommen, gibt's noch mehr von denen, du Arsch …«

Matts lange Finger umschlingen meinen Hals und drücken zu, sodass mir die Luft abgeschnitten wird. »Denkst du etwa, ich würde dich nicht umbringen und deinen Nuttenleib in den See werfen?«, zischt er.

Ich gurgle vergeblich, will ihn anspucken, damit er seinen festen Griff lockert.

»Aber ich kann's auch schlimmer machen. Wenn du nicht stillsitzt, solange ich dieses beschissene kleine Boot zurückrudere, schieße ich dir in beide Arme und beide Beine und schleife dich dann die Straße runter. Hast du mich verstanden? Ich brauche dich noch ein bisschen, damit ich deinen Vater aus dem Weg schaffen kann, doch das kriege ich auch ohne dich hin, falls du dich als zu anstrengend erweist.«

Ein Schluchzen bildet sich in meiner Kehle. Nicht wegen seiner Drohung, sondern weil ich den Gedanken nicht ertrage, den See zu verlassen. Jasper ist in dem Wasser. Ich kann ihn nicht hier zurücklassen. Ich kann ihn nicht alleinlassen, auf dass er wie sein Bruder in diesem Wasser stirbt.

Da ich nicht sprechen kann, nicke ich, und nach ungefähr zwanzig Sekunden lässt Matt von mir ab. Ich ringe nach Luft und massiere meinen Hals mit einer Hand. Mir ist ein bisschen schwindlig, als wieder Blut in mein Gehirn fließt.

»Hier«, sagt Matt und drückt mir erst das eine und dann auch das andere Ruder in die Hand, wobei er mich mit dem zweiten unmittelbar über meinem rechten Auge trifft. »Du darfst rudern, Kleines.«

Mein Auge tränt, und ich muss mehrmals blinzeln, um sehen zu können. Während ich meine Finger um die Enden schlinge, male ich mir aus, eines der langen Holzruder seitlich gegen Matts Kopf zu knallen, so fest ich kann. Ich umfasse die beiden Ruder fester, lockerer, wieder fester, abermals lockerer und plane.

Nur einige Ruderschläge, damit er beruhigt ist, dann kann ich aufstehen und gleichzeitig zuschlagen, ihn überraschen. Vielleicht, bevor er einen Schuss abfeuern kann.

Oder vielleicht lässt er sogar seine Waffe fallen, und ich kann sie mir schnappen.

Oder der Schlag tötet ihn, und er fällt ins Wasser, sodass ich mir nie wieder Gedanken um ihn machen muss.

Unterdessen tauche ich die Ruder ins Wasser und richte meine Füße auf dem Bootsboden aus. Ich sehe wütend zu Matt, der sich mit seinem Hemd Blut aus einer anscheinend tieferen Wunde an seinem Mundwinkel tupft.

Hoffentlich tut das höllisch weh, Arschloch!

Ich packe kräftig zu, als ich die Ruder zurückziehe, sodass sich das Boot schnittig in Bewegung setzt. *Eins*, denke ich und beschließe, dass bei der Glückszahl drei ein Schwung gegen Matts Kopf fällig ist.

Ich hebe die Ruder an, tauche sie wieder ein und ziehe durch.

Zwei.

Mein Blick ist fest auf Matt gerichtet, der sich abtupft und abwischt, seine Waffe auf meine Brust gerichtet. Erneut hebe ich die Ruder an, senke sie wieder ins Wasser, und meine Muskeln machen sich bereit für das, was nach dem dritten Ruderschlag folgen soll. Doch zu dem kommt es nie.

Das Boot kippt ruckartig nach rechts und neigt sich an Matts Ende, wo ein dunkler, nass glänzender Umriss hinter ihm aus dem Wasser aufragt. Ein kräftiger Arm umschlingt Matts Oberkörper und reißt ihn mit einer fiesen Drehung in das schimmernde Schwarz.

»Jasper!«, schreie ich, während ich schon aufspringe. Doch er ist weg. Das sind sie beide. Verschwunden in dem flüssigen Tiefschwarz unter mir.

Ich knie mich hin und lehne mich über die Bootskante, starre nach unten und warte. Mir stockt der Atem, während ich die Oberfläche auf irgendeine Bewegung absuche. Alles ist still. Viel zu still.

Ich weiß nicht, wie viele Sekunden vergehen, bevor meine Angst ihren Höhepunkt erreicht und ich mit der flachen Hand auf das Wasser klatsche. »Jasper!«

Oh Gott, oh Gott, oh Gott!

Nichts.

Auf einmal bricht Matt wie eine Rakete durch die Wasseroberfläche und langt keuchend über den Bootsrand. Er packt meine rechte Hand, und ich kreische, während ich versuche, mich aus seinem Griff zu befreien.

Matt sieht mich hämisch an. »Hab ihn genauso erledigt wie seine Mutter, diese Hure«, sagt er spuckend und umklammert meinen Unterarm noch fester, um sich ins Boot zu ziehen.

Meine Muskeln machen sich für einen neuen Kampf bereit, als ich sehe, wie Jasper lautlos hinter ihm auftaucht. Das Leben, mein Atem, *die Welt* legt eine Pause ein, als ich die Veränderung beobachte. Ich muss nicht fragen, ob er Matt gehört hat. Ich sehe ihm an, dass er es hat. Sein Gesicht drückt seinen blanken Hass aus, seine Augen sagen mir, dass er morden wird. Ich sehe Matts Schicksal in Jaspers goldbraunen Augen. Ich sehe sein Ende. Matts Leben ist vorbei. Er hat Jasper etwas genommen, was er nie hätte nehmen dürfen. Und jetzt wird Jasper ihm etwas nehmen.

Die Momente, die Bewegungen dehnen sich zu gefühlten Tagen. Zähen, beängstigenden Tagen. Und ich sehe bloß die Höhepunkte jedes einzelnen, wie eine Zusammenfassung in einer Dia-Show.

Lange Finger legen sich um Matts Kehle.

Sie krümmen sich, fast wie die eines Liebhabers, bevor sie zudrücken.

Matts Augen weiten sich.

Jaspers Fingerknöchel werden weiß.

Lippen ziehen sich zurück zu einem fratzenhaften Grinsen.

Ein Verlierer.

Ein Gewinner.

Ein fester Ruck.

Ein gedämpftes Knacken.

Stille.

Mein Herzschlag ist wie Donner, während ich zusehe, während ich warte.

Doch dann gleiten Matts Finger von meinem Unterarm wie kalte Schlangen. Ich kann die Augen nicht von ihm abwenden, als er stumm und kraftlos ins Wasser sinkt, tiefer und tiefer, bis er nicht mehr zu sehen ist.

Schließlich ist es vorbei. So schnell und so unerwartet, wie es begonnen hat, ist es vorüber. Erledigt. Für immer.

Ich starre immer noch auf die Stelle, an der das Gesicht meines Exfreunds in dem schwarzen See verschwunden ist, als Jasper sich ins Boot hievt. Sanfte und zugleich drängende Hände packen meine Arme und drehen mich zu ihm, sodass ich meinen Blick vom Wasser abwenden muss.

»Alles okay?«, fragt er. Seine Augen sind dunkel und forschend im Mondlicht. Als ich nicht antworte, schüttelt er mich leicht. »Muse, hat er dich verletzt?«

Ich verneine stumm. Alles ging so schnell, scheint mir unwirklich. Als wäre bis zu diesem Moment nichts real gewesen.

Kühle Finger krümmen sich unter meinem Kinn, und Jasper hebt mein Gesicht ins Licht. Er betrachtet mich prüfend und fängt an, vorsichtig meinen Kopf und meinen Nacken zu berühren, meine Brust und die Arme, dann meine Hüften und Beine. Ich sitze still und lasse mich von ihm abtasten. Meine Gedanken sind zugleich chaotisch und fixiert. Es ist, als hätte sich all das Durcheinander und Drama der letzten Monate zu dem einen Gedanken gebündelt, dass nichts ist, wie es schien. Keiner, von dem ich glaubte, ihn zu kennen, war, wofür ich ihn hielt.

Als Jasper mit seiner Untersuchung fertig ist, taucht er eine Hand in mein Haar und lehnt seine Stirn an meine. »Rede mit mir, Muse. Sag mir, was los ist«, flüstert er.

Und das tue ich.

»Nichts ist real.«

»Wie bitte?«

»Nichts von dem, was ich zu kennen glaubte, war wirklich so, wie ich dachte, oder?«

Jasper lehnt sich zurück, um mich anzusehen. Ich bemerke die Furche zwischen seinen Augenbrauen. »Was meinst du?«

»Mein Vater, mein Freund, meine Mutter.« Ich sehe ihn streng an. »Du.«

Langsam, wie welkende Blätter einer Blüte, die vom Stängel fallen, gleitet Jaspers Hand weg. Ohne die Hitze seiner Berührung wird mir kalt. Innerhalb von Sekunden fühlen sich meine Wangen noch kälter an als zuvor. Es ist, als hätte Jaspers Berührung mir etwas *genommen*. Hitze, Vitalität, einen Teil vom Leben selbst. Schnell breitet sich die Kälte aus, und mich erfüllt eine klamme Leere, die mich zu verschlingen droht.

Ich beginne zu frösteln.

»Du stehst unter Schock«, sagt er, rückt zu mir und hinter mich, um mich mit seinem Körper so weit wie möglich zu umfangen, während er die Ruder aufnimmt.

»Willst du einfach … Ich meine, was ist mit … mit der Leiche?«

»Ich rufe jemanden zum Aufräumen.«

Zum Aufräumen.

»Wie in den Filmen? Jemanden, der für die Regierung arbeitet und kommt, um Leichen und Spuren zu beseitigen?«

»Ja, genau so.«

Ziemlich Mantel-und-Degen-mäßig.

Jasper rudert die restliche Strecke zum Steg in vollkommener Stille. Als er das Boot vertäut, stehe ich auf und steige aus. Jasper lasse ich zurück, drehe mich allerdings um und sehe, wie er sich aus dem Boot schwingt. Er bewegt sich geschmeidig.

»Hatte er dich nicht getroffen? Als er auf dich geschossen hat, hat er dich da nicht getroffen?«

Jasper schüttelt den Kopf. »Nein.«

»Du bist ein guter Schauspieler«, stelle ich mit einiger Bitterkeit fest. Mir war fast das Herz stehen geblieben, so überzeugt war ich gewesen, dass Matt auf Jasper geschossen hatte und das der Grund war, weshalb er mit dem Kopf voran ins Wasser stürzte.

»Er dachte, dass ich zu viel Angst hätte, um zu dir zu kommen. Das ließ ich ihn glauben.«

»Dann hattest du gar keine Angst? War irgendwas von dem, was du mir erzählt hast, wahr?« Mein eisiges Blut beginnt zu kochen vor Enttäuschung und Erniedrigung.

»Es war alles wahr. Ich habe dich nie belogen.«

»Na, es ist auf jeden Fall praktisch, dass du diese Furcht heute Nacht abschütteln konntest, nicht?« Mein Tonfall klingt giftig.

»Ja, war es wohl. Es fällt mir allerdings schwer, für diese Form der Motivation dankbar zu sein.«

»Sag mir nicht, dass du Angst vor seiner Waffe hattest. Du? Ein Attentäter? Das ist lächerlich.«

Ein Attentäter. Das Wort ist wie saure Kreide in meinem Mund, und ich verziehe das Gesicht.

»Ich hatte keine Angst vor der Waffe«, sagt er matt.

»Ah, was hat dir denn mehr Angst gemacht als das Wasser, wenn ich fragen darf?« Ich verschränke die Arme vor der Brust. Jedes meiner Worte, jede meiner Gesten ist von Unglauben und Verbitterung getragen. Ich kann mich im Moment anscheinend nicht dazu bringen, mich anständig oder rational zu verhalten. Das alles war schlicht … zu viel.

»Du.«

»Ich?« Seine Antwort überrascht mich, denn ich hatte irgendeine Ausrede erwartet.

»Ja, du. Also, dich *zu verlieren*.«

Mein Lächeln ist so beißend wie meine Seele. »Da musst du furchtbar in der Klemme gesteckt haben! Was passiert, wenn jemand anders eine deiner Zielpersonen umbringt? Geht dir dann das ganze Geld durch die Lappen, oder teilt ihr, oder … wie funktioniert das?«

»Ich könnte dir nie wehtun.«

»*Hast* du aber. Ist das nicht saublöd?«

»Muse, ich …«

»Spar dir das!«, fahre ich ihm ins Wort. »Im Moment will ich nichts weiter von dir, außer deinen Wagen leihen. Ich muss zu meinem Vater.«

»Das kann ich nicht zulassen.« Bevor ich völlig ausraste, ergänzt er: »Aber ich kann dich hinbringen.«

Meine Lippen spannen sich an. Jetzt gerade will ich gar nichts von Jasper, am allerwenigsten Freundlichkeit. Mit ganzer Kraft klammere ich mich an die Wut und die Verbitterung, denn sobald ich die loslasse, werde ich garantiert zusammenbrechen. Und das geht nicht. Ich habe zu viele Fragen.

»Gut, ich hole meine Sachen.« Mit diesen Worten gehe ich durch den Garten zur Hütte, reiße die Tür auf und eile ins Gästezimmer.

Wütend suche ich meine Sachen zusammen, die überall verstreut sind, wo Jasper und ich sie nach dem Liebesakt hatten liegen lassen, und werfe sie in meinen Koffer. Der Schmerz in meiner Brust bei dem Gedanken an jene kostbaren Momente – Momente, die nichts als Lügen waren – geht immer tiefer, bis es sich anfühlt, als würde er mein Rückgrat zerfressen und ein klaffendes Loch hinterlassen.

Ich ersticke ein Schluchzen, als ich den Reißverschluss zuziehe und den Koffer von der Kommode zerre. Dann drehe ich mich um und sehe Jasper in der Tür stehen, ruhig und einschüchternd. Er beobachtet mich mit unruhigen goldbraunen Augen, doch sein Gesichtsausdruck ist fast wie immer. Ich habe mir jede Nuance seines Gesichts, seines Körpers, des Herzens dieses Mannes eingeprägt, den ich kennenzulernen glaubte. Deshalb erkenne ich nun die Andeutung von Reue unter der Oberfläche.

Ein Schluchzen entringt sich meiner Kehle. Ich kann jetzt nicht mit dieser Weichheit seinerseits umgehen, mit seiner Süße. Jetzt nicht. Das kann ich einfach nicht.

Ich stampfe auf ihn zu, gehe wegen des schweren Koffers ganz schief, und hebe abwehrend die freie Hand. »Nicht.«

Ich hasse es, dass meine Stimme bricht. Wie ein Sprung in einer Vase, von dem ich fürchte, dass er zur völligen Auflösung führt, weshalb ich meine Zähne gegen den Schmerz zusammenbeiße und an Jasper vorbeigehe.

Er fängt mich am Arm ab, sodass ich stehen bleiben muss. Ich erspare es mir, zu ihm aufzusehen, und richte den Blick starr geradeaus.

Spannungsgeladene Minuten lang hält er mich fest. Ich weiß nicht, worauf er wartet, aber lange ertrage ich das nicht mehr.

Eine Frage platzt mir heraus, bevor ich mich bremsen kann: »Wann?« Kaum habe ich das gesagt, spannt sich jeder Muskel in mir an, während ich auf die Antwort warte.

Er gibt nicht vor, *nicht zu wissen*, was ich meine. Wie immer ist er extrem intuitiv. Er weiß, dass mich die Frage innerlich zerfrisst. Ein Teil von mir *muss* wissen, wann er entschieden hat, mich nicht umzubringen. »Weiß ich nicht. Ich wusste nur, dass ich es nicht könnte.«

Ich erschlaffe in seinem Griff und lehne mich für einige Sekunden an den Türrahmen. »Ich habe keine Angst vor dir«, gestehe ich. Und es stimmt. »Ich habe nur Angst vor dem, was dich kennenzulernen und mich in dich zu verlieben mit mir gemacht hat. Ich bin noch nie jemandem begegnet, der meine Hoffnung zerstört hat. Bis du kamst. Und so sehr ich dich in diesem Augenblick hasse, weiß ich, dass ich nie wieder jemanden so lieben werde. Aber du hattest mich ja gewarnt, nicht?«, sage ich verbittert. »Du hast mir gesagt, dass du mich verletzen würdest, und du wusstest, dass ich verflucht noch mal nichts dagegen tun könnte. Nichts, verdammt.«

Ich sehe ihn hasserfüllt und angewidert an, ehe ich mich von ihm losreiße und hocherhobenen Hauptes zum Wagen gehe. Dort öffne ich die hintere Tür und werfe meinen Koffer hinein, ohne Rücksicht auf die weichen Ledersitze.

Alles Schöne wird heute Nacht kaputt gemacht, denke ich verdrossen und blinzle meine Tränen weg. Ich weigere mich, zusammenzubrechen. Weigere mich.

Ich steige auf den Beifahrersitz des Wagens, bei dem der Motor noch läuft, und warte. Jasper kommt aus der Hütte und dreht sich weg, um die Tür hinter sich abzuschließen. Er ist so groß und einschüchternd wie immer, doch etwas an seinen Schultern, an der Art, wie sie ein klein wenig hängen, sagt mir, dass ihn dieser Vorfall nicht kaltgelassen hat.

Schön. Ich hoffe, du leidest auch.

Obwohl ich mich von daher besser fühlen sollte, geht es mir stattdessen noch schlechter. Jasper ist in seinem Leben schon so sehr verletzt worden. Ich wollte ihn nur heilen, ihn lieben. Bloß ist daraus nichts geworden, denn er wollte mich nur *töten*.

Wieder holt mich die Realität unserer Lage ein, durchbricht meine Wut mit einem Fausthieb, der mich ins Herz trifft. Im stillen Wageninnern ringe ich nach Luft und greife mir an die schmerzende Brust. Dann jedoch öffnet Jasper die Fahrertür und schlüpft hinters Lenkrad. Sofort nehme ich meine Hand herunter und sehe zum Seitenfenster hinaus in die tintenschwarze Dunkelheit des angrenzenden Waldes.

Meilenweit fahren wir stumm durch die Nacht, bevor Jasper etwas sagt. Mich erstaunt, dass er nicht glaubt, ich würde schlafen. Aber wie ich ihn kenne, kann er wahrscheinlich meinen Herzschlag hören oder so.

»Mein Vater war der erste Mensch, den ich getötet habe«, erklingt seine raue Stimme im Dunkeln.

Zwar bin ich wütend und desillusioniert von ihm und nach dem, was zwischen uns war, und dennoch wummert mein Herz. Ich sage nichts, schließe die Augen und lehne meine Stirn an die kühle Fensterscheibe, während ich mich ermahne, mich nicht von seinen Worten berühren zu lassen.

Ich höre zu, als er gedankenverloren fortfährt, fast als würde er laut nachdenken: »Ich hatte mich gleich nach dem Schulabschluss zur Army gemeldet, weil ich von ihm wegmusste, auch wenn er gar nicht mehr da war. Ich konnte ihn überall fühlen, wo ich auch hinsah, was ich auch hörte. Sogar *in mir*. Also habe ich die Grundausbildung gemacht, nicht aufgemuckt und bin für mich geblieben. Bei einem Eignungstest haben sie trotzdem gemerkt, was für ein Mensch ich wirklich war. Sie haben gesehen, was mit mir nicht stimmte. Und das haben sie benutzt. Skrupellos ausgenutzt. Als sie mir die Röntgenbilder von einem der vielen Krankenhausbesuche meiner Mutter zeigten, von denen ich nichts gewusst hatte, erklärten sie mir, dass sie jahrelang misshandelt worden war. Sie zeigten mir die Beweise. Und dann erzählten sie mir, dass mein Vater freigelassen werden würde, weil sein Fall wegen eines Formfehlers gekippt wurde. Sie wussten, wie ich reagieren würde. Ihnen war klar, dass sie mir bloß die Richtung weisen mussten, mich ins Gefängnis schleusen, und ich würde ihn ausschalten. Und das taten sie. Sie sorgten dafür, dass ich mich in exakt die Sorte Maschine verwandelte, die sie brauchten.«

Ich wappne mich gegen den Anflug von Mitgefühl, das sich für den jungen Jasper in mir regt wegen all dessen, was er gesehen und erlebt hat, wegen all des Schmerzes, der ihn so unauslöschlich geprägt hat. Und der ihn gnadenlos gemacht hat, ermahne ich mich. Immerhin wollte er mich töten. Ich kann es mir nicht leisten, mit ihm zu *fühlen*.

»Irgendwie wusste meine Mutter es. Als ich zu ihr kam und ihr sagte, dass er tot ist, weinte sie. Nicht um ihn, sondern um *mich*. Und da wurde mir klar, dass sie nicht überleben könnte, was ich geworden war. Sie konnte nicht mitansehen, wie ich den einzigen Weg einschlug, der mir blieb. Oder zumindest sah ich es damals so. Deshalb half mir der Colonel, als ich für sein Spezialteam rekrutiert wurde, mit seinen Verbindungen und fragwürdigen Partnern, meinen Tod vorzutäuschen. Von dem Tag an hörte Jasper Lyons auf zu existieren. Ich wurde offiziell zu Jasper King. Oder Jason King. Oder James King. Oder wer ich jeweils sein musste. Aber sie alle waren Männer, denen man niemals begegnen wollte und bei denen man betete, dass sie nie Grund hätten, vor der eigenen Haustür aufzukreuzen.«

Jasper Lyons. Wie witzig.

Lyons.

King.

Der Löwe, König des Dschungels. Es ist passend und irgendwie bitter, dass er sich den Namen ausgesucht hat.

Letztlich passen beide Namen zu ihm. Lyons … für den Mann, als der er geboren wurde, für seine animalischen Seiten und seine Instinkte wie auch seine Tigeraugen. Aber King … King steht für das, was er geworden ist. Der Oberste in der Killer-Truppe, der Beste unter den Auftragsmördern, besser als irgendwer sonst auf seinem Gebiet. Ja, ihm gebührt die Krone.

Sofern das etwas ist, worauf man stolz sein kann.

Es passt auch zu seinem Privatleben. Für mich ist er der König des Herzschmerzes, wie ich persönlich bezeugen kann. Auch wenn ich gegenwärtig im Stadium des Leugnens bin, mich dem Unheil verweigere, das er in meinem Innern angerichtet hat, spüre ich die Verzweiflung, die völlige Vernichtung, die direkt an den Rändern meines Bewusstseins lauert. Sie wartet geduldig, bis meine Abwehrmechanismen, meine Wut und meine Entschlossenheit nachgeben. Dann wird sie mich zerquetschen und ausweiden wie ein Insekt auf einer Windschutzscheibe.

Das ist meine Zukunft.

So vieles, worauf ich mich freuen kann, denke ich zynisch.

»Das Schlimmste ist, dass mir mein Job nie großes Kopfzerbrechen bereitet hat. Ich wusste, dass ich üble Leute ausschaltete, ihre Existenz löschte und damit andere von ihrer besonderen Form des Terrors erlöste. Wie auch immer die aussah. Ich habe das nie infrage gestellt. Kein einziges Mal. Bis du kamst.«

Trotz meiner Entschlossenheit, mich zu distanzieren, nur halb hinzuhören und meine Gefühle herauszuhalten, fühle ich, wie mein Kinn zu beben beginnt.

Bis du kamst.

»Ich weiß nicht, ob es jemals einen Punkt gab, von dem Moment an, da ich dir begegnete, an dem ich dir ernstlich hätte wehtun können. Gezielt jedenfalls nicht. Ich schätze, mir war die ganze Zeit bewusst, dass deine Anziehung auf mich bedeutete, dich auf die eine oder andere Art zu verletzen. Aber ich konnte dir nicht widerstehen. Eigentlich wollte ich es auch nicht. Schließlich sind Monster egoistisch.«

Ich versuche zu ignorieren, wie gut sein Geständnis meiner Seele tut, wie es einiges von dem Schmerz lindert, den ich so angestrengt nicht empfinden will. Ich öffne meine Augen und streiche mit einem Finger über die glänzende Holzeinlage an der Beifahrertür. Jasper kann ich nicht ansehen. Ich kann mir nicht erlauben, seinen Gesichtsausdruck zu sehen, seine Augen zu sehen.

»Und mein Vater? Denkst du, ihn zu töten hätte mich nicht mindestens so verletzt, als hättest du mir mein Leben genommen?«

»Muse, du musst begreifen, dass ich noch nie, *niemals* zuvor gezögert habe. All die Dinge, die du mich fühlen lässt, sind neu für mich. Ich kann nicht mal genau sagen, was ich getan hätte, aber ich kann dir jetzt sagen, dass ich, selbst wenn er mir nicht die Informationen geliefert hätte, die ich brauchte, ihn dir nicht weggenommen hätte. Falls er sich als Verräter erwiesen hätte, weiß ich nicht, was ich getan hätte. Ich hätte es gehasst, egal, was es gewesen wäre, weil er mein Befehlshaber war. Männer wie wir leben nach einem festen Kodex. Und sollte er den verletzt haben, hätte er den Tod verdient. Doch auch dann hätte ich ihn nicht umbringen können. Ich hätte es nicht fertiggebracht, dir das anzutun.«

Ich schließe die Augen wieder und ringe mit mir, ob ich ihm glauben soll oder nicht. Er hat mich bisher nie belogen. Mir Sachen nicht erzählt, ja. Entscheidende Sachen wie, dass er den Auftrag hatte, mich und meinen Vater zu töten. Aber *tatsächlich gelogen* hat er nie.

»Was wolltest du überhaupt von ihm?«

»Ich musste wissen, für wen er arbeitet, wer *ihm* Befehle erteilt. Und ich wusste, wenn er keinen Namen nennen könnte, wäre er korrumpiert. So hätte ich herausbekommen, dass er in die Geschichte verwickelt war.«

»In welche Geschichte?«

Er stockt. Ich höre, wie er tief Luft holt, als müsste er auf etwas sehr Unschönes zu sprechen kommen. »In die Ermordung unserer Teammitglieder. Delta Five bestand aus deinem Vater und vier Männern: Rogan, Reid, Tag und mir. Jemand hat es auf uns abgesehen. Inzwischen weiß ich, dass auch dein Vater im Fadenkreuz steht. Du wirst die anderen bald kennenlernen. Na ja, alle außer einem. Reid. Ihn haben sie als Erstes erwischt. Ich habe die anderen angerufen, während du gepackt hast, und ihnen gesagt, dass sie nach Atlanta kommen sollen.«

»Wozu?«, zische ich. Verständlicherweise bin ich besorgt. Drei gefährliche Männer, wütende noch dazu, die auf meinen Vater losgehen. Wem wäre dabei schon wohl?

»Sie müssen gewarnt werden. Persönlich. Unser gegenseitiges Vertrauen muss wiederhergestellt werden. Und sie müssen imstande sein, Vorkehrungen zu treffen. Offensichtlich sind die Leute, die ihnen wichtig sind, in Gefahr.«

»Also habt ihr alle dieselbe Art … Job gemacht?«

»Wir hatten alle unsere Spezialgebiete, aber wir haben getan, was wir tun mussten, um unsere Aufträge zu erledigen. Dreieinhalb Jahre lang haben wir als Team gearbeitet. Wir haben praktisch zusammengelebt. Und in Situation wie denen, in denen wir uns oft befanden, wird man schnell zu einer Art Familie. Eng. Vertrauensvoll. Verlässlich. Doch als ein erneutes Treffen anstand, bei dem wir uns erneut einschwören sollten, konnten zwei von uns nicht. Rogan hatte einen Bruder, der verletzt wurde und ihn brauchte. In Tags

Familie gab es einen Todesfall, der es unumgänglich machte, dass er die Geschäfte übernahm. Somit waren nur noch Reid und ich übrig. Wir bekamen Einzelaufträge, nachdem sich die Gruppe aufgelöst hatte, blieben aber in Kontakt. Sind wir alle eigentlich. Das heißt, bis Reid vor zwei Monaten ermordet wurde.« Wieder macht er eine Pause, und als er weiterredet, schwingt Wut in seiner Stimme mit. »Bei Männern wie uns ist jemand mit einer sehr hohen Sicherheitsfreigabe nötig, damit man überhaupt von unserer Existenz erfährt, und erst recht, damit man uns während einer Operation finden und ausschalten kann, wie es bei Reid geschah. Oder um unsere Familien ins Visier zu nehmen, nachdem wir alle neue Identitäten angenommen hatten. Irgendwo in diesem Bild gibt es einen Verräter. Jemanden, der ein niederes Arschloch wie Matt angeheuert hat. Und ich werde herausfinden, wer das ist.«

Jetzt sehe ich doch zu ihm. »Und du denkst, dabei kann mein Vater dir helfen?«

»Ich weiß, dass er es kann. Jetzt, da ich weiß, dass er nichts damit zu tun hat.«

»Und was dann? Du findest heraus, wer das ist, und bringst ihn um? Ist das dein Plan?«

»Ja.« Kein Schwanken. Kein Zögern. Keine Fragen. »Auf Verrat steht die Todesstrafe.«

»W-was ist mit meinem Vater?«

»Dein Vater kann auf sich selbst aufpassen. Er gehört zu uns, ist einer von uns.«

»Also bekommst du den Namen, hast damit, was du wolltest, und verschwindest?«

»Ja, das habe ich vor.«

»Und wenn jemand anders geschickt wird, um den Auftrag zu erledigen, den du nicht ausführen konntest?«

»Der einzige Grund, weshalb ich überhaupt den Auftrag angenommen habe, mich um den Colonel zu kümmern, war der, dass dann kein anderer an ihn rankommt und ihn umbringt, ehe ich die nötigen Antworten von ihm habe. Und dein Vater wusste, dass sie mich auf ihn ansetzen würden. Er weiß, dass ich der Beste bin in dem, was ich tue. Und er wusste, ich würde es gegen ihn benutzen, sobald ich von dir erfuhr. Er wusste aber auch, dass es keinen sichereren Ort für dich geben würde als bei mir, bis ich meine Antworten habe. Wie gesagt, dein Vater kann auf sich selbst aufpassen. Er hat Kontakte. Er weiß Dinge. Er wusste, dass ich komme. So wie ich hat er sich selbst zusammengereimt, dass unser Team verraten wurde. Männer wie Reid kommen nicht einfach so auf dem Weg zu einer Operation zu Tode. Keiner hätte wissen dürfen, wohin er unterwegs war. Ausgenommen die Leute, die ihm den Auftrag gegeben hatten.«

»Und ich? Was wird aus mir?«

»Da habe ich einen Plan.«

Als er nicht fortfährt, hake ich nach: »Erzählst du mir, wie der aussieht?«

»Noch nicht. Aber ich tue alles, was ich kann, damit du in Sicherheit bist.«

Jasper sieht sehr ernst und finster aus. Ich frage dennoch nicht, warum. Ich frage nicht, was er empfindet, denn ich bin ziemlich sicher, dass ich es nicht wissen will. Dies hier ist so schon eine Katastrophe. Und ich kann es mir nicht leisten, mich da noch weiter hineinziehen zu lassen, darf keinen Rückschlag riskieren. Außerdem bin ich klug genug, um zu erkennen, dass ich mir selbst nicht trauen kann, wenn es um Jasper geht. Dafür geht mir diese Geschichte viel zu nahe. Mein Herz steht auf dem Spiel, und das unwiderruflich.

»Hättest du mir das nicht einfach sagen können? Mir einfach vertrauen? Ist dir nie der Gedanke gekommen, dass ich vielleicht helfen könnte? Dass ich vielleicht mit meinem Vater hätte reden können, ihn überzeugen …«

»Das wäre zu gefährlich gewesen. Ich würde dich niemals in Gefahr bringen.«

»Aber du hattest zugesagt, mich zu töten«, kontere ich.

»Das war, bevor ich dich kannte, wusste, wer du bist. Und ich hatte nie vor, euch umzubringen, es sei denn, du oder dein Vater, ihr hättet euch als Risiko erwiesen.«

»Was spielt das für eine Rolle? Wenn ich eine Bedrohung bin, bin ich eine Bedrohung.«

»Ja, nur wusste ich nicht, ob du die bist. Ich wollte in Erfahrung bringen, ob der Colonel ein schmutziges Spiel spielt. Ich wusste, dass ich bei der Gelegenheit auch dich überprüfen konnte. Und du bist an der ganzen Sache nicht beteiligt. Hast nie was damit zu tun gehabt. Dein Vater hatte dich weggeschickt, weil er wusste, dass du in Gefahr warst. Aber selbst wenn du eine Bedrohung gewesen wärst, hätte mich das nicht gekümmert. Ich könnte dir nie wehtun. Nicht mehr. Nicht, nachdem …«

Ich hasse es, dass meine Augen brennen. Ich hasse diesen Schmerz. Ich hasse es, dass meine Stimme zittert. »Und trotzdem hast du genau das getan.«

»Nicht, weil ich wollte. Ich … ich wusste schlicht nicht, wie ich es dir sagen sollte. Oder ob ich es überhaupt durfte. Du bist nur verletzt, weil du weißt, dass es eine Zeit gab, bevor ich dir begegnet bin, zu der ich dem Menschen, den du liebst, und dir etwas hätte antun können.«

Aus irgendeinem Grund macht mich diese Bemerkung gereizt und trotzig, obwohl ich weiß, dass sie im Grunde stimmt. Hätte ich nie irgendwas erfahren, wäre ich selig ahnungslos geblieben, so wie heute Morgen. Oder gestern. Oder vorgestern. Ich hätte nie gewusst, dass Jasper in dem Wissen in mein Leben trat, dass er mich und meinen Vater vielleicht würde töten müssen.

Aber ich *weiß* es jetzt.

Und so irrational es Jasper erscheinen mag, kann ich nicht *so tun*, als hätte sich nichts geändert.

»Das mag *teils* so sein, Jasper, aber es ist nicht *alles*. Ich denke, das Schlimmste ist, dass ich dir vertraut habe. Ich habe dir geglaubt. Und ich …«

Ich werde ihm nicht noch mal sagen, dass ich mich in ihn verliebt habe. Mein Stolz war für eine Weile in den Hintergrund getreten, aber jetzt ist er wieder da. Und er ist gekränkt.

Jaspers Stimme klingt tief und niedergeschlagen. »Es spielt so oder so keine Rolle mehr. Für dich bin ich das Schlimmste überhaupt. Aber ich verspreche dir, dass ich das in Ordnung bringe. Und danach musst du mich nie mehr wiedersehen.«

Dazu sage ich nichts.

Nur warum fühle ich mich nach seinem Versprechen nun nicht besser, sondern noch schlechter?

Kapitel 30
JASPER

Meine Alarmglocken schrillen, als ich vor dem Versteck des Colonels ankomme und sehe, dass sämtliche Lichter im Haus brennen. Das ist nicht besonders subtil für einen Mann, der um keinen Preis auffallen will.

Fast einen Block weiter parke ich und drehe mich zu Muse, um sie zu wecken. Vor einer knappen Stunde ist sie endlich eingeschlafen. Und ich ließ sie ausruhen, denn sie hat heute eine Menge durchgemacht. Genau genommen hat sie die letzten Tage eine Menge durchgemacht.

Den Anflug von Schuld, der wie ein Stich durch meinen Körper fährt, lasse ich zu. Ich verdiene jedes Quäntchen Wut und Ekel, das sie mir entgegenschleudert. Wahrscheinlich mehr. Wäre ich ein halbwegs anständiger Mensch, hätte ich sie aus dieser Geschichte rausgehalten, nachdem ich ihr begegnet war, auch wenn sie das Druckmittel war, um das vom Colonel zu bekommen, was ich wollte. Und selbst nachdem ich mich dagegen entschieden hatte, hätte ich es nicht noch verkomplizieren müssen, indem ich mit ihr schlief. Ich hätte es nicht so viel schlimmer machen müssen. Aber das habe ich. Weil ich ihr nicht widerstehen konnte. Weil sie etwas in meinem Herzen, in meiner Seele weckte, wovon ich bis dahin nicht sicher gewesen war, es zu besitzen. Sie hat mich dazu gebracht zu fühlen, und obwohl ich wusste, dass es eine schlechte Idee war, war die Verlockung einfach zu groß, zu *wunderbar*. Muse war wie frische Luft für einen Mann, der sein Leben lang in einem Keller eingesperrt war. Sie war wie ein warmer Feuerschein für einen Mann, dessen Herz vor langer Zeit erkaltet war. Sie war wie alles, wovon ich nie wusste, dass ich es wollte, und hatte dazu große grüne Augen und einen höllisch verführerischen Körper.

Ich hatte nie gewusst, dass ich eine Achillesferse habe. Weil ich Muse nicht kannte.

Aber jetzt, jetzt weiß ich es.

Und wie soll es nun weitergehen?

Ich schalte den Motor aus und warte, ob Muse von allein aufwacht. Tut sie nicht, also sage ich leise ihren Namen, um sie nicht zu erschrecken. »Muse.«

Sie gibt ein kleines Wimmern von sich und dreht den Kopf in meine Richtung, die Augen noch geschlossen. Ich streiche eine Haarsträhne aus ihrem Gesicht, wobei mein Finger über ihre seidige Haut gleitet. »Muse.«

Sie kommt meiner Berührung entgegen, schmiegt ihren Kopf in meine Hand. Ihr Unterbewusstsein ist nicht annähernd so gegen mich eingenommen, wie sie es im Wachzustand zu sein scheint. Ihre Mundwinkel heben sich ein klein wenig, und sie seufzt, wie sie es tat, als sie früher am Tag offen für mich war.

Vor einer halben Ewigkeit.

Ihre Reaktion macht mich hart und verdammt schlecht gelaunt.

Da meine rechte Hand nun zwischen ihrer Wange und ihrer Schulter gefangen ist, führe ich die Fingerspitzen der anderen an ihrem seidigen, warmen Hals hinauf. »Aufwachen, Muse.«

Verschlafen und mit nach wie vor geschlossenen Augen greift sie nach meinem Handgelenk, schlingt die Finger darum und führt meine Hand zu ihrer Brust. Zischend atme ich durch zusammengebissene Zähne aus. *Oh Gott, wie kann sie mir das immer wieder antun?*

Sie drückt ihren Rücken durch und presst mir die üppige Wölbung in die Hand. Reflexartig drücke ich, und sie stöhnt.

Ich will sie berühren, will meine Hand in ihren Ausschnitt tauchen, fühlen, wie ihr Nippel hart wird und förmlich nach meinem Mund bettelt. Ich möchte ihre Lippen unter meinen spüren, ihren warmen Körper auf meinen Schoß ziehen und meinen Schwanz in ihrer süßen Hitze versenken.

Aber das kann ich nicht.

Und ich werde es auch nicht.

Weil es falsch ist. Verkorkst und falsch.

Ich ziehe meine Hände weg, sodass Muse richtig wach wird.

Sie blinzelt einmal, zweimal zu mir, dann schaut sie sich um. »Wo sind wir?«

Mein Atem geht schwer und schnell, und ich habe das Gefühl, dass ich einen Stahlträger durchbeißen könnte. »Bei deinem Vater.«

Sie sieht sich nach hinten um und stirnrunzelnd wieder zu mir. »Was ist los? Warum atmest du so schwer?«

»Ich habe nur … nachgedacht.«

»Worüber?«, fragt sie und reißt vor Schreck die Augen weit auf.

Ich könnte lügen, ihr meine unbequeme Wahrheit ersparen. Doch bisher habe ich sie nie belogen, also warum jetzt damit anfangen?

»Über dich. Uns. Darüber, wie sehr es mir fehlt, dich zu berühren, dich zu küssen. Darüber, wie sehr ich mir wünsche, ich könnte noch mal von vorn anfangen. Und wie sehr ich es hasse, dass ich es nicht kann.«

Ihr Gesichtsausdruck ist traurig und misstrauisch, aber nicht offen feindselig. »Das geht uns wohl beiden so«, gesteht sie leise.

»Muse, wenn die Dinge anders lägen … wenn *ich* anders wäre, würde ich …«

»Nicht«, unterbricht sie mich und wendet sich ab. »Bitte, lass es.«

Nun bin ich es, der seufzt. »Bleibst du hier und lässt mich erst mal nachsehen?« Ihre Antwort kenne ich bereits.

»Nein.«

Ja, das hatte ich mir gedacht. Und der Grund, weshalb ich nicht mit ihr streite, ist der, dass die Geschichte zwischen uns schon böse genug ausgehen wird, auch ohne dass ich sie im Wagen festhalte, weil ich, was sie betrifft, übertrieben vorsichtig bin.

»Na gut. Dann komm«, sage ich und löse ihren Sicherheitsgurt, bevor ich aussteige. Während sie aus dem Wagen steigt, hole ich ihren Koffer von der Rückbank. Ich treffe sie hinter dem Wagen.

Schweigend gehen wir die Straße entlang. Muse sieht mit

gekrauster Stirn in die Ferne und ist so abgelenkt, dass ich bezweifle, dass sie es auch nur merken würde, sollte ein Krankenwagen mit Blaulicht und Sirene an uns vorbeirauschen. Dagegen bin ich extrem wachsam. Ich blicke mich auf der Straße um, in die dunklen Fluchten zwischen den Häusern, zu den Fenstern der geparkten Wagen. Und ich lausche auf jedes Geräusch, das hier nicht hinpassen könnte.

Mir fällt auf, dass ein geparktes Motorrad am Straßenrand ein kalifornisches Nummernschild hat. In dem Moment wird mir klar, dass zumindest einer meiner Kameraden schon hier ist. Seine Ducati schreit praktisch »Rogan«. Ein weiteres Fahrzeug, ein schwarzer Jeep weiter hinten mit Weintrauben auf dem Nummernschild, legt nahe, dass auch der andere hier sein dürfte. Tag, mein anderer Kampfgefährte, wuchs auf einem Weingut auf, das er inzwischen leitet, soweit ich gehört habe. Ich vermute, dass sie beide drinnen beim Colonel sind.

Muse und ich steigen die Stufen hinauf und klingeln. Zunächst geschieht gar nichts, aber dann höre ich laute Stimmen. Ich drehe den Türknauf, und die Tür geht auf.

»Wie zur Hölle kann so etwas passieren? Der ganze Mist sollte streng geheim sein. Welcher käufliche Bürokrat hat darauf Zugriff?«, höre ich Rogan brüllen.

»Ich kenne nicht alle Beteiligten, aber du darfst verdammt sicher sein, dass ich es herausfinde«, antwortet der Colonel.

Ich betrete die Küche, Muse direkt hinter mir. Alle Köpfe drehen sich in unsere Richtung. Der Colonel nickt und durchquert den Raum, um seine Tochter in die Arme zu nehmen.

»Jungs, das ist meine Tochter, Muse. Muse, dies sind Kiefer Rogan und Tag Barton. Sie waren einige Jahre in meinem Team.«

Rogan und Tag nicken Muse zu. Beide Männer machen keinen Hehl daraus, dass sie ihre Schönheit zu schätzen wissen, und ich werde stinksauer. Ich beiße die Zähne zusammen, um nicht auf die zwei loszugehen. Muse gehört mir nicht. Ich habe kein Recht, eifersüchtig zu sein. Was an meiner Laune rein gar nichts ändert.

»Freut mich«, sagt Muse höflich lächelnd. Ich bin froh, als ihr Vater sie aus der Küche führt, sodass ich mit Rogan und Tag allein zurückbleibe.

Nach einer kurzen Pause kommt Rogan mit seinem typisch sorglosen Grinsen auf mich zu und boxt mir gegen den Arm. Obwohl er Quatsch macht, fühle ich deutlich, welche Kraft er zurückhält. Es ist kein Wunder, dass er bei den Mixed-Martial-Arts-Wettkämpfen an der Spitze mitmischt.

»Echt, Alter, war ja klar, dass du der Erste bist, der die Tochter vom Colonel kennenlernt. Mann, die ist ja höllisch scharf!«

Tag geht es mehr oder weniger seinem Cowboy-Naturell entsprechend an: »Schön, dich zu sehen, Mann. Tut mir leid, das von deiner Mutter zu hören.«

»Scheiße, Alter, bin ich ein Arsch! Tut mir auch ehrlich leid. Ich habe nur gerade wieder mit dem falschen Teil gedacht«, stimmt Rogan ein. Auch wenn er mit einem Scherz endet, sehe ich ihm an, dass es ihm ehrlich leidtut.

»Danke. Vielleicht ist es so besser für sie. Sie hatte alle verloren, die sie je geliebt hatte, und war ganz allein.«

»Klar, aber du hast dich um sie gekümmert, Mann. Ihr genug Geld geschickt, dass sie gut leben konnte. Wenigstens hat es ihr nie an etwas gefehlt.«

»Was immer das gebracht haben mag.«

»Du hast getan, was du konntest. Mehr können wir alle nicht machen.«

»Also, habt ihr mit dem Colonel geredet?«

»Ja«, antwortet Rogan und sieht zu Tag. »Wie es aussieht, unterstand er einem Komitee, von dem er Befehle bekam und dem er Bericht erstattet hat. Er hat allerdings Schwierigkeiten, herauszubekommen, wer das leitete. Mich würde nicht wundern, wenn das bis ganz nach oben ging. Irgendeine Vertuschungsaktion, weil ein schleimiger Politiker einen höheren Posten will oder so ein Dreck.«

»Ich werde keine Ruhe geben, ehe ich nicht weiß, wer hinter dem Ganzen steckt. Matt mag meine Mutter auf dem Gewissen haben, aber jemand hatte ihn auf sie angesetzt. Und ich will wissen, wer. Jemand muss dafür bezahlen.«

Kapitel 31

MUSE

Ich stehe hinter meinem Vater, blicke mich im Raum um und spüre all die Kraft und das Adrenalin in der Luft. Ich hatte versucht, meinen Vater zu überreden, mit mir zu verschwinden. Auf der Stelle. An einen unbekannten Ort aufbrechen, ohne noch einmal zurückzublicken.

»Muse, Schätzchen, das kann ich nicht machen. Und ich *will* es nicht. Diese Jungs vertrauen mir, und ich muss alles tun, was ich kann, um der Sache auf den Grund zu gehen«, hat er darauf gesagt. Ich hätte es ahnen müssen. Wegzulaufen ist nun mal nichts für meinen Vater.

Also bin ich mit ihm in die Küche zurückgegangen. Ich habe es satt, außen vor gehalten zu werden. Dies alles betrifft mich mittlerweile, und es soll nur einer von ihnen wagen, mich rausschicken zu wollen! Dann werden sie erleben, wie es ist, wenn jemand *richtig* ausrastet.

»Was soll das heißen?«, fragt Jasper auf die Erklärung meines Vaters hin.

»Dieser junge Mann, mit dem ich zusammengearbeitet hatte, hat dich anscheinend auf Muse und mich angesetzt, damit du herkommst. Du und ich, wir waren seine eigentlichen Zielpersonen. Muse wollte er nur sicherheitshalber tot sehen, für den Fall, dass sie irgendwas gehört hatte und ihn auffliegen lassen könnte. Aber er hat im Auftrag von jemandem gehandelt, der weit oben in der Hierarchie steht. Und wir müssen in Erfahrung bringen, wer das ist.«

Rogan reagiert als Erster: »Oh verdammt! Da könnten locker ein paar Dutzend Leute infrage kommen. Verfluchte Bürokraten.«

Er hat den Mund zu einem schiefen Grinsen verzogen. Mir kommt er wie der Typ vor, der sich durch so gut wie nichts aus der Ruhe bringen lässt, nicht mal durch einen Verräter aus den eigenen Reihen. Und sein Auftreten verstärkt den lässigen Reiz seiner schönen Surfer-Züge.

Ich habe sein unglaublich gut aussehendes Gesicht schon mal gesehen: stachelig gegeltes blondes Haar, verträumte grüne Augen. Er ist nicht bloß ein MMA-Champion, sondern auch recht beliebt bei den Damen, weshalb er ziemlich oft auf den Titelseiten der Regenbogenpresse erscheint. Allerdings hätte ich nie vermutet, dass er zu einer Elitetruppe für verdeckte Operationen gehört. Aber *irgendwo* muss er wohl diese tödlichen Fäuste trainiert haben.

»Und, was ist der nächste Schritt? Wie finden wir diesen Mistkerl?«, fragt der, der Tag heißt. Er ist ebenso gut aussehend wie Rogan, wenn auch auf eine völlig andere Art. Seine dunklen, aggressiven Züge erinnern mich eher an Jasper. Sein Haar ist dunkelbraun und so lang, dass es den Kragen seines Hemds streift, und seine Augen sind von einem Gewitterwolkengrau. Alle drei Männer sind um die Einsneunzig groß, würde ich schätzen, und könnten wahrscheinlich das Herz jeder Frau erobern, auf die sie ein Auge werfen. Ich jedoch habe Augen nur für einen von ihnen.

Jasper.

Sein Gesicht, seine Augen, seine *Intensität* ziehen mich unausweichlich an. Es ist, als würden mein Körper, mein Herz und meine Seele zu ihm streben, selbst in einem Raum voller schöner Männer. Er zieht meine Aufmerksamkeit mit einer einzigartigen, unwiderstehlichen Kraft auf sich, die mich an einen Magneten denken lässt, der seinen Gegenpol selbst dann anzieht, wenn er es gar nicht will.

»Ich werde nicht ruhen, bis ich das zur Quelle zurückverfolgt habe«, sagt mein Vater.

»Und ich kümmere mich um die, wenn du sie hast«, ergänzt Jasper mit einer ruhigen Entschlossenheit, bei der ich eine Gänsehaut auf den Armen bekomme. Ich fühle mich nicht abgestoßen oder ängstlich. Vielmehr kann ich den Wunsch nachvollziehen, diejenigen zu richten, die ihm das wenige nahmen, was er auf dieser Welt noch hatte. Ja, sogar *ich* möchte jemandem wehtun, obwohl ich immer noch entsetzt bin, wie sehr er mich getäuscht hat. Mein Herz unterscheidet nicht zwischen dem Jasper von heute Morgen und dem Jasper von heute Abend. Es fühlt immer noch nichts als Liebe. Kränkung, ja, aber auch Liebe.

»Das würde ich dir nicht verweigern, Jasper«, versichert mein Vater ihm und legt Jasper eine Hand auf die Schulter. »Aber für uns alle steht einiges auf dem Spiel. Wir alle sind in Gefahr, und keiner, der uns am Herzen liegt, ist sicher, bis wir diese Bedrohung ausgeschaltet haben. Und bis dahin, Jungs, tut ihr, was ihr tun müsst, um die Leute in Sicherheit zu bringen, die euch nahe sind. Seid wachsam. Behaltet sie in der Nähe. Warnt sie, wenn es sein muss; schickt sie weg, falls nötig. Nur, bis ich einige Antworten habe. Jasper, da du der

Einzige bist, der noch im Spiel ist, sei auf der Hut und pass auf dich auf. Rogan, du bist eine ziemlich bekannte Persönlichkeit. Am besten versteckst du dich irgendwo und verhältst dich ruhig, soweit das möglich ist.«

»Alles klar. Zufällig ist das schon in Arbeit. Ich habe einen Auftritt in einer Serie. Bin ich ein Glückspilz!«, antwortet Rogan.

»Okay, dann bist du der Kontaktmann. Ich denke, ich kann deinen Einfluss nutzen. Du hast schließlich auch eigene Regierungskontakte.«

»Ja, Sir, habe ich«, bestätigt er nickend. »Die kann ich aktivieren, sowie du sie brauchst.«

»Gut. Tag«, sagt mein Vater und wendet sich dem dritten Mann zu. »Du bist schon verdammt gut versteckt, geografisch gesehen. Behalte die Straße im Auge, die zu deinem Weinberg führt. Falls ich jemanden brauche, der sich irgendwo unbemerkt einschleicht, bist du an der Reihe. Du kannst dich unbemerkt zwischen all diesen reichen Schnöseln bewegen.«

Tags Lachen ist samtig und spöttisch zugleich. »Danke. Das ist genau das, was ich schon immer mal machen wollte.«

»Ihr wisst alle, wie ihr eure Stärken nutzt. Und ich habe uns neue Prepaid-Handys besorgt. Tragt die immer bei euch, seid jederzeit erreichbar. Jasper, du bist unser Mann am Abzug, aber ich werde jeden von euch für diese Geschichte einsetzen, wenn es sein muss. Wir beenden das, auf die eine oder andere Art.«

Die beiden anderen Männer nicken, planen wahrscheinlich schon, doch als ich zu Jasper sehe, ist sein Blick auf mich gerichtet.

Fast eine Stunde später, nachdem alle möglichen unverständlichen Pläne, Vorgehensweisen und Codes beschlossen wurden – oder zumindest waren sie unverständlich für jemanden *außerhalb* ihrer kleinen Gruppe –, endet die Besprechung.

Rogan bleibt auf dem Weg zur Haustür bei Jasper stehen. »War gut, dich zu sehen, Alter. Ich werde einige Wochen in Georgia sein, oben in Enchantment, wo ich etwas für eine Kabelserie mache. Komm doch mal vorbei, wenn du Zeit hast. Ist lange her.«

»Ich versuche es. Auf jeden Fall hörst du von mir.«

Rogan nickt, und dann umarmen die beiden sich und klopfen sich gegenseitig auf den Rücken, was bei zarteren Personen zweifellos zu Knochenbrüchen geführt hätte. Danach dreht Rogan sich zu mir und reicht mir die Hand.

Als ich sie schüttle, lächelt er, und obwohl ich ärgerlicherweise vollkommen von Jasper gebannt bin, regt sich ein leichtes Flattern in meinem Bauch.

»Hat mich sehr gefreut, Muse. Du hast diesen Ausflug *sehr* lohnenswert gemacht.«

Ich kann nicht anders, als ebenfalls zu lächeln. Er ist teuflisch charmant, so viel ist sicher. »Ist das wahr?«

»Die reine Wahrheit«, antwortet er augenzwinkernd.

»Ich wette, du bist der Gefährlichste von allen, was?«

»Für dich? Niemals«, sagt er und schüttelt immer noch meine Hand. Das Aufregendste an dieser Szene ist aber wohl, dass ich Jaspers eisigen Blick regelrecht fühlen kann. Es ist eine kleine Wohltat zu wissen, dass er durchaus Gefühle hat, dass er durchaus auf mich reagiert und auf andere, die mich eventuell attraktiv finden. Unter anderen

Umständen wäre ich vielleicht versucht, mit Rogan zu flirten, um den Effekt zu verstärken, aber dies ist nicht der richtige Zeitpunkt.

»Fahr lieber los, Ro«, unterbricht Jasper uns scharf. Rogan zieht die Brauen hoch und sieht von mir zu Jasper und wieder zurück. Er grinst noch breiter und geht ohne ein weiteres Wort.

Als Nächster kommt Tag und erinnert mich nun noch deutlicher an Jasper. Seine fließenden Bewegungen haben etwas von einem Tänzer. Einem gefährlichen, trittsicheren Tänzer.

»Melde dich mal«, sagt er zu Jasper und wiederholt Rogans Umarmung. »Auf dem Weingut bist du jederzeit willkommen.«

»Danke. Ich lasse von mir hören.«

Tag nickt ihm zu und wendet sich zu mir. Sein Blick ist beängstigend direkt und … bewundernd. Seine Augen haben die Farbe von dichtem Rauch, und sie blicken mit einer Intensität, die es glatt mit Jaspers aufnehmen könnte.

Er beugt sich vor und streift meine Wange ganz leicht mit seinen Lippen. »Es war mir ein Vergnügen, Muse«, sagt er mit rauer Stimme, dann ist auch er fort.

»Ich bin gleich zurück«, murmelt Jasper mir zu, bevor er den beiden nach draußen folgt.

Als ich höre, wie die Haustür ins Schloss fällt, sinke ich auf einen der Hocker an der Kücheninsel. All die Gefühle, die Unsicherheit und Sorgen der letzten Tage holen mich ein und erdrücken mich fast.

»Gott, bin ich müde«, hauche ich, als sich mein Vater vorsichtig nähert.

»Muse, du musst wissen, dass ich dir niemals absichtlich wehtun würde. Ich würde dich nie wissentlich in Gefahr bringen.«

Meine Augen brennen, als ich meinen Vater ansehe, und mir wird mulmig. Dies hier ist noch nicht vorbei. Nicht mal annähernd.

»Dad, darf ich dich etwas fragen?«

»Natürlich darfst du.«

Ich blicke ihm sekundenlang in die Augen, registriere seine gelassene Miene, sein attraktives faltiges Gesicht. Er ist fast genauso beherrscht wie Jasper, nur kenne ich ihn schon mein ganzes Leben. Ich denke, ich würde es erkennen, falls er mich belügt. Soweit ich weiß, hat er es nie getan, daher habe ich keine Vergleichsmöglichkeiten. Trotzdem glaube ich, ich würde es merken. Ich denke, ich könnte es irgendwie fühlen.

»Gibt es etwas, was ich über Mom wissen sollte?«

Die Veränderung ist so minimal, dass sie mir entgangen wäre, hätte ich ihn nicht aufmerksam beobachtet. Doch ich beobachte ihn, deshalb entgeht sie mir nicht. Für einen winzigen Moment blähen sich seine Nasenflügel kaum merklich. Es war eine sehr flüchtige Reaktion, aber doch da.

»Wie kommst du auf deine Mutter? Sie hat uns vor langer Zeit verlassen.«

»Hat sie das, Dad? Ist sie wirklich einfach weggegangen und hat uns verlassen, wie du gesagt hast? Oder war da noch mehr?«

»Worum geht es hier, Muse?«

Mein Herz ist erschöpft von den Ereignissen der letzten Stunden, zu erschöpft, um schneller zu schlagen und meine

Muskeln mit Adrenalin zu beliefern. »Sag mir, was passiert ist, Dad. *Alles*, was passiert ist. Die ganze Wahrheit.«

Er sieht mir prüfend in die Augen, und ich frage mich, ob er nach einer Schwäche sucht, die er nutzen kann, nach irgendeinem Weg, dies hier zu verharmlosen. Den es jedoch nicht gibt. Wenn er mir so lange die Wahrheit verschwiegen hat, ist sie gewiss nichts, was ich hören möchte. Aber ich *muss* sie hören.

»Bevor du die Tatsachen für meine jungfräulichen Ohren aufweichst, lass mich dich daran erinnern, dass ich im letzten Jahr eine Menge durchgestanden habe. Ich bin durch damit, irgendwem blind zu vertrauen. Ich will keine Teilerklärungen mehr und bei dem Rest im Dunkeln tappen. Wenn du mir nicht erzählst, was ich wissen will, finde ich jemand anderen, der es tut. Und das geht wahrscheinlich nicht gut aus. Wir beide wissen, was passieren kann, wenn ich selbst in deinen Angelegenheiten herumschnüffle. Nichts Gutes, würde ich sagen.«

Ich sehe seinen Adamsapfel hüpfen, als er schluckt, und bekomme Angst. Ohne den Blick von meinen Augen abzuwenden, zieht er sich einen Hocker heran und setzt sich mir gegenüber hin. »Muse, bevor ich deine Frage beantworte, möchte ich dich daran erinnern, dass alles, was ich jemals getan habe, zu deinem Wohl oder dem dieses Landes war. Manchmal beides. Es gibt Dinge, für die ich mich schäme aufgrund der Art und Weise, wie sie gelaufen sind, doch wenn ich die Zeit zurückdrehen und noch mal entscheiden könnte, würde ich nichts ändern, denn sie zu tun war das Richtige.«

Mein Atem geht flach und schnell. »Erzähl mir, was passiert ist, Dad. Sag es mir einfach.«

Zunächst herrscht Stille, dann beginnt er endlich: »Ich lernte deine Mutter kennen, als ich in North Dakota zur Kaltwetter-Ausbildung war. Sie arbeitete dort in einem kleinen Diner. Und sie stahl mein Herz in dem Moment, da ich sie zum ersten Mal sah. Wir waren erst seit ein paar Monaten zusammen, als ich erfuhr, dass ich nach Deutschland versetzt werden sollte. Ich ertrug den Gedanken nicht, sie zurückzulassen, also bat ich sie, mich zu heiraten. Und sie sagte Ja. Wir heirateten in kleinem Rahmen, packten und zogen auf die andere Seite des Globus.

Anfangs lief alles bestens, sogar nachdem wir zwei Jahre später wieder in die Staaten zurückgekehrt waren. Wenige Monate nach unserer Rückkehr wurde sie schwanger mit dir, deshalb bewarb ich mich um einen Schreibtischposten in Texas. Irgendwas, damit ich nicht in den Einsatz geschickt wurde. Ich wollte Stabilität für unsere Familie, vor allem für dich, und nicht mehr so viel umziehen.

Ich war ziemlich sicher, dass ich den Job bekommen würde. Schon damals hatte ich eine hohe Sicherheitsfreigabe, doch dieser Job verlangte eine Spitzenfreigabe, also wurde ich überprüft.« Als er eine Pause einlegt, wird mir mulmig. »So haben sie das über sie herausgefunden.«

Mir stockt das Herz in der Brust. »Was herausgefunden?«

»Dass sie für eine Spionagegruppe arbeitete, die Staatsgeheimnisse an terroristische Vereinigungen im Nahen Osten weitergab.«

Heiliger Himmel, hört das denn nie auf?

»M-meine Mutter war eine Spionin? Oder eine Terroristin?«

In diesem Augenblick sieht mein Vater zehn Jahre älter

aus. Sein Gesicht ist das eines Mannes, der mehr Tragödien und Trauer durchgemacht hat, als ich jemals wissen werde. Er widerspricht meiner Schlussfolgerung nicht, geht allerdings auch nicht auf sie ein. Stattdessen schlägt er eine andere Richtung ein.

»Du musst von deiner Mutter nur wissen, dass sie die Frau war, die das schönste Kind der Welt geboren hat. Und von der du nur die guten Dinge geerbt hast. Deine grünen Augen, dein offenes Lächeln, deine Kunst, deine absolute Loyalität. Deinen Mut. Ich habe noch nie jemanden erlebt, der so furchtlos ist, wenn es um die Menschen geht, die er liebt. Ich werde ihr immer dankbar sein, dass sie mir das Beste in meinem Leben geschenkt hat. Dich.«

Der Kloß in meinem Hals ist so groß, dass ich fürchte, keine Luft mehr zu bekommen. »Und was ist passiert? Hat sie uns wirklich einfach verlassen? Und du hast sie gehen lassen? Oder …«

Nach einer kurzen, traurigen Pause erwidert er: »Ja, sie hat uns verlassen. Das ist die Wahrheit. Nachdem ich mich für die Versetzung beworben hatte, wusste sie vermutlich, dass es nur eine Frage der Zeit war, bis man sie enttarnen würde. Ihr war klar, dass wir beide auf Herz und Nieren überprüft werden würden, ehe ich die höchste Sicherheitsfreigabe bekam.«

»Weißt du, was danach mit ihr passiert ist?«

Er wird sehr blass und wendet den Blick ab. »Ja.«

Als er nichts weiter sagt, muss ich nachhaken. »Und wirst du es mir erzählen?«

»Muse, ich halte es für besser …«

»Nein, Dad! Ich muss es wissen. Ich bin kein kleines

Mädchen mehr. Du kannst mich nicht vor allem beschützen.«

»Aber dies hier ist anders. Die Einzelheiten ändern nichts an der Tatsache, dass sie fort ist, dass sie nicht mehr Teil deines Lebens ist.«

»Nein, werden sie nicht, und trotzdem will ich sie wissen. Ich muss die ganze Wahrheit über mein Leben wissen, Dad.«

»Muse, Schatz, bitte.«

»Nein! Tu mir das nicht an. Erzähl es mir, Dad. Erzähl es mir jetzt. Ich muss es wissen.« Ich bin kurz davor, hysterisch zu werden, und ich denke, er merkt es.

Er holt tief Luft. »Sie wollten sie zum Verhör holen. Ich wusste, was das bedeutete, was sie mit ihr machen würden.« Sein Schweigen gibt mir zu viel Zeit, um die Leerstellen auszufüllen, mir die schrecklichsten Bilder vorzustellen. »Egal, wer sie eigentlich war und was sie getan hatte – ich konnte nicht zulassen, dass die Mutter meines Kindes für den Rest ihres Lebens gefoltert wurde. Ganz gleich, wie kurz dieses Leben gewesen wäre. Also bin ich ihr nach. Als ich sie fand, versuchte sie nicht mal zu fliehen. Ich schätze, sie hat gewusst, dass ich ihr nie wehtun könnte. Nicht richtig. Ich sagte ihr, dass sie Bescheid wussten. Und ich erzählte ihr, was sie tun würden. Sie hat nur genickt, denn sie wusste es ebenfalls. Als sie nach meiner Waffe griff, konnte ich nicht sagen, ob sie mich oder sich selbst erschießen wollte. Ich weiß nicht mal, ob sie sich sicher war. Wir standen da, starrten einander an, meine Waffe in ihrer Hand. Als sie sich den Lauf an die Schläfe hielt, sagte sie fünf Worte, die mir mehr Schmerz und mehr Trost waren, als ich jemals für möglich gehalten hätte.« Mein Vater sieht über meine Schulter in die Ferne, als würde er in die Vergangenheit blicken.

»Was hat sie gesagt? Welche fünf Worte?«

»›Sag Muse nichts von mir.‹ Da wusste ich, dass sie dich genauso geliebt hat wie ich. Ich wusste, dass sie den einzigen Weg wählte, der uns alle retten konnte, vor allem dich.«

»U-und was hast du getan?«

Seine traurigen, gequälten Augen richten sich wieder auf mich. »Ich … ich erwies ihr die einzige Gnade, die ich ihr erweisen konnte. Ich ließ sie ihr eigenes Schicksal wählen.«

Mein Magen zieht sich vor Übelkeit zusammen, und meine Erschöpfung nach dem heutigen Tag wird noch spürbarer. Mein Mund ist unangenehm trocken, und mir wird schwindlig, so angestrengt denke ich nach, um all das zu verarbeiten.

»Du … du hast zugelassen, dass meine Mutter sich umbringt.« Es ist keine Frage. Kein Vorwurf. Sondern eine Feststellung. Ein Versuch, diese Information in ein Leben einzupassen, von dem ich glaubte, es zu kennen, es zu leben.

»Ich hatte keine Wahl. Letztlich nicht.«

Ich sehe aus feuchten Augen zu ihm auf. »Du hättest uns wegbringen können. Sehr weit weg. In ein anderes Land vielleicht.«

»Sie hätten nicht geruht, bis sie sie gefunden hätten. Ob ihre Leute oder meine – sie wären für immer hinter ihr her gewesen. Und das hätte dich in Gefahr gebracht. Tag für Tag, für den Rest deines Lebens. Das wollte sie nicht. Und ich auch nicht. Wir konnten dich nicht gefährden, Schatz. *Ich* konnte dich nicht gefährden. Nicht meine Muse.«

Meine Augen brennen von ungeweinten Tränen. Ich

versuche nicht mal, sie zurückzuhalten, aber sie fallen einfach nicht. Ich denke, sie können es nicht. Vielleicht stehe ich unter Schock. Oder ich bin einfach schon zu ausgelaugt.

»Ich hoffe, du kannst mir vergeben, dass ich dir das verschwiegen habe. Ich wollte nicht, dass du mit dieser Geschichte im Kopf leben musst. Mit dem in deinem Herzen.«

Hierauf stehe ich auf, straffe mich und recke mein Kinn. »Ich bin stärker, als du glaubst, Dad.«

»Ich habe dich nie für schwach gehalten.«

»Doch hast du. Du hast es bloß nie zugegeben.« Er will widersprechen, aber ich halte ihn davon ab, indem ich an ihm vorbeigehe. »Ich leg mich jetzt hin. Falls es hier nur ein Schlafzimmer gibt, macht es dir hoffentlich nichts aus, auf der Couch zu schlafen.«

Damit gehe ich benommen zu dem ersten Bett, das ich finde, und lasse mich hineinfallen.

Kapitel 32

JASPER

Rogan und Tag sind längst verschwunden, und ich sitze immer noch grübelnd in meinem Wagen. Ausweichend. Ich versuche, nichts zu fühlen, und scheitere kläglich.

Ich ringe mit dem, was ich tun muss, auch wenn ich weiß, dass es das Richtige ist. Genau genommen ist es das *Einzige*, was ich tun kann. Nie hätte ich mir vorgestellt, einmal in diese Lage zu kommen. Ich hätte nicht gedacht, dass ich fähig wäre zu … all dem. Und selbst wenn doch, hätte ich nicht geglaubt, dass es so schwierig sein könnte.

Als ich mich endlich entschlossen habe, steige ich aus dem Wagen, öffne den Kofferraum und hole die kleine schwarze Reisetasche heraus. Nie hätte ich damit gerechnet, sie so einsetzen zu müssen. Aber dieser Tage ist »nie« nicht mehr so absolut wie früher mal.

Ich hätte auch nie gedacht, dass ich meine Mutter auf die Weise verlieren würde, wie ich es tat. Ich hätte nie gedacht, dass ich mich um Verrat aus den eigenen Reihen würde sorgen müssen. Ich hätte nie gedacht, dass ich mal zögern würde, meinen Job zu machen, und auch nicht, dass ich mal einem Menschen begegnen würde, der mich so vieles *fühlen* lassen würde – Verlangen, Frustration, Schuld, Reue. Und wahrscheinlich sogar Liebe. Ich will nicht anfangen, die Dinge beim Namen zu nennen; das macht es nur komplizierter. Am besten lasse ich es gleich bleiben. Ich muss dies hier hinter mich bringen und nach vorn sehen. Sie wird besser dran sein, und das allein ist wichtig.

Leise gehe ich zurück zu dem kleinen Haus des Colonels auf dem Hügel und steige die Stufen hinauf. Das Anklopfen spare ich mir, wundere mich aber, wie still drinnen alles ist, als ich die Haustür hinter mir schließe. Ich sehe ins Wohnzimmer, das leer ist, und dann in die Küche. Dort sitzt der Colonel an der Kücheninsel und hält ein altes Foto von einer Frau in den Händen, die Muse bemerkenswert ähnlich sieht.

Der Colonel blickt auf, als ich an der Tür stehen bleibe. Wir starren einander an, tauschen wortlos Informationen aus.

Dann sieht er zu meiner Tasche. Ich halte sie hoch, um ihm zu sagen: *Ja, das mache ich.*

Seufzend nickt er, wohlwissend, dass es die richtige Entscheidung ist. Die einzig sinnvolle.

»Hinterher verlässt du das Land.«

Ich bejahe stumm.

Er weist mit einer Kopfbewegung zum Flur hinter mir. Ich drehe mich um und folge seiner stummen Anweisung.

An der ersten geschlossenen Tür bleibe ich stehen und klopfe leise an. Es kommt keine Antwort, also öffne ich die Tür einen Spalt weit, um hineinzusehen.

Muse liegt bäuchlings auf dem Bett, schlafend. Ihr Kinn ist weit genug zu mir gedreht, dass ich ihren entspannten Gesichtsausdruck sehen kann, auch wenn ihr Gesicht zur

Hälfte in der Überdecke vergraben ist. Ihr rotes Haar ist wie hinter ihr vom Wind aufgepeitschte Flammen.

Gott, sie ist wunderschön! Mir ist noch nie jemand begegnet, der mir auf so vielen Ebenen zu schaffen macht. Und ich meine »zu schaffen macht«, denn alles, was meine sorgsam aufgebaute Existenz durcheinanderbringt, ist eine Störung. Oder war es zumindest. Bis ich sie kennenlernte.

Sie ist die verblüffendste, erschütterndste Störung, die ich mir vorstellen kann. Ich liebe so vieles an ihr, dass ich allein ein Dutzend Sachen aus dem Stegreif nennen könnte. Ich liebe die Art, wie sie sich vollends in das hineinstürzt, was sie fühlt. Sie hält nichts zurück, springt einfach hinein. Ich liebe es, dass ich sie mit einer simplen Berührung oder einem Blick dazu bringen kann, zu Wachs in meinen Händen zu werden. Ich liebe es, dass sie es mit all meinen Ecken und Kanten aufnehmen kann, ohne sich zu verletzen. Ich liebe es, dass sie akzeptiert, wer und was ich bin, ohne all die Lügen, die ich ihr hätte erzählen können. Und was ich wahrscheinlich am meisten *und* am wenigsten an ihr liebe, ist, dass sie mich all meiner Gegenwehr zum Trotz dazu gebracht hat, zu fühlen. Sie hat mich zum Leben erweckt.

Dennoch hat alles Gute irgendwann ein Ende. Und dies hier ist unser Ende.

Ich blicke hinab zu ihrem friedlichen Gesicht. Obwohl ich sie berühren und sie schmecken möchte, mir einprägen, wie sie riecht und sich anfühlt, will ich sie nicht wecken. Sie braucht Schlaf, Ruhe, eine Pause. Ich gehe zum Nachttisch und öffne die Schublade. Darin sind ein Notizblock und ein Stift, die ich herausnehme. Eilig schreibe ich ihr eine

Nachricht und lege sie auf die schwarze Tasche, die ich neben dem Bett auf dem Fußboden lasse. Dort wird Muse sie sehen, sobald sie aufwacht. Und falls sie mein Angebot nicht von sich aus annehmen will, wird ihr Vater sie dazu überreden. Er wird ihr helfen zu begreifen, wie klug es ist.

Was mich betrifft, bekomme ich nicht das Lebewohl, das ich gerne hätte. Verdammt, ich würde am liebsten gar nicht Lebewohl sagen. Aber dies ist das Beste, was ich ihr geben kann. Ich hoffe nur, dass sie es versteht.

Als ich leise wieder aus dem Zimmer gehen will, wacht Muse auf. Sie hebt den Kopf ein wenig und sieht mich verschlafen an. Ich erkenne ihre Verwirrung, und bei ihrer Frage bin ich unsicher, ob sie richtig wach ist.

»Jasper?«

»Schlaf weiter«, sage ich leise.

»Geh nicht«, murmelt sie und senkt den Kopf wieder auf die Überdecke.

»Ich muss.«

»Dann nimm mich mit.«

»Kann ich nicht.«

»Bitte«, wimmert sie. Ihr fallen die Augen wieder zu, als könnte sie nichts gegen ihre Müdigkeit ausrichten.

»Ich bin ein Killer. In meinem Leben gibt es keinen Platz für dich.«

»Dann sei kein Killer.«

»Das ist es, was ich bin.«

Sie zieht die Brauen ein wenig zusammen, doch ihre Augen bleiben geschlossen. Ich denke, sie schläft schon wieder ein.

»Das musst du nicht sein.«

Ich weiß nicht, was ich dazu sagen soll, also sage ich gar nichts. Ich warte einfach an der Tür, bis ihre Atmung wieder tiefer, ruhiger wird, dann gehe ich für immer aus ihrem Leben.

Kapitel 33

MUSE

Ich habe das Gefühl, von einem Lastwagen überrollt worden zu sein, als ich mich im Bett umdrehe. Jeder Knochen, jeder Muskel tut mir weh, und mein Gesicht fühlt sich an, als hätte es ein oder zwei Tritte kassiert – geschwollen und angespannt.

Ich schaffe es, mich auf einen Ellbogen aufzustützen und mich umzusehen. Es ist hell. Die Sonne dringt am Rand der geschlossenen Jalousien ins Zimmer. Ich presse meine Lippen zusammen. Mein Mund ist vollkommen ausgetrocknet.

Ich komme auf die Knie hoch und betrachte die schmale Kuhle, die ich in dem Bettüberwurf hinterlassen habe. Offenbar habe ich mich die ganze Nacht nicht bewegt.

Als ich aus dem Bett steigen will, sehe ich eine schwarze Tasche auf dem Fußboden zwischen mir und der Tür. Auf der Tasche liegt ein weißes Blatt Papier. Ich beuge mich vor und hebe es mit Daumen und Zeigefinger auf, um zu lesen, was auf dem Blatt steht.

Die Schrift ist ordentlich, groß und geschwungen. Sofort weiß ich, von wem die Nachricht ist. Diese Schrift ist genauso typisch Jasper wie seine Tigeraugen und der Geruch seiner nassen Haut.

Geh nach Paris und male.
Mach einen Neuanfang.
Sarò sempre pensare a te.
J

Sarò sempre pensare a te. *Ich werde immer an dich denken.*

Das klingt endgültig. Wie ein Abschluss. Wie für immer.

Bei dem Gedanken gerät mein Herz ins Stocken. Ja, ich war – und bin immer noch – sehr wütend auf Jasper, und das aus gutem Grund. Aber ich hatte nicht ernsthaft geglaubt, dass mit dem gestrigen Tag alles vorbei wäre. Nie hätte ich gedacht, dass die Dinge, die ich gestern Abend gesagt habe, die einzigen wären, die ich jemals sagen könnte. Ich hatte nicht damit gerechnet, dass es so schnell, so plötzlich enden würde. Es ist wie eine unerwartete Amputation. Ein klarer, grober Schnitt. Und danach … nichts. Nichts außer dem Phantomschmerz dessen, was war. Und was nie wieder sein wird.

Was hatte ich erwartet? Eigentlich weiß ich es nicht. Ich weiß nur, dass es nicht *das* war.

In diesem Moment erinnere ich mich wieder an Bruchstücke einer Unterhaltung. Hatte ich letzte Nacht mit Jasper gesprochen? Ihn gebeten, mich mitzunehmen, fort von hier? Hatte er mir gesagt, dass er es nicht könnte? Oder hatte ich es geträumt? Alles ist wie vernebelt, doch mein Herz sagt mir, dass es wirklich passiert ist, dass Jasper sein Leben als Killer mir vorzog. Dass er mich verlassen hat. Für immer.

Ich steige aus dem Bett, reiße die Tür auf und suche nach meinem Vater. Er sitzt in der Küche und hält einen Kaffeebecher, als handelte es sich um ein Glas Wodka, was, nach den Geschehnissen des gestrigen Abends, auch gut sein könnte.

»Guten Mo…«

»Hast du Jasper gesehen?«, unterbreche ich ihn.

»Seit letzter Nacht nicht.« Er sieht müde und ein bisschen melancholisch gestimmt aus.

»Hat er gesagt, wohin er wollte? Hat er gesagt, ob er wiederkommt?«

»Nein, hat er nicht. Er ist nur weg.«

»Also k-könnte er nicht wiederkommen? Quasi *überhaupt nicht*?«

»Ja, das denke ich, Schatz. Er hat diese Tasche dagelassen und ist weggefahren. Das war das Beste, was er für dich tun konnte, und er wusste es.«

»Aber … aber das kann nicht sein! Er kann nicht einfach so verschwinden!«

Meine Lunge arbeitet immer heftiger, mein Atem geht immer schneller. Ich fühle mich panisch, verzweifelt, wie ein Junkie, dessen Lieferant bei einer Drogenrazzia hochgenommen wurde. Doch Jasper ist nicht mein Drogenlieferant. Er ist mein Jasper. Und wenn er verschwinden will, kann ich rein gar nichts dagegen tun. Unmöglich könnte ich ihn finden, wenn er nicht gefunden werden will. Jasper ist ein Profi. Er ist dazu ausgebildet, unsichtbar zu sein, und hat es jahrelang trainiert. Wenn er verschwindet, war es das. Ich werde ihn nie wiedersehen, ob es mir gefällt oder nicht.

»Muse, du musst ihn gehen lassen. Vertrau mir …«

»Dir vertrauen?«, platze ich heraus. »Wie zur Hölle kann ich noch *irgendwem* vertrauen?«

»Ich weiß, dass du wütend bist, aber sobald du dich beruhigt hast …«

»Sobald ich mich beruhigt habe? Mich *beruhigt* habe? Was dann? Dann werde ich wieder völlig ahnungslos sein? Dann spielt nichts mehr von dem hier eine Rolle? Dann werde ich kein gebrochenes Herz haben, mich nicht von den Menschen verraten fühlen, die ich am meisten liebe? Willst du das sagen? Falls ja, kannst du es dir sparen. Denn nichts davon stimmt. Es wird nie wieder so wie vorher. Nichts wird je wieder so sein wie vorher.« Meine Stimme bricht, und ich spüre, dass mir Tränen übers Gesicht laufen, was ich bis eben noch für unmöglich gehalten hätte. »Ich hatte endlich jemanden gefunden, den ich lieben kann. Nicht jemanden, der *mich* genug liebte, sondern den *ich genug lieben konnte.* Wie kann ich ihn da einfach gehen lassen? Wie kann ich so tun, als wäre alles okay? Wie kann ich vorgeben, alles würde gut, wenn *gar nichts* jemals wieder gut wird? Wie, Dad? Verrate mir, wie!«

Ich steuere auf einen hysterischen Anfall zu, fühle, wie er sich in mir aufbaut wie kleine Spielzeugaffen mit blechernen Minibecken in den Händen, die sie scheppernd zusammenschlagen, bis ich nicht mehr denken, sehen oder hören kann.

Auch mein Vater erkennt es, denn er sieht mich an, als wäre ich einer geschlossenen Psychiatrie entflohen.

»Muse, beruhige dich. Du bist müde. In letzter Zeit hast du eine Menge durchgemacht«, beschwichtigt er mich und streichelt meinen Oberarm, als wäre ich ein aufgebrachtes Kind.

»Hör auf!«, fauche ich und schlage seine Hand weg.

»Hör auf, mich wie eine Schwachsinnige zu behandeln! Du hast keinen Schimmer, was du mir angetan hast. Was *all das* mir angetan hat.«

Sein Blick ist reumütig. »Ich wollte nie, dass du da mitreingezogen wirst. Ich wollte nie, dass dein Leben so aussieht.«

»Na, das hat ja super geklappt, was, Dad?«, kontere ich verbittert.

Trotzdem habe ich ein schlechtes Gewissen, als ich sehe, wie betroffen er ist. Als hätte ich ihn geohrfeigt. Was natürlich nicht fair ist. Ich schlage bloß hilflos um mich. Dabei ist mir klar, dass er mich niemals willentlich verletzen würde. Und ich weiß, dass dies alles nur eine unabsehbare Folge seiner Karriere und seines bisherigen Lebens ist. Ein Kollateralschaden. *Ich bin* ein Kollateralschaden.

Ich schließe die Augen und atme tief ein. Ehe ich irgendwas sage oder tue, muss ich mich in den Griff bekommen, sonst werde ich es bereuen.

»Hör mal, ich weiß, dass du versucht hast, ein anständiges Leben zu führen, anständig zu *sein*, Entscheidungen zu fällen, die das richtige Ergebnis bringen. Aber manchmal kann man nicht sehen, welche Kreise bestimmte Dinge ziehen. Das kann keiner. Und du warst da keine Ausnahme.«

Er ist sichtlich erleichtert, dass ich mich wieder gefasst habe. Mein Vater ist von jeher nicht berühmt dafür, gut mit den Ausbrüchen einer Frau fertig zu werden. Das erinnere ich noch lebhaft aus meinen Teenagerzeiten.

»Muse, du bist klug und fähig, unverwüstlich und eine der talentiertesten Künstlerinnen, die ich je gesehen habe. Du wirst auf die Füße fallen, egal, wie viele Steine dir das

Leben in den Weg legt. Darum habe ich mich nie gesorgt. Selbst wenn dieser Stolperstein heißt, dass du wieder umziehen oder einen neuen Namen annehmen musst, wirst du es mit Bravour meistern. Das liegt dir im Blut. Du wirst immer noch *du* sein, Muse Marie Harper, egal, unter welchem Namen dich andere Leute kennen. Aber worum ich mir sehr wohl Sorgen mache, ist deine Sicherheit. Sonst hätte ich nie vorgeschlagen, dass du dein Leben auf den Kopf stellst.«

»Deshalb hast du mich in dem Glauben gelassen, dass der Umzug nach San Diego *deinetwegen* sein musste, ja? Du wusstest, dass ich niemals gehen würde, es sei denn, zu deinem Schutz.«

Das ist die eine Sache, die ich von meinem Vater geerbt habe. Ich laufe nicht weg.

Sein Lächeln ist verlegen und unglücklich, was mir sagt, dass ich recht habe.

»Ich kenne dich eben gut, meine Tochter.«

»Ja, scheint so«, antworte ich. Mein Satz hätte mit »mein Vater«, enden sollen, wie seiner mit »meine Tochter« endete. Auf die Art necken wir uns schon, seit ich ein kleines Mädchen war. Aber heute ist kein Tag für solche kleinen Scherze. Es ist nicht mehr wie damals, als ich klein war. Und das wird es vielleicht nie wieder sein.

Er packt meine Schultern und gräbt die Fingerspitzen in meine Haut, als er die Knie ein wenig beugt, sodass er mir in die Augen sehen kann. »Alles, was ich getan habe, geschah ausschließlich zu deiner Sicherheit. Von der Verteidigung unseres Landes an der Front bis hin zur Arbeit mit einem geheimen Team, um Bedrohungen auszuschalten. Alles geschah immer mit dem Gedanken an dich. Damit mein Kind einen sicheren Ort hatte, an dem es aufwachsen und gedeihen konnte. Ich hatte nur nicht erwartet, dass du gerade deswegen unmittelbar bedroht werden könntest.«

Ich schlucke meine verächtliche Erwiderung herunter. Mir ist bewusst, dass er es gut gemeint hatte, und dennoch tut es weh. Nichts als Zeit und Entfernung können daran etwas ändern. Trotzdem kann ich ihm jetzt gerade zumindest so viel sagen: »Du konntest es nicht wissen, Dad.«

»Kann sein. Oder aber doch.«

Ich weiß nicht, was ich sonst sagen könnte. Alles, was ich weiß, ist, dass darüber zu reden niemandem etwas nützt. Den heutigen Tag zu überleben und für den morgigen zu planen ist das Einzige, was jetzt im Moment eine Rolle spielt.

Ich nicke und versuche zu lächeln. Ich brauche Raum und Zeit, um nachzudenken, meinen Schmerz zu überwinden und nach vorn zu schauen. Mit dem Daumen weise ich über meine Schulter. »Ich gehe mal nachsehen, was Jasper mir dagelassen hat, und mache mich ans Planen.«

»Kein Frühstück?«

»Nein, vielleicht später.«

Er nickt, aber sein Lächeln, wie seine Miene überhaupt, wirkt angestrengt. Er kennt mich hinreichend gut, um zu wissen, dass ich dies hier allein machen muss. Er muss mich auf meine Art und in der Zeit, die ich brauche, mit alldem fertigwerden lassen. Die Zeiten, in denen er mich behütet hat, sind vorbei.

Ich bleibe stehen, bevor ich die Tür des Zimmers hinter mir schließe, in dem ich letzte Nacht geschlafen habe, und rufe ihm über die Schulter zu: »Dad, könntest du Jasper für mich finden, wenn es sein müsste?«

Ich halte den Atem an, während ich auf seine Antwort warte, obwohl ich schon ahne, wie sie ausfallen wird. Ja, ich glaube, schon zu wissen, was seine unausweichliche Antwort sein wird.

»Nein, Schatz«, antwortet er ernst. »Wenn er nicht gefunden werden will, dürfte es auf der ganzen Welt niemanden geben, der ihn finden kann.«

Es war mir klar gewesen, doch es tut weh. »Ja, dachte ich mir.«

Als ich die Tür schließe, fühlt es sich an, als würde ich sie zu so viel mehr verschließen als einem weiß gestrichenen Flur.

Kapitel 34

MUSE

Ich sitze auf dem Bett und habe alles vor mir ausgebreitet, was zu einem vollkommen neuen Leben gehört – einen neuen Sozialversicherungsausweis, einen neuen Führerschein, einen neuen Pass mit meinem Führerscheinfoto. Er ist sogar mehrmals abgestempelt, als wäre ich bereits viel gereist. Sämtliche Papiere sehen ein wenig abgegriffen aus, was sie echter wirken lässt. Und sie alle sind auf den Namen Elizabeth Harker ausgestellt.

Unten in der Tasche sind mehrere Bündel Geldscheine in unterschiedlichen Währungen, eine Sonnenbrille und eine Perücke für alle Fälle. Der Anblick von alldem macht mich unglaublich traurig, weil er mir bestätigt, dass das Leben, das ich bisher kannte, vorbei ist. Wer immer hinter Dads Teammitgliedern und deren Familien her sein mag, stellt auch eine Gefahr für mich dar. Und Dad wird mir keine Ruhe lassen, sollte ich versuchen, hierzubleiben. Was Jasper offensichtlich ebenfalls für eine schlechte Idee hielt.

Doch unter der Traurigkeit und dem Liebeskummer regt sich ein kleiner Keim von etwas ... Positivem. Gutem. Hoffnungsvollem eventuell. Er speist sich aus der Tatsache, dass Jasper zumindest schon ein oder zwei Tage nicht mehr die

Absicht gehabt hatte, mich zu töten. Und das war lange bevor er diesen Scheinauftrag richtig durchschaut hatte. So viel ist immerhin klar.

Der Rest hingegen ist überhaupt nicht klar, und ich begreife inzwischen, dass es in Bezug auf Jasper die wenigsten Dinge sind. So wie ich nicht weiß, wann er die Zeit fand, dies alles zu organisieren. So verschlossen, wie er ist, lässt sich das schwer sagen. Was mich kein bisschen überrascht, ist, dass er solche Beziehungen hat. Ich meine, der Mann arbeitet als Profikiller für die Regierung. Da gehört es zu den Jobvoraussetzungen, zwielichtige Kontakte zu haben. Ich schätze, das Einzige, was wirklich zählt, sind Jaspers Gefühle für mich, auch wenn er die vielleicht nie eingestehen wird. Jedenfalls reichten sie aus, um ihn von seinem Auftrag abweichen und mich am Leben zu lassen. Er ging sogar so weit, sicherzustellen, dass ich mit einer neuen Identität ausgestattet bin, ein neues Leben beginnen kann. In Sicherheit. Und Jasper selbst zufolge steht sein Job immer an erster Stelle. Laut ihm – und seinem Motto – denkt er hinterher nie wieder an seine Zielpersonen. Das ist seine Art, damit zu leben, zu überleben. Und trotzdem hat er für mich eine Ausnahme gemacht. Das muss doch etwas heißen. Oder etwa nicht?

Zum ersten Mal seit gefühlten Jahren – auch wenn es nicht mal annähernd so lange her ist – habe ich Hoffnung. Es ist ein winziger Hoffnungsschimmer, und dennoch kann ich ihn spüren. Deshalb lasse ich mir Zeit mit der Organisation und dem Aussuchen, wohin ich gehe. Vielleicht kommt Jasper doch zurück. Vielleicht zieht er mich seinem alten Leben vor. Vielleicht kommt er wieder und nimmt mich mit, wohin auch immer er muss.

Und ich werde mitgehen. Ich denke sogar, dass ich ihm überallhin folgen würde. Denn wenn er mich holen kommt, heißt das, dass er mich liebt. Und wenn er mich liebt, ist mein fataler Fehler eventuell doch nicht so *fatal*.

Diesmal war der Abschied von meinem Vater anders als beim letzten Mal. Obwohl ich weiter weggehen werde, trennen wir uns auf deutlich reifere Art, auf Augenhöhe. Und wir haben eine Menge geklärt.

Wir beide wissen, was auf dem Spiel steht, was neu für mich ist. Es mag ein harter Schlag gewesen sein, die Wahrheit über so vieles zu erfahren, doch zugleich gibt es mir ein Gefühl von Kontrolle, wie ich es vorher nie gekannt hatte. Ich glaube nicht, dass es meinem Vater besonders gut gefällt, aber damit wird er sich arrangieren müssen, denn es wird sich nicht mehr ändern. Nichts wird je wieder so, wie es früher war.

Natürlich bleiben wir in Kontakt. Zwar tue ich mich schwer mit dem, was ich neuerdings weiß, aber er ist immer noch mein Vater, und ich liebe ihn sehr. Deshalb haben wir uns eine Methode ausgedacht, wie wir über eine Online-Dating-Website kommunizieren können und mit Codes auf Postkarten verabreden, wann und wo wir miteinander telefonieren. Außerdem hat er mir ein Prepaid-Handy gekauft und mir die Nummer von seinem gegeben. Es ist einzig für echte Notfälle. Wir hoffen beide, dass ich es niemals benutzen muss.

Falls ihm etwas passiert, was Gott verhüte, hat er einen Notfallplan, der vorsieht, dass ich über ein neues Handy benachrichtigt werde; das werde ich mir baldmöglichst zulegen und ihm meine internationale Nummer geben. Es ist alles sehr kompliziert und spionagemäßig, allerdings überhaupt nicht so spannend und toll, wie es in den Filmen rüberkommt. Jetzt gerade scheint es nur das Gefühl zu verstärken, dass mein ganzes Leben eine Lüge ist. Ich weiß nicht mal, warum mir das so viel ausmacht. Offensichtlich waren es große Teile davon schon sehr lange.

Mein Vater hat mir auch versprochen, zu mir zu kommen oder mich nach Hause kommen zu lassen, sobald das alles geregelt ist. Teils freue ich mich auf den Tag; teils fürchte ich ihn, weil es sehr gut der Tag sein könnte, an dem Jasper endgültig und unwiderruflich aus meinem Leben verschwindet. Bis dahin klammere ich mich an die Hoffnung, dass er zu mir zurückkehren wird, aber ich verstehe, dass es vorerst so sein muss wie jetzt.

Vorerst.

Bis dahin habe ich die Sachen an meinem Leib sowie das wenige, was mein Vater mir von Miran an ein Hotel in Paris schicken lässt. Alles andere wird eingelagert, bis sich die Situation normalisiert hat.

Oder eine neue Normalität nach Jasper eintritt.

Kapitel 35

MUSE

Ich sehe durch das beschlagene ovale Flugzeugfenster, als Paris unter uns auftaucht. Millionen Lichter glitzern wie ein Miniatur-Weihnachtsmarkt, während wir in den Landeanflug gehen. Für einen Moment kann ich sogar den Eiffelturm sehen, den wir auf dem Weg zum Flughafen Charles de Gaulle überfliegen.

Ich öffne mich für diesen Ehrfurcht gebietenden Moment, für die aufregende Zeit, die ich mit der Erkundung einer erstaunlichen Stadt verbringen werde. Davon lasse ich mich einnehmen, ganz und gar, in der Hoffnung, dass es die allgegenwärtige Finsternis vertreibt, die mich verfolgt, seit ich an jenem Morgen aufwachte und feststellte, dass Jasper fort war. Ich habe sie mit einer Vielzahl von Waffen bekämpft. Von bitterem Zorn bis hin zu blinder Hoffnung, was jeweils für kurze Zeit funktioniert. Aber dann, wie ein Bumerang, der verlässlich an den Wurfpunkt zurückkehrt, verfalle ich wieder in den bedrückenden Zustand emotionaler Rastlosigkeit. Doch wenigstens habe ich diese kleinen Pausen von meinem Elend. Ohne sie wäre ich wahrscheinlich schon vollends in Trübsal versunken.

Heute Abend also werde ich Paris genießen. Ich werde

das Abenteuer auskosten, neu anzufangen. Nur wenige Menschen bekommen die Chance, sich vollkommen neu zu erfinden; mir bietet sie sich hier und jetzt. Und ich werde mein Glück suchen, so gut ich kann.

In einem Land, dessen Sprache ich nicht spreche, in dem ich keine Menschenseele kenne, keine Ahnung habe, wie ich es anfangen soll, denke ich unglücklich.

Hör auf!, ermahne ich mich im Geiste streng. *So darfst du nicht denken. Du* wirst *überleben. Du wirst dein Leben hier in Angriff nehmen, und eines Tages* wirst *du nach Hause zurückkehren.*

Das sage ich mir, auch wenn ich ziemlich sicher bin, dass kein einziger Teil meiner geschundenen Seele es glaubt.

Zweieinhalb Monate später

Der abendliche Novemberwind ist kühl an meinen Wangen, als ich mit dem Rad die holprige Straße vom Bahnhof zu meinem Cottage entlangfahre. Auvers-sur-Oise ist mein neues Zuhause. Es liegt keine zwanzig Meilen außerhalb von Paris, ist klein genug, um dort alles per Fahrrad oder zu Fuß zu erreichen, und, das Beste von allem, ist dank seiner Schönheit in die Kunstgeschichte eingegangen.

Während der Fahrt sauge ich die beruhigende Szenerie in mich auf. Mir fallen eine ganze Reihe von Gemälden ein, die diese schmalen, gewundenen Straßen, die sanften, von kleinen Häusern gesprenkelten Hügel dieses malerischen französischen Weilers abbilden. Doch nichts macht den Eindruck wett, den man hier vor Ort bekommt.

Ich hatte mir aus mehreren Gründen ein winziges Dorf ausgesucht, um mich niederzulassen, doch wenn ich ehrlich sein soll, könnte die Tatsache, dass Vincent van Gogh hier begraben ist, den Ausschlag gegeben haben. So oder so bin ich froh, dass ich auf mein Herz gehört habe. Zum ersten Mal nach zwei langen Monaten fange ich an zu glauben, dass ich hier eines Tages wirklich glücklich sein könnte.

Eines Tages.

Und ich halte immer an der Hoffnung fest, dass dieser Tag morgen sein könnte. Obwohl ich das Gefühl habe, er könnte auch nie kommen.

Bis ich mein Rad unter dem Dachvorsprung neben meiner Haustür abstelle, ist es vollständig dunkel geworden. An den meisten Orten würde ich mir Sorgen machen, dass es gestohlen werden könnte, wenn ich es über Nacht draußen lasse; hier nicht. Wahrscheinlich könnte ich sogar meine Haustür unverschlossen lassen, wenn ich wollte. Das will ich allerdings nicht, wie ich insgesamt bezweifle, dass ich mich jemals wieder *so* sicher fühlen werde. Zu vieles ist geschehen und hat mir zu viele böse Erinnerungen beschert.

Wie ungefähr tausendmal täglich schleicht sich Jaspers geheimnisvoll schönes Gesicht in meine Gedanken. Ich hole tief Luft, schließe die Augen und weide mich an den scharfen Konturen, sonne mich im Honigglanz seines Blicks, erschauere bei der Erinnerung an seine Berührung. Ich erlaube mir wenige Sekunden mit ihm, bevor ich ihn energisch weit in meinen Hinterkopf dränge. Es hat nicht lange gedauert, bis mir klar wurde, dass ich nur so zuweilen einen Moment Ruhe finde.

»*Bonsoir*«, sagt eine sanfte Stimme hinter mir.

Ich zucke zusammen, drehe mich ruckartig um und greife mit einer Hand an meine Brust, direkt über meinem galoppierenden Herzen. Ich war so tief in Gedanken, dass ich Gerard nicht hatte kommen hören.

»Ich habe mir fast in die Hosen gemacht vor Schreck!«, hauche ich.

»*Pardonne-moi s'il te plaît.* Ich wollte dich nicht erschrecken, Elizabeth.«

Gerard bewegt sich in den sanften Schein der Küchenlampe, die ich extra hatte brennen lassen. Das Licht erhellt seine eine Gesichtshälfte golden, verdunkelt die andere jedoch noch mehr. Ich betrachte ihn – hellbraunes Haar, graue Augen, klassische Züge, stets lächelnde Lippen. Er sieht gut aus, und wieder mal werden mir die Unterschiede zwischen ihm und Jasper bewusst. Es ist, als würde Gerards Gesicht sie in diesem Augenblick spiegeln. Er ist unbekümmert und offen, sanft und herzlich, während Jasper dunkel und reserviert, kühl und grüblerisch war.

Ihr Interesse an mir ist genauso gegensätzlich. Jasper wollte mich als Frau. Gerard, süß, aber eindeutig schwul, will mich als Freundin und Vertraute.

»Ist schon gut. Was machst du so spät noch hier?«

»Ich warte bereits, dass du heil nach Hause kommst, seit ich von der Arbeit zurück bin.«

»Ist das ein Code für ›du hast Männerprobleme und brauchst Hilfe‹?«, frage ich geradeheraus und lächle.

Sein Grinsen wirkt verlegen, als er sich mit der Hand durchs Haar fährt, sodass es ihm zu Berge steht. »Hast du Zeit?«

Ich sehe meinen Freund prüfend an. Der Tag heute war

hart. Bilder aus der Vergangenheit haben mich verfolgt, bis sie sich an den Rändern dunkel färbten und einrollten wie brennendes Pergament. So gern ich mich auch dem Schmerz hingeben, ihn zulassen würde, damit ich Jasper nicht komplett verliere, sehne ich mich doch zugleich nach Ablenkung, die mir eine Verschnaufpause verschafft.

»Sicher. Komm mit rein.«

Lächelnd folgt Gerard mir ins Haus. Er wischt seine Schuhe an der Fußmatte ab, wo sie Schlammstreifen hinterlassen. Der heftet sich an seine Füße, wenn er zu meinem Cottage hinunterkommt. Gerard lebt gleich oberhalb am Hang, und so haben wir uns kennengelernt. Ihm gehört das charmante kleine Haus, das ich miete. Und es hätte gar nicht besser laufen können. Gerard spricht hervorragend Englisch, was sehr praktisch ist, solange ich noch Französisch lerne. Er ist ein heiterer und hilfreicher Fremdenführer, und er bietet mir ein freundliches Gesicht und einen Hauch von Sicherheit, was ich beides dringend brauchte, als ich neu hier war. Genau genommen brauche ich die an den meisten Tagen immer noch.

Ich nehme meine Umhängetasche ab und stelle sie zusammen mit meiner Mappe neben die Tür.

»Hast du heute gemalt?«

Prompt muss ich lächeln. »Ja, habe ich.«

»Zeigst du es mir, oder muss ich betteln?«

»Morgen vielleicht? Ich bin ziemlich erledigt, weil ich so viel unterwegs war.«

Gerard sieht mich mitfühlend an. Obwohl ich mich ihm nie anvertraut habe, weiß er vermutlich, dass mich an manchen Tagen mehr plagt als nur Erschöpfung oder schlaflose

Nächte. »Ja, ich sehe schon, du musst dich ausruhen. Meine Probleme können bis morgen warten. Abendessen?«, fragt er. Sein Gesichtsausdruck ist der eines euphorischen Welpen, wenn er das Wort »spielen« hört.

»Morgen«, bejahe ich und bin froh, dass ich ihm meine Arbeit nicht heute Abend zeigen muss. Mir ist nicht danach, die damit verbundenen Emotionen jetzt gleich noch einmal zu durchleben. Ich denke, ich habe nicht die Kraft dazu.

Mit einem kleinen Kuss auf beide Wangen wünscht Gerard mir einen schönen Abend und entschwindet in die Nacht. Und ich schleppe mich die Treppe hoch, um meine farbverschmierten Sachen auszuziehen.

Oben an der Treppe wende ich mich nach links und schalte das Licht im Schlafzimmer an. An der Tür bleibe ich stehen.

Jasper.

Manchmal erschreckt mich, wie gegenwärtig er ist, wenn ich dieses Zimmer betrete. Die Wände hängen voller Erinnerungen an ihn in Öl auf Leinwand. Er ist überall, wohin ich auch sehe: in der vertrauten Landschaft mit dem See, dem Wald hinter seiner Hütte, seinem Portrait. Meine Zeit mit ihm hat jedes einzelne Bild geprägt, das ich seit meiner Ankunft in Paris gemalt habe.

Ich sagte mir, dass ich es tun müsste, dass es erlösend wäre. Dies waren die einzigen Dinge, die ich malen wollte. Über Wochen waren sie der einzige Trost, den ich finden konnte. Ich bilde mir gern ein, dass es hilft, doch nach wie vor gibt es Momente, in denen mich der Verlust geradezu lähmt. Es scheint jedoch besser zu werden.

Vielleicht.

Ein bisschen.

Hoffe ich.

An manchen Tagen denke ich das, an anderen fürchte ich, dass es nie besser wird. Wobei was ich denke keine Rolle spielt. Ich bin Jasper auf Gedeih und Verderb ausgeliefert.

Ich wende mich von dem Schrein ab, zu dem mein Schlafzimmer geworden ist, und gehe in das kleine angrenzende Bad. Dort spritze ich mir kaltes Wasser ins Gesicht und atme mehrmals tief durch, bis ich mich etwas stabiler fühle. Als ich mein Spiegelbild ansehe, bemerke ich das Regal hinter mir. Mein Parfüm steht an der falschen Stelle. Ich drehe mich um und rufe mir meine Morgenroutine ins Gedächtnis, bevor ich heute das Haus verließ.

Auf dem obersten Regalbrett steht eine kleine Holzkiste, in der ich meinen Schmuck aufbewahre, wenn ich ihn zur Nacht abnehme, daneben eine kleine Figur eines malenden Mädchens, die ich bei meinem ersten Streifzug durch Paris gekauft hatte, und, normalerweise, der Flakon mit meinem Lieblingsparfüm. Auf dem zweitobersten Regalbrett sind einige Kleinigkeiten sowie ein Flakon eines exotischen französischen Parfüms, das Gerard mir geschenkt hat. Er findet es »göttlich«, aber ich ziehe meinen Duft vor. Die Fliedernote darin erinnert mich an Jasper, deshalb trage ich es täglich. Es hat einen besonderen Platz in meinem Herzen *und* auf dem Regal.

Nur jetzt nicht.

Aus irgendeinem Grund steht der Flakon neben dem anderen. Da habe ich ihn nicht hingestellt.

Mir läuft ein leichter Schauer über den Rücken. Vom Bad gehe ich zurück ins Schlafzimmer und blicke mich nach allen vertrauten Details im Zimmer um. Es ist der Raum, in den ich das meiste von *mir* gegeben habe, in dem ich mich am heimischsten fühle.

Alles sieht sauber und ordentlich aus, so wie ich es heute Morgen verlassen habe. Das Bett ist gemacht, die Überdecke mit dem Frühlingsblumenmuster, die ich in Paris gefunden habe, ist glattgestrichen. Auf dem Läufer vorm Schrank stehen meine Hausschuhe, wie ich sie morgens, als ich mich anzog, dort gelassen habe, und die Vorhänge sind noch zurückgezogen, damit tagsüber die Sonne hereinscheinen konnte.

Ich versuche, das beunruhigende Gefühl abzuschütteln, und sage mir, dass ich das Parfüm heute Morgen wohl versehentlich auf das falsche Regalbrett gestellt habe. Ich war immerhin in Eile aufgebrochen, um wieder zurück zu sein, bevor es dunkel wurde.

Unten suche ich nach anderen Dinge, die nicht an ihrem Platz sind, und finde keine, mache mir aber keinerlei Vorwürfe, weil ich so paranoid bin. Ich denke, das ist in meiner Situation nur normal.

Als ich an der Haustür vorbeigehe, nehme ich meine Mappe auf und mit ins Wohnzimmer. Dort hocke ich mich auf die Seitenlehne der Couch und ziehe den Reißverschluss der gefütterten Mappe auf, sodass das getrocknete Aquarell zum Vorschein kommt, das ich heute auf dem Rasen neben einem Café gemalt habe. Ich war entschlossen, ein bisschen was von Paris einzufangen, statt ausschließlich meine Erinnerungen auf das Papier zu bannen. Und es gelang mir auch – bis zu dem Moment, in dem ich aufblickte und einen dunkelhaarigen Mann in einiger Entfernung um eine Hausecke verschwinden sah. Er erinnerte mich so sehr an Jasper – wie die meisten großen, sportlichen Männer mit kurzem, dunklem Haar, zumindest von hinten –, dass ich das Bild nicht beenden konnte, ohne seinen vagen Umriss im Hintergrund zu ergänzen. In den kommenden Tagen werde ich mich daran am deutlichsten erinnern, wenn ich an heute zurückdenke. Die Szenerie war wunderschön, das Wetter perfekt, der Ort exotisch, doch das Hervorstechende wird mein Herzklopfen bleiben, als ich den dunklen Schopf verschwinden sah.

Kapitel 36

MUSE

Zwei Wochen später

Die Vorstellung, die Feiertage in Paris zu verbringen, hat etwas Verlockendes und zugleich regelrecht Deprimierendes. Die Stadt ist bezaubernd, ebenso wie dieser kleine Ort mit seinen rund achttausend Einwohnern, sodass ich mir gut gemütliche Abende drinnen oder festliche Essen mit Freunden vorstellen kann. Nur habe ich nicht viele Freunde. Um genau zu sein, habe ich einen. Madame Etienne zählt nicht, weil sie bloß mit mir spricht, wenn ich ihr im Garten helfen soll.

Deprimierend ist, dass ich Weihnachten ganz allein in einem fremden Land feiern werde, weder meinen Vater umarmen noch mich mit einer alten Freundin auf einen Drink treffen oder die Hand des Mannes halten kann, den ich liebe. Mir scheint es, als wäre praktisch jeder Schritt an jedem Tag eine eigenartige Mischung aus einem Fortschritt und völligem Stillstand. Anscheinend kann ich mein altes Leben ebenso wenig loslassen wie meine alten Hoffnungen und Träume.

Es ist noch zu früh, sage ich mir, was stimmt. Es sind erst wenige Wochen seit meinem Fortgang verstrichen. Es wäre verrückt zu erwarten, dass ich mich jetzt schon vollständig erholt hätte.

Aber ein klein wenig vielleicht …

Ich schüttle den Gedanken ab. Es *ist* besorgniserregend, dass ich mich überhaupt nicht besser zu fühlen scheine. Es gibt Momente, in denen ich es mir einbilde, aber jedes Mal wird mir schnell klar, dass dem nicht so ist. Diese kurzen Ausbrüche von Wohlbefinden sind wie Kometen. Sie strahlen hell und vielversprechend am dunklen Himmel meines Lebens, schenken mir für flüchtige Sekunden Licht und Hoffnung, um dann am Horizont zu erlöschen. Manchmal ist es danach dunkler als zuvor.

Ich blicke von meinem leeren Skizzenblock auf, als es an der Tür klopft. Natürlich muss ich mich nicht fragen, wer das sein mag. Da sich Madame Etiennes Garten im Winterschlaf befindet, kann es nur Gerard sein. Mit jemand anderem habe ich mich bisher nicht angefreundet.

Er lächelt strahlend, als ich ihm öffne, verneigt sich tief und reicht mir einen kleinen weißen Briefumschlag. »Ich möchte dich heute Abend zu einem sehr besonderen Essen einladen, Elizabeth«, sagt er, wobei er meinen Namen wie *Ii-lii-sa-bett* ausspricht.

»Tja, wenn das eine Andeutung dessen ist, was mich erwartet, weiß ich jetzt schon, dass ich nichts Passendes anzuziehen habe«, sage ich, um schon mal eine Ausrede vorzubereiten.

Sein Lächeln wird noch breiter. »Keine Sorge, *ma chère*, darum habe ich mich für dich gekümmert.«

Ich bin nicht so skeptisch wie normalerweise, als Gerard

mir einen länglichen Karton reicht, den er hinter seinem Rücken versteckt hatte. Wahrscheinlich, weil er gewöhnlich einen exzellenten Geschmack hat.

»Gerard, das sollst du doch nicht. Ich kann wirklich nicht …«

»Tz-tz«, erwidert er. »Ich wollte. Und sicher *kannst* du.«

Für einen Moment nage ich nachdenklich an meiner Unterlippe. Sicher ist es ein sehr aufwendiges Geschenk, das mir unter anderen Umständen unangenehm wäre. Doch Gerard hat Geld. Jede Menge. Offensichtlich hat er mehrere Immobilien, darunter eine sehr lukrative irgendwo in Paris. Wahrscheinlich habe ich keinen Grund, mich mies zu fühlen. Er ist mein Freund, und ich denke, er tut einfach gern Nettes für andere. Also beschließe ich, es zu genießen.

Zögerlich nehme ich den Karton. Mich macht das alles neugierig: das besondere Abendessen, das Kleid, die Förmlichkeit. Gerard folgt mir nach drinnen und schließt die Haustür, ehe wir ins Wohnzimmer gehen.

Ich stelle den Karton auf den alten Couchtisch und löse die riesige, wunderschöne blaue Schleife, bevor ich den Deckel abnehme. Darunter kommt unter einem Hauch von Seidenpapier ein mit Perlen besticktes smaragdgrünes Mieder zum Vorschein. Ich schiebe die Finger unter die Spaghettiträger und hebe das Kleid aus dem Seidenpapier. Der Rock des Kleides ist aus edlem Samt, in einem passenden Smaragdton gehalten und bodenlang. Mehrere Sekunden kann ich nur hinstarren, bis ich schließlich zu Gerard sehe, dessen graue Augen blitzen, als er mich angrinst.

»Du wirst absolut *magnifique* aussehen, wenn du die Galeriebesitzer kennenlernst.«

Mir fällt die Kinnlade herunter. »G-galeriebesitzer?«

»Ja, Galeriebesitzer. Ein Ehepaar. Mir gehören die Häuser, in denen sie einst ihre ersten Galerien in Paris und Rom eröffnet haben. Ich kenne sie recht lange und weiß, dass sie gern direkt verhandeln, wie viele Chefs das vorzugsweise tun. Julienne hat dein Bild in meinem Büro gesehen und wollte keine Ruhe geben, bis ich ihr zugesagt habe, dass ich sie mit der Künstlerin bekannt mache. Deshalb bin ich hier. Um euch zusammenzubringen.«

Jetzt verstehe ich auch das Blitzen in seinen Augen und sein Grinsen, das überhaupt nicht aufhören will.

Zum ersten Mal seit Monaten bin ich voller Aufregung und Vorfreude. Dass die Arbeit, in die ich mein Herz und meine Seele gebe, von Kunstliebhabern geschätzt wird, ist schon ein Traum von mir, seit ich ein kleines Mädchen war. Und das Timing könnte gar nicht besser sein. Ich drehe jetzt schon jeden Cent dreimal um, damit das Geld von Jasper möglichst lange reicht. Trotzdem frage ich mich in letzter Zeit, wie in aller Welt ich einen Job finden soll, wenn ich die Sprache nicht mal beherrsche. Das hier … ja, das könnte ein Geschenk des Himmels sein!

»Kommt da kein Wort über diese schönen Lippen?«

Ich werde rot, und das nicht wegen des Kompliments, sondern weil es sagenhaft unhöflich ist, in meine Gedanken abzutauchen, statt Gerard zu danken.

»Ich bin sprachlos. Nie könnte ich dir genug danken, mir solch ein guter Freund zu sein, Gerard. Ich weiß nicht, was ich die letzten Monate ohne dich gemacht hätte.«

Er nickt vornehm, doch ich sehe ihm an, wie sehr es ihn freut. Schmeicheleien wirken immer bei Gerard. »Ich glaube an deine Arbeit. Und ich freue mich, wenn sie jemand anderem genauso gut gefällt.«

»Also soll ich sie *heute Abend* kennenlernen?«

»Ja, in zwei Stunden. Allerdings treffen wir uns in Paris, also bleibt dir nicht viel Zeit, dich bereitzumachen.«

»Dann sollte ich lieber direkt anfangen. Ich muss nachsehen, ob ich Schuhe hierzu habe«, murmle ich nachdenklich, während ich das Kleid schon zur Treppe trage.

»Hast du denn nicht in dem Karton nachgesehen?«

Ich drehe mich um und sehe, dass Gerard mir den weißen Karton entgegenstreckt. Dann erkenne ich, dass da noch eine Schicht Seidenpapier ist. Als ich sie zur Seite schiebe, kommen zwei mit Silberpailletten besetzte Schuhe zum Vorschein. Ich nehme sie aus dem Karton, stelle sie behutsam auf den Boden und schlüpfe in den einen hinein, um zu sehen, ob sie passen. Tun sie. So perfekt, als hätte ich sie selbst ausgesucht. Ich schätze, dass dasselbe auf das Kleid zutreffen wird.

»Wie in Aschenputtel, meinem Lieblingsmärchen!«, schwärmt Gerard mit einem verträumten Augenrollen.

In solch einem wundervollen Kleid, solch wundervollen Schuhe Leute kennenzulernen, die meine Träume wahrmachen könnten, dürfte sich wirklich wie ein Märchen anfühlen. Fehlt nur noch der schöne Prinz, um das Bild zu vervollständigen. Aschenputtel hätte ihr glückliches Ende nicht ohne ihn. Und tief im Innern weiß ich, dass ich meines auch nicht ohne ihn haben kann. Meine Malerei könnte die Welt erobern, ich könnte zurück in die Staaten zu meinem Vater ziehen, ich könnte alles andere, was ich mir jemals im Leben gewünscht habe, erreichen, und es würde sich ohne Jasper leer anfühlen. *Er* ist es, dem mein Herz wirklich gehört.

»Ich komme dich in einer Stunde abholen. Reicht das für dich?«

Ich nicke. »Ja, das ist gut.«

Ich warte, bis er zur Tür geht, und halte sie ihm auf. »*A tout à l'heure.*«

Bis gleich.

Bis gleich. Wenn ich den ersten Schritt in meine Zukunft wage. Ohne Jasper.

Ich hätte mir keine Sorgen machen müssen. Das Abendessen war ein voller Erfolg, und ich gehe wie auf Wolken, als Gerard mich aus dem Restaurant geleitet. Ich brauche nicht mal eine Stola. Der Wein und das Glück wärmen mich.

Ich hole tief Luft, breite die Arme aus und drehe mich auf dem Bürgersteig im Kreis. »Das war unglaublich!«

Paris kippt ein wenig bei meiner zweiten Drehung, und Gerards Arme verhindern, dass ich auf dem Hintern lande und mein wunderschönes, aber sehr enges Kleid ruiniere.

»Ups!«, quieke ich, richte mich auf und stemme mich ein wenig von Gerards Brust ab.

»Der Abend *war* unglaublich, genau wie *du* unglaublich bist«, sagt er vergnügt. Seine grauen Augen blitzen.

»Ich bin dir so dankbar, Gerard. Ich kann dir gar nicht sagen …«

Abrupt verstumme ich, weil ich auf einmal fröstle und das Gefühl habe, jemand würde mich beobachten. Was gar keinen Sinn ergibt. Wahrscheinlich liegt es an der falsch weggestellten Parfümflasche und einer zunehmenden Dosis Paranoia.

»Was ist?«, fragt Gerard besorgt.

Mir wird sofort bewusst, wie unwahrscheinlich es ist, dass ich beobachtet werde. Zweifellos hat Jasper mich hergeschickt, weil er es für sicher hielt. Doch so sehr ich mich auch bemühe, werde ich das Gefühl nicht los, dass sich ein Augenpaar auf mich richtet. Dunkle, bedrohliche Augen.

Mehrmals blicke ich mich um, kann jedoch nichts Verdächtiges entdecken – nichts Eindeutiges wie einen schwarzen Wagen mit einer Kapuzengestalt hinterm Lenker oder einen Mann in einem Trenchcoat, der rauchend am Eingang einer finsteren Gasse steht. Andererseits bezweifle ich, dass jemand, der mich finden konnte, derart schlampig in Sachen Überwachung wäre.

Jemand, der mich finden konnte ...

Jasper.

Könnte er mich gefunden haben? Hätte er das gewollt?

Mein Herz hüpft vor Freude bei dem Gedanken, dass er es sein könnte, dass er endlich kommt, um mich zu holen. Doch meine Vernunft vernichtet diese Hoffnung prompt. Wäre Jasper gekommen, gäbe es keinen Grund für ihn, mich in Paris zu stalken, wenn er mich schlicht in meinem kleinen Cottage besuchen kann.

Nein, das wäre nicht Jasper. Und wenn er mich beobachten wollte, würde ich es niemals merken. So gern ich mir auch einbilde, ich könnte ihn spüren, glaube ich es nicht. Er ist wie ein Geist. Unsichtbar. Flüchtig.

»Nichts. Es ist ... nichts«, füge ich mit einem Lächeln

hinzu. »Ich bin nur bereit, nach Hause zu fahren und alles erst mal sacken zu lassen.«

Gerard strahlt und hakt mich unter, um mit mir zum Wagen zu gehen. Als er die Beifahrertür öffnet und ich einsteige, blicke ich mich wieder auf der Straße und in den Hauseingängen um, ob irgendetwas ungewöhnlich ist. Nichts. Kein Stalker. Kein Beobachter.

Kein Jasper.

Auf dem Weg zurück in unser kleines Dorf schwindet meine Zuversicht mit jeder Meile, die mich meiner neuen Existenz näher bringt – und weiter von dem Mann entfernt, den ich liebe.

Der kurze, unsinnige Gedanke, dass Jasper mich gefunden haben könnte, es aber nicht hat, beschwört eine Finsternis herauf, die sich einer Gewitterwolke gleich tage- und nächtelang über mein Leben schiebt. Sehnsucht wird zu Verbitterung, Melancholie zu Wut. Mein Frust, weil ich mich in einen Mann verliebt habe, der so beschädigt und unnahbar ist, äußert sich in einem Schwall von Hass und Feindseligkeit, der sich gegen ein einziges Ziel richtet: Jasper.

Es ist leicht, ihm die alleinige Schuld zu geben. Ohne ihn wäre ich wenigstens noch in den Staaten, wäre noch ich und würde ein Leben führen, das »okay« wäre, während ich darauf warten würde, dass etwas Wunderbares passiert. Nicht *dies* hier. Dieses Leben ist phasenweise fast unerträglich. Der Verlust von so vielem – meinem Zuhause, meinem Vater, meiner Identität – war schon ohne Jasper schlimm genug. Mich in ihn zu verlieben war, als hätte mich ein Geschoss voller Feuerwerkskörper getroffen: brutal schön, enorm explosiv, aber am Ende kurzlebig und leer. Jetzt bleiben mir nur noch die Trümmer. Keine Funken, kein Licht, keine Schönheit. Nur die verbrannte Hülle dessen, was war und nicht mehr ist.

Ich packe meine Staffelei und eine neue Leinwand ein, zusammen mit einigen Pinseln und Aquarellfarben, werfe alles verärgert in meinen Fahrradkorb und fahre den Weg hinunter. Ich sehe nicht mal in seine Richtung, als ich aus dem Augenwinkel bemerke, dass Gerards Wagen zu mir aufschließt. Ich radle weiter, als hätte ich ihn nicht gesehen. Ich bin nicht in der Stimmung, mit ihm zu reden, auch wenn ich es irgendwann muss. Seit dem Abendessen letzte Woche hat er mehrmals versucht, mit mir zu sprechen, doch bisher konnte ich ihn erfolgreich abwimmeln. Noch will ich mich damit nicht befassen.

Ich fahre den vertrauten Weg zum Fluss entlang. Obwohl ich Feindseligkeit ausstrahle wie ein kaputter Heizkörper Dampf, sehnt sich etwas in mir nach der »Heimeligkeit« des Flusses. Näher als dort kann ich Jasper derzeit nicht sein, und auch wenn er die Ursache meiner verdrossenen Stimmung ist, folge ich meinem Instinkt und fahre trotzdem hin.

Als ich den Fluss erreiche, stelle ich erfreut fest, dass mein bevorzugter Uferabschnitt bis auf einige Vögel leer ist. Sie fliegen weg, als ich mein Rad in das Gras schiebe.

Ich klappe den Ständer runter, hole meine Sachen aus dem Korb und trage sie zu einem sonnigen Flecken am Flussrand. Mit der Routine von jemandem, der das hier schon Dutzende Male getan hat, stelle ich meine Staffelei auf und spanne meine Leinwand ein, bevor ich die Pinsel und die

Aquarellfarben hervorhole. Als alles bereit ist, nehme ich einen Pinsel in die Hand und betrachte das helle, heitere Bild vor mir. Dann beginne ich zu malen.

Gedanken an mein neues Leben wie auch an mein altes kreisen in meinem Kopf wie Raubtiere, die auf den idealen Moment zum Angriff lauern. Ich denke daran, wie ich früher glücklich zu sein glaubte. Ich denke an das Schwebegefühl, als ich mit Jasper zusammen war. Nichts anderes zählte, wenn ich in seinen Armen war, in seinen Küssen ertrank. Weder die Außenwelt noch die Menschen in ihr spielten eine Rolle, weder die Vergangenheit noch die Zukunft, weder Richtig noch Falsch waren von Bedeutung. Einzig Jasper und ich und die Elektrizität zwischen uns. Und ich denke an jetzt, heute, und daran, dass ich dem Aufgeben wieder einen Schritt näher bin. Dass ich immer tiefer in Hoffnungslosigkeit und Elend versinke. Während all das in mir brodelt, male ich.

Emotionen fließen aus mir heraus wie schwarzes Blut aus einer tödlichen Wunde, aus unergründlicher Tiefe. Die Bäume, die auf der Leinwand Form annehmen, sind dunkel und scharf umrissen, ihre Zweige eher wie Dornen, und die Sonne taucht überhaupt nicht auf. Sie ist verborgen hinter dicken Quellwolken, die warnend Unheil verkünden. Und das Wasser … das Wasser sieht kein bisschen wie das vor mir aus. Auf meiner Leinwand ist es gurgelnd, strudelnd, die Oberfläche alles andere als ruhig und lieblich.

Ich attackiere die Leinwand mit meinem Pinsel, bemerke die Tränen gar nicht, die mir über die Wangen laufen, bis ein Kälteschauer sie auf meiner Haut erstarren zu lassen scheint.

Diesmal ringe ich nach Luft, lasse den Pinsel fallen und fahre herum, als hätte mir jemand auf die Schulter getippt. Ich blicke mich um, sehe jedoch keine Spur von einer anderen Person.

Meine Augen tränen noch, und ich atme schwer, als ich nach meinem Pinsel greife und über das komische Gefühl nachdenke, das mich schon zum zweiten Mal überrascht hat. Was fühle ich? Wut? Schmerz? Einsamkeit? Verzweiflung?

Ja. All das. Aber warum? Warum überkommen mich solche plötzlichen Empfindungen wie aus dem Nichts? Die meisten von ihnen begleiten mich praktisch jeden Tag, seit ich Amerika verließ, aber nie so. Nie alle auf einmal und mit solcher Wucht, dass sie mich physisch erschrecken.

Als ich mich wieder meinem Bild zuwende, sehe ich die Rastlosigkeit meiner Seele. Sie färbt alles um mich herum, raubt dem Schönen die Schönheit. Ich weiß, dass ich das nicht zulassen sollte, dass es so nicht weitergehen darf. Doch ich weiß einfach nicht, wie ich es aufhalten soll.

Stunden später wache ich erschöpft zu Hause auf. Draußen ist es noch dunkel, lange vor Tagesanbruch. Ich überlege, im Bett zu bleiben, mich in meinem Elend zu suhlen, obwohl ich weiß, dass ich nicht wieder einschlafen werde.

Frustriert werfe ich die Decke zur Seite und gehe nebenan ins Bad. Dort drehe ich den Wasserhahn auf und lasse richtig heißes Wasser in die Wanne laufen, dem ich gerade so viel Schaumbad beifüge, dass ein schöner, duftender Schaum entsteht. Ich strecke die Arme in die Höhe und bemerke ein leichtes Stechen im Nacken, weil ich gestern so lange gemalt habe. So lange und so wütend. Vielleicht sind ein heißes Bad und einige beruhigende Aromen genau das, was ich brauche.

Ich zünde drei Kerzen an und schalte das Licht aus. Nachdem ich meine Schlafsachen ausgezogen habe, steige ich in die Wanne und zische, als das heiße Wasser auf meine kalten Füße trifft. Es dauert einige Sekunden, bevor ich mich ganz ins Wasser legen kann, die Beine an das kalte Porzellan der alten Klauenfußwanne gelehnt. Sobald sich meine Haut nicht mehr beklagt, lasse ich meinen Kopf gegen das kleine Wannenkissen sinken und meine unruhigen Gedanken mit dem Dampf davonwabern.

Ich schwebe in diesem Zustand zwischen Wachsein und Halbschlaf, als ich ein dumpfes Poltern höre. Es ist so leise, dass ich es garantiert nicht mitbekommen hätte, wäre ich nicht wach gewesen und es um diese nächtliche Zeit nicht so still im Haus. Ich reiße die Augen auf, während sich der Nebel in meinem Kopf lichtet, und lausche angestrengt. Hat mir meine hyperaktive Fantasie das Geräusch nur vorgegaukelt?

Ich höre das verräterische Knarren, als jemand den Treppenabsatz oben erreicht. Dort gibt es keine Stelle, an der es nicht knarzt, wenn man die Dielen betritt. Sie sind quasi wie ein versteckter Alarm. Und ich bin alarmiert. Mein gesamter Körper spannt sich an. Ich schnappe leise nach Luft, halte sie an und überlege, ob es klüger wäre, mich zu rühren und den Eindringling so auf mich aufmerksam zu machen, oder mich still zu verhalten und zu hoffen, dass er nicht ins Badezimmer kommt.

Meine Zeit verrinnt schnell, denn die fast lautlosen Schritte auf dem Teppich nähern sich der Badezimmertür. Mein Herz klopft so schnell und kräftig, dass es beinahe schmerzt, doch immer noch bleibe ich vollkommen ruhig. Ich schaue mich nach irgendeiner Waffe in greifbarer Nähe um. Als mein Blick auf das Holzkästchen fällt, in dem ich meinen Schmuck verwahre, schmiede ich hastig einen Plan, aufzuspringen, danach zu greifen und sie dem Eindringling über den Kopf zu schlagen, bevor ich die Treppe hinunter und in die Küche renne. Wo die Messer sind.

Vorausgesetzt, ich kann ihm so überhaupt entkommen. Ich überlege, ob ich Jasper jemals überwältigen könnte. In irgendeiner Situation. Und ich weiß, dass es ausgeschlossen wäre. Wie wohl für die meisten, wenn nicht alle Menschen. Es gibt ja einen Grund, weshalb er der Beste ist. Ich kann nur hoffen, dass derjenige, der in mein Zuhause eingebrochen ist, nicht ansatzweise so gut ist wie Jasper.

Aufmerksam horche ich, wie der Eindringling näher kommt. Das Einzige, was ich höre, ist das leise Platzen der Seifenblasen um mich herum. Ich starre zur Tür, das Herz schlägt mir bis zum Hals, und plötzlich erscheint eine dunkle Gestalt.

Schreiend springe ich auf, greife nach dem Kästchen und schleudere es mit aller Kraft in Richtung des Kopfs im Schatten. Dann stürze ich aus der Wanne, rutsche mit den nassen Füßen auf den Fliesen aus und schlittere vorwärts. Zum Glück hatte mein Angreifer nicht damit gerechnet, sodass ich an ihm vorbei aus dem Bad stürmen kann.

Die kalte Luft auf meiner Haut nehme ich kaum wahr, als ich durchs Schlafzimmer renne. Ich bin fast an der Tür, als mich eiserne Finger bei den Armen packen, mich zurückhalten und hochheben, um mich aufs Bett zu werfen. Ein schwerer Körper fällt auf mich und hält mich unten.

»Kein Grund, mir keine kleine Kostprobe zu gönnen, bevor ich dir den hübschen Hals aufschlitze«, knurrt eine Stimme an meinem Ohr. Ich will schreien, da klatscht mir eine große Hand auf den Mund, die nach Öl und Rauch riecht. »Wenn du unbedingt schreien willst, kann ich dir auch vorher die Kehle aufschneiden. Für mich macht das keinen Unterschied.«

Ich starre an die Decke, zu dem silbrigen Mondlicht, das durch den Spalt in meinen Vorhängen dringt, und überlege, was er gesagt hat. Meine Gedanken überschlagen sich auf der Suche nach einem Ausweg, *irgendeinem*, doch mir fällt keiner ein. Wenn ich schreie oder mich wehre, bringt er mich wahrscheinlich um. Andererseits will er mich sowieso umbringen, und ich möchte lieber tot sein, als mich von jemand anderem als Jasper anfassen zu lassen. Genau genommen wäre mir der Tod lieber als dieses elende Leben ohne ihn. Spielt es denn eine Rolle, wer mich umbringt oder wann?

Mir wird bewusst, dass es keine spielt. Es wird einfach eine Erleichterung sein, eine Befreiung von dem ewigen Herzschmerz, dem ich nicht entfliehen kann. Deshalb versuche ich, ihn zu provozieren, indem ich meine Zähne in seine fleischige Handfläche ramme und mich gleichzeitig mit Armen und Beinen zur Wehr setze. Ich fühle, wie sich Fleisch von Knochen löst, schmecke Blut. Aber mein Angreifer rührt sich nicht. Er gibt keinen Laut von sich, bis ich das feuchte Schmatzen von Lippen an meiner Wange höre.

»Wie du willst, Prinzessin.«

Und dann spüre ich eine Messerspitze an meinem Hals.

Kapitel 37

MUSE

Ich liege still da und warte auf den Schnitt, der mein Leben beendet, als das erdrückende Gewicht auf meiner Brust auf einmal weg ist. Zuerst denke ich, dass er sich bloß halb aufgerichtet hat, um das Messer in mich zu stoßen, aber dann höre ich das Rascheln von Kleidung, das Geräusch zweier Körper, die im Dunkeln ringen.

Instinktiv rolle ich mich vom Bett und sehe nur flüchtig in die schattigen Ecken, bevor ich geduckt die Treppe hinuntereile. Mein einziger Gedanke ist Flucht.

Ein lautes Krachen lässt mich aufschreien, und ich drehe mich um, sodass ich sehe, wie ein Mann hinter mir die Treppe hinunterstürzt, sich überschlägt und schließlich mit einem enormen Knall unten landet, ein Stück von der Stelle entfernt, an der ich kauere.

Ich habe Mühe zu verstehen, was vor sich geht, bis ich einen anderen Umriss in dem fahlen Lichtschein sehe, der auf den Treppenaufgang fällt. Die Gestalt bewegt sich auffallend fließend, und ich erkenne sie sofort.

Ich weiß schon, wer es ist, bevor ich sein Gesicht sehen kann. Mein Körper, meine Seele, jede Zelle und jeder Nerv in mir reagieren auf ihn wie Ionen auf elektrischen Strom.

Und als ich sein Gesicht sehe – Gott steh mir bei –, denke ich für einen Moment, dass ich mein Leben und jeden Atemzug gegen nur einen einzigen Tag mit ihm eintauschen würde.

Jasper.

Ich beobachte ihn, bis er die Treppe herunter ist. Er bleibt vor mir stehen und mustert mich rasch, um sich zu vergewissern, dass ich unverletzt bin. Nachdem er es anscheinend festgestellt hat, wendet Jasper sich wieder dem halb bewusstlosen Mann am Boden zu.

Seine Stimme ist ein tödliches Knurren, als er sich nach unten beugt und ihm ins Ohr zischt: »Du wolltest diese Frau vergewaltigen? Du wolltest ihr nehmen, was sie dir nicht geben will?« Der Ekel und die Wut in seiner Stimme sind fast greifbar. Er zieht den Mann hoch, schlingt einen Arm um seinen Hals und dreht den Arm des Kerls auf dessen Rücken, ehe er ihn frontal gegen die Wand schmettert. Die Tür erzittert in ihren Angeln. »Würdest du sterben, um sie zu kosten? Ich würde nämlich sterben, um sie zu schützen. Was glaubst du, wer von uns beiden die bessere Überlebenschance hat?«

Der Mann sagt nichts, dreht sein Gesicht allerdings, bis seine Wange an die Wand gepresst ist und er zu mir sieht. Ich erkenne ein schaurig ruhiges Auge, das mich anstarrt und mir verspricht, wenn er freikäme, würde er mich auf eine Weise verletzen, wie ich sie mir nicht mal vorstellen kann. Mir wird eiskalt.

»Wer hat dich geschickt?«, fragt Jasper. Er lehnt sich mit seinem gesamten Gewicht gegen den Rücken des Mannes. Ich höre ein Grunzen, aber keine Antwort. »Du wirst es mir verraten. Auf die eine oder andere Art wirst du es mir sagen.«

Der Kerl lacht, sein Auge immer noch auf mich gerichtet.

»Vielleicht war es dir nicht klar, als du diesen Job angenommen hast, dass es dein letzter ist, aber das wird er sein. Du stirbst heute Nacht. Wie, liegt ganz bei dir. Wenn du mir sagst, was ich wissen will, werde ich es schnell machen. Falls nicht, wirst du dir noch wünschen, du wärest nie geboren worden.«

Jaspers kühle, schaurige Worte hallen in der darauffolgenden Stille nach, bis der Eindringling endlich sein Schweigen bricht. »Dann mach schon«, sagt er. Seine Miene verändert sich nicht, spiegelt keinerlei Furcht.

»Ich habe bessere Männer als dich umgebracht, es jedoch nie genossen. Bis heute Nacht. Bis ich dich erwischt habe. Ich kriege, was ich will, und danach werde ich zusehen, wie du dein Leben aushauchst. Denn keiner attackiert, was mir gehört. Keiner.«

Jasper greift nach dem Türknauf. Ohne zu mir zu sehen, murmelt er: »Bleib hier. Ich bin gleich wieder da.« Dann verschwindet er mit dem Typen in der Dunkelheit.

Kapitel 38

JASPER

Meine Hände zittern, als ich ihn aus Muses Haustür schleife. Ich bin beherrscht. Immer. Außer heute Nacht. Noch nie habe ich einen solchen Zorn empfunden. Er ist wie eine Feuersbrunst, die ich nicht durchdringen, wie ein rotes Lodern, an dem ich nicht vorbeisehen kann. Ich fühle nichts als die Hitze. Und ich strenge mich nicht mal an, mich gegen sie zu wehren, sondern lasse sie in mir brennen.

Sobald ich Gras unter meinen Füßen spüre, reiße ich meinem Gegner mit aller Kraft die Arme nach hinten und nach oben, sodass ich dem Mann, der Muse vergewaltigen und töten wollte, beide Schultern auskugle. Er gibt keinen Laut von sich, wie ich bereits erwartet hatte. Dennoch weiß ich, dass er Schmerzen hat. Ich hatte schon mehr ausgekugelte Gelenke, als ich zählen kann. Die tun fies weh, bevor das Taubheitsgefühl einsetzt.

Mit einem Tritt in den Hintern bringe ich ihn zu Fall, und er ist durch die unbrauchbaren Arme außerstande, sich abzufangen. Er schlägt auf dem Gras auf, und ich bücke mich, um ihn auf den Rücken zu rollen und ihm meinen Stiefelabsatz auf die Kniescheibe zu schmettern, sodass er noch weiter außer Gefecht gesetzt ist. Als Nächstes ziehe ich das Messer aus meinem Hosenbund und steche es schnell in seine beiden Oberschenkel, wobei ich achtgebe, nicht die Hauptschlagadern zu treffen. Er soll schließlich nicht verbluten, bevor ich meine Antworten habe. Es soll lediglich schwerer für ihn werden, gegen mich zu kämpfen. Ich will ihm in die Augen sehen können, bis er tot ist.

»Gib mir einen Namen. Das ist alles, was ich will. Dann ramme ich dir das Messer unten in den Schädel. So viel tue ich für dich, mehr nicht.«

Im spärlichen Licht kann ich sehen, wie er zu mir aufblickt. Seine Augen sind die eines Killers. Ich frage mich, wie meine für andere aussehen. Ob sie immer schon genauso ausgesehen haben. Ob sie immer so aussehen *werden*.

Er sagt nichts. Wie ich erwartet hatte. Von ihm bekomme ich keine Informationen. Er ist darauf gedrillt, seine Geheimnisse mit ins Grab zu nehmen. Das ist es, was Männer wie uns von den Legionen anderer Auftragskiller unterscheidet. Dies ist der Kodex, nach dem wir leben.

Ich beuge mich nach unten und drücke meinen Ellbogen in sein Schultergelenk, während ich seine Taschen absuche. Nicht, dass ich tatsächlich damit rechne, irgendwas zu finden. Trotzdem wäre es nachlässig, sie nicht wenigstens zu überprüfen.

Folglich überrascht es mich, dass ich eine harte, rechteckige Wölbung vorn in seiner Tasche ertaste. Ein Handy. Zumindest war er so klug, es dort zu verwahren, wo es ihm nicht so leicht geklaut werden kann. Gesäßtaschen sind für jeden Dieb ein Kinderspiel. Die vorderen Hosentaschen nicht.

Ich fasse in die Tasche, ziehe das Handy heraus und klappe es auf. Das Ding sieht harmlos aus, eben wie ein altes Klapphandy. Aber mich täuscht es nicht. Tatsächlich handelt es sich um ein Hightech-Satellitentelefon mit Abhörschutz und eingebautem Stimmverzerrer. Dieser Typ muss Freiberufler sein, was mir verrät, dass derjenige, der hinter uns her ist, wissen muss, dass das Regierungsnetz unsicher ist. Sie haben erkannt, dass wir ihnen auf der Spur sind, und sich auf private Dienstleister verlegt, auf Männer, die sich von offiziellen Aufträgen verabschiedet haben und nur noch für den Höchstbietenden arbeiten. Ohne Gewissen. Ohne Bindungen. Ohne Loyalität. Nur Mordlust und tödliche Fähigkeiten.

Das Handy ist natürlich gesperrt, also greife ich nach der Hand des Kerls. Ich presse jeden seiner Finger aufs Display, bis es reagiert und Reihen von Zahlen und Buchstaben in ordentlichen Zeilen von links nach rechts wandern.

»Ich bin ein bisschen enttäuscht. Du bist schlampig. Mich würde man nicht mit Telefon in der Tasche bei einem Auftrag erwischen. Aber natürlich würde man mich auch nicht schnappen«, sage ich zu ihm, während ich warte, dass sein Handy hochfährt. Dabei drücke ich wieder meinen Ellbogen in seine Schulter.

Als das Handy-Display bläulich leuchtet und sein Gesicht erhellt, frage ich ihn nach dem ersten Namen auf seiner Kontaktliste. Keine Reaktion. Kein Zucken, keine Pulsbeschleunigung, keine Pupillenveränderung. Weder beim ersten noch beim zweiten noch beim dritten Namen.

Mit der Faust boxe ich auf die Wunde an seinem rechten Oberschenkel und sehe mir eine gesicherte Textdatei an. Anscheinend sind das abermals nur Zahlen und Buchstaben, doch ich nutze rasch ein Entschlüsselungssystem, das wir in Saudi-Arabien genutzt haben. Es handelt sich um eine simple Anweisung. Elizabeth Harker, alias Muse Harper, zu töten. Darunter steht ein einzelnes Wort. Napalm.

»Was ist ›Napalm‹? Die Operation oder dein Kontakt?«

Ich bekomme keine Antwort, sehe allerdings die leichte Vergrößerung seiner Pupillen, die mir verrät, dass »Napalm«, wer oder was das auch sein mag, eine sensible Information ist. Geschützt. Wichtig.

Als ich ihn beobachte, fällt mir etwas auf. »Wieso wehrst du dich nicht?« Trotz seiner Wunden würde ein Mann wie dieser – würden Männer wie *wir* – nicht aufhören zu kämpfen. Wir arbeiten uns durch den Schmerz, nutzen ihn als Antrieb. Was er nicht tut.

Sein einer Mundwinkel hebt sich. »Gibt es dafür einen Grund? Ich weiß, wer du bist. Du bist ein gewissenloser Bastard, so wie ich. Und das hier ist alles, was wir haben. Wir wachen jeden Tag auf und sind bereit zu sterben. Was anderes haben wir nicht, wofür wir leben, also bring es schon hinter uns.«

Mir ist klar, dass ich aus ihm nichts herausbekomme, so wie ich weiß, dass er nicht aufhören wird, Muse zu verfolgen, solange ein Kopfgeld auf sie ausgesetzt ist. Oder auf mich. Entsprechend sind meine Gefühle widersprüchlich, als ich seinen Kopf ein wenig drehe und die Messerspitze in die Vertiefung unten an seinem Schädel drücke. Ich hätte gedacht, dass ich es mehr genießen würde, und ein Teil von mir tut es auch. Dieser Teil will ihn für das bestrafen, was er Muse antun wollte. Doch ein anderer Teil sieht zu viel von mir selbst in ihm: einen Mann mit nichts als Tod und Einsamkeit für den Rest seines Lebens.

Als ich seinen erschlafften Körper wegtrage, wird mir bewusst, dass ich lieber heute Nacht sterben, als den Rest meines Lebens wie dieser Mann verbringen würde. Ohne Muse.

Kapitel 39

MUSE

Mehrere Sekunden lang stehe ich an der Tür und lausche, bevor die Kälte meine merkwürdige Benommenheit durchdringt und mich daran erinnert, dass ich nackt bin. Widerstrebend schließe ich die Tür. Ich will mich wegdrehen, kann es aber nicht. Ich bringe es nicht über mich, diese Stelle vor der Tür zu verlassen. Viel zu groß ist meine Angst, dass Jasper nicht wieder hereinkommen könnte.

Ein paarmal glaube ich, ein Ächzen oder ein Scharren zu hören, doch von hier drinnen ist das schwer auszumachen. Mein Ohr ist an das Holz gepresst, als die Tür geöffnet wird und mir seitlich an den Kopf knallt. Ich spüre es kaum. In mir toben viel zu viele wirre Empfindungen, als dass sich diese durchsetzen könnte.

Jasper, dessen große Gestalt den Türrahmen ausfüllt, kommt herein. Seine bernsteinbraunen Augen richten sich sofort auf meine und halten meinen Blick, während er die Tür hinter sich schließt. Er dreht den Schlüssel im Türschloss und legt den Riegel vor. Dabei sagt er kein Wort und wendet seinen Blick nicht von mir ab.

Für einen Moment bleibt er so stehen, bevor er langsam auf mich zukommt und direkt vor mir innehält. Er riecht nach Nacht – Dunkelheit und Kälte. Doch sein Geruch, sein Gesicht, seine Gegenwart wärmen mich, wie es sonst nichts könnte.

Ruhig und gemessen bückt er sich und nimmt mich auf seine Arme. Wir sehen einander immer noch in die Augen, als ich die Arme um seinen Hals schlinge und er sich zur Treppe umwendet. Er trägt mich nach oben, durchs Schlafzimmer und zurück ins Bad, wo er mich abstellt. Ich beobachte, wie er den Stöpsel aus der Wanne zieht und den Raum verlässt.

Wartend stehe ich da, horche auf die gedämpften Geräusche von raschelndem Stoff aus dem Schlafzimmer. Als er zurückkommt, verschwindet der Rest meines Badewassers gerade gurgelnd im Abfluss.

Jasper dreht den Hahn auf, steckt den Stöpsel wieder ein und greift nach dem Schaumbad in der Ecke. Er schüttet eine Kappe voll in das fließende warme Wasser, dreht die Flasche wieder zu und stellt sie zurück.

Dann richtet er sich auf und steht vor mir. Seine Augen fixieren erneut meine, und wir starren einander an. Immer noch spricht keiner von uns. Ich habe keine Ahnung, was *ihm* durch den Kopf geht, aber ich fürchte zu sehr, diesen Moment zu ruinieren, um auch bloß ein Wort zu sagen. Ich habe zu große Angst, ich könnte träumen und aufwachen. Oder dass er ein Geist ist und verschwinden könnte.

Der Moment zieht sich, gespannt wie eine Bogensehne, bis die Wanne gefüllt ist. Dann dreht Jasper das Wasser wieder ab und hebt mich hoch, um mich in das herrlich warme Bad zu legen. Mir war nicht bewusst, wie kalt mir war, bis ich merke, wie das Wasser mich wärmt. Allerdings war mir sehr wohl bewusst, wie einsam und verzweifelt ich ohne Jasper war. Es wird jetzt nur umso deutlicher.

Ohne den Blickkontakt zu unterbrechen, schiebt Jasper die Ärmel seines schwarzen Hemds nach oben und nimmt den Waschlappen auf, den ich vorhin auf dem Wannenrand bereitgelegt hatte. Er befeuchtet ihn, reibt Seife hinein und beginnt mit einer herzerweichenden Sanftheit, mich zu waschen. Er fährt mit dem Waschlappen unter meinem Kinn entlang, meine Brust hinunter und mehrmals um meine Brüste herum, bevor er mehr Seife nimmt und wieder von vorn beginnt. Nun nimmt er denselben Weg, nur dass er bis zu meinem Bauch hinuntergleitet, auf dem er den Waschlappen kreisen und kreisen und kreisen lässt.

Die ganze Zeit betrachte ich ihn. Ich beobachte sein Gesicht, das immer so schwer zu lesen war, jetzt jedoch pure Verzweiflung spiegelt.

»Jasper, was ist?«

Sein Blick ist starr auf seine Hände gerichtet, auch wenn ich nicht glaube, dass er sie sieht. Er scheint woanders hinzusehen. Vielleicht in sich hinein.

Als er seine Bewegungen wiederholt und nun bis unterhalb meines Nabels vordringt, verstehe ich endlich, worum es hier geht.

Er wäscht weg, was eben passiert ist. Er tut das Einzige, was er tun kann, um das Trauma dessen zu beseitigen, was ich um ein Haar erlebt hätte, das Entsetzen, so kurz vor einer Vergewaltigung gewesen zu sein.

»Wäre ich hier gewesen, er wäre dir niemals so nahe gekommen«, sagt er schließlich leise und betroffen. Seine

Stimme ist wie Samt auf meiner Haut, wie Seide an meinem Herzen.

Ich greife nach seinem Handgelenk und führe seine Hand an meine Brust, wo er meinen Herzschlag fühlen kann. »Fühlst du das, Jasper? Es schlägt für dich. Mir ist, als hätte es nicht mehr geschlagen, seit du fortgegangen bist. Ich würde immer wieder mein Leben riskieren, wenn das dafür sorgt, dass du zu mir zurückkommst.«

Jasper senkt den Kopf, bis seine Stirn auf dem Wannenrand lehnt. Langsam setze ich mich auf, umfange sein Gesicht mit beiden Händen und zwinge ihn, mir in die Augen zu sehen. Dies ist nicht der Moment für Bedenken oder trotzigen Stolz. Ich bekomme vielleicht nie wieder eine Chance wie diese, und die muss ich nutzen, so gut ich kann.

»Jasper, ich liebe dich. Ich habe dich von der Sekunde an geliebt, in der du in mein Leben getreten bist. Und ich habe nie aufgehört. Nicht eine Minute. Nichts sonst ist von Bedeutung. Nichts. Und *niemand*. Alles, was ich will, alles, was ich *brauche*, bist du. Nur du. Und du bist hier. Endlich«, sage ich, wobei Freudentränen mir die Sicht verschwimmen lassen. »Du bist endlich hier.«

Ich beobachte, wie Jaspers Augen einen dunklen Goldton annehmen, höre, wie er zittrig ausatmet. Ich fühle das Beben in seiner Hand auf meiner Haut. Wir starren einander an, und da ist etwas Mächtigeres als Worte, Mächtigeres als Elektrizität in der Luft um uns herum. Es löst einen Schauer aus, der durch meine Muskeln fährt. Mein Körper reagiert auf das Unausgesprochene, das Undefinierte.

Mein Bauch verkrampft sich, und meine Brust quillt über vor Gefühlen. Ich ringe nach Luft, kann nicht anders. Ich will diesen Mann. Ich will alles, was er mir geben kann, egal, wie viel und wie lange.

»Tu das nicht«, flüstert Jasper.

»Was soll ich nicht tun?«, hauche ich, und in mir bebt alles.

»Mach es nicht schwerer, als es sein muss.«

»Was schwerer machen?«

»Dass ich meine Finger von dir lasse.«

»Ich habe dich nie gebeten, die Finger von mir zu lassen.«

»Aber nach dem, was gerade geschehen ist …«

»Es ist *nicht* geschehen. Und mir fällt nichts ein, was ich mir jetzt gerade mehr wünsche als deine Hände auf mir, damit sie die Berührung von allem anderen auslöschen.«

»Muse, ich …«

»Bitte, Jasper, mach Liebe mit mir.« Ich führe seine Hand an meinem Körper hinunter und zwischen meine Beine. Der Gedanke, dass sich mir beinahe jemand anders aufgezwungen hätte, bewirkt nur, dass ich Jasper umso mehr will. Die Berührung des Mannes, den ich will. Des Mannes, den ich liebe. Des Mannes, von dem ich denke, dass er mich liebt.

Für Sekunden hält er vollkommen still, bis ich mit einem Finger auf seine drücke, sodass er zwischen meine Schamlippen dringt. Zögerlich streichelt er mich, wobei seine Augen auf meine gerichtet bleiben. Sein Finger vollführt fließende Kreisbewegungen, bis sich mein Bauch unter einer ganz anderen Emotion anspannt.

Jasper verlängert seine Streichelbewegungen, sodass er meiner Öffnung näher kommt. Als er sie erreicht, taucht er einen Finger in mich – sanft und süß.

Verlangen durchströmt mich, und ich fühle, wie sich meine Muskeln um seinen Zeigefinger anspannen. Immer noch schauen wir einander in die Augen. Unzertrennlich. Verzweifelt. Jasper bringt seinen Daumen ins Spiel, massiert mich mit ihm, während sein Finger sanft mein Inneres erkundet. Er beschleunigt den Rhythmus gerade genug, um mich auf die nächste Stufe zu bringen. Ich drücke auf seinen Handrücken, flehe stumm um mehr.

Jasper benetzt sich die Lippen und dringt mit einem zweiten Finger in mich, stößt tiefer, treibt mich immer weiter und weiter. Mein Atem geht schneller. Meine Hüften bewegen sich an seiner Hand. Jaspers Augen verdunkeln sich, und die Welt um mich herum verblasst.

Dann, mit einem Knurren, das mich erschrickt, und überraschend schnellen Bewegungen, stellt Jasper mich in der Wanne auf meine Füße, sodass ich vor ihm stehe. Er beugt sich vor und vergräbt seine Zunge zwischen meinen Beinen, als könnte er keine Minute länger warten, mich zu schmecken. Ein verhungernder Mann, dem ein Festmahl angeboten wird und der es annimmt.

Heißer als das Badewasser. Und feuchter. Ich kralle die Finger in Jaspers Haar und halte ihn fest, wo er ist. Er schlingt die Arme um meine Schenkel, spreizt sie und legt sich eines meiner Beine über die Schulter, sodass ich weit offen für ihn bin und seiner wunderbaren Gnade ausgeliefert.

Wie ein Besessener verschlingt er mich. Jaspers Hunger ist so unersättlich, vibriert förmlich in der Luft um uns. So wurde ich noch nie begehrt. Und so sehr habe ich selbst noch nie begehrt.

Mit seinen kreisenden, streichelnden und stoßenden Zungenbewegungen bringt Jasper mich völlig um den Verstand. Mein Körper zuckt, und mein Knie knickt ein. Doch ich falle nicht, denn Jasper hält mich in seinen starken Armen, während seine Zunge unaufhörlich weitermacht.

Als ich weder stehen noch sprechen kann, nimmt Jasper mich auf seine Arme und trägt mich nach nebenan. Mit einer einzigen fließenden Bewegung dreht er mich zu sich und setzt sich auf das Fußende des Bettes. Als ich gerade merke, dass die Bettdecken zusammengeknüllt auf dem Fußboden liegen, höre ich, wie ein Reißverschluss aufgeht, und dann bin ich auch schon auf ihm.

Mein Körper reagiert, als wären wir nie getrennt gewesen. Er passt sich sofort Jaspers atemberaubender Größe an, dehnt sich um ihn, nimmt jeden Zentimeter von ihm in sich auf.

Ich werfe den Kopf in den Nacken, ringe nach Luft, fühle nur noch. Meine Arme umfangen Jaspers Schultern, berühren sich allerdings nicht mal annähernd auf seinem Rücken, weil er so breit ist, und ich spüre, wie er erzittert. Als ich die Augen öffne und ihn ansehe, sind seine whiskybraunen Augen auf meine gerichtet.

Je länger wir einander ansehen, desto stärker wird sein Zittern. Mein Herz und mein Denken sind auf ihn konzentriert, während mein Körper mehr registriert, wo er in mir ist, und weniger das andere, was hier passiert.

»Jasper?«, frage ich, was selbst in meinen eigenen Ohren heiser klingt.

Er schließt kurz die Augen, und ich sehe, dass er die Zähne zusammenbeißt. »Gib mir eine Sekunde.«

»Stimmt etwas nicht?«

Hierauf sieht er mich wieder an. »Du bist perfekt. Ich möchte es bloß genießen. Nur … *dies*.«

»Heißt das, du tust es noch nicht?«

»Doch. Ich will nur nicht zu schnell sein und riskieren …«

Er verstummt abrupt, womit er meine nächste Frage provoziert.

»Was riskieren?«

Winzige Schweißperlen erscheinen auf seiner Stirn.

Es entsteht eine längere Pause, bevor er antwortet: »Riskieren, dir wehzutun.«

Ich lege die Hände an seine Wangen und sehe ihm in die Augen. »Du tust mir nicht weh. Hast du nie. Ich will alles, was du zu geben hast, Jasper. Grob oder sanft, süß oder verdorben. Ich liebe das alles.«

Ich setze mich leicht auf und senke mich wieder zurück auf ihn. Jasper packt meine Hüften, damit ich stillhalte, und atmet zischend aus. »Muse, ich warne ich …«

Doch ich grinse ihn an und stemme beide Hände gegen seine Schultern, damit er sich hinlegt. Was er auch, sich ein wenig sträubend, tut. Dann beuge ich mich über ihn, sodass er beinahe aus mir herausgleitet. »Okay, ich bin gewarnt«, sage ich, presse meinen Mund auf seinen und nehme ihn gleichzeitig wieder vollständig in mich auf.

Es entsteht noch eine Pause, eine kürzere, unmittelbar bevor sich seine eine Hand in meinen Nacken legt, um unsere Lippen fester aufeinander zu drücken, während sich die andere auf meinem Hintern spreizt, um unsere Körper zusammenzuhalten, als er mir seine Hüften entgegenhebt.

Jasper knurrt kehlig und stößt seine Zunge in mich, während er aus mir herausgleitet und direkt wieder in mich eindringt. Ich weiß instinktiv, dass dies der Moment ist, in dem er seinen Widerstand aufgibt. Sekunden später beginnt er mit fast brutaler Selbstvergessenheit, meinen Mund einzunehmen. Gleichzeitig hat er beide Hände an meinen Hüften und führt mich in einen wilden, harten Rhythmus.

Er bewegt mich auf sich, wiegend und gleitend, und die Reibung ist unerträglich köstlich. Als seine Hand zwischen uns taucht und seine Finger zwischen meine Schamlippen dringen, erreiche ich den Höhepunkt, dem ich schon so lange so nahe bin.

»J-J-Jasper«, bringe ich halb keuchend, halb stöhnend hervor.

»Gott, du bist fantastisch«, knurrt er, rollt uns herum und ist auf mir, um in mich zu stoßen.

Eine Explosion nach der anderen durchbebt mich. Sein großes, steifes Glied in mir, seine Lippen saugen an meiner Brustwarze, seine Hand umfängt meinen Schenkel, führt meine Hüften und hält mich offen.

In dem Moment, bevor ich wieder zu Atem komme und langsam herunterkoche, fühle ich, wie Jasper sich in meinen Armen versteift und sein Schwanz in mir pulsiert und pocht. Hitze ergießt sich in mich. Und ich nehme gierig alles in mich auf, um es in mir zu bewahren.

»Ich kann nicht wieder ohne dich sein«, haucht er mir atemlos ins Ohr. »Nie. Nie wieder, Muse. Hörst du?«

Er beugt die Hüften, gibt sein Letztes in mich, bevor er mich anhebt, um noch ein wenig tiefer in mich zu dringen. Als wollte er sich so weit wie möglich in mir vergraben. Und ich will, dass er es tut. Ich will alles, was er mir gibt. Und ich will nie wieder loslassen.

Ich schlinge die Arme um seine Schultern, so fest ich kann, und halte Jasper fest. Wir sind so vereint, wie es zwei Menschen nur sein können, und das unsichtbare Band zwischen uns ist sogar noch stärker als die Verbindung unserer Körper. Mir ist bewusst, dass dieser Moment alles verändert hat. Ich weiß nicht, was der morgige Tag bringt, wie viel Kummer noch vor uns liegen mag, doch es ist mir gleich. Es *muss* mir gleich sein. Jasper ist das Meer, das meine Leere verschlingt. Er *füllt* sie nicht, sondern lässt es wirken, als sei dort nie Raum gewesen. Er ist ein Teil von mir, und bei ihm heißt es alles oder nichts. Nichts habe ich gehabt. Monatelang habe ich mit dem Nichts gelebt. Das möchte ich keine Minute länger.

»Ich liebe dich«, murmle ich und presse meine Lippen auf die salzige Haut an seinem Hals. »Ich liebe dich, ich liebe dich, ich liebe dich.«

Kapitel 40

JASPER

Ich muss mich zwingen, mich aus Muse zurückzuziehen, und bin voller Reue, sobald mein Verstand wieder da ist. Ich rolle mich zur Seite, setze mich auf, fahre mir mit den Händen durchs Haar und überlege, wie es weitergehen kann.

An den leichten Bewegungen der Matratze merke ich, dass Muse sich gleichfalls aufsetzt. Sie lehnt sich an meinen Rücken und legt die Arme um meinen Hals. Ich fühle die Stellen, an denen sich ihre Nippel an meine Schulterblätter drücken, und reflexartig wird mein Mund wässrig.

Doch ich löse mich aus ihrer Umarmung, stehe auf und ziehe mich auf die andere Seite des Zimmers zurück.

»Es tut mir leid«, gestehe ich, bin jedoch unfähig, sie anzusehen. Ich kann mir lebhaft vorstellen, wie sie aussehen muss, auf ihren Fersen hockend, die Beine leicht gespreizt, sodass ihre wundervolle Muschi zu sehen ist, die Nippel dunkler von meinem oralen Angriff.

»Warum?« Ihre Stimme klingt schwach. Gekränkt.

Als ich mich umdrehe, hat sie den Kopf gesenkt. »Ich ließ dich gehen, damit du nicht verletzt wirst, damit *ich* dich nicht verletze, und jetzt bin ich hier ...«

»Du hast mich nicht verletzt, Jasper«, sagt sie und sieht

mit ihren großen grünen Augen zu mir auf. Im Mondlicht, das durch das Fenster hereinfällt, sehe ich den Glanz in ihren Augen.

»Ich bin in dir gekommen, Muse. Was ist, wenn du schwanger wirst? Denkst du, dann könntest du mich jemals loswerden? Ich habe dir diese Wahl heute Nacht genommen.«

»Nein, hast du nicht. Ich habe das *zugelassen*. Ich war nämlich auch dabei, weißt du? Und ich *will* dich gar nicht loswerden. Ich will dich hier, bei mir, immer. Und ich dachte, da wolltest du auch sein.«

Ich sage nichts. Sie hat recht. Ich wusste, was ich tat. Und ich wusste, dass ich ihr keine Wahl lassen wollte. Ich will für immer an sie gebunden sein. Und dass sie an mich gebunden ist.

»Dein letztes Bild«, beginne ich. »Ich habe den Schmerz darin gesehen, die Kränkung und die Wut. Das war *ich*.«

»Du hast mich beobachtet.« Es ist keine Frage, sondern eine Feststellung.

»Ja.«

»Ich hatte gehofft, dass du es warst.«

»Ach ja?« Das überrascht mich.

Sie nickt. »Und ich habe gehofft, dass du dich mir eines Tages zeigst.«

»Ich hatte nicht vor, dass das jemals passiert, doch als ich ihn auf dir sah …« Sofort koche ich wieder vor Wut und balle die Fäuste, bis meine Fingerknöchel schmerzen.

»Wenn du nicht vorhattest, jemals mit mir zusammen zu sein oder mich dich sehen zu lassen, warum bist du dann gekommen? Warum hast du mir das angetan?«

»Ich habe es nicht *dir* angetan, Muse«, erwidere ich ein bisschen schroffer als beabsichtigt. »Verstehst du nicht? Noch nie habe ich jemanden so geliebt. Nicht so wie dich. Ich kann nicht schlafen. Ich kann nicht denken. Ich kann kaum essen. Wochenlang habe ich gebetet, wieder so zu sein, wie ich war, als ich nichts gefühlt habe. Nichts begehrte. Nicht liebte. Doch es hörte nicht auf. Je mehr ich versuchte, davor wegzulaufen, desto schlimmer wurde es. Nichts konnte mich dazu bringen, dich zu vergessen. Weder Trinken noch Drogen noch andere Frauen noch …«

»Du warst mit anderen Frauen zusammen?«

»Ich habe es versucht, aber, verdammt, ich konnte nicht. Sie waren nicht du. Sie dufteten nicht wie du, schmeckten nicht wie du, fühlten sich nicht wie du an. Ich kam nicht über einen Kuss oder eine simple Berührung hinaus. Aber, bei Gott, ich habe es versucht.« Ich bin außer Atem, empfinde eine bittere Wut und Frustration. »Deshalb bin ich jetzt hier. Um mir eine Überdosis zu holen. Entweder bringst du mich um, oder du heilst mich. Wie auch immer. So wie bisher kann ich nicht weiterleben. So ohne dich.«

Muse steht auf und kommt zu mir an das andere Fenster des Raums. »Ich will auch gar nicht, dass du es tust. Mir ist egal, wie gefährlich es ist oder was passieren *könnte*. Mein Leben ist ohne dich nicht lebenswert, also gehe ich das Risiko ein. *Das* ist es, was du auf dem Bild gesehen hast. Du hast gesehen, wie unglücklich ich ohne dich war. Du hast gesehen, dass es selbst an einem sonnigen Tag keine Sonne gab. Du hast gesehen, dass die Schönheit um mich herum nicht mehr schön war. Aber jetzt ist sie es. Du bist hier. Bei mir. Und ich will nicht mal mehr eine Minute eines weiteren

Tages in solch einem Unglück verbringen. Ich wusste, damit wir jemals eine Chance hätten, müsstest du von dir aus zu mir kommen. Du müsstest bereit sein für mich in deinem Leben, wie ich bereit bin für *dich* in *meinem*.«

»Ich bin bereit. Ich würde alles aufgeben, was ich bin, um mit dir zusammen zu sein. Dass ich ihr fern blieb, hat meiner Mutter nicht geholfen. Es hat sie nicht gerettet, sondern sie nur verletzt. Und mich. Wenn du mich willst, bin ich dein. Ich denke, das bin ich schon, seit ich dir begegnet bin, als der Mann, den ich immer gehasst habe, zu sterben begann. Du hast mir Liebe gezeigt, echte Liebe. Die Art, die einen von innen nach außen verwandelt. Ich wusste nur nicht, ob *du* mich immer noch lieben könntest, nach allem, was passiert ist.«

»Wie gesagt, Liebe lässt einen nicht los. Und ich werde sie umgekehrt auch nicht loslassen. Ich werde bis zu meinem letzten Atemzug an ihr festhalten, ob du es ebenfalls tust oder nicht.«

Das zu hören erfüllt mich mit einer eigenartigen Erleichterung. Es ist beinahe eine Versicherung, dass Muse, wenn sie liebt, es für immer tut. Ganz gleich, was geschieht, wer man ist. Sie liebt einfach. Sogar die Monster.

»Dann bist du nicht sauer, dass ich dich beobachtet habe?«

»Jetzt nicht mehr«, antwortet sie grinsend.

»Ich kam mir wie ein Perversling vor.«

»Was dich offensichtlich nicht davon abgehalten hat«, scherzt sie und fährt mit den Fingernägeln an meinen Bizepsen auf und ab. Sie spannen sich sofort an. Das ist alles, was sie tun muss: mich nur berühren, mir nahe sein, die kleinste Kleinigkeit, und es ist vorbei. Ich bin am Ende. Oder vielleicht *am Anfang*.

»Ich brauchte das. Brauchte *dich*. Ein kleines bisschen von deinem Herzen, deiner Seele. Bloß einen flüchtigen Blick – auf deine Bilder, durch dein Fenster, in der Menge auf der Straße –, um durchzuhalten. Um einen Fuß vor den anderen setzen zu können.«

Ihr Gesichtsausdruck wird traurig. »Es hätte nicht so sein müssen.«

Ich lächle. »Ich musste *versuchen*, dich loszulassen. Um deinetwillen. Also tat ich es. Ich habe es wie verrückt versucht, aber, oh Gott! Jedes Mal, wenn ich es probierte, kam ich nicht mehr als hundert Meilen weit. Ehe ich mich's versah, war ich schon wieder auf dem Rückweg. Hierher. Zu dir. Ich wollte nirgends sein, wo du nicht warst.«

»Bitte verlass mich nicht wieder, Jasper«, fleht Muse, deren Augen glänzen und deren Kinn bebt. »Ich glaube nicht, dass ich es noch mal überlebe.«

»Werde ich nicht. Ich *kann nicht*. Ich bin stark genug, um zu töten, zu verstümmeln, Dinge zu überleben, die andere Männer umbringen würden. Ich bin stark genug, um alles zu tun, was nötig ist, damit du sicher, damit du geschützt bist. Solange es nicht vor mir ist. Das Einzige, wozu mir die Kraft fehlt, ist, ohne dich zu leben. *Sarò sempre pensare a te.*«

»Du musst nicht mehr an mich *denken*. Ich bin hier. Und ich werde es immer sein. Wo du auch bist.«

»Du sollst wissen, dass ich alles tun werde, um dich glücklich zu machen, solange du mich nie bittest zu gehen.«

»Dann machst du mich schon zum glücklichsten Mädchen der Welt.«

Sie stellt sich auf die Zehenspitzen und presst ihre Lippen auf meine, wobei ihre üppigen Brüste meinen Oberkörper streifen. Mein Schwanz erwacht zum Leben und tippt an ihren weichen Bauch.

»Aber du bist doch nun wirklich kein ›Mädchen‹ mehr«, sage ich und umfange die festen Wölbungen.

»Mmm«, stöhnt sie an meinen Lippen. »Nein. Ganz Frau. Und ganz dein.«

Ich schlinge die Arme um ihre Taille und hebe sie hoch, um sie zum Bett zurückzutragen. »Das hört sich gut an.«

Epilog

MUSE

Vier Monate später

»Bist du sicher, dass es so geht?«, frage ich zum mindestens zwanzigsten Mal.

»Du siehst zum Auffressen aus. Vielleicht solltest du dich doch umziehen.«

Ich neige den Kopf, um Jasper mit einem vernichtenden Blick zu bedenken, muss jedoch immer noch grinsen. »Keine Chance, Freundchen, denn hiernach darfst du *das hier* mit nach Hause nehmen und aufessen.«

Ein Lachen steigt in meiner Kehle auf, als ich sehe, wie sich seine Augen zu einem Sirupton verdunkeln. »Du *willst*, dass ich mit dir da reingehe, oder? Denn wenn du weiter solche Sachen sagst, dürfte für jeden in dem Restaurant offensichtlich sein, was ich denke, sowie ich durch die Tür trete.«

Er zeigt auf seinen Schritt, wo sich bereits eine wachsende Wölbung abzeichnet. Mein Inneres wird heiß und zieht sich zusammen, und ich erwäge ernsthaft einen Quickie, ehe wir reingehen.

Doch ich schließe meine Augen und wende mich wieder

zur Windschutzscheibe. »Okay, okay, okay. Konzentration. Konzentration.«

Jasper umfängt meine Hand mit seinen langen, warmen Fingern und drückt sie leicht. »Komm schon. Das hier ist sowieso wichtiger als die Libido deines Verlobten.«

Ich öffne die Augen, und mein Blick begegnet dem der Liebe meines Lebens. »*Nichts* ist wichtiger als du. Kein Traum, kein Job, keine Ausstellung. Nichts.«

»Tja, ich sehe das folgendermaßen: Du dürftest anschließend so aufgeregt sein, weil deine Arbeit in einer berühmten französischen Galerie ausgestellt wird, dass ich mich einfach zurücklehnen kann und genießen. Es ist eine Win-Win-Situation.«

Ich lache. »Wie recht du hast, Mr. …« Ich muss abbrechen und überlegen. Jasper hat ebenfalls eine neue Identität angenommen. Wir fangen neu an. Ganz von vorn. Schlagen eine neue Seite auf. Unbeschrieben. *Blanko.* Das Einzige, was wir aus unserem alten Leben mitgenommen haben, sind wir beide. Und mein Vater, wenn wir die Chance haben, ihn zu treffen. »Mr. Blank.«

»Außerdem, zukünftige *Mrs. Blank*, möchte ich dies hier um nichts in der Welt verpassen.«

Ich lehne meine Schläfe an die Kopfstütze, während ich den Mann vor mir betrachte. Er sieht besser aus als alle, die ich je gesehen habe, wilder als alles, was ich je gekannt habe, und ist mehr mein, als ich es jemals für möglich gehalten hätte. »Ich würde *dich* um nichts auf der Welt verpassen wollen.«

Er beugt sich vor und gibt mir einen ebenso süßen wie leidenschaftlichen Kuss. Zwischen uns ist hinreichend Elektrizität, um ein kleines Land mit Licht zu versorgen, und innerhalb weniger Sekunden verwandelt der Kuss sich in etwas, was der »wilden und hungrigen« Seite sehr nahe kommt.

Jasper weicht zurück. Sein Atem geht schnell und angestrengt. »Falls du nicht gewillt bist, in einem verschwitzten Kleid und mit verschmiertem Lippenstift zu diesem Treffen zu erscheinen, bleib lieber auf deiner Seite des Wagens. Das, oder wir müssen das Ganze abblasen.«

Sein Lächeln ist teuflisch, und ich überlege, den Termin zu verschieben. Dann jedoch erinnere ich mich, wie wichtig er ist, nicht nur für mich als Künstlerin, sondern für unsere Zukunft. Jasper hat mir gesagt, dass wir uns keine Sorgen ums Geld machen müssen, dass er einige gute Investitionen getätigt hat, aber ich möchte auch etwas zu unserem Leben und unserem Glück beitragen.

Ich seufze laut. »Na gut. Ich denke, wir gehen lieber rein.«

Sein Lächeln ist verschlagen, und ich frage mich, wie ich den ersten Teil meines Lebens ohne das überstehen konnte. »Wir können *dies hier* auch … verschieben. Wie wäre es damit?«

»Sozusagen als ›Dessert‹«, schlage ich vor.

»Ich bringe den Sirup mit. Und das Eis«, sagt er mit einer Stimme, die wie Karamell klingt. Seine Worte allein beschwören in mir ein Bild herauf, das eine sehr heftige Wirkung auf mich hat. In meinem Bauch ziehen sich die Muskeln rhythmisch zusammen. Ich kann fast fühlen, wie Sirup und kühle Eiskrem über meinen Körper rinnen und von Jasper abgeleckt werden. Und ich muss mich bremsen, als ich mir Jaspers zweiten Zungenschlag vorstelle.

»Du bist böse«, sage ich atemlos.

»Später zeige ich dir, *wie* böse.«

Nach einem kurzen Kuss auf meinen Mund steigt er aus und kommt auf meine Seite, um mir die Beifahrertür zu öffnen und mir die Hand zu reichen wie ein perfekter Gentleman. Als hätte er mich nicht soeben auf dem Restaurantparkplatz fast ohne jede Berührung zu einem Orgasmus gebracht.

Als ich neben ihm stehe, blickt er mir in die Augen, als könnte er tausend Wunder in ihnen erkennen. »Habe ich dir schon gesagt, wie wunderschön du heute Abend bist?«

Ich nicke. Mein Mund ist so trocken, dass mir die Zunge am Gaumen klebt.

»Habe ich dir gesagt, wie unglaublich begabt du bist? Und wie sehr du das hier verdienst?«

Wieder nicke ich.

»Und habe ich dir gesagt, wie glücklich ich bin, dass du mein bist? Egal, was die Zukunft bereithält?«

Ich nicke und lächle. Mir wird so warm, als stünde ich im strahlenden Sonnenschein. Und das trifft es auch irgendwie. So fühlt es sich an, von Jasper geliebt zu werden. Manchmal ist es rau und schnell, manchmal süß und träge, aber immer hell und heiß.

»Ich liebe dich, Baby.«

Ich spüre, wie mir die Tränen kommen. An diese Worte aus seinem Mund werde ich mich nie gewöhnen. Und ich werde es nie leid werden, sie zu hören.

Bevor ich antworten kann, führt Jasper meine Hand in seine Armbeuge, und wir gehen in das belebte Restaurant.

Sofort werden wir herzlich begrüßt und an einen Tisch

in einer ein wenig abgeschiedenen Nische geführt, wo Hugh und Julienne uns erwarten. Beide stehen auf, als wir erscheinen, und küssen mich auf beide Wangen, ehe sie Jasper begrüßen. An Juliennes Gesicht lese ich ab, dass ihre Vorliebe für schöne Kunst durchaus auch meinen umwerfend gut aussehenden Mann miteinschließt. Ich lächle. Es macht mich nicht eifersüchtig, sondern vielmehr stolz. So stolz, dass er allein mir gehört. Obwohl er höflich ist, verblasst die Beachtung, die er Julienne schenkt, neben dem Blick, den er mir zuwirft, nachdem er mir einen Stuhl hingerückt hat.

Die Unterhaltung ist nett und unbeschwert, das Essen exquisit und teuer.

»Ich verdanke Gerard, dass ich die Arbeit der bezaubernden Elizabeth kennengelernt habe«, sagt Julienne.

»Offensichtlich hat er einen guten Blick«, sagt Jasper freundlich.

»Kannten Sie ihn?«

»Nicht richtig. Wir sind uns nur einmal begegnet.«

»Ein Jammer, dass wir heute Abend nicht alle hier sein können. Ich habe das Gefühl, dass es ein sehr gutes Geschäft wird«, sagt sie mit einem Augenzwinkern zu mir.

»Sicher ärgert ihn auch, dass er es verpasst«, ergänze ich.

Gerard hat sein Haus einen Monat nach Jaspers und meinem Auszug verkauft und ist nach Italien übergesiedelt. Jasper wollte sich etwas suchen, was mehr nach seinem Geschmack war. Mit anderen Worten: etwas, wo uns niemand finden kann, bis mein Vater heraushat, wer hinter »Napalm« steckt.

In den letzten vier Monaten konnte er einige Details über »Napalm« in Erfahrung bringen. Es handelt sich um eine verdeckte Operation, nicht von der Regierung abgesegnet, die anscheinend direkt zu einem Senatsausschuss führt. Jeden Tag kommt er der Aufklärung ein Stück näher, und hat er der Geschichte erst mal ein Ende bereitet, können wir nach Hause zurückkehren. Mein Vater hat Rogan auf Abruf, der seine eigenen Quellen nutzen wird, sowie er einen Namen hat. Bis dahin machen wir es uns heimisch, wo wir können. Miteinander. Unsere Wunden heilen immer mehr, wir lernen zu lieben und geliebt zu werden. Jasper lässt sein altes Leben und all seine Albträume hinter sich und macht sich für eine Zukunft mit mir bereit. Er hat sogar um seine Mutter getrauert, eine einzelne Träne vergossen, die ich auffing, ehe sie den Boden berühren konnte. Mit jedem Tag sind wir uns näher und weiter weg vom Schmerz der Vergangenheit.

Jasper erwähnt eines meiner neuesten Werke, womit er mich in die Gegenwart zurückholt. Unterm Tisch nimmt er meine Hand und drückt sie. Er ist anscheinend stets auf mich eingestimmt, achtet aufmerksam auf meine Stimmungen und meine Gedanken.

Endlich kommen Hugh und Julienne zu dem Punkt, mir ein Angebot zu unterbreiten, bei dem mir der Kopf schwirrt. Ich fühle mich schwindlig und leicht, und mein Lachen ähnelt zunehmend dem der vom Champagner beschwipsten Julienne. Nur dass mein Schwips von innen kommt. Diese Neuigkeiten machen einen ohnehin schon wunderbaren Tag *vollkommen*.

Meine Gedanken überschlagen sich, als ich an die andere Neuigkeit denke, von der Jasper noch nichts weiß. Ich werde sie ihm später mitteilen, wenn wir allein sind. Bis dahin wird mir jedes Mal duselig vor Glück, wenn ich an das kleine Plastikröhrchen denke, das im Mülleimer in unserer neuen Pariser Wohnung liegt. Heute Morgen bestätigte mir der Test, was ich schon ahnte. Etwas in meinem Bauch, in meinem *Herzen* sagte mir, dass der Test positiv sein würde.

Jasper wird außer sich sein vor Freude. Er bemüht sich, lässig zu bleiben, was den Versuch angeht, ein Baby zu bekommen. Doch er war genauso enttäuscht wie ich, als der erste Test negativ war. Also werden wir heute Abend mehr als einen wahr gewordenen Traum feiern. Nach einem Leben voller herber Schläge und böser Träume wünsche ich mir für Jasper, dass jeder seiner Herzenswünsche wahr wird, angefangen mit unserem Baby. Sofern es in meiner Macht steht, ihn glücklich zu machen, werde ich es tun. Ich würde alles für ihn tun. Und er alles für mich. Deshalb sorge ich mich nicht um das Morgen. Solange ich Jasper habe, wird es mir mehr als gut gehen. Es wird mir fantastisch gehen.

M. Leighton

»M. Leighton schreibt unglaublich intensiv.«
The Bookish Babe

978-3-453-41925-4

The Wild Ones.

Verführung
978-3-453-41880-6

Verlangen
978-3-453-41881-3

Verheissung
978-3-453-54585-4

Addicted to you:

Atemlos
978-3-453-41832-5

Schwerelos
978-3-453-41442-6

Bedingungslos
978-3-453-41447-1

All the pretty lies:

Erkenne mich
978-3-453-41925-4
(ET: 12/2016)

Befreie mich
978-3-453-41926-1
(ET: 02/2017)

Liebe mich
978-3-453-41927-8
(ET: 04/2017)